I0762476

LA SAGA DE LOS LONGEVOS

1

LA VIEJA FAMILIA

EVA GARCÍA SÁENZ DE URTURI

LA SAGA DE LOS LONGEVOS

1

LA VIEJA FAMILIA

Obra editada en colaboración con Editorial Planeta – España

Diseño de la portada: © Agustín Escudero

Composición: Realización Planeta

Bajo el sello editorial PLANETA M.R.
Avenida Presidente Masarik núm. 111,
Piso 2, Polanco V Sección, Miguel Hidalgo
C.P. 11560, Ciudad de México
www.planetadelibros.com.mx

Primera edición impresa en España: octubre de 2024
ISBN: 978-84-08-29269-2

Primera edición impresa en México: noviembre de 2024
ISBN: 978-607-39-2072-8

Impreso en los talleres de Litográfica Ingramex, S.A. de C.V.
Centeno núm. 162-1, colonia Granjas Esmeralda, Ciudad de México
Impreso en México – *Printed in Mexico*

Somos el tiempo que nos queda.

José Manuel Caballero Bonald

PRÓLOGO

IAGO

Vigesimoprimer día del mes de Nion
10.310 d. a. (desde mi alumbramiento)
9 de marzo

Me despertó la sensación angustiosa del agua inundándome la garganta, camino de los pulmones. El suelo blanco resbaló a mis pies, y me agarré desesperado a los bordes de la tina para salir a la superficie. Después me alcé y quedé de pie, desnudo, con el agua que por poco acaba conmigo chorreando por mi espalda.

«Serénate», me ordené.

Paseé la mirada a mi alrededor, buscando referencias. Solo encontré unos papeles esparcidos por el suelo y, tras el ventanal abierto, gaviotas ociosas y navíos de vela triangular. Al fondo, un amanecer en estado de gracia dibujaba el perfil brumoso de una bahía. La escena parecía apacible y eso me inquietó aún más.

¿Quién se fía de la calma?

Me había quedado dormido en una maldita bañera cuando mi memoria huyó de aquella habitación.

Entonces oí una melodía y salté de la tina en busca del origen de la música. Sobre el lecho de un amplio dormitorio que no reconocí, un artefacto pequeño y rectangular se movía solo. Lo cogí sin saber muy bien qué hacer con él.

Había pictogramas, uno rojo, otro verde. Experimenté, no parecía peligroso. El rojo silenciaba la música.

«El verde, pues», pensé cuando la melodía volvió.

—Hijo, ¿cómo fue todo? —dijo alguien desde el artefacto.

—¿Quién eres? —contesté.

—Maldita sea, ha vuelto a pasar —susurró para sí con voz frustrada—. Escucha: has tenido una crisis de amnesia y ahora mismo estás solo, imagino que en un hotel de San Francisco.

—Entonces, ¿tú eres mi padre?

—Sí, soy tu padre. Tu nombre es Urko, pero te será más útil recordar que ahora eres Iago del Castillo. Nacimos cerca de Santander, en la actual España, hace varios milenios, en una época que hoy llaman la prehistoria. Nos referimos a nosotros mismos como longevos porque ni tú, ni yo, ni tus dos hermanos hemos envejecido nunca más allá de los veinticinco años, pero somos los únicos a quienes les ocurre, así que cambiamos periódicamente de lugar y de identidad para no ser descubiertos.

No soy un hombre crédulo, más bien todo lo contrario, pero mi instinto registró sus palabras como verdaderas.

—Ojo: somos longevos, no inmortales. Podemos morir por un accidente o una enfermedad, es solo que no envejecemos.

—No entiendo nada de lo que me estás diciendo. ¿Qué estoy haciendo en San Francisco?

—Es peor de lo que pensaba —murmuró, impotente—. Estabas intentando conseguir material confidencial para una investigación.

—¿Para quién trabajo? —quise saber mientras recorría la habitación en busca de mi ropa.

—Para nosotros mismos. Estamos tratando de aislar el gen que nos hace longevos; creemos que se trata de una mutación muy poco común, aunque esto ahora no te diga mucho. Tus hermanos, Lyra y Nagorno, están obsesionados con tener hijos que no envejezcan, aunque tú y yo no estamos de acuerdo. Nosotros, a diferencia de ellos, sí que hemos tenido alguna vez hijos longevos. No muchos, somos una rareza de la evolución, pero acabaron muriendo por sus propios errores, así que sabemos del dolor que acompaña a esas pérdidas. Ellos todavía no lo entienden.

—¿Y por qué estamos tú y yo metidos en esto, entonces?

—No te confundas, son nuestra familia y daríamos un brazo por ellos, simplemente están equivocados. Los dos han pasado por sus propios traumas y aún tienen que reponerse. Entrarán en razón... algún día —dijo, con esa voz de quien trata de convencerse a sí mismo—. De momento, confían en tu cerebro, y tú en hacer cambiar de opinión a Lyra. Su última familia murió hace unos años en un accidente, y ella ya no quería volver a pasar por ese trance; de hecho, ni siquiera quería vivir. Estás ganando tiempo para convencerla y, mientras, boicoteamos la investigación. Lo de tu hermano Nagorno... —suspiró—. Bueno, él es otra historia; siempre insisto en que me lo dejes a mí. Solo espero que me hagas caso.

—Mi cerebro —repetí sin comprender. Me había quedado en ese punto de la conversación. El resto era una niebla espesa para mí.

—Sí, eres el cerebro de la familia. Y, en parte, es tu maldición. Si no fuera por él, no te estaría pasando esto.

—¿Y qué es exactamente lo que me está ocurriendo?

—Tu cerebro se ha reseteado.

—No comprendo ese concepto.

—Lo sé, lo sé. Tu cabeza guarda demasiados datos, no dejas de adquirir nuevos conocimientos y te dedicas a coleccionar carreras universitarias. Siempre te estoy advirtiendo del peligro que eso conlleva, pero tú no me haces caso. Si no tienes cuidado, podrías acabar muerto o revelando nuestra condición al mundo.

—De acuerdo. Ahora dame los detalles prácticos —le rogué.

—Está bien, ya empiezas a sonar como Iago. Y aunque me conoces como Lür, ahora me hago llamar Héctor; es mi último nombre. Estamos en el siglo XXI de la era cristiana, a 10.310 ciclos solares de tu alumbramiento.

Lo escuché en silencio mientras abría el armario y me ponía la primera prenda que encontré.

—Debería ir a buscarte por seguridad, pero eso supondría casi veinticuatro horas de vuelo hasta que llegase —continuó—. Voy a hablar con tu hermano y desde aquí vamos a adelantarte el billete. Si él o Lyra contactan contigo, no les cuentes nada de la investigación; ya te lo explicaré a tu regreso.

—Dime, ¿tengo algún hijo? —lo interrumpí.

—Cientos, aunque creo que todos muertos a estas alturas. Tuviste un hijo longevo una vez: Gunnarr. Nació en el año 800 de esta era, en el seno de la cultura vikinga, pero murió en la batalla de Kinsale hace cuatrocientos años. Desde entonces, por lo que yo sé, no has querido tener muchos más.

Durante horas, mi padre continuó dándome las pautas necesarias para tomarle el primer pulso a la vida cotidiana del siglo XXI y, cuando se hizo la noche, siguiendo sus indicaciones, ordené que me trajeran algo a la habitación.

—Pide lo que necesites, pero aléjate de toda botella que tenga graduación, sobre todo si es *whisky* irlandés —me dijo.

—¿Hay algo que debería saber al respecto?

—Ya entraremos en detalles cuando vuelvas. Tan solo prométeme que lo evitarás.

—Así lo haré —asentí, con cierta incomodidad. No ser amo y señor de mi propio pasado era una sensación molesta.

Sé que desperté tarde a la mañana siguiente porque el vacío de mi estómago se encargó de avisarme de que era hora de comer algo.

Entonces oí el golpeteo rítmico de unos nudillos en la puerta. Creí que sería alguno de los sirvientes del hotel, así que cuando el joven pulcramente vestido al que abrí me saludó, le dije:

—Tráigame un desayuno continental, si es tan amable.

El individuo elevó las comisuras de los labios hasta convertirla en una sonrisa despectiva, y el latigazo de su voz ronca abrió la brecha de mis peores recuerdos.

—Hola, hermano. Puede que ahora no te acuerdes, pero tú eras el esclavo cuando yo nací —me saludó.

Aquellas palabras derribaron las compuertas de mi memoria, y odié a aquel hombre y todo lo que me hizo con la rabia ciega de los primeros días.

Reprimí una arcada, y el sentido común me salvó de sujetarlo por el cráneo y aplastarlo contra la pared del pasillo. Ahora sé que probablemente yo habría muerto en su lugar: Nagorno, aquel maldito jinete de las estepas, se mantenía invicto después de casi tres mil años de existencia. Tampoco en aquella ocasión habría conseguido acabar con él.

—¿Dices que eres mi hermano? —le pregunté con cautela en la voz, sin dejarlo aún pasar.

—Así es —dijo, colándose a través del estrecho hueco que quedó entre mi cuerpo y el marco de la puerta.

Observé entonces que llevaba el brazo izquierdo flexionado y que lo giró hacia atrás sin variar el ángulo cuando entró en la habitación. Identifiqué enseguida su lesión, la había visto antes, aunque no pude ubicar el país ni la guerra.

—¿No estabas en Santander, con el resto de la familia?

—Padre ha dicho que esta ha sido tu crisis más grave. He venido a recogerte, hay un vuelo disponible dentro de un par de horas, vamos.

Lo estudié detenidamente. Vestía traje entallado y compartíamos el color negro del pelo, pero allí acababan las semejanzas. Sus ojos eran oscuros como un túnel sin salida, y los míos eran casi transparentes. Le sacaba dos cabezas y me sentí mayor que él. Pese a mis reticencias, no había ni un atisbo de hostilidad en sus gestos. Intenté conjugar el significado de sus palabras con la desagradable sensación que me había producido su presencia, pero eran tan divergentes que desistí.

—¿Has viajado una jornada entera solo para hacer de niñera?

—No te pongas ahora sentimental, ya me lo cobraré —dijo, guiñándome un ojo—. Y ahora, recoge tu equipaje. Tengo un chófer esperándonos.

—Claro —dije, sonriéndole por primera vez—. Voy al aseo un momento, ahora vuelvo.

Cerré el pestillo tras de mí y llamé a mi padre.

—Hay un joven manco que afirma ser mi hermano —le susurré, sin ocultar mi desconcierto.

—Iba a llamarte ahora mismo, Lyra me acaba de contar que Nagorno tomó el primer vuelo en cuanto se enteró. Les dije que te veía capaz de volver por ti mismo hasta Santander, pero tu hermano no es alguien que respete mucho mis opiniones. En fin, volved cuanto antes y zanjemos esta situación de una vez.

—Padre...

—¿Qué?

—Entonces, ¿debo fiarme de él?

Su silencio duró un segundo más de lo debido, pese a que contestó con un:

—Claro, hijo, somos familia. Os voy a recoger al aeropuerto.

Cuando salí del baño, Nagorno estaba sentado en la tumbona del balcón, cerrando los ojos bajo el plácido sol del mediodía. Aproveché para guardar en mi bolso de mano el material que había conseguido en mi investigación y me senté junto a él cuando concluí con las maletas.

—Créeme, en San Francisco este buen tiempo es un regalo —comentó—. Cambiando de tema, ¿ya te ha dado padre su bendición para que te acompañe? —preguntó, siempre sonriente.

—Tenía que asegurarme —contesté.

—Contaba con ello; así es como sobrevive un longevo. Y a partir de ahora, recuerda que soy Jairo del Castillo.

Poco después bajábamos a la recepción del hotel. Me di cuenta de que mi hermano estaba de un apacible buen humor, como si aquel cometido que él mismo se había impuesto de recogerme y ocuparse de mí no le desagradara; mientras que yo, en mi fuero interno, trataba de disimular como podía la repulsión que sentía por él. Me sentía incómodo, y sí, también culpable.

¿Era yo el hermano traidor, el que espiaba en contra de su propia sangre? ¿Ese era mi papel en aquel baile de máscaras?

Cuando pasamos frente al bar, Nagorno se sentó en uno de los butacones de lino y me invitó a acompañarlo con un gesto.

—¿No nos íbamos ya? —pregunté con cierta reticencia, mirando las curvas de las botellas que se me insinuaban detrás de la barra.

—El chófer puede esperar. Bebamos algo, te hará bien.

—Claro —dije, sentándome y girándome hacia el camarero—. Un botellín de agua para mí.

—¡Oh, vamos! —exclamó Nagorno inclinándose sobre mi asiento—. Me refería a beber de verdad. Siempre te ha servido.

—Servido ¿para qué?

—Para recordar, al menos durante las amnesias que has tenido a mi lado. El alcohol hace que fluyan de nuevo tus recuerdos.

Lo sopesé por un momento y luego me dirigí de nuevo al barman:

—Que sean dos *whiskies,* entonces. Lo mejor de la casa.

Nagorno asintió satisfecho y se reclinó de nuevo en su butaca.

El mozo nos sirvió las copas. Tomé la mía y la vertí sobre la de mi hermano.

—Aquí tienes, un *whisky* doble. —Me levanté y cogí mis maletas—. Te espero fuera, hermano.

Salí al exterior del hotel y la claridad me obligó a entornar los párpados, pero una sonrisa satisfecha se me coló en el rostro: por fin los recuerdos volvían a mí, aunque de forma fragmentada. La visita de mi hermano había actuado de desbloqueador. Con el transcurrir de las horas a su lado, me había hecho una idea del peligro que me acechaba.

Pero para darle sentido a todo, debería remontarme a un par de meses atrás: al día en que Adriana Alameda se presentó en el Museo de Arqueología de Cantabria.

PRIMERA PARTE

1

ADRIANA

30 de enero

—Lo siento, mamá —dije frente a su nicho. Tragué saliva. No era fácil. La vieja foto de mi madre pareció sorprenderse al verme en el cementerio de Ciriego—. Siento haberme mudado a Madrid sin averiguar lo que te pasó. Pero he vuelto, he vuelto a Santander y te prometo que voy a hacer todo lo posible por...

Entonces sonó la alarma que había programado en el móvil.

—Hoy es mi primer día de trabajo. No quiero llegar tarde —le conté.

Le di un beso al cristal que protegía su imagen descolorida y salí corriendo por las calles del camposanto hasta mi coche.

Aquella mañana me incorporaba oficialmente a la plantilla del Museo de Arqueología de Cantabria en calidad de conservadora jefe del Área de Prehistoria.

Apenas llegué a un promontorio junto al acantilado, se me escapó un silbido de admiración: el edificio del museo era una imponente casa de indianos. La piedra gris rivalizaba con la fachada roja. En el jardín crecían plantas exóticas que los emigrantes cántabros retornados de América a principios del siglo XX habían traído para recordar a sus vecinos el origen de sus fortunas.

Mi coche recorrió el sendero que llegaba hasta la misma entrada y, una vez allí, rodeó el edificio hasta el aparcamiento del personal. La parte trasera del museo era una explanada de césped.

Aparqué al final del acantilado. Desde allí se divisaba una brumosa Costa Quebrada, como si me moviera dentro de un cuadro de Monet. Miré la hora en el móvil.

A primera hora había quedado con Iago del Castillo en la Sala de Prehistoria, así que lo esperé, nerviosa, mientras observaba las vitrinas: bifaces, puntas de lanzas, alguna pieza dental...

—Así que Adriana, «la que vino del mar».

La voz me recorrió de arriba abajo, descargándome un fogonazo de recuerdos difusos. ¿De quién era aquella voz?, ¿la había oído antes de aquel día?

El dueño en cuestión tenía los mismos rasgos que Héctor, el director del museo que me había entrevistado y contratado por videoconferencia, pero aparentaba algo menos de treinta años. Aparte de la diferencia de edad, era imposible pasar por alto el detalle que los distinguía: tenía los ojos de un azul tan claro como nunca antes había visto en un ser humano. En aquel momento me recordaron a los de un *husky* siberiano. Mis retinas archivaron un pelo oscurísimo, mucho más informal que el de Héctor. Y era muy alto, casi metro noventa.

Por lo demás, tenía esa misma presencia que llenaba la habitación. Sus facciones eran rotundas, casi diría que intimidantes, aunque el azul líquido de su mirada ayudaba mucho a diluir el efecto.

Yo por entonces no lo sabía —¿cómo podría siquiera haber pensado en eso?—, pero aquel extraño color de iris delataba su edad. La primera persona de ojos azules nació hace diez mil años debido a una mutación que, en principio, no aportaba ninguna ventaja evolutiva, y aun así tuvo éxito y se propagó por toda Europa. El hecho de tener ese color de ojos suponía que Iago no podía tener más de diez mil años, y también suponía que Héctor podía tener más, muchos más, como de hecho así era. Pero en aquellos primeros momentos no fue en su edad en lo que pensé.

—Vaya, ¿te sabes todo el santoral? —reí para obligarme a dejar de escrutarlo.

—Qué va —dijo riéndose—, pero me gusta saber lo que significan los nombres. Es importante, ¿no crees? Hay que cargar con ellos toda la vida.

—En mi caso, el significado es literal: mis padres pasaron la luna de miel en un crucero por el mar Adriático. ¿Has oído hablar de una serie de los años setenta llamada *Vacaciones en el mar*?

—*Love Boat,* sí, mis padres hablaban de ella cuando era pequeño.

—Exacto, *Love Boat.* Pues el barco de la serie, el Princesa del Pacífico, fue reconvertido en barco de recreo una década después.

—¿Me estás diciendo que fuiste engendrada en el barco de *Vacaciones en el mar*?

—En algún lugar indeterminado del Adriático, eso es. —Sonreí, satisfecha del efecto que le había causado mi pequeña anécdota vital. Me acerqué a él para saludarlo—: Iago del Castillo, supongo. Eres igual que tu hermano. Tienes que estar cansado de oírlo.

—Más de una vez, es cierto —dijo—. Mañana comienza la exposición del poblado cántabro y tengo que solucionar algunos flecos de última hora. Si te parece bien, esta semana nos reunimos en mi despacho y te pongo al día de la programación de esta temporada. Vamos a tener que trabajar duro. Llevamos demasiados meses sin responsable.

—Lo sé. Elisa me puso al día.

En ese preciso momento entró mi amiga en la Sala de Prehistoria acompañada de otra chica. Elisa Garrido, antigua compañera de carrera en la Universidad Complutense de Madrid, fue quien me había avisado del puesto vacante de conservadora jefe. Elisa estaba casada y había tenido tres hijos en cinco años. De mi primo Marcos, para más señas.

Iago se dirigió a la puerta y se volvió hacia mí antes de desaparecer:

—Nos vemos entonces en la exposición de mañana. Te

dejo en buena compañía. Adriana, encantado de haberte conocido por fin.

—Lo mismo digo —le respondí.

«Lo mismo digo, Iago», callé.

2

ADRIANA

30 de enero

En cuanto se fue, tan rápidamente como había llegado, Elisa dejó de guardar las formas y me abrazó.

—¿Te lo puedes creer? Tú y yo trabajando juntas en Cantabria.

La contemplé con una sonrisa. Ahora gastaba un flequillo con mechas claras que impedía una visibilidad mínimamente segura.

—Por cierto, te presento a Chisca. Es estudiante de la Universidad de Cantabria, está con nosotros como becaria de mi área.

La chica llevaba los ojos saturados de rímel y la oreja taladrada de *piercings*. Unas botas paramilitares completaban su atuendo de gótica de manual. Me saludó con un gesto travieso y yo también le sonreí.

—Bueno, pues ya has conocido a Iago. Es como Héctor, pero a mil revoluciones por minuto —me dijo.

—Que no te despisten esos ojos —intervino Chisca—, a Iago no se le escapa nada, es una máquina.

—La Máquina —recalcó Elisa, acentuando todas las vocales—. Aunque él mismo coordina todas las áreas del museo, desde Prehistoria hasta Edad Contemporánea, te aseguro que nunca habla por hablar. Se aprende mucho con él.

—Vamos, Elisa —le insistió Chisca—, no escatimes información. Habrá que ponerla al día con los tres hermanos Del Castillo.

—Verás, hay toda una mitología montada alrededor de ellos. Se dice que son hijos de un matrimonio de diplomáticos fallecidos —dijo Elisa.

—Por lo visto, Héctor y Iago nacieron en Santander, aunque Jairo, el menor y el más rico de los tres, nació en Londres.

—Yo he oído que en Nueva York.

—Eso es nuevo, ¿cómo que en Nueva York? —dijo Elisa—. Bueno, es lo mismo. El caso es que Héctor y Iago estudiaron en las mejores universidades de Europa. Mientras tanto, Jairo se dedicó a mantener y aumentar la fortuna familiar. Dicen que sus padres ya venían de familias acomodadas del norte. Hace unos años volvieron a Santander, Jairo compró y rehabilitó esta casona, que había mandado construir en 1908 un indiano muy poco conocido, el marqués de Mouro, cuando volvió de Cuba.

»Hay cierta leyenda negra en torno a él. Se creía que traficaba con bienes de las antiguas colonias, y toda la propiedad estuvo sometida a una vigilancia extrema por parte del gobernador de la época, aunque nunca se supo cómo entraba en Santander con toda la mercancía. Pero un día, el marqués simplemente desapareció. Encontraron el palacete vacío y permaneció deshabitado hasta que, hace cuatro años, el museo abrió sus puertas. Pero volviendo a los hermanos Del Castillo, los hermanos de Jairo sienten pasión por la historia, así que están al frente del museo desde entonces.

Tomé nota de todas sus advertencias, y saqué mis propias conclusiones. Por lo visto, Héctor del Castillo era el alma del museo, Iago era el cerebro y Jairo, el bolsillo.

3

ADRIANA

30 de enero

Una vez que salí del museo, conduje hasta mi piso de Santander, en la plaza Pombo. Abrí la puerta al grito de «¡Mamá, ya estoy aquí!», aunque ella no respondió.

Hacía años que no lo hacía.

Y lo echaba de menos: que siempre contestara «¡Estoy en el despacho, Dana!». Echaba de menos nuestra conexión, nuestras conversaciones en el sofá, bajo la manta. Nuestros paseos nocturnos por la ciudad, sin rumbo fijo. Que nos regaláramos trenzas de hojaldre o helados de Regma; mi madre era tan golosa como yo.

Echaba de menos todo lo que no había vuelto a repetirse.

Dejé atrás el pasillo desierto y me dirigí a su despacho. Frente a mí, una ordenada colección de cuadernos negros vestía la estantería desde el suelo hasta el techo.

Allí estaban las claves que en realidad buscaba: los cuadernos de los pacientes de la consulta de mi madre, la psicóloga de referencia de la alta sociedad santanderina.

Porque lo cierto es que la decisión de mudarme a Santander e instalarme precisamente en el piso de mi infancia no tenía nada de casual. Después de rondarme todas las noches de insomnio durante los últimos años, me había decidido a investigar, a llegar al fondo del asunto, por muy dolorosa que resultase la verdad; a saber qué pasó aquella tarde que cambió mi vida y la de mi pequeña familia para siempre.

Sin retorno.

El día que mi primo Marcos vino a buscarme al instituto para decirme que mi madre había aparecido muerta en su consulta.

4

IAGO

Undécimo día del mes de Luuis, 10.310 d. a.
31 de enero

Aún no había amanecido cuando aparqué el todoterreno junto a la playa de Covachos, una pequeña cala frente a la isla del Castro. Lür bajó de un salto sin poder disimular su impaciencia. Yo era de la opinión de que un hombre de veintiocho mil años debería tener más domados sus impulsos, pero a mi padre siempre le habían perdido nuestras jornadas de pesca.

Daba igual que estuviéramos en el Mesolítico, pendientes de los ruidos de los jabalíes del bosque, o en el Medievo, buscando ríos que no llevasen cadáveres con las caras picadas por la viruela, o sometidos a los vaivenes de la Revolución francesa, vistiéndonos como campesinos para intentar mantener una vez más la cabeza pegada al tronco. Daba igual, porque en esencia mi padre y yo necesitábamos volver a los viejos rituales como el que necesita salir a la superficie y tomar aire.

Fue él quien se adelantó, con la caña sobre el hombro y sus aparejos de pesca casi sin usar, y se adentró en el mar aún negro para lanzar el cebo. Yo me coloqué a su lado y lancé el mío, después de sacar del bote de cristal una porción casi transparente de quisquilla y clavarla en el anzuelo de acero de última generación. Lo miré de reojo en silencio mientras él cambiaba el peso de sus piernas cada dos segundos.

—¿Estresado? —lo tanteé.

—He tenido una semana de locos. Ya me explicarás por qué te fuiste a Madrid sin avisar. Me dejaste solo al frente del MAC con un montón de asuntos pendientes —susurró mientras controlaba el sedal.

—No tuve más remedio —dije, bajando yo también la voz.

—Por cierto, ¿qué tal con Adriana Alameda?

—Todo fue según lo previsto. Ayer le di la bienvenida. Creo que hiciste bien en contratarla, tiene un currículum impresionante para su edad.

«Y parece lista, y mira de frente, y hacía lustros que no me fijaba en esos detalles», omití. Y esos pensamientos me sorprendieron. ¿Hacía cuánto tiempo que no...? Demasiado, tanto, que no lo recordaba.

5

IAGO

Undécimo día del mes de Luuis, 10.310 d. a.
31 de enero

—¿Crees que nos será útil? —quiso saber mi padre.

—Creo que sí, aunque... vamos a intentar no perjudicarla, ¿de acuerdo? Tiene una carrera prometedora.

—Si hacemos los cambiazos con discreción, no tiene por qué salpicarle. Y cuando nos vayamos del MAC, la dejaremos bien reubicada. Y ahora, ¿me vas a contar de una vez por qué cogiste ese vuelo el otro día?

—Lyra, padre, fue por Lyra. Ha terminado la investigación de los antioxidantes y está recopilando los datos para sacar las conclusiones. Aún le quedan meses para finalizar, pero se intuye que no va a haber ninguna respuesta concluyente, lo cual es desesperante para ella y un alivio para nosotros.

—De acuerdo, pues cálmala. Siempre se te ha dado bien —dijo, frunciendo el ceño un segundo.

Sacudí la cabeza y sonreí sin ganas.

—Aún no lo entiendes. Estos cuatro años de tranquilidad para ti y para mí se han acabado. Lyra ha perdido la paciencia, me amenazó con irse del museo y empezar otras líneas de investigación por libre, financiada por Nagorno. No nos podemos permitir que estén fuera de nuestro control. Ahora mismo hay tres mil ensayos clínicos en todo el mundo dedicados al envejecimiento o a la medicina regenerativa. Necesito seguir controlando lo que hacen, si no, terminarán encontrándolo por sus propios medios.

Mi padre se adentró unos pasos más, ignorando una ola que casi lo abate. Yo lo seguí, varios metros por detrás.

—Aún no me has explicado lo de Madrid —insistió.

—Tuve que improvisar. El otro día se enfrentó conmigo, me acusó de tenerla dando vueltas en círculo y de no estar tan involucrado como ella en la búsqueda del gen longevo. Así que, para seguirle el juego, cogí el primer avión a Madrid y me presenté en el INO, el Instituto Nacional de Oncología. Hace poco saltó la noticia de que habían conseguido ratones un cuarenta por ciento más longevos y resistentes al cáncer. Tengo un buen contacto allí, le hice una visita sorpresa y husmeé todo lo que pude.

—Roedores y cáncer, ¿no se aparta un poco de nuestro propósito?

—Esa era mi intención, en realidad. Todo lo que haga perder el tiempo a mi hermana será bienvenido. Pero debo decirte que fue más interesante de lo que esperaba. Han manipulado genéticamente varias cepas de ratones con un gen supresor del cáncer y con una enzima que mantiene las células dividiéndose una y otra vez. Lo que han logrado es un ratón que ha vivido el equivalente a ciento treinta años humanos de vigorosa juventud y, además, libre de tumores, ¿te suena de algo?

—Ese ratón se nos queda un poco corto en años.

—Cierto. En realidad yo tampoco creo que tenga relación con nuestro gen longevo. Por eso le entregué a Lyra todo el material, aunque creo que ella también lo desestimará. En fin, asumo que los próximos meses voy a tener que viajar bastante —le dije.

Con todo, mi padre siguió insistiendo:

—¿Cuánto tiempo más crees que puedes tenerla engañada?

—Ni idea —tuve que admitir, encogiéndome de hombros—. Sé que puedo ser muy convincente distrayéndola de su camino, pero tarde o temprano se cansará. Y no pienso ser yo quien identifique el gen que nos da la longevidad. No quiero contribuir a que haya más como nosotros. Aislarlo será el primer paso. Luego, tarde o temprano, acabará en manos equivocadas y tendremos una élite de longevos paseando por el mundo.

—Lo dices como si fuéramos una aberración —me interrumpió, molesto.

—No quería decir eso, simplemente pienso que una sociedad de longevos, sin la capacidad de regeneración que otorgan las nuevas generaciones cuando las viejas mueren, acabaría convirtiendo cualquier civilización en un cenagal de agua estancada. Las mismas personalidades chocando a lo largo de los siglos una y otra vez. ¿Es que no es suficiente con el patético ejemplo de nuestra familia? Un mundo así no traerá nada bueno. Ningún Gobierno podría asumir los costes de una población milenaria, y de los cambios sociológicos que traería.

»Todo el mundo sueña con no morir nunca, pero ¿y si nuestra longevidad extrema se generaliza y cualquiera puede vivir cinco mil años? ¿Los matrimonios seguirán prometiendo eso de «hasta que la muerte nos separe» cuando hablamos de milenios? ¿O soportar a un suegro metomentodo, una hermana retorcida o cualquier otra relación tóxica a la que te obligue la sangre durante siglos? ¿A quién le apetecerá pasarse quinientos o dos mil años trabajando hasta la jubilación? Todos los contratos sociales tendrían que ser revisados, por no hablar de los países que no conocen la democracia, ¿cuantos pueblos tendrían que soportar al mismo dictador durante siglos?

Él calló durante un rato, como si necesitase digerir mis palabras. Un sol perezoso despuntaba ya por el este.

—Sé que haces esto por mantenernos una vez más unidos como familia —proseguí—. Y, sinceramente, para mí eres el mejor padre que alguien puede haber tenido jamás. Sin embargo, creo que en este asunto estás siendo demasiado blando con tus otros hijos. Siempre les has pasado por alto sus errores, pero esto afectará a lo que somos de manera definitiva. Que sepamos, eres el decano de la humanidad, tu palabra debería servir de algo frente a ellos.

—Sabes lo obstinados que son. Si han tomado esa senda, ninguno de ellos la va a abandonar.

—No, mientras estas sigan siendo las circunstancias. Habrá que pensar en cambiarlas —dije, recogiendo el carrete.

—¿Qué estás tramando? Te conozco demasiado bien.

—No tengo nada aún, padre, solo estoy ganando tiempo. Pero debes saber que, llegado el momento, si tengo que pararles los pies, lo haré, aunque tú no lo apruebes.

—Me doy por advertido.

Ambos nos quedamos durante un buen rato atrapados en un tenso silencio. Por suerte, desde que llegamos a la playa no habíamos divisado a ningún otro pescador.

—Deja ya esas cañas, no he visto cosa más inútil —le dije por fin—. Voy al Jeep a por los arpones. Y quítate esas botas, que pareces un astronauta.

Me desnudé y dejé mi ropa en el maletero. Cuando volví a la orilla, él ya se había desprendido de su ridículo atuendo de pescador contemporáneo. Desnudos éramos más sigilosos y las ropas no molestaban para lanzar. Nos acercamos a las rocas del islote buscando peces atrapados por la corriente.

Ambos pescamos un par de soberbias doradas. Limpiamos el pescado y metí los filetes en un bote con la salmuera que llevaba preparada de casa. Llevaba siglos utilizando la misma receta. Sonreí para mí. Recordé que Gunnarr acostumbraba a robarme parte de aquel emplasto para endurecerse la piel de las manos antes de salir al mar Báltico en su *drakkar*.

—Mañana por la noche las tendré ya marinadas, ¿vienes a cenar a casa? —le pregunté, ya de mejor humor.

—¿Cuándo me he resistido yo a tu pescado? —dijo mi padre, palmeándome la espalda con una sonrisa poco creíble.

Solté un suspiro, torciendo el gesto.

—Dime qué te preocupa.

—Sé lo contundentes que resultan tus planes. Eso me inquieta, y mucho más si no los compartes. ¿Qué tienes pensado hacer? —insistió.

—Alguien tiene que encargarse.

—¿De qué, Iago?, ¿encargarse de qué?

Miré hacia la isla de Castro, y guardé un obstinado silencio. «Espero que no tengas que verlo, padre».

6

ADRIANA

31 de enero

Al día siguiente me sumé al resto del personal en la planta baja, que ya estaba dando cuenta del *catering*, mientras esperábamos la llegada de la dirección y de algunos medios locales que estaban convocados a la exposición del poblado cántabro.

Caminamos entre estelas de piedra y puñales cántabros mientras Elisa me iba presentando a los compañeros, que se me acercaban sin disimular su curiosidad.

Al primero que conocí fue a Salva, el conservador jefe de Edad Antigua. Era un peso pluma que no llegaba al metro sesenta, y sus pantalones pitillo resaltaban el escaso grosor de sus piernas. En cuatro frases nos pusimos al día de nuestras coordenadas vitales en Santander —colegios, institutos, zonas de marcha—, y enseguida descubrimos que ambos conocíamos a un amigo de un amigo común. En ese momento, un periodista de *El Diario Montañés* lo reclamó. Su área llevaba año y medio preparando aquella exposición y Salva era el máximo responsable, así que me despedí para que pudiera hacerle los honores a la prensa.

—He oído que trabajabas en el Museo Arqueológico Nacional —me dijo, desde algún lugar entre sus rizos, la asistente de Iago—. Es todo un honor que te unas a nosotros.

Cuando por fin terminó el primer aluvión de presentaciones, me dediqué a curiosear entre las piezas cedidas de la exposición y vi a Iago en una esquina, hablando con una chica bajita que nadie me había presentado. Los miré por un momento. Daba la impresión de que discutían entre susurros furiosos, aunque conseguían mantener las apariencias mientras tomaban distraídos algunos pinchos.

—¿Quién es ella? —le pregunté a Elisa.

—Se llama Kyra del Castro, es la responsable del laboratorio de restauración del MAC, así es como llamamos al museo. Kyra es muy tranquila, aunque reservada. No trata mucho con el personal del museo.

—¿Y eso?

—La verdad es que tiene una especie de hilo directo con los hermanos Del Castillo. Al principio todos creíamos que tenía algún lío con Iago. No es que estén todo el día juntos, pero se tratan con una confianza que no es normal —comentó mientras acababa con un pincho de anchoas—. Después nos dimos cuenta de que lo suyo no iba en ninguna dirección: simplemente ese es su trato habitual. Lo mismo le ocurre con Héctor y con Jairo. Kyra no guarda las distancias con ellos como hacemos el resto. Otros creen que es muy ambiciosa, pero tampoco ha demostrado estos años que tenga más objetivos que pasarse el día encerrada en su laboratorio, y digo «su», porque de eso sí que te advierto: pídele siempre permiso antes de bajar al sótano, no soporta que nadie fisgonee en su pequeño reino.

—Tomo nota —le dije mientras la observaba. Me cayó bien, cualquiera que estuviera más centrada en su trabajo que en los cotilleos me caería siempre bien.

Con ese pensamiento, me despedí de Elisa y me acerqué a la mesa de las bebidas para darme un pequeño respiro social y observar a mi alrededor. Estaban empezando a llegar los trajes y las corbatas, escoltados por los tres hermanos Del Castillo. Tenía curiosidad por conocer al último de ellos, aunque no me esperaba lo que me encontré.

Jairo —solo podía ser él— era radicalmente distinto a Héctor y a Iago. Pese a que no llegaba a los treinta años, iba vestido con un traje de terciopelo granate y un pañuelo de Hermès al cuello con dibujos de pequeños estribos, pelo oscuro peinado hacia atrás, y una nariz curvada que hacían que su perfil y su gesto recordasen al de un ave rapaz. Llevaba una mano metida en el bolsillo del pantalón, y la otra sujetaba una copa de cava con la soltura de quien ha nacido rodeado de vajilla cara. Tenía la mirada negra, aunque lo que llamaba la atención era la postura ladeada de su cabeza, haciendo un barrido oblicuo a la estancia, controlando todos los detalles. Vestía como debían de haberlo hecho en su día Oscar Wilde, lord Byron o Baudelaire. Poseía la belleza de la cobra a punto de atacar, esa belleza reptiliana que te advierte que no debes acercarte, que admires a distancia sus movimientos letales.

Me di cuenta de que las mujeres de la estancia le dirigían miradas intermitentes, fingiendo no mirarlo de manera directa. Era como una fuerza que absorbía y atraía al igual que lo haría un agujero negro. Durante un buen rato le seguí la pista por la sala con disimulo, mientras él se aproximaba en diagonal a sus víctimas. En todas las ocasiones actuó de igual modo. Se quedaba quieto, a la espalda de la mujer elegida y le susurraba algo a la altura de la nuca, obteniendo invariablemente el mismo resultado: risas nerviosas y miradas fulminantes por parte del resto del personal.

Asistí intrigada a la lección de seducción, hasta que opté por pulular entre los grupillos que se habían formado en torno a las mesas.

7

ADRIANA

31 de enero

Un par de horas después, salí del museo y me encaminé hacia mi coche. Lo había dejado detrás del edificio, junto al acantilado.

Miré a mis espaldas, comprobando que nadie había salido aún de la exposición y me senté un momento junto a una planta de lavanda para contemplar el mar.

Y justo entonces presencié algo extraño, una gaviota se precipitaba hacia la pared de roca que quedaba a mis pies.

Según mis cálculos, se habría aplastado contra el muro de piedra. Me asomé con curiosidad y en ese momento volví a ver a la gaviota, volando ahora en dirección contraria hacia el mar. ¿Cómo era posible?

Sin pensármelo dos veces, me fui descolgando por la roca como una salamandra hasta que quedé a dos metros de una pequeña lengua de roca. Me solté y caí de pie.

Desde el aparcamiento del museo no se veía, pero acababa de descubrir una gruta a ras del mar. Por eso la gaviota no se había estrellado contra la pared. Tan solo había entrado y salido de la cueva, pero desde arriba era imposible sospechar que existía aquella oquedad. Me senté allí mismo, sobre la roca, viendo extasiada el mar a la altura de mis ojos, con el rumor de las olas golpeando con intensidad en mis oídos. Mirase hacia donde mirase, no se veía nada más que piedra, cielo y mar.

El sitio perfecto para olvidarme del mundo.

El sitio perfecto donde cerrar los ojos, sentirme en casa, y por fin, descansar de tanta huida.

8

IAGO

Undécimo día del mes de Luuis 10.310 d. a.
31 de enero

Recorrí los pasillos atestados de invitados, buscando en todas las direcciones, ¿dónde demonios se había metido Lyra? Me crucé con el presidente de los Amigos del Museo y saludé con prisas a varios conocidos más. Bajé las escaleras del sótano y me aseguré de que no hubiera nadie del personal del museo antes de entrar en el laboratorio de restauración. En ese instante, una vibración surgió del bolsillo de mi pantalón. Miré la pantalla del móvil, y vi que era un mensaje de mi padre: «Tenemos un problema con la Sala de Prehistoria».

Lo ignoré, de momento. Tenía preocupaciones más urgentes.

Crucé la estancia desierta —brochas, tanques de desalación, piezas a medio restaurar: la cocina del museo— hasta llegar al despacho de Lyra. Abrí con llave y cerré a mis espaldas. Detrás de la mesa había una estantería metálica con grandes piezas de cerámica. A nadie se le ocurriría desplazar aquel mueble ante la amenaza de ver caer ánforas y calderos del siglo II después de Cristo sobre su cabeza. A nadie se le ocurriría tampoco que las piezas estaban pegadas a las baldas, y que soportaban estoicamente todos nuestros trasiegos. Porque detrás del mueble de atrezo había una puerta blanca, aparentemente condenada, y un pequeño monitor oculto bajo una lengüeta de plástico. Tecleé la contraseña y me adentré en el laboratorio más importante del museo, el que solo cuatro personas conocíamos, el que yo odiaba en secreto. Nagorno diseñó aquel búnker durante la última reforma, buscándole la ubicación perfecta en pleno corazón subterráneo del museo, allí donde latían las mentiras.

Lyra no se inmutó cuando entré, era bastante habitual que acabara encontrándola allí, al final de la bancada, frente al potente ordenador. Aún no se había quitado la bata blanca y llevaba su pelo rubio atrapado en un recogido.

—Deberías ir subiendo ya —le dije acercándome a ella—. Te estás perdiendo casi todo el evento, no puedes desaparecer para bajar a investigar. Al menos hoy mantén las formas.

—Estoy acabando —contestó. En cuanto la impresora descansó, me pasó el taco de papeles sin apenas mirarlos.

—Dime, hermano, ¿qué ves?

Miré por encima los gráficos que me sabía de memoria.

—Tendremos que estudiarlos, aún es pronto para sacar conclusiones.

—¡Porque no hay conclusiones que sacar, Iago! —Ella prefería llamarme por mi último nombre—. No hay nada concluyente en estos resultados. Hemos inducido daño oxidativo en ratones y les hemos aplicado antioxidantes, ¿y qué? Esto no nos acerca a la respuesta de por qué somos longevos.

Ignoré lo que decía y me dirigí al fondo del laboratorio, donde una docena de jaulas apiladas contenían una pequeña población de roedores. Los observé, preocupado.

—¿Hace cuántos días que no los alimentas?, ¿quieres matarlos de hambre?

Abrí el saco del pienso y comencé a darles sus dosis de comida.

—Ya no nos sirven, el estudio está acabado —dijo acercándose.

—Pues dales una muerte digna. Ellos no tienen la culpa de tus frustraciones.

Pero antes de que yo me diese cuenta, agarró con toda su rabia varias jaulas y las estampó contra las paredes.

—¿Y quién la tiene, hermano? —gritó fuera de sí—, ¿quién la tiene?

Me abalancé sobre ella y le tapé la boca.

—Shh..., todo el personal del museo está sobre nuestras cabezas. —Le acaricié el pelo sin liberarla aún—. Tranquila, Lyra. Lo encontraremos, ¿de acuerdo?

—¿Que lo encontraremos...? Como lo del INO, ¿verdad? —Su voz sonaba amarga y eso dolía—. ¿Qué me has traído de Madrid, Iago? Lo he estado estudiando y no tiene nada que ver con lo que buscamos.

—De acuerdo. Lo del INO tampoco ha resultado, pero vamos a ponernos ya a espiar a todos los laboratorios que estén buscando soluciones al envejecimiento. Si no son los antioxidantes, será la hormona del crecimiento, la insulina, la restricción calórica, lo que sea. Pero no quiero verte así de hundida nunca más.

Ella retiró mi mano y comenzó a recoger las jaulas del suelo, desoyendo los chillidos de los ratones. Mecánicamente, con precisión. En eso se había convertido: un ente mecánico y preciso.

—No te relacionas con nadie, no piensas en otra cosa más que en investigar. Esto no es vida, Lyra. —Le pasé el dorso de la mano por la mejilla, pero ella la apartó de su cara.

—Al menos la conservo, que es lo que queríais todos, ¿no es cierto? —murmuró con tristeza.

«Marcha sin miedo, hermano. Estaré bien».

No era la voz de Lyra la que retumbaba en mi cabeza. Era otra, pero sonaba igual de familiar cuando pronunció aquella última frase que me había perseguido durante dos mil años. Boudicca, mi hermana caída, seguía habitando en mi memoria. Nunca se había marchado.

—Me estoy acordando de hace años —le dije—, cuando te llevé a mi casa en la playa de Ribadeo, después de lo de tu marido Fénix y...

—Lo recuerdo —me cortó tajante.

—Déjame seguir —la corté yo a su vez—. Cada noche, cuando me despedía de ti y te dejaba sola paseando por la playa de las Catedrales, me decías: «Vete tranquilo, hermano. Estaré bien».

Lyra me dio la espalda, como siempre que no quería que le leyera el rostro.

—Pero no te creía —proseguí—. No te creía y arrancaba el coche para que me oyeras marchar. Luego lo dejaba aparcado a un kilómetro, y volvía a la playa corriendo. Te observaba desde la distancia, escondido entre las rocas, mientras tú te paseabas por la bajamar.

—¿Me espiabas? —preguntó sorprendida.

Asentí en silencio. Ella se perdió entonces en sus pensamientos durante unos minutos y luego añadió:

—Aquel invierno, durante mis paseos por la playa, notaba que no estaba sola, sentía una especie de fuerza protectora. Pensé que era Teutates, el guardián.

—No, Lyra, no era ningún dios celta. Era yo quien te cuidaba todas las noches mientras te adentrabas en el mar bajo el reflejo de la luna.

Me quedé mirando, asqueado, las pipetas que se amontonaban frente a nosotros.

—Cada noche un poco más. Pensé que era una cuestión de días que te sumergieras y no te dieras la vuelta.

—Y tú me habrías salvado.

No era una pregunta.

—Sí, en contra de tus deseos —tuve que admitir—. Pero lo habría hecho.

Guardó silencio, con gesto ausente, y yo también me abandoné a los recuerdos un rato.

Fue entonces cuando llegó Nagorno. Oportunamente, con su brillante plan de buscar el gen longevo en nuestro ADN, de montar un museo como tapadera, y de nuevo otro cambio apresurado de identidad, los planes para que ella y yo nos formáramos en genética y todos interpretásemos un papel. Lür y yo decidiríamos todo lo concerniente al museo, a Nagorno le traía sin cuidado. A él solo le interesaba que yo aislara nuestro gen. En contrapartida, él y Lyra falsificarían las piezas que un día nos pertenecieron y enterramos, y que ahora descansaban en los museos de medio mundo. Un *quid pro quo* muy conveniente.

Lyra se dio media vuelta y me dejó estudiar su rostro. Se había puesto la máscara y estaba preparada para mi escrutinio.

—Podemos tardar años con esta investigación —repetí por enésima vez, con la esperanza de que lo asumiese—, estamos dando palos de ciego. Tal vez todo esto no nos lleve a ningún puerto. Y tú te niegas a volver al mundo de los vivos.

—¿Debo fingir que me gusta vivir?

«No, Lyra, debes hacer lo que tú desees, y se va acercando el momento de que todos lo entendamos».

Con Lyra a veces era mejor callarse. La observé en silencio durante un buen rato. Siempre había sido la más fuerte y la más solitaria de todos nosotros. Ella no nos necesitaba, a diferencia de la patética dependencia que nos mantenía unidos a Lür, a Nagorno y a mí a través de los milenios, más allá de los odios, las zancadillas y el hastío mutuo.

Ella no era así.

Nació sola, creció sola, y sola se enfrentó a su realidad de longeva. Cuando yo la encontré de nuevo, cuando sospeché que era la niña que habíamos abandonado padre y yo cuatro siglos atrás, ella había aceptado su naturaleza como un roble acepta las heladas y el granizo: haciendo dura su corteza y entendiendo los ciclos de la tierra. Tal vez su ciclo había concluido, tal vez ella sí que estaba preparada para morir de una vez. Tal vez éramos nosotros los egoístas, intentando evitar su marcha para no volver a pasar por otra pérdida familiar.

Eso es lo que Boudicca dejó en nosotros: el miedo a la muerte, algo tan prosaico que nos volvió los más temerosos de los humanos.

¿Por qué tanta gente dice que el tiempo todo lo cura? No es cierto, no todo se cura. Cuando pierdes un brazo, cada día de tu vida recuerdas que te falta. Da igual que vivas unas pocas décadas o unos cuantos milenios. Te falta. No está. Tu otro brazo intenta suplirlo, pero no lo consigue.

Ni lo hará.

IX

IAGO

Mes del Serbal, 8255 d. a., Lugdunum
Año 43 a. C., actual Lyon

Miré horrorizado la herida abierta y sangrante de mi mano: el dedo pulgar pendía inerte como un colgajo. La joven de la capucha limpió el filo de la pequeña daga en los pliegues de su falda embarrada y se dio la vuelta, rápida como una comadreja, perdiéndose entre las callejuelas oscuras que lindaban con la muralla de Lugdunum —o «el castro del dios Lug», como preferían seguir llamándolo los celtas—, a espaldas de los colonos romanos.

—¿Estás loca, mujer? —le grité con la voz destemplada por el dolor. Me arranqué como pude un trozo de tela de la manga para taponar la sangre mientras alcanzaba a mi agresora en cuatro zancadas.

Ella se giró por sorpresa y sentí un pinchazo en la entrepierna. De nuevo había sacado el arma y esta vez no me podía permitir las consecuencias.

—Dime, viajero, ¿quién te envía a por mí? —susurró con rabia.

Seguía sin ver del todo su rostro. Era de escasa altura, apenas me llegaba al pecho, pero estaba bastante seguro de que era ella.

—Calma, muchacha, nadie me ha pagado por encontrarte. Solo quiero hablar contigo, solo eso —respondí con la voz menos firme de lo que me hubiera gustado. Seguía perdiendo sangre y notaba un zumbido en mis oídos. Estaba próximo al desmayo.

—Aún no he conocido a un varón que solo quiera hablar conmigo —dijo, pegando su cuerpo al mío y rasgando con el filo de su puñal la tela que cubría mis partes—. Llevas tres lunas siguiendo mis pasos, desde que mi anciano esposo y yo llegamos por el río y descargamos nuestras mercancías. Únicamente mi curiosidad te ha mantenido vivo. Pero no tengo paciencia, habla sin rodeos o muere.

—Déjame ver tu cara, quiero comprobar si llevas en ella las marcas que estoy buscando.

—¿Y qué estás buscando, exactamente?

—Busco a una mujer con unos lunares en la mejilla izquierda. Forman un dibujo similar a una constelación de estrellas. En una cultura que conocí la llamaban la constelación de Lyra. Y ese nombre le asigné cuando nació, y por ese nombre pedí que la llamaran a la familia que la crio. Busco a una asaltadora de caminos a la que los leucos llamaban Cyra. En la tribu de los túronos, décadas después, me hablaron de una proscrita que se escondía en los bosques: Dyra. En la costa del norte, los cáletes escupían al suelo cada vez que nombraban a una Eyra, ladrona y líder de un grupo de salvajes... ¿Quieres que siga, Nyra?

Noté que apartaba su arma de mi cuerpo, y por primera vez me encontré con sus ojos.

—No puede ser que hayas escuchado tú mismo todas esas historias..., hace demasiado tiempo —dijo en un susurro. La ira había desaparecido de su voz y había dado paso al desconcierto.

—Vayamos a un lugar bien iluminado y déjame verte —le rogué, casi sin fuerzas.

Ella accedió, entre hechizada y recelosa, y nos acercamos a la luz de una fogata que los soldados romanos habían dejado sin vigilancia. Se retiró la capucha.

Un alivio de siglos me relajó el rostro. Por fin, después de tanto tiempo de búsqueda peinando toda la Galia. Era ella, era ella. Sus marcas de nacimiento, los ojos de ese azul oscuro que compartía con su madre...

—Y ahora dime quién eres tú —me pidió, ya sin autoridad en la voz.

—Acompáñame. Viajo ligero, pero tengo un techo bajo el que dormir. Debo coserme la mano ahora mismo o me desangraré. Por el camino te contaré una historia.

—¿Qué historia, hispano? —preguntó, siguiéndome.

—La historia de nuestra familia y de por qué deberías volver por fin con nosotros.

10

IAGO

Duodécimo día del mes de Luuis
1 de febrero

Cuando llegué al MAC, la chica nueva me esperaba en mi despacho con el cuerpo en tensión.

El día anterior me había fijado en una cicatriz antigua en forma de herradura que cruzaba parte de su frente, probablemente debido a la coz de un caballo, algo muy poco frecuente en estos tiempos. No pude evitar pensar que en otra época aquella marca habría dirigido, para bien o para mal, su destino.

Lo curioso era que Adriana Alameda no la ocultaba con un flequillo, como habrían hecho muchas personas, en un gesto de vanidad. Ella la dejaba visible, en una actitud que me pareció de desafío. Pese a la cicatriz, que también le surcaba parte de la ceja derecha, poseía un rostro agraciado, dominado por unos ojos vivos de dos colores: la estrella marrón en el centro y un gris indefinido alrededor. Ojos que posiblemente cambiaban bajo las distintas luces del día. Ojos rápidos y curiosos que no se descolgaban de los míos.

El resto del conjunto, una melena castaña lacia, peinada al modo de las damas medievales en las mañanas de gesta, y una magnífica estructura ósea, era un regalo agradable para los sentidos, pero Nagorno y su fama de libertino habían convertido el museo en un coto vedado si no queríamos ir de escándalo en escándalo, así que me propuse concentrarme en el trabajo, y dejar los placeres para el fin de semana.

Le indiqué su silla frente a la mía.

—Bien, esta es la situación, Adriana. Como sabrás, el Museo de Prehistoria de Cantabria está cerrado al público desde hace varios años. Nosotros conseguimos que nos cedieran temporalmente bastantes piezas, pero el museo ha cambiado de director y al nuevo le han entrado prisas por agilizar la reapertura. Ayer le dieron a Héctor diez meses de plazo para devolverlas. Necesito que comiences a mover tus contactos hoy mismo y que consigas traer todo lo que puedas al MAC. Vamos a tener que reestructurar la Sala de Prehistoria y también tendremos que llenar la programación de exposiciones temporales de otros museos o de yacimientos. Nos vamos a quedar sin el ochenta por ciento de las piezas para noviembre.

Tragó saliva.

—¿El ochenta por ciento?

—Ajá.

—¿En diez meses?

—Eso es.

—Va a ser una sangría.

Asentí. «Más bien un expolio».

Se daba la dolorosa paradoja de que muchas de las piezas que había que devolver eran «nuestras». Realmente nuestras. Las agujas del escondrijo de Monte Castillo, mi molar... El plan inicial era mantener las piezas en el MAC hasta que cerrásemos dentro de unos años y cambiarlas por falsificaciones antes de desaparecer y estrenar nueva identidad. El imprevisto del día anterior había dinamitado esa dulce posibilidad. Nos arriesgábamos a tener problemas legales si un museo como el de Prehistoria se daba cuenta de que les habíamos devuelto falsificaciones. No había más remedio que dejarlas pasar. Reprimí un suspiro. ¿Qué tiene que hacer un hombre para mantener cerca lo que es suyo?

—Iago, puedo traer exposiciones, pero diez meses es muy

poco tiempo. Los convenios de colaboración necesitan más de año y medio, solo por el papeleo y los permisos para sacar las piezas del país, por no hablar del montaje. No puedo llamar a ninguna puerta con esas prisas, ni quemar mis contactos de ese modo.

Adriana tenía razón, y yo lo sabía muy bien.

—Pues tenemos un problema si no queremos cerrarla durante unos meses. Vayamos a la Sala de Prehistoria —sugerí—; rodeado de piezas pienso mejor.

Bajamos los cuatro pisos por la escalera de madera, que crujía a nuestro paso como deben crujir todos los suelos antiguos. La Sala de Prehistoria era una de las mayores estancias de todo el MAC. Lür y yo teníamos predilección por esa área. Como decía Rilke: «La infancia es la patria de todo hombre». Daba igual cuántos milenios hubiésemos caminado por el mundo, Lür seguiría siendo siempre un cromañón del Paleolítico, y yo, un cazador que se niega a abandonar su modo de vida y unirse a la revolución neolítica.

Dejé que la chica entrara primero y luego pasé detrás.

Adriana se acercó a la misma vitrina donde la conocí el día anterior. Sonreí. Era una de mis piezas favoritas.

—El «*Mea culpa* de un escéptico» —dije, colocándome junto a ella.

—¿Es el ejemplar original?

—Sí, mi familia lo conservó desde 1902, con buen criterio. El padre de mi abuelo le transmitió lo que se vivió en su momento, y este, a su vez, nos contó la historia.

—Adelante —me animó.

—Cuando Marcelino Sanz de Sautuola descubrió los bisontes de Altamira, en 1879, todos los prehistoriadores de la época lo acusaron de embustero. No creían que el hombre prehistórico fuera capaz de crear arte —dije, reprimiendo una mueca—. Décadas después, cuando en Francia se descubrieron pinturas similares en otras cuevas, Émile Cartailhac, la autoridad mundial de la época, escribió el artículo que estás viendo pidiéndole perdón por no haberle creído. Aunque llegó tarde; Sautuola había muerto catorce años atrás.

—¿Piensas que ahora volvería a pasar?

—Ahora sigue pasando. Por eso me gusta tener esta pieza expuesta. Es una lección interesante, ¿no crees?

—¿Cuál?, ¿que hay que creer sin pruebas?

—No, que no hay que negar una realidad por el simple hecho de que aún no las haya —dije.

—Yo soy más de pruebas, Iago.

—Si algo es cierto, las pruebas acabarán apareciendo —insistí.

Ella asintió con educación, aunque no muy convencida, y empezó a pasearse a lo largo y ancho de toda la sala.

—Escucha, Iago. Estoy dándole vueltas al tema de la sangría.

—¿Y...?

—Ya que nos vamos a quedar con pocas piezas...

—Muy pocas piezas —apostillé.

—Muy pocas piezas —repitió con una sonrisa cómplice—, podríamos enfocarnos en transformar la sala en un Centro de Interpretación de la Prehistoria. Cuando viene un visitante se encuentra con lo de siempre: varios cráneos, puntas de flechas y bifaces. La Edad de Piedra en estado puro. Se van con los mismos tópicos en la cabeza con los que venían. Aún hoy, en el imaginario popular el hombre de la prehistoria sigue siendo un ser simiesco que vive permanentemente en las cuevas y va vestido con harapos de pieles. Saquémoslo de las cavernas.

«Bueno, esto empieza a sonar interesante».

—Te escucho —la animé—. Continúa.

Empezó a revolotear por la sala buscando algo hasta que lo encontró.

—Mira, aquí: «Agujas de hueso. 26000 antes de Cristo, Paleolítico superior. Donación de la Academia Nacional de las Ciencias de Ucrania, Kiev».

—¿Y?

—Si los dejas en la vitrina, con una placa escrita por y para arqueólogos, la gente no va a deducir por sí misma lo que supone. Mi propuesta es que cojamos las agujas de hueso y les dediquemos un panel. Si hubo agujas, hubo hilo hecho de tendones; eso ya lo sabemos. Por lo tanto, los vestidos hace veintiséis milenios estaban mucho más elaborados de lo que el ciudadano medio cree. Podemos recrear a gente cosiendo.

—Debo admitir que me gusta la idea, ¿algo más?

—Hagamos lo mismo con las pocas piezas que nos queden, mostremos el día a día de la prehistoria: la comida, la caza, la pesca, la recolección.

—Bien, deja que lo estudie. Desde luego, sería una forma de parchear la falta de piezas.

¿Cómo no emocionarme con su reto? Recrear nuestro modo de vida, recuperar los oficios, nuestras ropas, los momentos cotidianos, fingiendo llegar con nuestra imaginación allá donde los yacimientos no llegarían nunca.

Pero enseguida vi el peligro: ¿hasta dónde podría fingir imaginar?, ¿debería tener permanentemente en cuenta lo que la ciencia había descubierto para no llamar la atención de la arqueología oficial? Tal vez la tarea acabara resultando frustrante. Aquel había sido siempre mi eterno dilema: fingir no saber lo que viví. Por eso renuncié tantas veces a ser profesor de Historia. ¿Cómo no enojarme con las versiones oficiales? ¿Cómo no ayudar a los colegas que se pasaban una vida entera intentando resolver un puzle y no darles yo la clave que les permitiera descifrar el enigma? ¿Para qué?, ¿para que me odiasen?, ¿para que se sintieran insectos?, ¿para que envidiasen que yo estuve allí? Porque sería cierto, porque tendrían razón: fuera cuando fuera, yo siempre estuve allí.

Un carraspeo me trajo de vuelta a la sala. Por lo visto, me había perdido en mis divagaciones durante un buen rato.

—Discúlpame, estaba valorando tu idea. Nos llevaría muchas horas, si queremos tenerla lista en diez meses. Tal vez tenga que centrarme solo en prehistoria y dejar que Héctor se encargue de coordinar el resto de las áreas estos meses. Y tú tendrías que seguir buscando convenios de colaboración. De momento, aquí tienes toda la documentación de nuestros fondos para que vayas poniéndote al día.

Le pasé un *pendrive* que había preparado con la base de datos de su área. Eché una ojeada al reloj:

—Son ya las doce, ¿vienes al BACus a tomar unos pinchos?

—¿El BACus?

—Sí, el bar del museo; está en la planta baja. El personal almuerza allí a diario, pero a estas horas no está muy concurrido.

—De acuerdo. Voy a pasar un momento por el despacho de Salva a felicitarle por la exposición de ayer. En diez minutos nos vemos aquí al lado, ¿vale?

—Claro. —Sonreí satisfecho, dejando pasar a un par de estudiantes enchufados a sus audioguías.

Pensé que iba a ser fácil trabajar con ella.

Me equivoqué.

Una vez más, me equivoqué.

Ni siquiera los milenios le enseñan a uno a ser infalible.

11

IAGO

Duodécimo día del mes de Luuis
1 de febrero

En el BACus apenas quedaban dos mesas vacías, el resto estaban ocupadas por turistas y visitantes del museo. Me acerqué a la barra y pedí lo de siempre, mientras que Adriana se arregló con un café con leche. Luego elegimos unos cuantos pinchos y le señalé con la cabeza la mesa del fondo, detrás de la barandilla de madera. Allí estaríamos cómodos y a salvo de los curiosos.

El local tenía un aire a los cafés de finales del siglo XIX. Suelo de damero de ajedrez, además de los espejos con molduras decimonónicas. Había un motivo para haberlo diseñado así. Después de que el incendio de 1941 acabara con todo el centro histórico de Santander, no había quedado en la ciudad ni un solo café de aquella época, así que supusimos que un poco de nostalgia nos llenaría las arcas. Y no nos habíamos equivocado.

—Y bien —la tanteé—, ¿qué te ha traído de nuevo a la tierruca?

—Llámalo morriña —contestó mientras miraba alrededor distraída.

En ese momento el camarero se aproximó con la bandeja de los pinchos calientes.

—¿Vives con tus padres? —Le acerqué un volován de boletus.

—Vivo prácticamente sola desde los diecisiete, cuando mi

madre murió. Poco después nos trasladamos a Madrid. Aunque mi padre es comercial y siempre está viajando. ¿Y qué hay de ti?, ¿llevas aquí desde el principio?

«Literalmente, además. —Sonreí para mí—. Y tú eres una *crack* cambiando de tema».

—Sí, desde hace cuatro años, cuando pusimos en marcha el museo.

—Vaya, entonces eres coordinador desde los veintipico. Eso es todo un récord.

—¿Por qué te extraña tanto?

—Es solo que me sorprende que seas tan joven —se explicó mientras se revolvía nerviosa en su asiento—. Hasta ahora los coordinadores que he conocido habían pasado por varias áreas del museo, lo que suponía un par de décadas de experiencia como mínimo, así que todos rondaban los cincuenta años.

No soy un hombre paciente, lo reconozco.

—Entonces crees que tengo una idea general de todas las áreas, pero que no puedo ser un experto en tu Área de Prehistoria, pongamos por ejemplo —la atajé.

—No quería ofenderte, Iago, de verdad, ni dudo de ti. Más bien era un cumplido. Pero es que tu juventud es tan... llamativa —dijo, un poco nerviosa.

«Bien, esto va a ser divertido».

—No me ofendo —sonreí ante el reto—, pero será mejor que despejemos este malentendido desde el principio. Si vas a trabajar a mi lado, necesito que confíes en mí y en mis conocimientos tanto como confías en los tuyos.

—Bueno, ¿y qué propones, que nos pongamos un examen? No es eso lo que pretendía, en serio.

«¿Un examen? Yo llevaba ya milenios desgastando el suelo que pisas cuando se acuñó ese término».

—Se me ocurre algo mejor —le propuse—: juguémonos el último pincho de salmón. Comienzan las damas. Vamos, elige tú el tema.

—Como quieras, pero que conste que no es que desconfíe de ti...

—Venga, empieza de una vez.

—A ver... —Miró alrededor buscando inspiración.

El camarero se acercó de nuevo a nuestra mesa con la bandeja.

—Su café solo, Iago.

—Gracias, José.

—Allá va —dijo después de quedarse mirando un momento la taza que me habían servido—. ¿Desde cuándo bebemos leche?

—¿Como adultos? Desde hace siete mil quinientos años. La mutación que permite que digiramos los lácteos a lo largo de la edad adulta se originó en los Balcanes.

—¡Vaya! —dijo poniendo cara de sorpresa. Ese levantamiento de cejas me iba a traer por la calle de la amargura. Lo sabía—. Ese estudio salió en el *PLOS Biology*.

—En agosto de 2009 —la interrumpí—. ¿Vas a limitarte a preguntar por reseñas de revistas científicas?

—De acuerdo —dijo animándose—, cambiemos de tema. ¿Cuándo se extinguió el último neandertal?

—Los restos del ejemplar más reciente indican que ocurrió hace unos veintiocho mil años, en la cueva de Gorham, en Gibraltar.

«Y Lür podría darte más detalles de los que jamás hayas soñado».

—¿Crees que hablaban?

—Desde luego que sí. Aunque su lenguaje era tosco, con solo dos o tres vocales y más onomatopeyas que nosotros.

—¿Cómo puedes afirmarlo sin pestañear? De momento sabemos que poseían el gen que interviene en la capacidad para el habla, pero hasta que no se estudien las semejanzas con el nuestro, no podremos estar seguros.

—Yo también estoy al tanto de la Operación Genoma Neandertal —le dije—. Aunque entiendo que no me estás pidiendo un resumen, sino que te diga lo que opino yo. Pero adelante, ponme al día de tus conclusiones. Con los datos que tenemos, ¿tú crees que hablaban?

—Lo que pienso es que no podemos confirmarlo todavía. Tenemos que esperar a la secuencia completa del ADN.

—Eso está claro, pero piensa un poco —insistí—. Tenemos enterramientos de neandertales a lo largo de toda Europa y Eurasia. Todas las tumbas orientadas hacia el sol naciente. ¿Eso no te dice nada?

—No es suficiente para concluir que hablaban —se reafirmó, mientras acababa con el último pincho de centollo.

—Pero sí para deducirlo. ¿Cómo podrían haberlo hecho sin un lenguaje? Esos hallazgos nos remiten a una religión común, o al menos a la creencia en una vida después de la muerte. ¿Cómo se puede transmitir algo tan profundo sin articular palabra? Dime, Adriana, ¿eres de las que solo cree en las cuestiones que fosilizan?

Guardó silencio unos segundos antes de contestar. Luego renunció a seguir.

—Iago, creo que nos hemos metido en la típica discusión de arqueólogos y creo también que hasta dentro de unas décadas no vamos a salir de dudas.

—Tienes razón —concedí.

«Y puede que tú no lo veas».

—De todos modos, te has ganado todos mis respetos como prehistoriador. El pincho de salmón es tuyo —dijo, acercándome el plato y guiñándome un ojo.

—Se agradece. Anda, volvamos al despacho.

Taché en mi mente aquello de que iba a resultar fácil trabajar con ella.

Y aun así, sonreí para mí.

«¡Qué demonios!, como mínimo, no nos vamos a aburrir juntos».

12

ADRIANA

1 de febrero

Conduje de vuelta a un Santander que aquel mediodía se deshacía en lluvia, dándole vueltas a mi conversación con Iago. Iba a resultar muy estimulante trabajar con alguien con sus conocimientos. En mi anterior trabajo en el Museo Arqueológico Nacional sentía que me estaba oxidando, pero mi nuevo jefe me iba a retar con cada proyecto, lo sabía, y eso era justo lo que necesitaba.

Un par de minutos después, escarbaba en mi bolsillo trasero en busca de las llaves frente a mi portal.

—¡Hola, mamá! ¡Ya he vuelto! —grité al entrar.

El piso de mis padres estaba tal y como lo habíamos dejado cuando nos trasladamos a Madrid. La decoración me resultaba ahora pasada de moda, pero entre esas paredes estaban todas las respuestas, así que me dirigí a mi dormitorio.

Primera parte de la investigación: repasar los hechos de una fuente fiable. Yo misma. Me acerqué a la cama y levanté el colchón. Mi viejo diario seguía allí, sobre el somier de láminas. Me senté sobre la colcha y las páginas pasaron solas hasta llegar a la fecha maldita:

> *9 de diciembre*
>
> Hoy no puedo estar bien, ni lo estaré en mucho tiempo.
>
> Hoy mi madre, después de nuestra pelea de ayer, ha movido ficha. Jaque mate.

Tocada y hundida.

Para siempre.

Hoy me ha convertido en huérfana.

Hoy ha llegado Marcos con su moto, a la salida del instituto.

Cuando me he acercado a él, me he dado cuenta de que tenía los ojos rojos.

Releí esas primeras frases y recordé todo lo que vino después:

—Acaban de encontrar a tu madre en su consulta —me había descerrajado mi primo—. La policía dice que ha podido ser una sobredosis de barbitúricos. Había un bote vacío en el cajón de su mesa. ¿Tú sabías si estaba deprimida y se medicaba?

«¿Cómo va a tener depresión la mejor psicóloga de Santander?», pensé.

—No comprendo lo que me estás preguntando. ¿Le han hecho ya un lavado de estómago?, ¿vienes a recogerme para ir al hospital?

—Está muerta, Dana.

—No comprendo lo que estás diciendo —había repetido, ofuscada—. Esta mañana hemos desayunado juntas un café. No hemos hablado demasiado porque seguimos enfadadas por la bronca de anoche, pero ella está bien. Tienes que creerme. ¡Estaba bien!

—Tranquila, nos vamos de aquí. Todo el insti nos está mirando.

—Me da igual, déjame la moto.

—Ni loco.

—¡Déjame la moto, maldita sea, Marcos!

—No te vas a llevar la moto en este estado.

Me había rodeado con los brazos y me había obligado a quedarme quieta. Luego me había susurrado:

—Deja... que... te... saque... de... aquí.

No recordaba nada más; Marcos dijo que perdí el conocimiento. De aquellas primeras horas no me quedaba ni un recuerdo. Nada que recuperar.

Continué leyendo en mi diario:

13 de diciembre

Esta mañana ha sido el funeral. Cuando hemos llegado al cementerio había otro entierro, hemos visto pasar un ataúd oscuro y dos pequeños blancos. El abuelo me ha dicho que siempre hay alguien que está peor. Que eso lo aprendió en la Guerra Civil, que la mujer joven que llora delante de las tumbas de la otra calle ha perdido a la familia entera. A ella no la he visto, pero no me ha consolado ese pensamiento. Luego, cansada de todas estas noches sin dormir, me he sentado en las escaleras de un mausoleo, a pocos metros del nicho donde iban a meter a mi madre. Había un hombre apoyado en la pared y hemos hablado un rato. Reconozco que me ha hecho darme cuenta de que no soy la única que sufre.

Mamá ha muerto.

Voy a necesitar escribirlo muchas veces hasta que me lo crea de una vez.

Mi madre me explicó en una ocasión que el duelo tiene cinco etapas y que ella ayudaba a sus pacientes a pasar por todas ellas sin que ninguna se convirtiese en patológica. Recuerdo que esas etapas eran la incredulidad, luego la rabia. No me acuerdo de la tercera y la cuarta, pero la última era la aceptación.

Yo pienso quedarme instalada en la primera, creo que estaré mejor.

Le he preguntado al abuelo por el informe de la autopsia, pero me ha dicho que todavía no lo han entregado, y que la policía le ha adelantado que creen que ha sido una «intoxicación por ingesta de antidepresivos», y que no tienen manera de saber si fue accidental o lo hizo queriendo. No dejó ninguna nota, y dicen que suele ser lo habitual en caso de suicidio y más en una persona formada como ella. Así que la policía no se decanta por ninguna de las dos hipótesis. Lo único que sé seguro es que tomaba antidepresivos y no me lo decía.

Lo peor de todo es que no voy a saber si nos ha dejado o simplemente se ha pasado con las dosis. No lo sé, y necesito saberlo. Tengo que saber si estaba tan enfadada conmigo que ha preferido pasar de mí y dejarme sola en Santander.

13

ADRIANA

1 de febrero

Cerré el cuaderno y me envolví en la colcha. Había olvidado algunos detalles de aquellos días, como mi encuentro con aquel hombre. Intenté hacer memoria, aunque no conseguí recordar su aspecto. Aquella conversación, en cambio, volvió a mí tan fresca como si la hubiésemos mantenido pocos días atrás.

—Tú eres la hija, ¿verdad? —me preguntó, sin apenas mirarme.

—¿Conocías a mi madre? —contesté sin ganas, procurando ser educada. Al principio pensé que sería algún conocido de su trabajo.

—No, lo siento. No he venido por el entierro de tu madre, aunque te doy el pésame.

—Entonces, ¿cómo sabes que yo soy la hija?

—Porque todo el mundo está pendiente de ti.

Claro, era sencillo darse cuenta.

—Te veo muy serena.

—Vengo llorada de casa. —Me encogí de hombros.

Algo parecido a la admiración recorrió sus facciones durante una décima de segundo, nos caímos bien. Aún no estaba preparada para volver y enfrentarme al nicho de mi madre, así que nos quedamos un rato sentados en un banco en silencio.

—¿Ese chico que te mira tanto es tu novio? —dijo por fin.

—No, es mi primo.

—Mejor, entonces —dijo con aquella voz tan rotunda.

—¿Por qué mejor?

—Porque se le ve preocupado por ti y te durará más que un novio —contestó, como si fuera lo más obvio del mundo.

Sonreí por primera vez en muchas horas. Me gustó que fuera tan franco, que no me tratara como si yo fuese de papel, como el resto de mi familia.

—¿Has venido por el otro entierro? —pregunté, cambiando de tema para ser amable.

—Sí, evito ir a todos los funerales que puedo, pero a este no podía faltar. ¿La ves? —dijo señalándome a la chica de la que mi abuelo había hablado—. Estoy preocupado. Ella es una mujer fuerte, ha pasado por mucho en esta vida, pero ahora es distinto. La veo rota, rota por dentro. Es algo nuevo, una certeza. No sé qué va a suceder a partir de ahora.

—Por mucho que haya sufrido antes, esto es sin duda lo peor que le puede ocurrir a una persona. ¿Hay algo peor que la muerte?

—Tantas cosas... —dijo levantándose, a modo de despedida, sin mirarme ni una sola vez—. Lo peor de la muerte es a los que deja vivos.

Y se alejó detrás de la comitiva de su familia.

Deseé que fuera de mi propia sangre o alguien cercano; un mentor, un guía. Aquel breve encuentro amplió mi limitada visión del mundo. En ese mismo momento decidí dejar a un lado la autocompasión. Había problemas más allá de donde acababan mis pies.

El recuerdo de aquel hombre me trajo una sensación recientemente familiar, aunque no supe identificar el origen. ¿Me recordaba a alguien? No, que yo supiera. Pero volvió a reconfortarme aquella voz segura. Una voz que seguía en mi cabeza, en algún lugar de mi subconsciente.

Esa noche me quedé dormida con el cuaderno a mi lado, sintiéndome un poco menos sola que de costumbre.

14

IAGO

Día del Imbolc
1 de febrero

Aquella tarde, después del trabajo, aparqué el Jeep en el primer tramo de la Cuesta de las Viudas.

Mi padre se había decidido años atrás por una casona en la zona del Sardinero, pero a todas luces le quedaba grande. Cuando entré en su salón lo encontré de pie, buscando alguna novela en su biblioteca para matar la desidia de las largas noches de febrero. En la chimenea las llamas lamían los ladrillos tiznados. Me senté, tratando de entibiar el cuerpo, y me puse a jugar distraído con una rama.

—Y bien, ¿qué te ha parecido Adriana ahora que habéis comenzado ya a trabajar juntos? —me preguntó.

—¿Oficialmente? —Él asintió a modo de respuesta y yo me encogí de hombros—. En cierto sentido, no ha defraudado mis expectativas: tiene un nivel académico excelente, está segura de sus conocimientos...

—¿Pero...? —me interrumpió Lür al notar mis recelos.

—Pero es un tanto cuadriculada, de las que solo creen en las versiones oficiales. —Sacudí un tronco con la rama, provocando unas pocas volutas de fuego.

—Eso nos favorece si va a trabajar a nuestro lado. No quiero a nadie imaginativo que se ponga a elucubrar teorías si ve algo que se salga de lo normal —dijo mirando distraído más allá de la playa de los Peligros.

—Estoy de acuerdo, aunque es una pena que un cerebro como el suyo tenga tan poca imaginación. De todas formas, nos ha salvado de una buena.

Le conté su propuesta de montar una Sala de Interpretación de la Prehistoria, y en su sonrisa satisfecha pude ver que la idea le seducía tanto como a mí.

Pero en ese momento el viento dio un latigazo rápido en la ventana y me sobresaltó, entonces me percaté de que tenía su presencia a mi espalda.

Mi hermano tenía la mala costumbre de entrar sin llamar, y siempre fue sigiloso como el fantasma de un felino. A veces el viento me anunciaba su llegada. A veces.

—¿Has traído el arma? —le preguntó Lür, a modo de saludo.

Nagorno abrió su maletín con ademanes de ilusionista y nos enseñó la daga. Me incorporé para admirarla. La luz de la hoguera se deslizó por su filo impoluto. Mi hermano era un artista que no dejaba de sorprenderme, un genio de la falsificación. Había reproducido con precisión milimétrica la pieza estrella de la exposición del poblado cántabro.

—Un trabajo muy fino —murmuró mi padre con un deje de orgullo en la voz—. ¿Cuándo se la pasarás a Lyra?

—Va a ser difícil que la deje exactamente igual que la original —comenté, preocupado—. No sé si deberíamos arriesgarnos.

—La familia, hermano. Confía en la familia. Nuestra hermana tiene un don, tanto para restaurar piezas como para envejecerlas. Yo no tendría miedo a que nos descubran. El yacimiento es pequeño y apenas cuentan con medios técnicos. No se darán cuenta del intercambio.

—De todos modos, veremos cómo queda cuando Lyra la termine —le dije.

—¿Y ahora vas a contarme quién es esa Adriana? —preguntó, sentándose a mi lado. Por lo visto, llevaba más tiempo en el salón de lo que yo pensaba.

—Estábamos hablando de Adriana Alameda, hijo —intervino Lür—, la nueva conservadora jefe del Área de Prehistoria. Aprovecho la ocasión para reiterarte que te mantengas alejado del personal del museo en cuanto a conquistas.

—¿Y esa orden es extensiva a mi hermano o solo yo he de observar tus ridículos mandatos?

«Nagorno, el estratega», pensé. Comenzaría a pincharme para tantear mis reacciones. Luego sacaría sus conclusiones e intentaría hacer el mayor daño posible. Aquel era su *leitmotiv,* lo que le había mantenido vivo durante tres milenios.

—¿Y...? —le exigió impaciente.

—Todos deberíamos dejarnos de tonterías —atajó mi padre.

—Iago, ¿tú qué opinas? —me intentó aguijonear—. Tal vez deba pasarme por su despacho un día de estos.

Lo dicho: lo esperado. Enterró la mina en el jardín y esperó para ver si yo pasaba por encima. Pobre Nagorno. Tres mil años de juegos. Nunca le dejé ver que yo era mejor estratega que él. Esa fue mi estrategia. Desde el principio. Desde que mi padre me rogó que lo salváramos y lo alejamos de cualquier territorio habitado. Desde los primeros meses que lo mantuvimos atado en aquella tienda de pieles para que no nos atacara. Cuando el juego era real. A vida o muerte. Un crío al que se le revela que no morirá. Un primitivo supersticioso que se cree un semidiós. Un hijo furioso con su padre y su medio hermano porque lo apartan de su vida fácil de sacrificios humanos, placeres brutales, masacres. Para entonces yo había caminado por el mundo siete mil años, y habría acabado con él como lo había hecho sin dudar con tantos hombres que lo merecieron antes que él. Solo su buena estrella lo impidió. Varias veces, que yo recordara.

Aquella mañana, día del Imbolc, sentados pacíficamente en un salón de nuestra pequeña ciudad y lejos de la maldita Escitia, la guerra continuaba a otra escala.

Nagorno seguía buscando pistas para decidir si merecería el esfuerzo disputarme la última mujer interesante que había conocido. «Como si fuésemos nosotros, y no ella, quienes decidiéramos», pensé.

—Por mí haz lo que quieras, hermano —mentí mientras le golpeaba el hombro con el puño, fingiendo una vez más una camaradería que no existía entre nosotros.

«Así mejor —pensé—, eso le aburrirá sobremanera».

Mi padre y yo cruzamos una mirada a espaldas de Nagorno durante una décima de segundo. Suficiente, como siempre. A Lür no se le había pasado nada por alto.

Un rato más tarde, ambos se despidieron de mí con la intención de pasar lo que quedaba de tarde jugando al golf. Yo decliné su invitación y me quedé cuidando la lumbre. El viento, insistente, golpeaba los cristales con sus nudillos invisibles, trayéndome recuerdos que yo prefería ignorar. Sabía que vendrían, los olía desde que mi hermano entró por la puerta del salón. A veces me obligaba a hacerlo, era un ejercicio doloroso pero necesario. Respiré profundo y los dejé pasar.

XV

IAGO

7598 d. a., Escitia
700 a. C., actual Ucrania

Llevábamos doce jornadas caminando sin cruzarnos con un alma. El viento, omnipresente, nos traía murmullos que creímos de cascos de caballos, pero nada interrumpía el monótono paisaje de la estepa. Habíamos dejado atrás el territorio de los getas, y sabíamos que tarde o temprano tendríamos que lidiar con los escitas. Nuestra intención era bordear el norte del mar Negro, siempre en dirección al bóreas, para adentrarnos en el país de los andrófagos, si es que realmente existían. Después, caminando en dirección contraria a la marcha del sol, nos encontraríamos con «los que duermen un semestre».

Allí nos dirigíamos, siguiendo las leyendas que hablaban de unas bestias peludas con colmillos del grosor de un árbol maduro. Bestias similares a los elefantes, pero tres veces más grandes. Bestias sagradas como las que mi padre abatió en su primera juventud. Contaban que algunas manadas se habían retirado hacia los hielos eternos. Contaban que no morían nunca y que vivían bajo la tierra helada.

Pero aún quedaba bastante para llegar al confín del mundo. Exhaustos, convenimos parar después de alcanzar la cima de una pequeña colina. Lo que vimos desde allí fue inquietante: decenas de túmulos de tierra y pedruscos se alzaban frente al horizonte. De todos ellos, uno llamaba poderosamente la atención. Rodeando el montículo central, los cadáveres de unos cincuenta caballos con sus jinetes estaban dispuestos en círculo, como si fueran la guardia personal del difunto y aún escoltasen a su amo. Calculé que llevaban muertos pocos años, porque algunos de los animales y de los hombres estaban ya descarnados, dejando ver sus esqueletos.

—Kurganes —susurró mi padre, entre cauteloso y maravillado—, las tumbas de los reyes y los caudillos escitas.

Entrábamos en suelo sagrado. Un suelo árido, de césped rizado y quemado, eternamente castigado por el viento frío. Allá donde nuestra vista alcanzaba, no se veían árboles que soportaran vivir bajo aquellas condiciones. Intercambiamos una sonrisa cómplice y descargamos parte del contenido de nuestro equipaje. Llevábamos bastante oro para sortear los avatares del viaje, pero teníamos la costumbre de ir enterrando pequeñas cantidades por el camino. Siempre eran de utilidad, si es que podíamos recuperarlas después. Algunas tribus escitas tenían fama de saqueadoras, y dos hombres que viajaban solos estaban siempre expuestos a un más que posible asalto.

Nos acercamos al kurgán que más destacaba, el de los jinetes muertos, y nos pasamos la mañana cavando hasta dejar enterrado y sellado nuestro oro. Con el tiempo habíamos aprendido que los túmulos eran un excelente escondite si se sabía dónde excavar. Fue entonces, recién aplastada la tierra, cuando nos pareció oír algo. El relincho de un caballo, lejano pero inconfundible. Nos alejamos cuanto pudimos del montículo, buscando en todas direcciones el origen de aquel ruido, pero no vimos nada.

—Mal momento para ser sorprendidos —murmuró mi padre, preocupado.

Entonces aparecieron. Un séquito de jinetes surgió de la nada y se acercó a galope hacia nosotros, apuntándonos con pequeños arcos y lanzando gritos agudos. Tuve el reflejo de buscar mi puñal escondido bajo el cinturón, pero mi padre me persuadió:

—Son diecinueve, ni se te ocurra.

Nos rodearon en formación cerrada, todos menos su líder, que permaneció algo alejado, controlando la escena. Mi padre arrojó al suelo sus armas, mientras me ordenaba con la mirada que yo hiciera lo mismo.

Los jinetes iban vestidos con llamativos pantalones rojos. Toda su indumentaria —casacas, cintos, gorras— llevaba chapas de oro cosidas en forma de animales: águilas, ciervos, jabalíes. Supuse que eran la élite marcial, escitas ricos que iban a asistir a alguna ceremonia. No se me escapó que la mayoría eran ancianos, demasiado viejos como para ser guerreros. Otro, el más corpulento, tenía edad para estar luchando, pero le faltaba una pierna desde la cadera. Todos ellos eran morenos, tenían el pelo liso peinado hacia atrás a la altura de los hombros y una barba bien cuidada. Entonces me fijé en que su líder era lampiño. Pensé en un principio que sería un adolescente, demasiado delgado para ser un hombre ya formado, aunque por el porte intuí la soberbia de quien está acostumbrado a dar órdenes. Se acercó a nosotros, sin bajar del caballo.

—¿Quiénes sois y qué hacéis aquí?

No fui yo quien respondió, porque me costó un par de segundos recuperarme de la sorpresa: era una mujer. Una mujer guerrera, armada con arco, látigo y espada corta.

—¿Conocéis nuestro idioma, señora? —se apresuró a preguntar mi padre.

—¡Responded! —bramó ella, a la vez que soltaba el látigo y lo hacía restallar a medio palmo de mis pies.

—Somos Héktor y Iasón de Halicarnaso. Mi hermano recolecta hierbas medicinales y él mismo elabora las drogas para sus enfermos. Ejerce su oficio en un taller médico, un *iatreíon*, en nuestra colonia natal. En estas tierras hay arbustos cuyas raíces son muy interesantes para él. Por mi parte, soy mercader y algo aventurero, así que no he podido evitar acompañarlo en su viaje. Puedo ofreceros con sumo gusto collares y pendientes que aún no se han visto en estas latitudes.

La mujer sonrió de una manera que me inquietó, y su caballo se abrió paso hasta quedar frente a mi padre y nuestros sacos, despreciando mi presencia.

—Muéstramelos.

Héktor abrió su alforja y la extendió en el suelo con movimientos lentos, controlando de reojo al resto de los jinetes, que murmuraban entre sí. La mujer miró la mercancía con atención mientras mi padre recitaba los precios y describía cada pieza:

—El collar que veis está hecho de cuentas de turquesa, cornalina y argilita, pero este de ámbar es más bello aún. Puedo haceros un precio especial.

Aun así, no se apeó del caballo para probarse nada. Héktor también captó el detalle.

—Estoy seguro de que podemos llegar a un acuerdo que nos satisfaga a ambos —añadió, cada vez menos convencido.

—Todavía no lo has entendido, ¿verdad? —le dijo—. Esta es la tumba de mi padre y mi deber es guardarla de los saqueos. Habéis turbado su descanso. Ya no sois hombres libres.

No tuvimos tiempo de reaccionar. Se giró hacia uno de los ancianos y le dio varias órdenes en su lengua. La mitad de los escitas bajaron y rodearon a mi padre, obligándolo a subir a uno de los caballos con las manos atadas a la espalda. Recogieron nuestras pertenencias y las cargaron también sobre la grupa.

A mí me ataron los pies con una cuerda larga de cáñamo que engancharon en la montura de uno de los caballos. Después lo espolearon y emprendieron la marcha. Me arrastraron hasta su campamento, a través de llanuras de pedruscos, zarzas secas y barro helado.

Así aprendí a odiar aquella tierra; con cada jirón de tela que me arrancaba, con cada contusión que provocaba el choque de mi cuerpo contra el suelo de la estepa, hasta que una piedra tuvo a bien golpearme el cráneo y acabó con mi dolor.

16

ADRIANA

2 de febrero

Mi primo se empeñó en acompañarme hasta casa.

Habíamos quedado para ponernos al día mientras tomábamos unos pinchos después de recogerlo en el aeropuerto.

Marcos me había esperado en la sala de llegadas con los brazos extendidos. Llevaba el pelo algo más rapado que de costumbre y su cuello de toro se había engrosado un poco, pero seguía siendo el mismo de siempre. Su estilo consistía invariablemente en una camisa a cuadros de leñador, remangada alrededor de unos bíceps más anchos que mis piernas. Pese a que estábamos en contacto permanente vía móvil, aún no nos habíamos visto desde mi vuelta a Santander. Su trabajo como veterinario abarcaba un área demasiado extensa de todo el norte, así que casi siempre estaba ocupado y cogiendo vuelos. Pero era mi mejor amigo, mi confidente, y había ejercido de hermano mayor desde siempre.

Una vez que llegamos al portal y subimos al tercero, Marcos avanzó tras de mí por el pasillo, mirando sin disimulo un piso al que hacía años que no volvía. Cuando pasamos delante del estudio de mi madre, se detuvo con un signo de interrogación pintado en la cara.

—¿Qué es esto, Dana?

Se refería a los cuadernos de las consultas de mi madre, que estaban esparcidos por todo el suelo de la habitación, formando columnas inestables. Cada noche me ponía a escarbar en ellos, por si encontraba algo que me diera pistas de sus últimos días.

—Necesito pedirte un favor.

—¿Son los cuadernos de la tía?

—Necesito que me digas si recuerdas el nombre del inspector que llevó el caso de mi madre. Aquellos días yo no presté atención a nada.

—¿Cómo demonios voy a acordarme? —Resopló intranquilo, mirando alrededor.

—¿Recuerdas algo? ¿Qué comisaría? ¿Qué unidad? —insistí—. Estoy perdida, no sé por dónde empezar.

—¿Y qué estás buscando?

—Contactar con la persona que se encargó de la investigación. El abuelo me dijo que no concluyeron nada, pero me gustaría que reabrieran el caso, saber si tomaron declaración a alguien..., ese tipo de cosas. También quería hablar con tu madre, por si se acuerda de algo.

Marcos empezó a moverse nervioso por la habitación, sorteando sin demasiada fortuna los rascacielos de cuadernos.

—Ni se te ocurra, a ella no la metas en esto. Con lo delicada que está, lo último que necesita es volver a recordar la muerte de su cuñada. Mi madre la quería como a una hermana y lo pasó muy mal con todo aquello. Además, no entiendo nada, pero ¿qué quieres saber exactamente? Tu madre murió y punto.

—No, mi madre no «murió y punto». Mi madre o se excedió con las pastillas por accidente, o se suicidó.

—¿Y cuál es la diferencia, Dana? Ya no está. Te has criado sola, has dado mil tumbos y tú misma has aprendido a centrarte. Fin de la historia.

—De eso nada. El fin de la historia llegará el día que sepa con certeza lo que pasó.

Me miró con un silencio entre impotente y obcecado. Apretó los labios.

—Marcos, si tú no me lo pones fácil, iré a hablar con tu madre.

Su mirada fue a parar al suelo. Después suspiró.

—Tengo que irme, Elisa y mis hijos me están esperando en casa.

Y se fue.

17

ADRIANA

2 de febrero

Yo me quedé recogiendo aquel desastre, devolviendo los cuadernos leídos a la estantería. Durante años había alimentado la fantasía de que mi madre escondía un diario personal entre sus cuadernos de trabajo. De momento estaba resultando ser precisamente eso: una fantasía.

Aun así, en menos de una semana había conseguido revisar casi todos los cuadernos, además de buscar en todos los cajones, encima de los armarios y en los rincones más inverosímiles. Pero no encontré nada, solo me quedaba una última estantería, y decidí acabar aquella misma noche.

El aparador tenía puertas correderas, que siempre se habían mantenido semiabiertas. Comencé a revisar uno a uno los cuadernos que quedaban, aunque poco o nada interesante podía haber para una profana como yo:

> Paciente 538. Mujer, 71 años.
> Diagnóstico: Episodio maníaco presente sin síntomas psicóticos.
> Anteriormente ha fracasado con la terapia cognitiva conductual.
>
> Paciente 539. Varón, 21 años.
> Diagnóstico: Ciclotimia y otros trastornos afectivos persistentes.

Etcétera, etcétera, etcétera.

Mi madre anotaba todos los historiales clínicos a mano, con aquella letra prieta de hormiga tan identificable.

Fui descartando todos los cuadernos hasta que, al desplazar a un lado la puerta corredera, me encontré con un hallazgo inesperado: una pequeña caja fuerte con una cerradura de discos de cuatro dígitos que no había visto en mi vida.

18

ADRIANA

Carnaval, 17 de febrero

Elisa y yo habíamos recorrido casi toda la calle Isabel II, en la zona más comercial de Santander, mientras ella apretaba el paso como si tuviera clara su meta.

—¿Has oído hablar del Hombre de Java? —me preguntó.

—Sí, el *Homo erectus.* —La miré, extrañada.

«¿Tú también quieres retarme?», pensé, recordando mi duelo verbal con Iago.

—No, mujer. El Hombre de Java es una cadena de tiendas de muebles coloniales —dijo, señalando el imponente local—. Toda Santander está amueblando su casa aquí.

Nos acercamos al escaparate y pude ver el interior abarrotado de pesadas camas de wengué, una colección infinita de tótems con ídolos oculados y las paredes salpicadas de collares de aguamarina.

Reconozco que me gustó lo que vi y enseguida empecé a imaginarme la nueva decoración de mi habitación. Así que le hice un gesto de aprobación a Elisa, y ya nos disponíamos a cruzar la puerta de cristal cuando mi amiga se acercó a la acera y se paró extasiada frente a un pequeño Porsche rojo que estaba aparcado en doble fila.

—Fíjate —susurró fascinada, sin dejar de mirarlo—, ¿no es una belleza?

—Mujer, es un coche... No es para tanto.

Pero ella comenzó a rodear el descapotable, inspeccionando toda la chapa del deportivo.

—Tenemos que buscar una inscripción que ponga «Little Bastard». Este coche pertenece a Jairo del Castillo. Y por cierto, El Hombre de Java también. Se dice que es el original en el que se mató James Dean. Desde luego es el mismo modelo, un Porsche Spider 550, aunque la carrocería ahora es roja y el original era gris. En el BACus los compañeros se pasan el día apostando acerca de si este coche es el auténtico o no. Aunque si fuera así, se me ponen los pelos de punta —susurró.

—¿Y eso?

—Porque se supone que el Little Bastard está maldito. Después de matar a James Dean, todos sus dueños desde 1955 sufrieron accidentes y acabaron muertos, hasta que fue reconstruido para una exposición en 1960 y desapareció sin dejar rastro. ¿Quién querría conducir un trasto así?

—Alguien que no tenga miedo a la muerte —dije sin pensar.

Entonces las vi. En un lateral de la carrocería, junto al asiento del conductor, brillaban unas letras en cursiva.

—No sé si será la prueba definitiva, pero ahí lo tienes. —Le señalé la pequeña inscripción—: «Big Bastard».

En ese momento, una ráfaga de viento venida de la nada jugueteó con el vuelo de su vestido blanco y ella se tapó coqueta, recordándome no sé qué escena del cine de los cincuenta.

Una voz ronca susurró junto a nuestras nucas:

—Señoras...

Las dos dimos un respingo.

—¡Jairo, qué susto nos has dado! Nos has pillado: estábamos admirando tu deportivo —se excusó Elisa.

Jairo sonrió. Llevaba un traje ajustado a cuadros rojos y marrones.

—Otro día os llevo a dar una vuelta —dijo, cargando el asiento del copiloto con bolsas de la tienda—, pero ahora debo acabar los preparativos para la cena. Por cierto, ¿no deberíais estar acicalándoos?

Se sacó un reloj de bolsillo con la tapa de oro en forma de espiral con un águila grabada en el centro. Al mirar la figura, hábilmente tallada, tuve una sensación de *déjà vu*; ¿había visto antes aquel tipo de arte?

—Quedan apenas tres horas —dijo.

—Claro, nos vamos a casa en cuanto compremos algo en tu tienda.

—En ese caso, nos vemos esta noche. —Inclinó la cabeza hacia nosotras en lo que quedó como un saludo demasiado parsimonioso—. Como siempre, ha sido un placer.

Se metió de nuevo en El Hombre de Java bajo la atenta mirada de Elisa. Yo me giré hacia ella.

—De todas las tiendas de decoración de Santander, me traes a la de Jairo del Castillo, pero ¿se puede saber qué se te ha perdido aquí? Ya tengo suficientes dosis de los hermanos Del Castillo entre semana. ¿Y qué es eso de la cena?, no tengo ni idea de lo que estabais hablando.

—Tranquila, Adriana. Ya te lo comenté el otro día: esta noche estamos todos invitados a la cena de carnaval en el chalet de Jairo. Cada año organiza una por estas fechas y tenemos que ir disfrazados de algún periodo histórico. Estará la plantilla del MAC en pleno. ¿De qué me dijiste que ibas tú?

—Elisa, es la primera vez que escucho lo de la cena. No he recibido ninguna invitación y, desde luego, no tengo disfraz.

En ese momento sonó la melodía de su móvil y respondió.

—¿Cómo que una ternera?... Pues que espere... —Asumí que era Marcos—. Hoy te tocaban a ti los niños, no puedes... Hoy los recoges sí o sí... ¿Me estás escuchando?... ¿Cómo que ya no llegas?

Deduje que mi primo le colgó.

—¿Qué día es hoy? —me preguntó.

—Viernes —contesté.

—Maldita sea. La natación infantil.

Miró el reloj y me dejó allí mismo, mirando cómo se perdía en dirección al *parking* del Ayuntamiento.

En ese momento, Jairo salió de nuevo y se colocó junto a mí frente al escaparate.

—¿No ibas a entrar?

19

ADRIANA

Carnaval, 17 de febrero

Era demasiado tarde para buscar una excusa, así que suspiré con resignación y lo seguí al interior del local. Preferí no mencionar de nuevo el asunto de la cena de carnaval. Si no me habían invitado, entendí que tendrían sus motivos.

—Quería darle un toque nuevo a mi dormitorio —comenté mientras pasábamos entre el ordenado desorden de la tienda.

—Entonces has venido al lugar indicado. Deja que te guíe.

Sacudí la cabeza, mirando de reojo a las dependientas, que a su vez me miraban de reojo. Fuimos adentrándonos entre butacones, espejos y lámparas mientras él me iba recitando los materiales y el exótico origen de cada pieza. Era bueno vendiendo su mercancía, debo decir.

—¿De verdad eres tú quien atiende personalmente a la clientela?

—Oh, suelo hacer una excepción con las nuevas empleadas del museo.

—¿Seguro? —insistí—, ¿no tenías prisa?

—El tiempo es algo tan relativo... —Sonrió sin dejar de mirarme a los ojos, como si se riera de un chiste privado—. Y este ajedrez, ¿no te seduce?

Era un damero de madera de teca de dos tonos.

—Estéticamente sí —contesté—, pero hace mucho tiempo que no juego una partida en serio.

Extendió su brazo derecho y me invitó a sentarme. Miré alrededor, no muy convencida. Jairo se las había arreglado para llevarme a un rincón de su inmenso local, donde sabía que nadie nos molestaría. Acabé accediendo.

—Verás, puedes verlo como un juego de mesa, o puedes verlo desde un punto de vista mucho más interesante.

Lo animé a seguir con la mirada.

—Como sabrás, el ajedrez representa una batalla entre dos bandos. Es un duelo de estrategias y tácticas.

—Creo que ya me he perdido, ¿es que hay diferencias?

—La estrategia es lo que te permite ganar, siempre a largo plazo. Es decir, saber qué hacer cuando no hay nada que hacer. Las tácticas son los movimientos a corto plazo que te permiten tomar una posición o, lo que es lo mismo, saber qué hacer cuando hay algo que hacer.

—De acuerdo, te sigo. Continúa.

—Habrás escuchado alguna vez que en el amor y en la guerra todo vale, y son muchos más los paralelismos que puedes encontrar entre ambos. Se trata, al fin y al cabo, de conquistar un objetivo, ya sea una persona o un país. Pues bien, puedes asignar a cada pieza del tablero un papel determinado dentro de una hipotética batalla de seducción entre los dos bandos rivales.

Imagino que en ese punto mi cara era un poema.

—Al igual que en el ajedrez, gana el bando que da jaque mate al rey —prosiguió—. El rey, en ese caso, es el corazón, el sentimiento. Casada con él está la dama. Ella representa el deseo, la sensualidad. Si te das cuenta, es la pieza más poderosa del tablero, la que puede hacer todos los movimientos y recorrer las casillas que quiera. El rey, en cambio, está bastante más limitado que su dama. Solo puede avanzar una casilla, aunque también en cualquier dirección. Estas dos son las piezas más preciadas para el jugador, con las que amenazará al contrario y las que ha de tener más cuidado de conservar.

»Hay un antiguo adagio entre los ajedrecistas que reza: «El

ajedrez es un juego de Edipos, porque consiste en matar al rey y seducir a la reina». Si consigues embaucar a esa pieza, si desvías su atención hacia otras zonas del tablero, te puedes dedicar a atacar al rey. En el amor ocurre igual. Para enamorar al otro, es decir, para dar jaque mate a su rey, has de seducirlo primero. Has de jugar con su dama y despistarla para que deje de proteger el corazón.

Me olvidé por un momento de los carnavales y de las intrigas de Elisa, ahora miraba el tablero con la misma expresión de quien no ha visto uno en su vida.

—¿Qué hay de las otras piezas?

—Las otras piezas son las armas con las que el jugador, el seductor, se vale para defender y ayudar a su preciado matrimonio: el amor y el deseo.

Le hice un gesto, animándolo a continuar.

—Tomemos el alfil, por ejemplo. Hace siglos, los alfiles representaban en el tablero a los obispos, los enrevesados consejeros del rey. Jamás se mueven en línea recta, siempre lo hacen en diagonal, y en esta dirección no tienen límite en cuanto a las casillas. El alfil, con sus movimientos de zigzag, equivale a la inteligencia.

No sé por qué pensé en Iago. Me pregunté cuál sería el papel del caballo en su particular puesta en escena. Jairo se adelantó a mi pregunta:

—El caballo, como sabes, ejecuta el movimiento más caprichoso, en forma de L. Un solo caballo puede llegar a ocupar todas las casillas del tablero. Guerrea, despista, sorprende. El caballo es el azar, los *plot twists*, los golpes de efecto que de vez en cuando nos regalan las circunstancias, y que cualquier jugador inteligente aprovecha para arrinconar a su contrario. A su lado, la torre, avanzando en línea recta por las columnas, o moviéndose de izquierda a derecha a lo ancho de las filas. La torre es como el tiempo. A veces pasa rápido y otras se estanca en una horizontal. No en vano, es la única pieza que puede enrocar al rey, un movimiento de defensa, como sabes. Al igual que el paso del tiempo, es el único que puede proteger el corazón, cuando ni el azar ni la cabeza consiguen alejar al rey de su amenaza.

—¿Y los peones?

—Los peones generalmente son piezas que se sacrifican durante la partida, a no ser que recorran de punta a punta el tablero y alguno de ellos llegue a la octava fila. En tal caso, se puede cambiar por cualquier otra pieza de su color, incluida la dama. A ese movimiento se le denomina, con razón, la «coronación del peón».

»Los peones son otras personas a las que utilizamos para lograr nuestro objetivo. No dudaremos en usarlas tan a menudo como nos haga falta, para luego dejarlas clavadas en algún lugar del tablero donde no se desarrolle la partida principal. El único cuidado que hay que tener es el de no olvidar nunca que son simples peones, y eliminar a los del bando rival antes de que nos amenace alguna dama inesperada. Las estrategias con los peones son infinitas, desde valerse de ellos para dar celos hasta buscar consuelo cuando el tiempo se estanca. Incluso existe otra manera de jugar, y es atacando en bloque con los ocho peones, aunque no te lo recomiendo porque provoca bastantes quebraderos de cabeza.

Me quedé en silencio un buen rato, asimilando y descubriendo por mí misma las semejanzas de las que hablaba. Aunque, por otro lado, empezaba a estar un poco cansada de que los hermanos Del Castillo me dejaran fuera de juego.

—Está muy bien tu teoría —admití por fin—, aunque tenga algún fallo.

—¿Fallo? —repitió.

—En el ajedrez es obligatorio avisar cuando se da jaque mate al rey. En el amor, en cambio, tu rival no te anuncia cuando estás a punto de caer.

Me sostuvo la mirada largo rato, luego apoyó un dedo en la frente sopesando mi objeción.

—Tienes razón —no hablaba conmigo en realidad, sino que susurraba para sí mismo—; en los últimos movimientos de la seducción, lo que prima precisamente es la sutileza, y sería desde luego un tremendo error descubrir tus intenciones antes de tiempo.

Luego se acordó de que yo seguía frente a él y levantó la cabeza para observarme con algo que me recordó a la admiración o, cuando menos, al respeto.

—Veo que controlas el juego.

—¿Cuál de los dos?

—Me temo que ambos.

20

ADRIANA

Carnaval, 17 de febrero

Poco después, ya en mi casa, recibí la llamada de Héctor del Castillo mientras desembalaba las piezas y colocaba el exótico tablero sobre mi mesilla de noche. Los demás muebles tardarían aún varias semanas: una cama con mosquitera, más decorativa que útil, y un sofá talla XXL para perderme en él con una buena novela y olvidarme del mundo.

—Adriana, vas a tener que perdonar nuestra falta de previsión. Esta noche celebramos la fiesta de carnavales en casa de mi hermano Jairo, y las invitaciones fueron enviadas antes de tu incorporación. Nos acabamos de acordar de ti. Espero que puedas acudir, después de todo.

—Lo cierto es que me he enterado hace nada, Héctor, y la verdad es que no tengo disfraz.

—Eso no es un problema, podemos enviarte un traje de tu talla. Dame tu dirección.

Cualquiera se resistía, la curiosidad siempre fue mi talón de Aquiles.

—Espera, no será necesario. Creo que puedo improvisar algo.

Me acordé del vestido que había llevado a la boda de mi amiga Clara, una túnica de inspiración griega.

—Perfecto entonces, nos vemos a las diez —dijo Héctor, dejando entrever su satisfacción, y colgó.

21

ADRIANA

Carnaval, 17 de febrero

Apenas una hora después, y siguiendo las indicaciones de Héctor, conducía hacia el chalet de Jairo.

Fue fácil encontrar la casa. En cuanto dejé Pedreña y enfilé hacia las playas de Somo, pude distinguir una hilera de coches avanzando en procesión, que iban señalando el camino hasta un moderno chalet de piedra, madera y grandes ventanales.

El porche era un espacio abierto. Allí encontré sentada a parte de la plantilla, charlando animadamente: soldados franceses, príncipes florentinos y damas del siglo XVIII. Yo opté por ponerme en la larga cola que se había formado delante de la entrada. En el vestíbulo, un joven vestido con una túnica romana se encargaba de dar la bienvenida y de pedir el móvil a cada uno para después meterlo en pequeñas bolsas etiquetadas.

—¿Por qué está confiscando Jairo los móviles? —le pregunté a Chisca en cuanto la reconocí sin su rímel habitual. Iba vestida de campesina medieval.

—No se pueden sacar fotos dentro de la casa. Está plagada de obras de arte —me explicó, girándose hacia mí—. Por cierto, no es Jairo; es Patricio, su asistente.

Estaban en lo cierto. No era Jairo, pese a que tenía su misma estatura y el pelo negro también peinado hacia atrás.

—Sed bienvenidos a esta *domus* —nos dijo.

Entonces me fijé en que la aldaba de la puerta era una chapa de bronce en forma de ciervo. Todo él estaba retorcido sobre sí mismo, en un bucle imposible. Recordé el detalle del reloj de bolsillo de Jairo, y me di cuenta de que ambos adornos pertenecían al mismo estilo. Hice de nuevo un esfuerzo mental por identificar aquel arte, pero enseguida me distraje de mi empeño, porque cuando por fin traspasé el umbral tuve que reprimir un silbido de admiración.

La residencia de Jairo era, literalmente, otro museo. Para empezar, el suelo y las paredes del amplio vestíbulo eran de un mármol dorado, brillante y pulido. Las estatuas que lo adornaban no eran las clásicas imitaciones de estatuas griegas y romanas. Estaba demasiado abstraída admirándolo todo cuando un aliento calentó mi nuca:

—Llevaba mucho tiempo sin ver algo tan hermoso.

—Gracias —respondí.

Era Jairo del Castillo. Vestía también de romano, pero por la calidad de la tela, no tuve ninguna duda de que su disfraz representaba a alguien acomodado. Salva me explicó más tarde que Jairo llevaba la túnica palmata, propia de los generales victoriosos, y sobre ella, una toga picta. Las dos prendas eran de seda púrpura, bordada con hilo de oro.

—¿Sabes?, en la antigua Grecia solo una hetaira se habría puesto un vestido de color azafrán como el tuyo.

—Has empezado halagándome y has terminado comparándome con una prostituta... —le hice ver.

—No sé lo que me pasa contigo —dijo encogiéndose de hombros—. No acostumbro a ser tan torpe con las damas.

Por suerte nos interrumpió Iago, que iba vestido con una casaca y unos calzones anaranjados y azules a rayas.

—Jairo, te está buscando Patricio. Creo que es hora de empezar el banquete.

Una vez que Jairo se marchó y nos quedamos solos, aprovechamos para escanearnos los dos de arriba abajo, con la excusa de admirar los disfraces.

—Prefiero que no hagas ninguna referencia al color del vestido, por favor —me adelanté. Si Jairo estaba tan versado en la indumentaria de la antigua Grecia, no me cabía ninguna duda de que Iago también lo estaría—. Estoy a punto de tirarlo a la basura.

—Por mí no lo hagas —dijo apurando la copa que tenía en la mano—, estás bellísima. Y además vamos a juego, podríamos pasar por pareja.

—Con varios milenios de diferencia —apunté.

—Qué más da —sonrió—, me encantan los anacronismos.

«Solo por escuchar esto ha merecido la pena venir», pensé.

—¿De dónde has sacado tú este disfraz? —dije acercándome para admirar los bordados de hilo de oro de la solapa. Solo entonces me di cuenta de que había zonas que estaban más desgastadas que otras. Achiné los ojos—. ¡No es un disfraz!

—No —me confirmó con aire travieso—, pero baja la voz. Una familia anónima nos donó varios trajes, algunos tan antiguos como este. Kyra del Castro ha estado restaurándolos y a su debido tiempo los incluiremos en la colección, pero Héctor y yo no hemos podido evitar usarlos hoy.

—¿Me estás diciendo que llevas puesto un traje que tiene dos siglos?

—Doscientos cincuenta y dos años, en realidad —me aclaró riéndose. Era evidente que la situación le divertía.

En ese preciso momento Patricio nos interrumpió, invitándonos con sus modales sedosos a pasar al salón donde iba a tener lugar el banquete. Iago se despidió de mí alzando su copa y se dirigió hacia el interior saludando al resto de la plantilla.

Ninguno de los asistentes estábamos preparados para lo que íbamos a presenciar.

22

ADRIANA

Carnaval, 17 de febrero

Lo primero que vimos fue que el espacio había sido distribuido en una veintena de mesas de poca altura. En cambio, no había ninguna silla en todo el recinto. En su lugar nos esperaban tres divanes alrededor de cada mesa en los que cabían sendas personas tumbadas en hileras —*triclinium*—; las camareras vestidas con túnicas blancas nos fueron indicando a cada uno nuestro lugar.

Yo me acomodé, apoyando mi peso sobre el codo, entre Salva, y Elisa, que llevaba un vestido de corte imperio.

En cuanto todos estuvimos tumbados sobre un costado, Jairo, que presidía la sala desde la misma mesa de Héctor y Iago, hizo un ademán solemne a Patricio, indicándole que el banquete podía empezar. Y desde luego que empezó.

Las criadas romanas llegaron arrastrando unos carros que llevaban un ciervo asado sobre la bandeja. Cuando trincharon el ciervo, que sabía un poco picante, encontramos que estaba relleno de un cerdo que tenía un regusto dulce. Después cortaron el cerdo y dentro había un pavo con una salsa amarga, y así sucesivamente fueron apareciendo un conejo y un pichón, con sus correspondientes acompañamientos que iban excitando las distintas zonas del paladar, hasta llegar a un huevo dorado que contenía huevas de caviar.

—Creo que voy a reventar—dijo Salva, y tuve que darle la razón.

Al igual que mis compañeros, me sentía llena y algo mareada por el bombardeo de sabores. Algunos comensales habían ido abandonando la sala después de dar buena cuenta de los postres de harina bañados en miel, las pasas, las uvas, y las nueces de pecán.

Yo necesitaba también un poco de aire fresco, así que me levanté y curioseé un poco por las estancias que estaban abiertas. Entonces vi que mucha gente estaba bajando por las escaleras al piso inferior y los seguí. Entré en una especie de plataforma flotante que acababa en una barandilla, desde la que se intuía una inmensa habitación a oscuras, varios metros por debajo de la balconada. Jairo estaba apoyado en el pretil, de espaldas a la estancia. Cuando todos hubimos bajado, Jairo se giró y con un gesto teatral, como si fuera un director de orquesta, ordenó a Patricio que encendiera las luces de las paredes. Una a una fueron iluminando la sala hasta llegar al final, mostrando el tesoro que guardaba: maquetas de guerra.

Un murmullo recorrió el grupo de curiosos, que no esperamos ninguna invitación de Jairo para bajar por una escalera lateral y lanzarnos sobre las maquetas para observarlas de cerca. Daba la impresión de que plasmaban escenas concretas de batallas de distintas épocas.

—¿Esto es el asedio a Numancia? —preguntó Onofre, el conservador jefe del Área de Edad Moderna, que iba vestido con un uniforme de oficial de las tropas napoleónicas.

—No, es la destrucción del poblado celtíbero de La Hoya, en la actual Rioja Alavesa —contestó Jairo, complacido por la admiración que nos causaba su *hobby*.

—¿Esta maqueta es de la Guerra Civil? —le pregunté al reconocer las camisas de los soldados.

—Sí, el ejército nacional lleva varias semanas en la Ciudad Universitaria de Madrid, junto al río Manzanares. Desde la trinchera los soldados disparan durante una hora al día sobre el bando republicano. Como ves, es ridículo: la trinchera enemiga está apenas a unos metros. Podían matarse con facilidad en cualquier momento, pero obedecen órdenes y esperan. El mayor enemigo es el hambre.

Jairo tenía de nuevo a toda la audiencia entregada. Un poco abrumada con tantos datos, miré alrededor. La sala era inmensa, y desde abajo parecía que la sucesión de maquetas de guerra no tenía fin.

Pero Jairo aprovechó que estaba sola para acercarse a mí.

—Creo que antes ha habido una pequeña confusión entre nosotros —dijo clavándome sus ojos oscuros de ave rapaz.

—¿Eso es una disculpa?

—No, en realidad. Siento que me hayas malinterpretado, pero te aseguro que no tenía la intención de ofenderte. Compararte con una hetaira no entra dentro de mi catálogo de descalificaciones. Verás, para mí las hetairas eran mujeres independientes, sofisticadas, y recibían educación en un mundo donde no era habitual que una fémina formase parte de los simposios. Por supuesto que eran conocidas por sus talentos físicos, pero...

—Jairo, tranquilo, me ha quedado claro.

—Y ahora que se ha abierto un horizonte de confianza entre nosotros, quisiera que me sacaras de una pequeña duda, ¿fue un caballo quien te dio una coz en la frente?

Al menos tenía agallas; normalmente nadie me preguntaba por la cicatriz. Intentaban no mirarla, y con el tiempo, dejaban de verla, tal y como me ocurrió a mí.

—Una yegua, de hecho.

—Supongo que la odiaste cuando te lo hizo —murmuró.

—En realidad, no. Es cierto que me tiró al suelo, pero me dio la coz por accidente. Los caballos no patean a nadie, son demasiado nobles.

—Lo sé —dijo con voz ronca.

—Yo quedé inconsciente y mi primo, que montaba a mi lado, me llevó al hospital. Desperté aquella noche, estaba sola y tuve mucho tiempo para pensar —le aclaré, girándome para que no me viera la cara.

La verdad es que no vino nadie de mi familia. Marcos estaba furioso conmigo por haber forzado al animal, así que, en cuanto me cosieron la herida y se aseguró de que yo estaba bien, volvió a su casa y no dijo nada a mis tíos ni a mi abuelo. Tampoco llamó a mi padre, que dormía en algún hotel de carretera.

—No, no la odié —continué—. Aquella yegua siempre se portó bien conmigo, pero yo no puedo decir lo mismo. Solía montarla los fines de semana. Tenía casi dieciocho años, estaba enfadada con el mundo entero y me había convertido en alguien que hacía daño a todo el que se me acercaba, incluido a aquel animal. La espoleaba al límite de sus fuerzas y ella siempre respondía, hasta el día que me tiró.

—Supongo que no has vuelto a montar nunca más —dijo torciendo el gesto.

Él adoraba los caballos. Lo había notado por los bustos que jalonaban las esquinas de su casa, por aquel pañuelo de estribos de Hermès que era la única prenda que le había visto repetir, por la desaprobación de su mirada mientras le contaba mi historia. No lo culpé.

—Te equivocas. Volví a montarla. Muchas veces, de hecho. Al principio se mostraba muy nerviosa, no quería ni verme. Así que empecé con lo básico. Mi primo hacía prácticas en el centro hípico y me permitió retirar la paja sucia de su establo, después aprendí a cepillarla. Tardó un par de meses, pero finalmente me volvió a aceptar.

—Vaya, no creí que...

—¿Que quisiera verla de nuevo? Aquella coz fue mi punto de inflexión. No me gusta ocultar mi cicatriz, porque me recuerda a la persona que no quiero volver a ser. —Me callé porque ya había hablado demasiado.

A esas alturas de la conversación, Jairo ya se había enroscado a mi cintura como un ofidio.

—Escucha, tienes que dejar de hacer eso —lo frené.

—¿Hacer qué? —Su tono casi sonó inocente. Casi.

—Intentar darle a todas nuestras conversaciones un aire de seducción. Jairo, tienes que dejar de esforzarte conmigo. El *show* del ajedrez, lo de tu coche, tus puestas en escena... y todo esto que te adorna —dije, mirando alrededor—. No lo necesitas para atraer a nadie. Tú ya eres interesante. Pero no se trata de eso. Me acabáis de contratar y quiero hacer las cosas bien, ¿de acuerdo?

Era mi manera de decir que yo no era impresionable. Qué va. A mí un par de inusuales ojos azules y una mente sobresaliente me bastaban para dejarme insomne durante semanas.

Volviendo a Jairo, por primera vez vi algo de verdad en su rostro. Primero, estupor. Luego, un gesto parecido a una mínima rendición.

—De acuerdo —dijo, encogiéndose de hombros. Aunque sonó como un «Lo intentaré, pero no prometo nada».

23

ADRIANA

Carnaval, 17 de febrero

Nos despedimos y seguí deambulando entre puentes derrumbados y árboles quemados hasta que una luz llamó mi atención. En una esquina de la estancia vi una puerta que estaba semiabierta. Me acerqué hasta ella y me asomé dentro.

Un pequeño cuarto guardaba también maquetas, pero eran más pequeñas y no tenían nada que ver con las anteriores. Allí no había rastro de batallas, eran más bien escenas cotidianas de distintas épocas. Las figuras eran mucho mayores y estaban trabajadas con un nivel de detalle que me obligó a acercarme hasta casi tocarlas. Desde luego, Jairo era un artista. No estaban ordenadas como las de la sala exterior, y el conjunto resultaba tan anacrónico como aquella noche en sí misma. Convivía el siglo XV con el IV, Neolítico con Edad de Bronce, Ilustración con Edad Media.

Me aproximé a la que tenía más cerca, donde un par de hombres de aspecto rudo trabajaban la quilla de un barco. El moreno estaba agachado sobre un cubo de madera lleno de brea. El rubio era más corpulento y alto, si cabe. Sostenía un instrumento en forma de T que se apoyaba sobre el pecho mientras extraía tablas de un tronco de madera. Llevaba una barba trenzada y sus espesas cejas rubias eran casi blancas. Deduje por la indumentaria que eran vikingos. Estaban calafateando un *drakkar*.

Me paseé por la estancia hasta que otra maqueta me llamó la atención: varias personas rodeando a una parturienta, que pujaba con el rostro tenso, los ojos cerrados con fuerza y los puños agarrados a dos piedras que sobresalían labradas en el suelo. La joven estaba en cuclillas, desnuda, pero sobre su cuerpo serpenteaban dibujos de ocre rojo. Llevaba pulseras hechas de pequeños dientes de zorro y un collar de caracoles marinos.

Su peinado era curioso: llevaba el pelo rapado en las sienes, y una larga coleta recogida sobre la nuca. Entre las piernas de la mujer, un cesto trenzado parecía destinado a recoger al bebé o la placenta. Los niños tenían a sus pies varios cuencos de madera, con distintos líquidos en su interior. Detrás de la mujer había un hombre, aunque a diferencia de los demás no tenía rostro. Quienquiera que hubiese esculpido aquella figura —¿podía ser Jairo capaz?— había trabajado el resto de los detalles. Pelo negro y largo peinado igual que la mujer, pantalones cosidos a los costados, una línea serpenteante de ocre pintada desde el hombro hasta las muñecas.

Me acerqué todavía más. Me había compensado acudir a la fiesta aquella noche. Allí, delante de mí, tenía un fragmento de prehistoria. Sin poder evitarlo, metí el dedo en el diminuto cuenco de madera y me lo llevé a la boca.

—Es miel de brezo —me confirmó una voz a mis espaldas.

Me di la vuelta y encontré a Iago apoyado en la pared, sonriente como siempre.

—¿Llevas mucho tiempo ahí? —pregunté, un poco avergonzada.

—El suficiente —contestó mientras se acercaba—. Se supone que no deberías estar viendo esto.

Entonces empezaron a cuadrarme las cosas.

—Las maquetas son tuyas.

—Sí, nada de guerras. —Alejó el pensamiento con una mano—. Prefiero trabajar en escenas más apacibles.

Volví a clavar mis ojos en el parto prehistórico.

—¿Es así como te imaginas que ocurría?

Asintió.

«Tiene sentido», pensé. La miel era un alimento energético, y una buena opción si el parto se anunciaba largo.

—Eres muy bueno especulando. ¿Por qué no expones las maquetas en el museo?

—No, para mí son un desahogo, más bien una terapia. Son algo estrictamente personal. Las construyo en mi casa, y cuando las acabo, las voy trayendo aquí porque Jairo tiene mucho más espacio que yo.

—¿Una terapia, has dicho? ¿Qué pasa, que estás estresado por el trabajo o algo así?

—Qué va, no es eso. Verás, tengo problemas con el sueño...

—¿Insomnio?

—No, no es insomnio. Es que a veces me despierto desorientado y necesito centrarme un poco para empezar el día como una persona normal. Lo de las maquetas es una afición de Jairo, pero él me propuso que yo también las construyese para tener la mente ocupada en algo nada más despertarme. Y resultó, o al menos de momento está resultando, aunque yo prefiero escenas que me remitan a cierta paz.

—Como esta —murmuré.

Un monje con hábitos marrones y una larga soga al cuello dibujaba las intrincadas iniciales de un enorme libro, sujetando una pluma con la mano derecha y una especie de raspador con la izquierda.

Observé con detenimiento al copista. Llevaba una barba larguísima, pero las facciones estaban ocultas bajo la capucha. Me pregunté si aquella figura tampoco tendría rostro, pero no me atreví a retirarle la capucha delante de Iago. Entonces tuve una corazonada y miré la veintena de maquetas, buscando un denominador común. «Bingo».

En todas ellas podía encontrarse la figura de un hombre sin rasgos faciales. Abrí la boca para preguntarle, pero algo en su postura incómoda me persuadió de que, por una vez, mantuviera la boca cerrada.

«Basta de preguntas», me obligué.

24

ADRIANA

Carnaval, 17 de febrero

Una hora después, mientras caminaba a tientas bajo la tenue iluminación de las luces a ras del césped del aparcamiento exterior, dos figuras entre los vehículos me dieron un buen susto. Reconocí a Jairo por la larga toga morada. La chica que estaba delante de él era una de las camareras. Yo me quedé quieta, a pocos metros del coche donde estaban apoyados, rezando para que no me viesen.

La esclava estaba en esa postura típica del cacheo de las películas, y la mano de Jairo, a su espalda, le subía la túnica como una culebra reptando por el tronco de un árbol bíblico. La luz del farolillo más próximo dejó ver la nalga blanca y lisa de la chica, a la vez que Jairo le susurraba algo al oído mientras ella cerraba los ojos y echaba la cabeza hacia atrás.

Jairo la penetró despacio, sujetándole las caderas y dirigiendo el movimiento con el ritmo de quien controla la situación. Yo aguanté la respiración. No sabía si seguir hacia mi coche o continuar allí, parada, hasta que la escena acabase. Me decidí por lo primero, así que me subí un poco el vestido con las dos manos para no tropezar y comencé a moverme lo más sigilosamente que pude en busca de mi Clío. Eché una última mirada a la pareja, que seguía en pleno rito de apareamiento, dando gracias porque no me hubieran visto, cuando Jairo giró levemente la cabeza en mi dirección, con su sonrisa torcida, y me lanzó un beso al aire.

Maldito.

Me había visto desde el principio.

No así la esclava romana, que seguía persiguiendo su orgasmo ajena a todo.

25

ADRIANA

Carnaval, 17 de febrero

La tarde siguiente, un mensajero me trajo un paquete con una caja y una tarjeta dentro. En el interior encontré una chapa rectangular de oro con una yegua hábilmente grabada. Era del mismo estilo que había visto la noche anterior en la aldaba del chalet. Cuando abrí la nota, me esperaban una invitación al hipódromo de Bellavista y una frase manuscrita:

Es necesario ser noble para apreciar la nobleza de un animal.
Hazme el honor de aceptar mi compañía, mañana domingo.
J. C.

Sacudí la cabeza. Llamé al móvil que encontré escrito debajo, rogando que no me lo cogiera. Cuando sonó el buzón de voz, rehusé amablemente su invitación con una excusa tan inverosímil que cualquiera entendería que no estaba interesada. Después llamé a la empresa de mensajería que acababa de entregarme el paquete y envié la placa de vuelta al pequeño reino de Jairo.

26

IAGO

Primer día del mes de Nion
18 de febrero

La mañana retozaba serena frente al Cantábrico, libre ya del jolgorio de la noche anterior. Mi padre y yo vagueábamos sentados sobre los sillones en el porche del chalet de Jairo. Por fin oí el motor del Big Bastard y las voces de mi hermano y de Lyra.

Lyra sonrió un poco cuando nos vio a Lür y a mí, aún vestidos con nuestros disfraces de época.

Mi padre se levantó para darle la bienvenida.

—¿Cómo te ha tratado Inglaterra, hija? —dijo acercándose a ella.

—Todavía no sé si he encontrado lo que estábamos buscando, aún debo repasar mis notas y aclarar un poco mis ideas —respondió, aceptando mi invitación de sentarse entre nosotros dos—. Como ya os anuncié hace unas semanas, estamos comenzando a tantear nuevas líneas de investigación. En los años que llevamos en Santander nos hemos centrado únicamente en la hipótesis de los antioxidantes y, en vista de que vamos a acabar ya con ella, ha llegado la hora de plantearse otras teorías. Iago ha hecho ya algún viaje, pero de momento ha vuelto con las manos vacías, por eso he creído conveniente echarle una mano y ayudarlo con sus búsquedas.

—Pues yo no veo la urgencia en que empieces a viajar tú también —intervine.

—Dime algo que no sepa.

La frase de Lyra me cortó como una daga. Nagorno a su vez masculló algo ininteligible mientras apuraba su copa y se apoyaba en una columna mirando fijamente al mar. Aun así, no me di por aludido.

—Lo digo —proseguí— porque todavía no tenemos resultados concluyentes con respecto a los antioxidantes. Es mejor que continúes centrándote en tu laboratorio y me dejes los viajes a mí. Sigo pensando que vamos por buen camino.

No era así, desde luego. Pero tenía que mantener el tipo como fuera.

—Dime, hermano, ¿habría algún motivo de peso por el que no quisieras llevar a término nuestra búsqueda del gen longevo? —preguntó Nagorno sin mirarme.

—Guárdate la paranoia para los tiempos turbulentos. Hago lo que puedo, ¿me ves acaso descansar? Es solo que pienso que deberíamos esperar a sacar las conclusiones de los antioxidantes, tal y como estaba previsto. Nos llevará aún unos meses, pero esos son los plazos cuando te pones a investigar. ¿Para qué tirar por la borda cuatro años de investigación y dejarlo a medias? No podemos ir dando tumbos. Tan solo estoy intentando ser metódico.

—Y yo estoy esperando a que pongas todas tus neuronas en esto. Tú eres el genio de la familia. Si hay alguien que puede resolver este acertijo en tiempo récord, ese eres tú.

—Confías demasiado en mi cerebro.

—¡Oh, vamos! No necesitas ser modesto delante de nosotros. Tengo la sensación de que estaríamos viendo más avances si estuvieses comprometido con la familia al cien por cien. Me exaspera que no lleguen los resultados. Cada día me levanto deseando que mi hermano mayor me dé una buena noticia, necesito que nos deslumbres con uno de tus golpes de genialidad.

—No te haces una idea de la ingente tarea que tenemos entre manos. Quisiera que lo entendieras, de verdad que quisiera. Es tu ignorancia supina la que te hace hablar. Esto no es para mañana. No es un deseo de buenas noches. Asúmelo.

Me giré también hacia Lyra:

—Vosotros dos tenéis que dejar de comportaros como unos críos impacientes. La primera regla de un longevo es aprender a contemporizar. Todo tiene su momento adecuado, ni antes ni después. Debéis sacar partido del tiempo que se os ha regalado. No pienso dejar que estropeéis nada solo porque os hayan entrado las prisas por cambiar pañales.

Mi hermano murmuró algo no muy convencido y se acercó a nuestra mesa para servirse algo más de *whisky*. Después volvió a su columna para quedarse mirando fijamente la bruma matutina.

—Has reunido a la familia para ponernos al día de tu viaje. Adelante, hija. Te escuchamos —la animó Lür.

—Hace una semana contacté con una investigadora de la Universidad de Mánchester, la doctora Sinclair. Me hice pasar por una periodista de una nueva publicación de genética, así que, como es lógico, no se ha mojado demasiado. De todos modos, creo que tengo suficiente como para descartar esa hipótesis de trabajo. Veréis: su equipo está llevando a cabo un estudio con una sustancia llamada resveratrol, que es particularmente abundante en el vino tinto. Los ratones viven un treinta por ciento más cuando se les suministran altas dosis de resveratrol. Falta por ver su efecto en humanos, pero ahora mismo es como el santo grial de la investigación sobre el antienvejecimiento. Hay toda una carrera desatada para comercializarlo en cápsulas y convertirlo en el nuevo elixir de la eterna juventud.

—Dónde he oído yo eso antes —me susurró Lür entre dientes, y nos miramos de reojo sin poder disimular una sonrisa.

—¿Debería invertir en viñedos? —preguntó Nagorno.

—Tal vez. Pero centrándonos en lo que nos interesa, no veo la manera en que nuestro organismo tenga esa sustancia —dijo Lyra.

Nagorno se giró hacia mí y alzó su vaso de *whisky*.

—Salvo en el caso de Iago, claro. Él ha ingerido reservas por los cuatro. ¿Significa eso que vivirás más milenios que cualquiera de nosotros?

—Significa que tú vivirás menos si sigues por ese camino, escita —le corté, y me volví hacia Lyra—: ¿Hay algo más que quieras compartir con nosotros?

—Sí, existe otra línea que quiero investigar: la de los telómeros. Pero de momento no sé cómo obtener más información.

—De acuerdo, habla. Somos todo oídos —la animó Nagorno.

27

IAGO

Primer día del mes de Nion
18 de febrero

—Se trata de la Corporación Kronon —explicó Lyra—, una empresa de biotecnología de San Francisco. Aunque son muy crípticos en cuanto a la naturaleza de sus investigaciones, pero los medios están haciendo mucho ruido. Han salido a la palestra con titulares del tipo: «Ha sido descubierta la enzima de la inmortalidad».

—Demasiado bonito —dijo Lür—. Lo que sea que nos haga longevos no vendrá en las portadas de los periódicos.

Nagorno se sentó en una butaca frente a nosotros.

—Bien, ¿alguien me explica qué es eso de los telómeros?

«¿Dónde ha quedado el griego que te enseñó tu madre?», pensé. *Telos,* final. *Meros,* parte.

Pero no dije nada, Nagorno no permitía que nadie nombrara a su madre. Era su manía personal, su talón de Aquiles, su línea roja. Habría sido un acto suicida.

—Digamos que es similar al tubo de plástico que rodea el extremo del cordón de las zapatillas —aclaré—. Cada vez que una célula se divide, el telómero se acorta, hasta que no queda nada. A eso se le llama «el límite de Hayflick»: cincuenta divisiones celulares. Después la célula comienza a envejecer. Es como encender la mecha de un explosivo, si prefieres un símil que te resulte más cercano. —Miré a mi hermana—. Lyra, eso ya se investigó en los años sesenta, y fue una de las primeras teorías que descartamos, ¿por qué vuelves ahora a ella?

—Ya solo por la repercusión mediática que están teniendo deberíamos prestarle atención —dijo encogiéndose de hombros.

—Bien, seguid investigando entonces —apremió Nagorno, apoltronándose en el sofá.

—Eso es lo que hacemos precisamente, en ese tiempo de ocio que tú sí disfrutas —le señalé.

—De todos modos, me parece que te centras demasiado en tus exposiciones —me espetó mi hermano—. Puedes jugar a los museos, si es lo que te place, pero no olvides los motivos de nuestra pequeña obra de teatro. Tengo la impresión de que olvidas fácilmente cuál es nuestra prioridad.

—Si lo que quieres es tener pequeños Nagornos correteando entre tus piernas para antes de ayer, te sugiero lo siguiente: te matriculas en Biología en cualquier universidad privada que soporte tus extravagancias, te especializas en Genética y acudes a todos los congresos de Medicina Regenerativa que se ofertan por el ancho mundo.

Nagorno se levantó de un salto y apretó los nudillos hasta que se quedaron blancos.

—¿Demasiado esfuerzo? ¿Demasiada disciplina para ti? ¿Te dignarás a convivir con los efímeros que tanto desprecias durante los años que dure tu formación? —Yo también me levanté y me quedé frente a él, estirándome todo lo que pude para acrecentar la diferencia entre nuestras estaturas.

Aquel gesto siempre le había molestado; no superaba el metro setenta. Después de sostenerme la mirada durante un rato, se giró hacia la playa. No contestó.

—Eso pensaba yo —le dije a su espalda—. Creo que es mejor que sigas dejando que la plebe nos ocupemos del trabajo laborioso y tú te limites a poner los billetes para que todo siga su camino.

—De acuerdo, tortolitos —intervino Lyra—. Volvamos a centrarnos en la investigación.

—Lo que me preocupa —dijo finalmente Nagorno, sentándose de nuevo aunque sin apartar su mirada de la mía— es que os paséis años dando palos de ciego y que llegue el momento de cambiar de lugar y de identidad. Después habrá que buscar otra tapadera para instalar el laboratorio en otro sitio. Además, los contactos que habéis conseguido en el ámbito científico no servirán de nada. Es más, serán contraproducentes. Tendréis que evitarlos e intentar que no os encuentren durante vuestra próxima identidad. Así que debéis daros prisa. Llevamos en Santander ya cuatro años, ¿cuánto tiempo nos queda antes de que la gente murmure que ninguno de nosotros envejecemos?, ¿seis años más? Apurad vuestro tiempo y exprimid vuestro ingenio. —Luego se levantó y se abotonó la americana—. Padre, tenemos un *buggy* alquilado en Pedreña a las once de la mañana, ¿vamos?

—Lo había olvidado, hijo —dijo Lür con voz culpable—. Lo cierto es que Urko y yo nos íbamos de caza esta mañana. Se han visto varios jabalíes en la zona de Saja, y la temporada está a punto de acabar.

—Déjalo —contestó mientras se dirigía de nuevo a su descapotable—. Lyra, monta; te dejo en tu casa antes de ir al golf.

—Nagorno, hijo, espera —le rogó Lür inútilmente.

Pero Nagorno no se molestó en despedirse y Lyra lo siguió con un gesto cansado.

—Debería haber ido —se lamentó mi padre.

—Eso es cierto, deberías. Ahora no nos conviene fomentar ningún conflicto entre nosotros cuatro, no sea que a Lyra y a Nagorno les dé por investigar a nuestras espaldas.

—Entonces supongo que me toca jugar esa maldita partida de golf con Nagorno —suspiró—. Voy a cambiarme y a por la bolsa de los palos.

Se despidió de mí con un susurro y me quedé a solas, paseando por la orilla con mis recuerdos y un traje de dos siglos cuyas costuras rígidas ya me empezaban a molestar. Me senté sobre un tronco roto que había traído la marea.

El viento me golpeaba molesto en el rostro. Nagorno siempre elegía emplazamientos ventosos para vivir; seguramente le recordaban a la estepa donde nació y creció. Solo yo sabía lo que me disgustaban los lugares de viento eterno. Pasé décadas con aquel murmullo hostigador castigándome los oídos día y noche, sin poder escapar de él. Una vez más, noté que mi mal humor crecía y no hice nada por evitarlo.

Cerré los ojos y escuché lo que la brisa tenía que traerme.

XXVIII

IAGO

7598 d. a., Escitia
700 a. C., actual Ucrania

Deduje que estaba en un lugar cerrado por la penumbra que me rodeaba. A mi lado, un hombre de mentón exagerado y nariz chata se inclinaba hacia mí con rostro preocupado.

—Por fin despiertas, heleno —dijo. Su acento sonaba como si mascase piedras, pero me alegré de que pudiéramos entendernos.

Miré a mi alrededor rápidamente y advertí que estaba en una especie de tienda circular con paredes hechas de juncos y barro. La luz se filtraba a través de rendijas irregulares y se podía ver parte del exterior. No había muebles en la estancia, tan solo unas pieles viejas esparcidas en el suelo, que imaginé harían las veces de camastros. Por suerte, reconocí nuestros jergones. Intenté incorporarme apoyándome en los codos, pero al moverme, todas las contusiones me mortificaron de nuevo y desistí.

Él se acercó todavía más, pero cuando abrí los párpados se retiró asustado.

—¡¿Qué les ocurre a tus ojos?! —gritó—, ¿están enfermos?

—¿Mis ojos? —repetí. Probé a enfocar a varias distancias y no encontré ninguna dificultad—. Creo que mis ojos están bien. ¿Qué ves en ellos, pues?

—Están de un extraño color, son azules.

Era eso.

—Nací así —expliqué por enésima vez—. Todos en el pueblo de mi madre los tenían como yo. Supongo que por estos parajes aún no se han visto estos ojos.

—Desde luego que no —dijo, acercándose con precaución—. Eres exótico; ahora entiendo por qué te han dejado con vida.

—¿Y tú quién eres? —le pregunté.

—Mi nombre en Póntico, de la tribu de los argipeos. Mi pueblo es tranquilo, y somos considerados sagrados para el resto de las tribus vecinas. Yo únicamente sabía de ese modo de vida, hasta que unos escitas arrasaron todo lo que conocí. A mí me perdonaron la vida porque la mujer del caudillo quería que le enseñara tu lengua.

—Necesito que hagas algo por mí. ¿Podrías traerme esa bolsa?

El hombre me obedeció y fue vaciando el contenido. Cuando sacó el aloe, le pedí que me lo acercase, pero hizo caso omiso y me lo empezó a aplicar él mismo en la cabeza.

—Una herida muy fea —comentó—, y tu compañero no ha corrido mejor suerte.

—¿Has visto a mi hermano? —pregunté, expectante.

—Han capturado a otro heleno, imagino que es tu hermano, porque tú estabas inconsciente e intentó reanimarte. Lo trajeron hace un rato y estaba bastante dolorido. Me contó que le habían aplicado un emplasto y le habían arrancado el vello de todo el cuerpo. Poco después, Olbia lo reclamó. No sé nada de él ni de su destino.

—¿Olbia, la mujer que dirige este ejército de tullidos y ancianos?

—Es la que está al mando ahora. Su esposo Kelermes es el caudillo de esta tribu. Se fue hace apenas un par de meses hacia el oeste con todos los hombres sanos. Siempre están de trifulcas con los masagetas. Esta tribu era nómada, pero cuando los hombres marchan, suelen acampar junto a la ribera de algún río y esperan su regreso el tiempo que haga falta, a veces años.

—¿Tú también eres prisionero?

Me miró como quien mira a un niño, y sacudió la cabeza con calma.

—¿Eso es lo que crees, que somos prisioneros? No, amigo. Somos esclavos, y lo más probable es que os vendan en el mercado de la carne de Borístenes en cuanto os recuperéis de vuestras heridas, a no ser que le aportéis algo útil a Olbia.

Lo último que necesitaba era devanarme los sesos buscando el modo de no ser vendido, pero no sabía cuál había sido la suerte de mi padre, ni sabía si mi destino en Borístenes podría mejorar o empeorar al cambiar de manos.

—Háblame de estos escitas. No de las leyendas; háblame de lo que has visto.

—Los escitas que te apresaron pertenecen a las familias nobles, a las élites guerreras. Solo ellos montan a caballo desde antes incluso de empezar a caminar. Pero su pasión por estos animales les da muy mala vida: son los más estériles de los hombres, creo que por el traqueteo que ha de soportar su entrepierna. Y la mayoría de ellos tienen el mal de las mujeres, pero no solo una vez al mes, sino que lo sufren de manera permanente.

—¿Cómo es posible? Jamás vi nada parecido.

—Sangran de sus partes, puedes comprobarlo por ti mismo —dijo, indicándome que me asomara por una de las rendijas.

Me estiré cuanto pude y observé el campamento. Reconocí a alguno de los viejos que me ataron. Uno de ellos caminaba entre las tiendas, y al fijarme en la mancha de su pantalón, pude ver que Póntico decía la verdad.

—¿Qué hay acerca de su fama de sanguinarios? ¿Todo lo que cuentan es cierto?

—Olvida lo que cuentan, la realidad es mucho peor. Suelen utilizar el cráneo de sus enemigos como copas para brindar con vino sin aguar. Sierran la tapa de los sesos y la envían a cubrir de una lámina de oro. Caminando dos jornadas hacia el este, existe un taller especializado en dorar cráneos humanos. Están fascinados con los orfebres helenos, aunque ellos no les andan a la zaga;

he visto piezas de oro bellísimas. Pero combinan su amor por el arte con el salvajismo más primitivo. Suelen arrancar el cuero cabelludo de sus enemigos, hacen un corte de oreja a oreja —dijo, recorriendo mi nuca con el dedo—, así. Algunos desuellan el cuerpo completo de...

—Es suficiente, Póntico. Ya me he hecho una idea.

En ese mismo momento mi padre entró en la tienda y se abalanzó sobre mí.

XXIX

IAGO

7598 d. a., Escitia
700 a. C., actual Ucrania

—Hermano, ¿estás bien? —me preguntó.

—Algo magullado, pero pronto sanaré. ¿Qué hay de ti?, déjame verte.

Iba desnudo, y llevaba la piel enrojecida, sin un solo pelo, aparte del que crecía en su cabeza.

—Pareces un salmón —le dije—, ¿así es como torturan los escitas?

—En realidad me estaban preparando para Olbia. Es... una mujer muy refinada, tiene gustos sofisticados. Creí que sería una bárbara, pero estoy sorprendido. Tiene una curiosidad infatigable por todo lo que venga de nuestras colonias, y...

—Pero ¿qué ha ocurrido? —le interrumpí, impaciente—, ¿qué te ha dicho?

—¿Qué me ha dicho? Lo cierto es que al entrar solo me ha dicho una palabra: «Satisfáceme».

«Acabáramos», pensé, poniendo los ojos en blanco.

—Tu hermano ha encontrado su utilidad —intervino Póntico. Luego se dirigió a mí, preocupado—: Espero que puedas dar con la tuya pronto.

—Tal vez a mí también me reclame —pensé en voz alta.

—Lo dudo. Si así fuera, no habría permitido que te dejasen en un estado tan lamentable. Me temo que ha pensado destinos distintos para los dos.

—Héktor, ¿crees que volverá a reclamarte? —le pregunté.

—Esa es su intención, me ha dicho que descanse y esté preparado para esta noche.

—Entonces tienes que ayudarme, dime: ¿tiene ella alguna herida íntima?

—¡Iasón, eres incorregible! Mira en qué estado te encuentras y en lo único que piensas es en que comparta detalles morbosos contigo.

—¡No es eso! Estoy tratando de que no me vendan en un mercado de esclavos. Dado que tú te vas a quedar aquí, intentemos al menos que no nos separen. Y ahora contesta a mi pregunta.

—Sí —admitió a regañadientes—, tiene las posaderas muy magulladas; imagino que será del caballo.

—Así lo creo. Este es mi plan: esta noche llévale un poco de aloe. Solo un poco, explícale que yo puedo curar sus heridas y aliviar el dolor crónico que padecen ella y todos sus jinetes. Si no se fía, aplícaselo a la herida de alguna esclava para que se convenza. Dile que tu hermano puede cultivar esta extraña planta en sus tierras, pero necesitaría de mi cuidado experto para crecer.

—¿Ese es tu plan? —preguntó Póntico—, ¿curar las nalgas de los escitas?

—Lo que sea, odio no ser dueño de mi destino. Necesitamos ganar algo de tiempo para conocer esta tribu y escaparnos.

—¿Escaparte, en la estepa, donde no hay lugar alguno para esconderse? ¿No has visto sus flechas? Tienen tres aletas y son tan rápidas que ningún esclavo ha conseguido huir de ellas hasta la fecha —replicó el argipeo.

—Entonces tendré que idear un buen plan.

«Verás, amigo, mi padre y yo no envejecemos y no podremos permanecer aquí eternamente sin que nos descubran. ¿Qué pasará cuando los escitas se den cuenta de nuestra naturaleza?», quise decirle.

Mi padre asintió en silencio. Supuse que, al igual que yo, estaba digiriendo nuestra nueva situación.

30

ADRIANA

24 de febrero

Estaba preparándome para la cena de trabajo cuando escuché el telefonillo. Abrí la puerta y me encontré con el mismo mensajero que me había traído la invitación de Jairo, mirándome con cara de circunstancias. Me entregó un paquete idéntico al anterior, y lo abrí allí mismo. La lámina de oro con la yegua cayó a mis pies. La tarjeta, de nuevo con la elegante letra en cursiva de Jairo, tenía un mensaje algo diferente esta vez:

Jamás devuelvas una obra de arte,
con el tiempo siempre aumenta su valor.
J. C.

Volví a meter la chapa en el paquete y se lo devolví al mensajero. Esta vez lo envié con un mensaje mío en el reverso de la tarjeta:

Gracias de nuevo, Jairo.
Soy muy consciente del valor de tu regalo,
por eso insisto en que no puedo aceptarlo.
A. A. A.

Diez minutos después volvió a sonar el timbre del portal y me pregunté si podía empezar a considerarlo acoso laboral. Pero no, no eran ni Jairo del Castillo ni sus chapas de oro. Era mi primo Marcos. Le abrí la puerta con la extrañeza pintada en la cara.

—No me montes una escena, ¿vale? —dijo, con una expresión que no me gustó nada.

—¿Por qué debería hacerlo?

Me tendió un viejo papel dentro de una bolsa transparente. Una hoja arrancada de una agenda.

—¿Qué es esto, Marcos?

—La nota de suicidio de tu madre.

Aquellas palabras, todas juntas en la misma frase, me vaciaron las venas de sangre.

—¿De qué estás hablando? —acerté a decir.

—La tenía el abuelo, se la dieron cuando cerraron el caso. Fue con tu padre a la comisaría. Él no la quiso conservar, pero el abuelo se la quedó.

—¿Cerraron el caso? —repetí.

—En realidad no investigaron, porque no había nada que investigar. La policía se limitó a dejar constancia de lo que ocurrió. Tu madre se suicidó y dejó esta nota para ti. Te lo ocultamos porque en aquella época te encontrabas demasiado descentrada. Tu familia estaba fuera de control. Tú no hacías más que discutir en casa, tu padre iba a dejaros solas en Santander porque tu madre se negaba a seguirlo...

—¿Perdona?

—Se iban a separar, Dana. —Suspiró—. Tal vez sea demasiada información para un día.

—No, Marcos, no es demasiada información. Es demasiado poca.

Odio esas cosas que tienen las familias. Los secretos, los «no se lo cuentes» en cadena, las promesas de silencio que se rompen sin un criterio sano. Aunque mi solución —la de no tener familia— tampoco era perfecta, lo reconozco. Corres el riesgo de que te ocurra lo que a mí: que seas la última en enterarte de todo.

Miré la nota, un «Lo siento, hija,» manuscrito de mi madre, escrito con prisas y de mala manera.

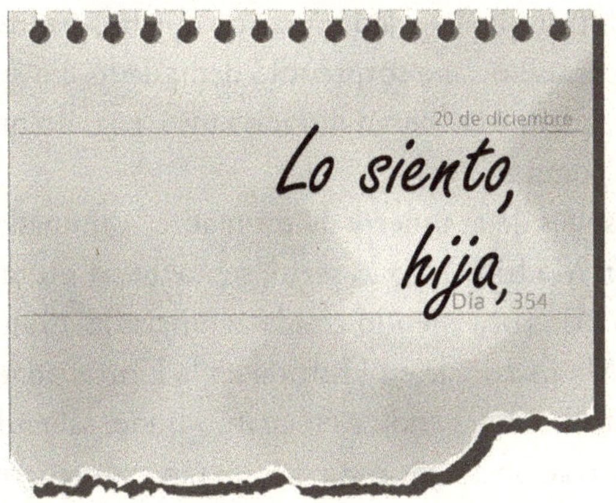

—Yo la encontré cuando el abuelo murió y mis padres se trasladaron a su casa a vivir. Estaba entre sus papeles. La guardé para dártela algún día.

—Entonces, ¿tú ya lo sabías?

—Sí.

—¿Desde el principio?

—Sí.

Lo miré en silencio y me hice con el papel.

—¿Puedes irte? No..., no puedo seguir manteniendo una conversación ahora.

—Dana, escucha. Yo...

—Me has pedido que no te monte una escena y te estoy haciendo caso. De verdad, no puedo hablar ahora, no sé cómo gestionar esto y no quiero decir nada que te haga daño. Es mejor que hablemos en otro momento, Marcos.

Marcos se marchó en silencio y yo me quedé sola, mirando la nota: «Lo siento, hija,».

Mi madre, la de «Tienes que verbalizar tus sentimientos». Mi madre, que le daba a todo vueltas y más vueltas, se despidió con un escueto «Lo siento, hija,». No, aquello no sonaba mucho como mi madre.

Aunque tal vez era yo, que me negaba a admitir que aquel trozo de papel entrara en mi vida. Porque si lo hiciera, ¿dónde quedaban todas mis preguntas sin respuesta?

Debo admitir que la paleonoticia de que mis padres estaban a punto de separarse no me sorprendió demasiado. Lo sorprendente, de hecho, era que hubieran durado tanto, cuando nunca tuvieron nada en común.

Poco después de la muerte de mi madre, a mi padre le surgió un trabajo en Madrid. Y yo lo seguí; se me hacía un mundo vivir en el mismo piso conviviendo con la ausencia de mi madre, dolía demasiado. Me matriculé en Historia en la Universidad Complutense, aunque me independicé en cuanto pude, saliendo a buscar todas las excavaciones que me permitieran mantenerme por mí misma. Pero no la olvidaba. Mi cabeza estaba siempre en Santander, con ella, en aquel piso. Y comprendí que necesitaba comprender. Pero aquella nota... no. El viejo papel que tenía en mi mano era demasiado para procesar.

31

IAGO

Décimo día del mes de Nion
27 de febrero

Adriana había llegado a primera hora de la mañana. Habíamos quedado para ir a las cuevas del Monte Castillo y ver el Centro de Interpretación para recoger ideas.

Montamos en mi coche y conduje mientras ella miraba distraída por la ventanilla.

Estábamos llegando ya a Puente Viesgo cuando vimos aparecer la silueta cónica de la montaña. Monte Castillo dominaba todo el valle de Toranzo, por eso había sido el punto de oteo de las manadas de ciervos en tiempos de mi padre.

Conduje por la cuesta del monte hasta el aparcamiento mientras Adriana me contaba que su abuelo había sido el conserje de la caseta que se instaló en la entrada de la cueva, allá por los años ochenta, cuando las excavaciones se reanudaron.

—¿Sois de por aquí? —pregunté interesado.

—Sí, desde la cima se ve la casona familiar. Ahora que mi abuelo ya no está, viven allí mis tíos.

—¿Tu familia es de aquí mismo? —insistí.

—Sí, de Puente Viesgo de toda la vida —dijo, ignorando la importancia que tenía para mí—. De pequeña subía en verano todos los días para estar un rato con él. Veía pasar a los arqueólogos y me acercaba a ellos para ver si me enteraba de algo. En el pueblo siempre habían llamado al monte la Ciudad de los Trogloditas, así que se montó una buena cuando continuaron los hallazgos —me contó mientras llegábamos al Centro de Interpretación.

«Tú, una niña, y yo, excavando bajo la identidad de un becario suizo. Por lo visto, no es la primera vez que estamos cerca, Adriana».

Por aquel tiempo, el MAC no había nacido ni siquiera como proyecto, pero mi padre y yo intentábamos estar cerca de todo yacimiento que contuviera algo que nos hubiera pertenecido en el pasado, y más aún si se trataba de Monte Castillo. Íbamos por libre con acreditaciones falsas de cualquier universidad, recuperábamos lo que era nuestro y desaparecíamos de nuevo, igual que habíamos hecho en 1910, cuando se excavó la cueva por primera vez.

Caminamos en silencio hasta llegar a la carpa blanca que protegía la puerta, aunque nos paramos en la pequeña explanada de hierba frente a la entrada. Junto a nosotros, la escultura de un bifaz de dos metros daba la bienvenida a los visitantes.

—Ahí lo tienes —dijo Adriana—: el homenaje a la navaja suiza.

Me miró y se rio ante mi desconcierto.

—Es solo que lo veo como la herramienta multiusos de la prehistoria. Piénsalo: lo mismo servía para cortar que para raspar, perforar, golpear...

—Machacar los filetes de carne para que no estuviesen tan duros... —continué yo.

—¿Tú crees?

—Y yo qué sé, solo estaba especulando. —En realidad siempre la llevaba al terreno de lo difícilmente demostrable. Estaba empeñado en ampliar su rígida visión del pasado. Me molestaba que fuera tan inflexible, y esa sensación era una absoluta novedad para mí.

«¿Qué más te da lo que piense, Urko?».

Pero lo cierto es que sentí cierta expectación cuando atravesamos el umbral y entré con ella al lugar donde pasé mi primera infancia.

Saludamos al personal de seguridad y accedimos al recinto. A nuestra izquierda, dieciocho metros de excavación dejaban al descubierto las entrañas de lo que fue mi hogar. Cruzamos el vestíbulo, y nos dirigimos hacia la entrada de la cueva, cerrada por una puerta de metal.

Lo primero que vimos, a la derecha de la Gran Sala, fue el panel de las manos. Hacía veintiocho milenios que el clan de mi padre dejó impresas las siluetas de una veintena de manos en negativo. La mayoría eran ceremonias de pertenencia al clan y a la cueva.

Una noche, Lür nos contó la historia de cómo un hombre y una mujer unieron sus manos a la roca en una ceremonia frente a aquellas mismas paredes. No era frecuente en su tiempo, pero a veces decidían que no querían compartir su manta con nadie más. Entonces el hombre sabio del clan ponía sus manos juntas sobre la piedra y soplaba el ocre rojo sobre ellas. «Ahora Madre Roca sabe de vuestro vínculo: sed dignos de ella». Y a partir de ese momento, nunca dejarían de llevar su mano derecha pintada de rojo para que todo el clan recordase que solo a ellos se pertenecían.

Recuerdo que aquel día Lehena me miraba de reojo mientras mi padre hablaba, y yo le respondí con determinación en mi mirada. Nos habíamos decidido, sería aquella noche. Esperamos unas cuantas horas hasta que el clan entero se durmió. Alguien hacía guardia en la entrada, pero nos daba la espalda y conseguimos arrastrarnos hacia las entrañas sin que nadie se despertase. Bajamos a tientas por la pendiente resbaladiza hasta llegar a aquella misma pared. Ambos éramos todavía unos chiquillos y tal vez por eso apurábamos nuestros últimos días de juegos. Y apoyados sobre aquellas mismas paredes, habían llegado también los primeros roces, y así aprendimos lo que provocaba gemidos en el otro, y los intentábamos acallar en vano cubriendo con besos la boca amada.

Aquella noche repetimos las palabras sagradas con los ojos cerrados, y nuestras manos adolescentes quedaron selladas solo para nosotros. Aquella noche penetré en su carne por primera vez, y así sería, solo con ella, hasta que varias estaciones más tarde murió al darme a nuestra única hija, Eder.

—¿Estás ahí? —La voz de Adriana atravesó ciento tres siglos.

—Sí, sigo aquí. Dame tiempo, a mí también me impresiona —susurré.

Adriana calló, comprendiendo.

Y entonces me di cuenta de que el espectáculo no se hallaba esta vez frente a mí, sino a mi lado.

Adriana.

Adriana miraba, extasiada, la pared de roca, y pude ver que también ejercía su influjo sobre ella. Varias veces la angostura de los pasillos obligó a nuestras manos a rozarse. Varias veces, en contra de mi voluntad, me dejé llevar por el juego de mantener unas décimas de segundo más el roce. Tanteando, comprobando su reacción con una enrevesada curiosidad. Ella, sutil, apartaba la suya.

«¿Se puede saber qué estás haciendo, Urko? —me reprendí—. Este no es el juego al que quieres jugar».

No, no lo era, al menos conscientemente. Porque convertir aquella emergente química entre nosotros en una simple aventura tenía muchas posibilidades de terminar en desastre y volver incómoda nuestra recién estrenada rutina laboral. Una rutina que se estaba convirtiendo en lo mejor del día, en un anhelo, en un «ojalá hoy fuera lunes de nuevo».

«Pero ¿te estás escuchando?».

Sin duda, era la cueva y lo que despertaba en mí. Y el presentimiento de que tal vez Adriana pudiera acercarse a comprender lo que viví allí.

«Dame una razón, Adriana, dame un solo motivo por el que no deba hacerte el amor aquí mismo, sobre este lecho de roca».

—¿Qué pasa? —me preguntó.

—Nada, vamos.

Adriana reanudó la marcha en silencio y me dejé guiar por ella hasta que se paró pocos metros más adelante.

—Ahí lo tienes: mi quebradero de cabeza particular —dijo, señalando los dibujos de los cuadriláteros.

—¿Los tectiformes?, ¿qué te pasa con ellos?

Frente a nosotros teníamos diez rectángulos rojos y líneas diagonales cruzadas. A su lado, cuatro filas tortuosas de puntos se elevaban hasta el techo. Demasiado abstracto para una mente moderna.

—Llevo años haciendo cábalas. He valorado todas las interpretaciones, créeme: desde las que afirman que son banderas hasta las que sostienen que aquí empezaron las matemáticas o las que creen que son representaciones de las imágenes que veían los chamanes al tomar alucinógenos; ninguna se sostiene. Pensé incluso en dedicar mi tesis a este panel.

—¿Y por qué no lo hiciste?

«Sería tan fácil desvelártelo, Adriana. Lo encontrarías tan lógico...».

—Porque sabía que, aunque me pasase cuatro años de mi vida elaborando una teoría, no podría tener la certeza de que fuese la correcta.

Sentí cómo los hombros me pesaban un poco más por la culpabilidad, pero el sentido común se impuso de nuevo y callé. Esta vez fui yo quien comenzó a caminar, apenas sin darme cuenta, cruzando la galería de los discos, hacia el final de la cueva. Allí, casi perdida, casi escondida, la figura amarilla de un mamut seguía empeñada en no borrarse de la piel porosa de la cueva.

—¿Por qué hemos venido hasta aquí? —quiso saber Adriana.

—No lo sé, me gusta mirarlo.

«Y es con un regusto amargo, créeme. Si supieras lo que este simple dibujo marcó mi destino y el de mi padre... Si supieras las consecuencias que todavía he de soportar por pasarme la infancia escuchando leyendas de este animal...».

Cuando me cansé de mirar el mamut, nos volvimos en silencio hacia el Centro de Interpretación. Era hora de empezar a trabajar. ¿Qué habría pensado toda la plantilla del museo si nos hubieran visto aquella mañana? Sonreí al imaginarlos en el BACus haciendo sus suposiciones en torno a nosotros dos.

Pero no era tan sencillo. Todavía tenía muchas cosas que conocer de Adriana. Aunque, para ser sincero, bajo mi habitual desinterés por las mujeres de finales del siglo xx, comenzaba a crecer cierta curiosidad por conocer más y más de aquella chica.

32

ADRIANA

2 de marzo

Fue a primeros de marzo, lo recuerdo bien, cuando todo cambió.

Eran las tres de la tarde y casi todos en el MAC habían dado por terminada su semana laboral y se habían retirado a sus casas. El ritmo de los últimos días había sido duro. Después de una media de dos reuniones por jornada, no veía el momento de regresar a mi piso y olvidarme de exposiciones y de diseños.

Sin embargo, reprimí las ganas de volver a Santander y me dirigí a mi coche a por varias cajas de manuales de arqueología. En mi piso no había espacio, así que pensé que sería una buena idea llenar el mastodóntico armario que se comía la mitad de mi despacho. Cargué con una de las cajas y la vacié sobre la mesa. Luego abrí como pude la gruesa puerta, con la mala fortuna de que tropecé con la alfombra mientras hacía malabarismos con una pila de libros.

Los libros cayeron con todo su peso dentro del armario, provocando un estruendo y empujando la pared interior del mismo, que se abrió con un golpe seco. Perdí el primer libro de la columna, la pesada *Prehistoria de Europa Oxford.*

Cayó al vacío sin luz que se intuía por la rendija que había quedado abierta tras el golpe. Acerqué el oído, pero no escuché el libro aterrizando contra el suelo. Intrigada, empujé la puerta que era en realidad el fondo del armario y vi que daba paso a un túnel vertical que empezaba quién sabía dónde y acababa en el armario de mi despacho. Jamás había oído que las casas de indianos tuvieran galerías secretas, aquello era un hallazgo excepcional.

Creo que si no hubiera estado acostumbrada a descender por las simas y los pasadizos estrechos de todas las cuevas de Europa, no me habría aventurado a bajar sola, pero comprobé que el túnel circular tenía unas barandillas de hierro a modo de peldaños, así que bajé.

Sí, bajé. Maldita la hora.

Descendí unos pocos metros en busca de mi libro y entonces los oí: eran varias voces, todas ellas conocidas. Me encogí instintivamente al darme cuenta de que tenía que estar en los sótanos del museo, cerca del laboratorio de restauración.

De hecho, la primera voz que reconocí fue la de Kyra, junto con dos hombres más.

—No os vais a creer lo que he descubierto esta mañana —exclamó emocionada.

—Aquí no. Busquemos un sitio más discreto.

La voz de Iago me llegó limpia.

—No me vengas con tus paranoias —le contestó Kyra—, nadie puede oírnos.

—No deberíamos relajar nuestras *paranoicas* costumbres si queremos seguir teniendo a todo el personal del MAC engañado.

—¡Acabemos con esto de una vez! —intervino tajante la voz de Héctor—. Explícate rápido. Y tú, escucha lo que ella tenga que decir y vámonos.

—Espero que sea interesante lo que nos tienes que contar. Nosotros salíamos ya de fin de semana de pesca.

—Es importante y mucho. Así que escucha, hermano.

«¿Hermano?, ¿cómo que hermano?», pensé.

—Vamos, dispara. No tenemos todo el día —respondió Iago.

—Ya sabéis que desde hace algunas semanas estoy intentando acceder a la Corporación Kronon. He contactado con ellos bajo distintas identidades, pero todo el material que me han enviado es el mismo que había encontrado hasta ahora en las revistas de genética, nada que no hubiera conseguido ya.

—¿Y?

—Pues que acabo de descubrir la manera de llegar a ellos. El investigador que dirige el Departamento de Medios es Tomás Pilkington. Hasta ahora se me había pasado por alto porque en la web de la Kronon constaba como T. Pilkington, pero en un comunicado publicado esta misma mañana aparecía su nombre completo. Padre, ¿no te suena ese nombre?

—La verdad es que no, hija, tendrás que ser más explícita.

«¿Padre?, ¿hija? ¿Cómo diablos va a ser Kyra hija de Héctor si apenas se llevan unos años?», pensé.

—Tú y yo le dimos clase a ese chaval en la Complutense, en la década de los setenta. Ahora tendrá unos sesenta años. ¿No lo recuerdas? Yo le daba Química Inorgánica. Era un pelirrojo espigado que se sentaba casi siempre en primera fila, de madre española y padre inglés, creo. Fue un firme candidato a llevarse el *cum laude* de su promoción.

—Pues no, no me acuerdo —dijo la voz afable de mi jefe—. En todo caso, ¿cómo piensas acercarte a él? No podemos presentarnos décadas después y esperar a que se caiga de espaldas cuando nos vea.

—Por supuesto que no podemos; en lugar de eso, Iago volará hasta la sede de la Corporación Kronon, en San Francisco, y se hará pasar por nuestro hijo. Seguro que Pilkington se acuerda de ti, así que volveremos a aprovecharnos de vuestro parecido físico. Una vez allí, Iago se ganará su confianza. He encontrado una magnífica excusa para que le ponga al día con el asunto de los telómeros. Ya me he encargado de comprar el billete, cortesía de la TAF.

«¿La TAF?», repetí.

—Espero que sea un buen plan, no me apetece hacer otro viaje en balde —sonó la voz de Iago, cada vez más impaciente.

—Este domingo por la noche nos reunimos los cuatro en mi

casa y lo arreglamos todo —dijo Héctor en tono conciliador—. Yo me ocupo de tus documentos, tendré que recuperar los datos de la identidad que teníamos entonces. ¿Cuándo dices que le dimos clase?

—Entre el 76 y el 79.

—¿Podemos irnos ya, padre? —dijo Iago.

«Y dale con lo de padre».

Las voces se perdieron y esperé a que la puerta del laboratorio se cerrarse. Una sabe por instinto cuando no debe estar en el lugar equivocado escuchando una conversación inadecuada.

En aquellos momentos me acordé del libro, pero lo último que me apetecía era bajar a rescatarlo.

Después de un buen rato inicié mi ascenso, agarrándome como pude a los peldaños. Cuando por fin traspasé el umbral del armario, entré cegada a mi despacho de nuevo y me senté unos minutos frente a la mesa, intentando asimilar todo lo que acababa de ocurrir.

33

ADRIANA

2 de marzo

Hay palabras como latigazos, que sorprenden, castigan y abren una brecha dolorosa; palabras que cambian un presente de manera irreversible. Palabras imposibles, palabras que no encajan, palabras que se quedan para siempre tatuadas en la memoria. Palabras cotidianas pero impensables en aquel contexto: padre, hija, hermano. Retumbaban en mi cabeza, impidiéndome pensar con claridad.

Nada en mi mundo volvió a ser lo mismo después de aquellas palabras. Llegaron desde la penumbra de un túnel para instalarse y robarme todas las horas de sueño de aquel invierno que ya expiraba.

Me di cuenta entonces de que estaba demasiado aturdida y me obligué a ponerme en movimiento. Saqué la pequeña libreta que siempre cargaba en mi bolso y apunté a vuelapluma todos los datos que no quería olvidar: «Corporación Kronon, telómeros, Tomás Pilkington, Universidad Complutense, años 76 y 79, Química Inorgánica» y aquellas misteriosas siglas, «TAF».

Iba a necesitar reordenar toda aquella información. Darle una forma, un sentido.

Bajo el MAC existía otro mundo de investigaciones que nada tenían que ver con la arqueología. Bajo la apariencia de una triada con carisma, Héctor, Iago, Jairo y, por extensión, Kyra cambiaban de identidad como de camisa y sus filiaciones familiares eran flexibles como chicles.

Respecto a la Corporación Kronon, mi primer impulso fue encender el ordenador y ponerme a buscar allí mismo todo lo que internet tuviera que ofrecerme, pero me lo pensé mejor y decidí hacer la búsqueda desde el portátil de mi casa. Ya no me fiaba. La hipótesis que cobraba más fuerza en mi cabeza era que estaban metidos en algún tipo de espionaje industrial, tal vez para alguna empresa privada o la misma TAF, fuera lo que fuera. ¿O acaso para Jairo del Castillo? Podía ser que anduviera detrás de algún pelotazo farmacéutico. Viniendo de él, lo veía plausible.

Pero lo más preocupante era la última parte del enigma, lo que escuché acerca de la Complutense en los años setenta. Kyra parecía algo más joven que yo. Era imposible que hablase en sentido literal cuando decía que impartió clases durante aquellos años. Y tampoco lo de Héctor tenía sentido.

Tal vez al final todo tuviera una explicación lógica, pero ya no me sentía a gusto allí. Por primera vez el MAC dejó de ser el cálido edificio que me había acogido aquel primer día, apenas dos meses atrás. Ahora guardaba secretos, como Iago, como Héctor. Aquello de mantener «a todo el personal del MAC engañado» era un plato indigesto de tragar. Seguía sin tener nada claro, excepto que mi trabajo ideal podía dejar de serlo si descubría que el museo era una tapadera para una investigación de la que el resto del personal no sabíamos nada, y que mis jefes andaban metidos en extraños asuntos que implicaban darle varias patadas al sentido común.

Cerré mi despacho y me dirigí al aparcamiento del museo. Arranqué mi coche ignorando por una vez el mar, que rugía a mis pies, ajeno al enfado que me crecía como una de esas olas gigantes y asesinas que arrasan con todo y dejan a su paso un presente de escombros.

Entonces no lo sabía, pero empezaba a intuir que estaba caminando entre gigantes.

SEGUNDA PARTE

34

IAGO

Vigesimoprimer día del mes de Nion
9 de marzo

Hoy hace cuatro años que volvimos. Cuatro años con esta identidad con la que me siento tan a gusto, en una casa que me agrada, con un trabajo que adoro. Pese al lastre que supone Lyra, pese al cíclico conflicto que supone Nagorno. Porque sé que habrá conflicto. Habrá otra diáspora. Son dos bombas de relojería, las dos saltarán por los aires. Y no sé si la familia aguantará. Esta es la única parte de esta identidad que odio. Odio investigar en contra de mi especie. Odio mentir a Lyra y fingir que avanzamos; odio las miradas de Nagorno, porque sé que sospecha, que no se fía.

Pero me da igual. No voy a servir a mi hermano su capricho en bandeja. Sabía que algún día pasaría. Sus acciones, sus errores, nos arrastrarán a todos, y no me refiero ahora a la familia, me refiero a todo *Homo sapiens* que pise este planeta.

Ricos y pobres, libres y esclavos, ahora traeremos una nueva división: longevos y efímeros, milenarios y centenarios.

Esa será la contribución de La Vieja Familia al mundo: la división definitiva.

Volviendo a mí, nadie, ni siquiera mi padre, puede sospechar lo que ahora siento. El cambio que se ha producido en mis días, esa antigua apatía que arrastraba y que definitivamente ha quedado atrás. Me resisto a dejarme llevar, acudo a mi disciplina para evitarlo. Y sé que renuncio a sentir, a vivir; y tal vez, si ella quisiera, a amar.

Pero ¿en qué condiciones? No sé si podría engañarla, ocultarle quién soy en realidad, mentirle a diario y en todas las respuestas, y aun así, sentirme bien a su lado. Me torturo intentando anticipar qué ocurriría en el momento de irme: ¿aceptaría ella un abandono convencional?, ¿me creería?, ¿podría yo fingirlo? Pienso también, por primera vez en siglos, en los hijos comunes: ¿sería capaz de dejarla con ellos, permitir que todos me odien, mientras yo, bajo otro nombre, en la otra punta del planeta, sigo amándola y echándola de menos cada uno de los días hasta que, pasadas unas décadas, vuelva a investigar y visite su tumba? ¿Fingiré otra identidad con nuestros hijos, me convertiré en su compañero, su colega, su amigo?

Pongamos que me ama. Pongamos que lo que intuyo en sus ojos camina de la mano de lo que a mí también me consume, ¿le daré unos años preciosos para luego destrozarle el resto de su vida?

Hay un veneno que se va infiltrando en mis pensamientos, una trampa seductora y prohibida: ¿y si se lo cuento?, ¿y si ella aceptara lo que soy?, ¿cuál sería el equilibrio en una pareja así? No sé si sería posible la convivencia, el amor, el lastre del día a día bajo esas coordenadas, con esos parámetros. No sé si estoy preparado para amar de ese modo, por una vez, sin reservas, sin red, sin mentiras. ¿Cuántos siglos me quedan después para llorarla cuando muera? Y sería tan grande, tan hermoso, que ella fuera como yo... Caminar de la mano por el espacio y el tiempo, mientras todo pasa, y Adriana y yo permanecemos intactos.

La voz metálica del altavoz interrumpió mi escritura:

—Estimados pasajeros, el vuelo 754 con destino San Francisco está a punto de aterrizar. Les rogamos que coloquen las bandejas en posición vertical y mantengan abrochados sus cinturones de seguridad.

Cerré el cuaderno y lo metí en mi pequeño maletín. Me había puesto unas lentillas marrones antes de salir de Madrid por precaución, pero ahora tenía las córneas destrozadas. Veintitrés horas de vuelo me habían secado los ojos. Iba a tenerlos enrojecidos para mi entrevista con Pilkington y eso no era bueno. Ningún detalle debería llamar la atención. Llevaba una semana dejándome barba, desde que Lyra había trazado su plan para conseguir material de la Corporación Kronon. Lo bastante como para luego afeitarme y dejarme una incipiente perilla.

Lo de las lentillas cosméticas era un mal necesario. El iris azul tan inusual que mi madre me regaló tenía también el reverso de la moneda: todo el mundo lo recordaba. No era lo mejor para una visita destinada a conseguir material confidencial y salir corriendo. Además, llevar los ojos oscuros acrecentaba el parecido físico con mi padre, y en este caso era fundamental usar la baza del hijo del antiguo profesor.

Dos horas después, tras tomar un taxi en el aeropuerto, llegué al edificio de la Corporación Kronon en Palo Alto.

En cuanto llegamos a nuestro destino me dirigí hacia la recepción, donde, después de identificarme, un tipo más alto que yo con uniforme blanco me hizo una señal para que esperara. Mientras se ponía en contacto con Pilkington, aproveché para controlar con el rabillo del ojo las cámaras de seguridad del amplio vestíbulo de diseño. Tres, contando las dos laterales de la puerta principal y una camuflada entre el logo sobre el mostrador de recepción. Perfecto: iban a tener todos mis perfiles.

El gigante de seguridad asintió y señaló el pasillo lateral que acababa en un ascensor.

Tomás Pilkington me recibió en el mismo laboratorio, no en su despacho, como yo esperaba. Era efectivamente un pelirrojo que parecía más escocés que español, aunque su pelo clareaba ya en las sienes.

—*Mister Pilkington* —dije, dándole un apretón de manos—, *pleased to meet you.*

—*Walter Zachary, pleased to meet you.* Pero hábleme en cristiano, hijo, ¿o acaso perdió sus raíces españolas?

—No, desde luego que no. Mis padres hablaron siempre español en mi casa, pese a que crecí en Londres.

Pilkington se me había quedado mirando fijamente a la cara.

—Es usted un calco de su padre. —Su mirada se perdió un instante por aquellos años—. Me acuerdo sobre todo de su madre, la doctora Zelaya. Era una magnífica docente. Créame que tuve una auténtica crisis vocacional cuando tuvieron que abandonar Madrid de manera tan inesperada. Cuando vi su nombre en el correo que me envió, por un momento pensé que era su padre, pese al tiempo transcurrido. Luego me di cuenta de que él tendría ahora más de ochenta años. Siento mucho su desaparición, y también la de su madre.

Lyra me había puesto al día de su paso por la Complutense, pero no quería que siguiera abundando en detalles por si no podía seguirlos.

—Siempre me emociona que recuerden con cariño a mis padres, para mí es un consuelo ahora que no están. Pero me gustaría ir al grano, si le parece.

—Por supuesto. He de reconocer que estoy gratamente sorprendido de que su organización haya reparado en nosotros como candidatos a los Premios Hooke.

—Yo no diría que ha sido una sorpresa. Su departamento de Medios ha hecho una gran labor de *marketing.* Estará de acuerdo conmigo en que eso de la enzima de la inmortalidad llamó mucho la atención a la comunidad científica, y también a los accionistas cuando la Kronon salió a bolsa.

—Veo que ha hecho los deberes.

—Es mi trabajo. Como ya le informé en los correos preliminares, mi labor consiste en hacer una primera selección para los premios.

—Es usted una especie de ojeador.

—Si así lo prefiere... —concedí—. Cada cuatro años debo presentar al jurado los diez trabajos de investigación que más puedan influir en el futuro próximo. Como sabe, los premios tienen cierta predilección por la medicina, lo que convierte a su empresa en una de las favoritas, aunque debo insistirle en que esta visita es estrictamente confidencial.

—Entiendo —asintió.

—Mi tarea es realizar un cribado antes de presentar a los finalistas al jurado, de forma que, por así decirlo, los informes que me entregue son los que decidirán su futuro. Debo decirle que tengo algunos reparos; quisiera que me resolviera ciertas dudas con respecto a los telómeros.

Por suerte, los prestigiosos Premios Hooke tenían una página web arcaica con tantos agujeros en su seguridad que no tardé ni dos horas en incluir mi nombre falso entre la plantilla del personal con mi dirección de correo. Cuando me puse en contacto con Pilkington, le envié un enlace para darle credibilidad a mi correo. Mi padre, que era el que mejor falsificaba documentos de nosotros cuatro, había preparado una tarjeta con el logo y con todo el material corporativo que pudiera reforzar mi identidad.

Pilkington me extendió una carpeta. Tomé el informe, lo hojeé por encima y lo volví a cerrar, torciendo el gesto.

—Esta documentación está accesible para el gran público, creo que usted no es consciente de los parámetros que se exigen para optar al premio. No quiero que me entregue un trabajo de *marketing*. Necesito estudiar los procesos que les están llevando a manipular la telomerasa, la viabilidad de su aplicación en células tumorales y todo lo que los ha conducido a anunciar que han descubierto la enzima de la inmortalidad. Mi trabajo y mi formación son las de un científico, doctor. Entiendo, por el material que me ha entregado, que la Corporación Kronon no tiene interés en postularse para los Premios Hooke.

Pilkington tardó unos segundos en reaccionar.

—No quisiera que lo entendiera así, no me malinterprete, pero comprenda que se trata de información confidencial y que acabamos de conseguir la patente de la telomerasa. El espionaje industrial es un riesgo que no podemos permitirnos, dado el capital invertido, y menos ahora con nuestra salida a bolsa.

«Cuidado, Urko».

—Soy consciente de todo ello, doctor Pilkington, créame. —Nada de Tomás—. Pero comprenda que necesito asegurarme de que no voy a entregar humo al jurado.

Me levanté del banco, abotonándome la chaqueta del traje, y le di la mano en señal de despedida.

—Mire, siento haberle hecho perder su tiempo —dije—. Y ahora, si me disculpa, tengo un avión que tomar en cuatro horas.

35

IAGO

Vigesimoprimer día del mes de Nion
9 de marzo

Le di la espalda y me alejé. Pedí un taxi en recepción, aunque no me fui directo al aeropuerto. San Francisco me esperaba. Media hora después me relajaba sentado en un banco del parque Golden Gate, frente a la pagoda japonesa. Algo vibró en mi bolsillo y miré la pantalla. Era Pilkington.

—¿Me he olvidado algo? —dije, fingiendo que seguía molesto.

—Mire, no puedo hablar mucho, ¿podemos encontrarnos antes de que tome ese avión?

—Ahora mismo estoy en el taxi de camino al aeropuerto. ¿Qué quiere?

Pilkington habló de nuevo entre susurros:

—No hemos empezado con buen pie, pero si pudiera hacerme el favor de parar ese taxi y esperarme en algún lugar público, se lo agradecería. Luego le explico.

Conté varios segundos como si me lo estuviera pensando y luego asentí:

—De acuerdo, voy a pedirle al taxista que se desvíe al parque Golden Gate, pero dese prisa, no quisiera perder el avión. Nos vemos delante de la pagoda.

Media hora después apareció, mirando nervioso por encima de su hombro hasta que localizó mi banco y se acercó.

—Seré breve, ya que no tiene usted tiempo —me dijo en cuanto se sentó a mi lado—. Antes no podía hablar con libertad porque todo el edificio de la Corporación está vigilado. La dirección siempre ha sido muy quisquillosa con la seguridad. No voy a mentirle, estoy muy interesado en que nos tengan en cuenta para el Premio Hooke. Como director de mi área, supondría un logro muy importante para mi carrera, pero estoy atado de pies y manos en cuanto al material que puedo proporcionarle.

Asentí y lo invité a seguir.

—La Corporación Kronon funciona como un sistema de departamentos estancos: cada pequeño equipo de científicos se dedica a una parte del proceso, y todos firmamos una cláusula de confidencialidad. Nadie, excepto la dirección, está al tanto de la investigación en su totalidad.

—Y sospecho que va a contarme que usted sí que tiene una idea global, ¿verdad?

—Así es. Comencé a recabar material en cuanto me percaté de su *modus operandi.* Pensé que me sería útil para chantajearlos cuando llegue el momento de que me den la patada. No soy un santo, pero ¿quién lo es?

—No seré yo quien vaya a juzgarle. Pero si le soy sincero, ya venía con muchas dudas acerca de la viabilidad de sus investigaciones.

—En eso está muy equivocado —se apresuró a añadir—. El hallazgo de la telomerasa va a revolucionar la biotecnología en los próximos años, y no lo digo como un visionario, sino como un científico con los pies en la tierra. Tome —me dijo sacando una gruesa carpeta de su americana—. Aquí está una parte importante de los datos que necesita para que se dé cuenta de que la Kronon va en serio. Creo que después de echarles una ojeada volverá a estar interesado en nosotros.

Metí los papeles lo más rápido que pude en mi maletín.

—No entiendo por qué se empeñan en mezclar sus investigaciones con eso de la enzima de la inmortalidad. No necesitan ese tipo de publicidad, les resta credibilidad.

—Su reticencia es completamente normal, pero cuando vea el material, tal vez se lleve una sorpresa. Nuestros esfuerzos en realidad están dirigidos a la lucha contra el cáncer, pero hemos sido los primeros en conseguir que células humanas normales, es decir, mortales, se hayan convertido en inmortales gracias a la aplicación de la telomerasa: siguen dividiéndose una y otra vez en nuestro laboratorio. Nos hemos dado cuenta de que la enzima telomerasa repara el extremo de los cromosomas y hace que no se acorten. Hemos barrido el límite de Hayflick. Eso es un hecho, y lo verá en las pruebas que acabo de entregarle.

—Pero solo lo han conseguido a nivel celular, ¿para cuándo lo lograrán en un organismo entero?

—Ahí está el problema, nos queda conseguirlo con órganos. De hecho, con eso ya sería suficiente: si sustituimos un corazón dañado, o un pulmón, por uno con la telomerasa activa, estamos haciendo que esa persona sea virtualmente inmortal. Sería como sustituir las piezas dañadas de un coche. Siempre tendríamos recambios.

—Pero están encontrando problemas en esa extrapolación, ¿verdad? —dije sin dejar de mirar al frente.

—Demasiados, y no podemos seguir esa línea de investigación; aún estamos en pañales. En cambio, la lucha contra las células cancerígenas sí que nos está dando resultados, y creemos que a corto plazo podremos comercializar kits caseros para que cada uno compruebe su nivel de telomerasa, y así detectar la presencia de un cáncer en el organismo. Verá, las células tumorales tienen la telomerasa activa, por eso son capaces de dividirse miles de veces, provocando lo que llamamos metástasis. Nuestros esfuerzos van dirigidos a bloquearla en los procesos cancerosos.

—Eso era lo que necesitaba saber —dije levantándome. Aún tenía que fingir que me urgía tomar un vuelo.

Pilkington se levantó también y nos despedimos. Cada uno se fue por su lado, y en cuanto lo perdí de vista, tomé otro taxi. Conducir con un coche por el centro de San Francisco siempre fue una locura, y hacía décadas que no iba, aunque mi intención no era dirigirme al aeropuerto. Días antes había cambiado el vuelo relámpago que Jairo me había contratado por una reserva de dos noches en el hotel Above Tide, en Sausalito. Me había ganado unos días de vacaciones.

36

IAGO

Vigesimoprimer día del mes de Nion
9 de marzo

Aquella noche, después de arrancarme las lentillas que me habían torturado durante todo el día, pedí que me llevaran la cena a mi habitación. En cuanto acabé con la ensalada, me tumbé desnudo sobre la cama con el material de la Kronon. Tenía un tesoro entre mis manos. ¿Cuánto habríamos tardado Lyra y yo en llegar al mismo nivel de aquellas investigaciones? Los dos solos era imposible, para mi tranquilidad y su desesperación.

Pasé varias horas estudiando, absorbiendo cantidades ingentes de nuevo material. Abrí mi portátil y elaboré mi propia versión de lo que se cocía en la Kronon. Finalmente me metí en la gigantesca bañera que reinaba en medio de la habitación y desde la que se veía toda la vida de la bahía. Allí seguí releyendo el informe de Pilkington hasta que, exhausto y satisfecho, me quedé dormido al amanecer.

En mi sueño, Boudicca sujetaba una placa de Petri en el laboratorio de Lyra. Llevaba puesta la capa con la que murió y la fíbula de oro con forma de ciervo que Nagorno les regaló a ella y a sus hijas. Arrastraba sus trenzas rojizas por el suelo, aunque el frío mármol del laboratorio no era como la hierba de Icenia y sus pasos causaban un efecto inquietante. Entonces alzó la cabeza y nuestros ojos se pusieron a la misma altura, pero vi en ellos un temor que me inquietó.

—¿Estás bien, hermana? —le pregunté.

—No, y ninguno de vosotros estaréis bien tampoco. Dame tus manos, debo cortarlas. Alguien tiene que impedir lo que estás a punto de hacer.

Obedecí y sentí un dolor atroz a la altura de las muñecas. Oí un grito inhumano que resultó salir de mi propia garganta y que fue incapaz de aplacar mi tormento. Caí al suelo del laboratorio como un fardo, aletargado y entumecido por la agonía.

37

IAGO

Vigesimocuarto día del mes de Nion
12 de marzo

Después de casi un día entero en el avión, por fin llegábamos a nuestro destino. La aeronave cortaba el cielo de un tajo recto y dejaba tras de sí una cicatriz blanca infinita. Senderos o atajos que los ángeles aprovecharían, imagino.

Mi última crisis de amnesia había tenido como consecuencia la presencia de Nagorno a mi lado, dormitando la mayor parte del viaje, así que yo aproveché para hojear una pequeña guía de conversación que mi padre me hizo comprar.

—Domino el español perfectamente —me quejé.

—Pero no los giros y las fórmulas de cortesía actuales. No tengo ni idea de en qué siglo se ha quedado tu cerebro. Léete la guía y observa también las interacciones de la gente a tu alrededor. Aprende de tu hermano, tienes que estar actualizado para cuando llegues a Santander.

Finalmente, a punto de bajar a tierra, reconocí la luz tamizada por las nubes que se me hizo familiar, la línea quebrada del mar castigando la roca, los perfiles aserrados de los montes de mi infancia.

Nos llevaron a una sala diáfana que me recordó a una catedral sin acabar, y allí fue donde nos quedamos a esperar la llegada de nuestro equipaje cuando, a lo lejos, vi un rostro que me resultó familiar.

—¿La conoces? —le pregunté a Nagorno señalando a la chica.

—¿Te refieres a la de la coz en la frente?

Asentí.

—Es Adriana Alameda, trabaja en el museo. Respétamela, es mi próxima conquista.

—Claro —me apresuré a contestar—, no soy ese tipo de hermano.

—Lo sé, solo quería advertirte.

La vi alejarse con el rabillo del ojo mientras caminaba junto a Jairo buscando entre las caras de los que esperaban alguna que recordase de inmediato.

«¿Te habría reconocido de no ir con mi hermano?», le había preguntado a mi padre.

«Por supuesto, será como mirarte al espejo dentro de veinte milenios».

Y así fue, no hizo falta que Lür me hiciera ninguna señal: lo recordaba exactamente igual, aunque con barba.

Mi padre nos dio un abrazo a ambos, con el alivio dibujado en su rostro. Nagorno se despidió de nosotros y dijo que se marchaba en su propio coche, aunque yo sospeché que iría a hacerse el encontradizo con la tal Adriana. Mientras tanto, mi padre y yo nos quedamos poniéndonos al día durante un buen rato. Entonces vi de nuevo a la chica, que se aproximaba a nosotros.

Cuando llegó a nuestro lado, nos saludó, se acercó hasta nuestros rostros y nos besó a ambos las mejillas. Sus besos me supieron a gloria. Luego se me quedó mirando fijamente sin ningún tipo de disimulo.

—¿Te has dejado perilla? Se te ve... diferente —me dijo sorprendida.

—Adriana, ¿qué haces por aquí? —intervino mi padre.

—He venido a despedir a mi primo, siempre está viajando por trabajo.

—Debes disculparnos —dijo Lür, tirando de mi brazo con

disimulo—, pero Iago está muy cansado después de un viaje de demasiadas horas, y me temo que el *jet lag* le ha afectado más de la cuenta en esta ocasión. Si nos permites, voy a llevarlo a su casa para que descanse un poco.

Pero yo me zafé de mi padre. La chica me traía recuerdos de un pasado muy inmediato, pero no era capaz de encontrar un tema de conversación en común. Recurrí a lo que había leído en la guía de conversación:

—¿Y tu madre cómo va?

Su rostro viró de la sorpresa a la tristeza, pero finalmente dijo:

—Murió hace mucho, Iago. Creo que te lo había contado.

—Lo siento, no lo recordaba. Lo último que quería era molestarte, espero que me creas.

Pero ella parecía haber pasado página y estaba concentrada escrutándome. En ese momento apareció un señor de mediana edad y mi padre me dio la espalda para saludarlo:

—Hombre, ¿qué te trae por aquí?

Era evidente que estaba evitando que el caballero entablase conversación conmigo, pero Adriana fue más rápida y aprovechó la ocasión para acercarse a mí, y me susurró:

—Iago, a ti te pasa algo, ¿se puede saber qué tienes?

—Estoy un poco aturdido, de verdad. Se me pasará en cuanto duerma.

—¿Seguro que solo es eso?

—Seguro.

Se apartó un poco para observarme mientras cruzaba los brazos por delante del pecho.

—Dime una cosa, ¿los neandertales hablaban?

Intenté recordar lo leído en las revistas del avión, pero los neandertales no aparecían demasiado en sus páginas.

—Bueno, no se sabe, ¿verdad? —dije, encogiéndome de hombros.

Esbozó una amplia sonrisa y me miró con cara de victoria.

—Ya.

Para entonces mi padre había conseguido quitarse de encima a quienquiera que fuese, así que despidió a Adriana con buenas palabras y me monté en su coche.

38

IAGO

Vigesimocuarto día del mes de Nion
12 de marzo

—¿Qué pasa con Adriana? —quise saber.

—¿A qué te refieres? —Me miró extrañado.

—Algo ocurre con ella, ¿sabes si hemos compartido lecho?

—No, que yo sepa, aunque puede que ocurra en el futuro. Verás, Adriana llegó de Madrid hace un par de meses. La contratamos porque tiene un currículum impresionante para su edad, pero sobre todo porque tiene una red de contactos en yacimientos nacionales y europeos que nos interesa mucho. Lo cierto es que pasáis muchas horas trabajando juntos. Aunque tú acostumbras a evitar los líos con compañeras del trabajo.

—¿Qué hay de ella?, ¿está casada?, ¿tiene algún hombre? —pregunté mientras miraba por la ventanilla con la ansiedad de un resucitado. Saborear de nuevo aquel paisaje de montes, pinos y nubes bajas estaba acelerando mi recuperación.

—Novio. Se dice novio, o pareja o compañero —me aclaró—. No, que yo sepa. Tiene amigos, como Salva, de Edad Antigua, y Elisa. Pero creo que la persona a quien tiene más cerca en el museo es a ti.

No le mencioné la advertencia de Jairo, preferí guardármela de momento. En lugar de eso, le pedí que me hablara de los últimos meses en el museo; me urgía recuperar aquella parte en concreto. Según él me lo iba relatando, iba encajando piezas sueltas hasta que me pude hacer una idea general.

—De todos modos, no puedes volver aún a trabajar. Puedes echar por tierra todo el trabajo de cuatro años. Te llevaré a tu casa, y quiero que allí te pongas al día y no aparezcas por el museo. Espero que en unos días puedas estar listo.

Asentí, aunque sabía que luego iba a hacer lo que yo creyera más conveniente.

—Respecto a Adriana, yo la evitaría estos primeros días. Es demasiado inteligente y puede notar que estás raro. —Calló, pero había más, así que le hice un gesto para que siguiera explicándose—. Verás, hay personas que, no se sabe por qué, nos inspiran sentimientos. Adriana me parece una persona muy especial. No sé si lo has notado, pero si estuviéramos en Monte Castillo hace diez mil años, te habría dicho de ella que tiene un tótem muy poderoso. Puede que ahora estas palabras no te digan nada, pero te pido que las retengas en la memoria. No suelo meterme en tu vida sentimental, pero no me gustaría que saliera herida de esto. Tú vas a desaparecer en unos pocos años, y ella se va a quedar atrás.

Se concentró en la carretera mientras el coche atravesaba una cordillera de naves industriales. Yo sabía que seguía dándole vueltas al asunto, pero esperé a que él hablara de nuevo.

—En cierto modo, Adriana me recuerda al mito de Atalanta. ¿Tu memoria ha llegado ya a la antigua Grecia? —Lo miré no muy convencido—. Atalanta era la hija no deseada del rey de Arcadia. Cuando fue abandonada en la ladera de una montaña, una osa la amamantó hasta que unos cazadores se la llevaron y la criaron. Ella a su vez se convirtió en una experta cazadora, pero se hizo famosa por los muchos inconvenientes que ponía a la hora de casarse. Todo aquel que quisiera ser su esposo debía ganarle en una carrera, y en el caso de que perdiese, pagaba con su vida. A pesar del riesgo, siempre tuvo pretendientes que lo intentaron, aunque ellos tenían que correr desnudos, mientras que ella iba completamente vestida, o en el caso de Adriana, protegida por su coraza; ya te darás cuenta cuando la trates. Finalmente apareció Melanión y pidió ayuda a la diosa Afrodita. Ella colocó tres manzanas de oro a lo largo del recorrido. Atalanta no pudo vencer su curiosidad y se detuvo tres veces a recogerlas. Así fue como Melanión ganó la carrera y a Atalanta como esposa. Pero cegados por la pasión, consumaron su unión en un lugar sagrado, algo que Afrodita les había prohibido, así que Melanión y Atalanta fueron convertidos en leones.

Me mantuve en silencio porque aún no tenía muy claro aquel asunto. Preferí concentrarme en la ciudad que emergía frente a nosotros. Mi padre comprendió y no insistió más.

39

IAGO

Vigesimocuarto día del mes de Nion
12 de marzo

Cuando Lür me dejó por fin solo en mi piso y deshice mi maleta, encontré un cuaderno en un bolsillo lateral en el que no había reparado. Lo hojeé.

«Hoy hace cuatro años que volvimos...». Era reciente, lo había escrito apenas unos días antes. Me senté sobre el primer mueble que encontré y seguí leyendo: «... Pongamos que me ama. Pongamos que lo que intuyo en sus ojos camina de la mano de lo que a mí también me consume, ¿le daré unos años preciosos para luego destrozarle el resto de su vida?».

Hablaba de Adriana, tenía que ser la misma que vi en el aeropuerto. Lo sabía: algo diferente fluía entre nosotros. Me esforcé en recordar. Habíamos coincidido en varias celebraciones, con mucho bullicio alrededor. Recordé también una visita a la cueva de mi infancia. Con ella. Llegué a la conclusión de que estábamos a punto de iniciar algo inevitable. Mal momento para tener un apagón.

Me tumbé en mi cama, y poco más tarde el móvil me sobresaltó. Miré la pantalla y pude leer el nombre de Adriana. Al principio la ignoré.

Recordé las advertencias de Lür.

No era seguro.

Pero el móvil volvió a sonar, y era ella otra vez.

Mi padre no lo entendería.

—¿Podemos vernos? —me dijo.

—Claro, elige tú el sitio. —¿Qué podía decirle si no? Aquel arte era sutil, y aún no lo dominaba. No quería estropearlo de nuevo.

—¿Te importa si voy a tu casa? Vivo cerca.

—No, supongo que no me importa.

¿Era correcto que viniera a mi casa?, ¿comprometía aquello a algo? Ella captó mis dudas.

—¿Supones?

—Quiero decir... No, no me importa. Te espero.

—Bien, dime el portal y el piso.

No me acordaba de aquellos datos, así que tuve que improvisar:

—Nos vemos junto al palacete del Embarcadero, si quieres. Debo hacer un recado antes —dije mirando por la ventana.

Poco después nos encontramos frente a mi casa. Me volvió a dar dos besos de lavanda en las mejillas. Era una costumbre deliciosa. Me había duchado y afeitado. El Iago que emergió parecía algo más joven que Walter Zachary.

—Te has quitado esa horrible perilla —dijo aliviada.

—Vamos, crucemos la calle. —La invité con un gesto.

Subimos a mi piso y le indiqué que podía sentarse en el sofá. Yo preferí permanecer de pie. No estaba seguro de cómo debía comportarme.

—Tú dirás para qué has llamado —le dije.

—Pensé que estarías durmiendo por lo del *jet lag*.

—Estoy desvelado, no he podido dormir. Vamos, Adriana, déjate de rodeos.

—De acuerdo —dijo recostándose—. Es que esta mañana te he visto muy raro. Quería saber si estabas bien.

—Me sentía un poco confundido, disculpa si he sido grosero con lo de tu madre.

—Olvídalo —dijo restándole importancia—, no he venido por eso. Es que hoy no pareces Iago.

—¿Por qué lo dices exactamente?

—Iago no actúa así.

—¿Y cómo actúa Iago?

—El Iago que conocía hasta la semana pasada estaba muy seguro de sí mismo. A ti se te ve dudar con cada pregunta. El Iago que conocía tenía un ordenador por cabeza y conocía todas las respuestas. Pensabas rápido, tenías las ideas claras y hablabas con tal aplomo que nadie te cuestionaba.

Se levantó del sofá y empezó a deambular por el piso. Yo la seguí con la mirada.

—Iago, una vez me contaste que tenías un problema a la hora de dormir, que a veces te despertabas confundido. Vi las maquetas que hacías a modo de terapia, como esa. —Me señaló al médico haciendo una incisión en el costado de un paciente.

«Las maquetas», recordé de repente. En casa de mi hermano había más maquetas. Tenía que recuperarlas. Vi que ella me miraba de reojo y volví a prestarle toda mi atención.

—Es eso lo que te ha pasado ahora, ¿verdad? —preguntó con cautela—. Por mucho que Héctor lo intente ocultar, lo que tienes no es un *jet lag*.

«Para qué negarlo», pensé. Y si alguna vez le mencioné lo de las maquetas, era porque en el pasado confié en ella, al menos para contarle aquella parte de la historia.

—Tú lo has dicho todo. Sí, es cierto. Estoy intentando recordar mi día a día, pero aún tengo muchas lagunas. Creo que esta vez ha sido más intenso.

—¿Te está tratando algún médico?

—Aún no he llegado a esa parte, pero supongo que mi hermano me pondrá al día al respecto. Gracias de todos modos por preocuparte.

Había vacilado hasta entonces acerca de si debía preguntárselo, pero no le vi ningún peligro a abordar la duda que tanto me carcomía:

—Adriana, ¿qué ocurre con Jairo?

—¿Jairo? —Pude ver que la sorpresa en su rostro era verdadera—. ¿Qué pasa con él?

—Dímelo tú.

—Ahora sí que estoy perdida.

—¿No teníais algo? —insistí.

—Sí, un eterno intercambio de regalos por su parte y de educados rechazos por la mía, ¿por qué?

—Me dio a entender que estabais a punto de iniciar algo.

—¡Pues sí que juega duro tu hermano! A ver, para que te quede claro antes y después de que recobres la memoria: la historia iba contigo y conmigo, no con él y conmigo. Nunca lo fue. Ni por asomo.

—Te creo, tranquila.

—Iago, no quiero estropear el clima de trabajo que tenemos tú y yo, no quiero poner en peligro mi nueva vida en Santander —dijo ella para sí misma, apartando la mirada hacia el ventanal. Luego se dirigió a la entrada—: Veo que estás bien, así que imagino que te veré en unos días por el museo. Tenemos varias reuniones para el montaje de la Sala de Interpretación, pero ya me encargo yo. Tú procura recuperarte.

—Adriana —la llamé antes de que cerrase la puerta.

—¿Qué? —dijo mirando por encima del hombro, sin girar el cuerpo.

—Te pido un poco de discreción con mi amnesia.

—Descuida.

Y se fue.

Según había ido hablando con ella, me fueron llegando más y más momentos compartidos. Recordé el primer día en la Sala de Prehistoria, recordé su disfraz de hetaira —porque desde aquella noche se había convertido en mi fantasía— y que en la gruta del Monte Castillo tuve que contenerme con todas mis fuerzas.

Pero también había ido recordando el porqué de mis mentiras con ella, mis secretos, los motivos reales de la puesta en marcha del museo, y aquello me llevaba a la última noche en San Francisco, y todo el preciado material que absorbí hasta quedar exhausto. Lyra no debía leer el informe que me entregó Pilkington. Aquella noche yo había hilvanado mi propia teoría acerca de los telómeros y mi familia. Me abalancé sobre el maletín, comprendiendo que si Lyra venía en ese mismo momento estaba perdido. Tendría que inventar alguna excusa rápida, y ella siempre estaba al acecho de mis mentiras.

«Vaya con Iago», pensé al descubrir que había dos versiones del informe de la Corporación Kronon. Uno era el original en papel. El otro, que yo había escrito en el portátil mi última noche de lucidez, borraba todo lo que pudiera llevar a Lyra a buen puerto y lo sustituía por callejones sin salida. Fui a la cocina con el taco de folios y los quemé en el fregadero. Finalmente, después de limpiar todo rastro, me permití dormir.

40

IAGO

Vigesimoquinto día del mes de Nion
13 de marzo

Al día siguiente me acerqué al chalet de Nagorno. Quería ver todas mis maquetas. En sus detalles había dejado las huellas de otras existencias que solo yo podía interpretar. Eran como un disco duro externo, una memoria que dejaba espacio en mi cerebro y a la que podía acudir en situaciones como aquella.

Bajé las escaleras y encontré a mi hermano en su taller, cincelando pequeñas piezas de oro para engarzarlas en un collar idéntico al que su madre solía llevar. En aquel espacio, Nagorno trabajaba sus piezas más preciadas. No las maquetas de guerra, sino obras de orfebrería y esculturas de distintos materiales: bronce, barro, a veces mármol. Algunas estaban cubiertas por telas; Nagorno era un perfeccionista y no dejaba que nadie las viera hasta haberlas acabado. Pasé por delante de ellas, ignorándolas.

—¿Has recordado ya nuestros primeros años juntos? —preguntó sin mirarme, concentrado en darle la curvatura perfecta al lomo de un felino que devoraba un águila.

¿Qué papel íbamos a interpretar ahora cada uno de nosotros?, ¿felino o águila?

—Recuerdo que eras un bastardo y que tuvo que llegar Lür a poner su simiente porque tu padre putativo era tan estéril como luego has resultado ser tú.

No me dejó acabar la frase, porque su mano cerrada como una garra me aplastó la tráquea.

—Dejemos claros algunos puntos, Urko...

Lo agarré por la entrepierna y retorcí con fuerza hasta que me soltó la garganta.

—Dejemos claros algunos otros, Nagorno. —Apreté con más firmeza aún—. Esto por incitar a beber a un exalcohólico amnésico; fue un acto irresponsable para un longevo como tú. Podría habernos sacado del armario de la peor manera posible.

Vi que iba a desplomarse, pero aún tenía algo pendiente que aclarar, así que pegué un último tirón, el que más dolió.

—Y esto por mentirme acerca de Adriana Alameda.

—Lo he hecho para protegerte —pudo susurrar.

—¿Protegerme a mí? ¿De qué, si puede saberse?

—Ya sabes, de las mariposas en el estómago y de las noches en vela. Os vi hablando en la cena de Carnaval. Erais pura química, todos lo vieron. Dime, ¿cuánto le queda de vida, setenta años a lo sumo? No quiero más viudos depresivos en la familia, con Lyra ya tenemos suficiente.

—No, no es eso. Hay algo más.

Lo sopesó un segundo y para mi sorpresa, optó por sincerarse:

—Tú eres el motor de la investigación. Te necesito centrado. Haz el favor de no enamorarte como un vulgar efímero, ¿quieres?

—Eso, hermano, es una decisión que no te compete en absoluto. Vuelve a las estepas a torturar a todo bicho viviente, si es que lo necesitas, pero si buscas guerra conmigo, guerra es lo que vas a encontrar. ¿Queda claro?

—Queda... claro —balbuceó con la voz estrangulada.

Lo solté y le di la espalda mientras abandonaba su taller en dirección a la sala de las maquetas.

—De todos modos, no entiendo cómo te preocupas tanto por unos testículos que tan escaso fruto han dado.

Con Nagorno siempre era necesario marcarle el terreno, no fuera a creer que podía hacerme de nuevo la vida imposible.

—¡Ah, y gracias, hermano, por ir a rescatarme a San Francisco! —le grité al salir—. Fue un detalle que tardaré tiempo en olvidar. Aunque lo hicieras por proteger tu dichosa investigación.

Qué equivocado estaba.

En todo.

Quién iba a decirme que, bajo el paño delicado de la mejor seda, el busto de barro de una muchacha con una cicatriz que le surcaba la frente había escuchado toda nuestra conversación. Si alguien me lo hubiera contado entonces, mil veces lo habría negado, incrédulo, y mil veces habría errado.

Mientras me alejaba por los pasillos de mármol del chalet, percibí el solitario eco de mis pasos. Y entonces, después de tanto tiempo, oí también la voz odiada de una mujer que me reclamaba, insistente.

XLI

IAGO

7598 d. a., Escitia
700 a. C., actual Ucrania

Era extraño que Olbia me llamase; de hecho, era inusual incluso que me dirigiera la palabra, así que encaminé mis pasos un poco tenso hacia su tienda, escoltado como siempre por dos ancianos escitas que no se alejaban de mí ni para orinar.

Era la primera vez que se me permitía entrar, y de un rápido vistazo mis pupilas registraron una lujosa estancia circular, abigarrada de tapices rojos, negros y amarillos que colgaban vistiendo las paredes. El suelo estaba cubierto de alfombras donde ciervos, grifos y otros animales se contorsionaban sobre sí mismos, formando relieves de esparto.

—Me has llamado, ama —dije agachando la cabeza, evitando su mirada.

—Podéis dejarnos solos —les ordenó a los viejos—. Pero no os vayáis demasiado lejos. Esperad al esclavo en la entrada.

Vigiló que desaparecieran y nos quedamos en la penumbra que nos ofrecían las lámparas de aceite. Entonces se acercó a mí y me observó con interés, como si fuese la primera vez que me veía.

—Durante estos meses he podido apreciar tu destreza al tratar nuestras dolencias, esclavo. Por eso voy a confiarte a ti mi preñez y la suerte del hijo que me va a nacer. Estoy encinta desde hace poco tiempo, y quiero que cuando mi esposo vuelva se encuentre con un primogénito fuerte y sano. Estarás presente en el parto, y si algo me ocurre a mí o a la criatura, tanto tu hermano como tú seréis enterrados a nuestro lado. Puedes irte.

Tardé un par de segundos en reaccionar, pero luego me apresuré a abandonar aquella maldita tienda. Una vez que mis escoltas me dejaron solo, me fui en busca de Héktor. Lo encontré en la orilla del río junto a Póntico. Calentaban unas piedras dentro de un trípode de pieles. Era la manera que tenían los escitas de asearse. Echaban semillas de cáñamo a las piedras calientes y se impregnaban del humo que se desprendía.

—¿Estaba preñada, Héktor? —le pregunté.

—¿Qué? —preguntó sin comprender.

—Que si Olbia estaba preñada la primera vez que dormiste con ella —le exigí. Mi padre tenía por aquel entonces veinticinco mil años. Si alguien conocía bien la anatomía femenina y sus sutiles cambios, ese era él.

—No, no lo creo —me confirmó, sin necesidad de pensárselo demasiado.

—Entonces, ¿el hijo que espera es tuyo?

—Si no ha visto a más esclavos, creo que sí.

—Eres el único —intervino Póntico—. Olbia nunca ha reclamado a ningún varón más que a ti. Y por el falo de Zeus que el niño es tuyo, y no de Kelermes. El viejo no ha sido capaz de engendrarle un hijo a pesar de los años que Olbia lleva empeñada en darle un primogénito.

—¿Y a qué esperabas para decírmelo, maldita sea?

La pregunta se la llevó una ráfaga de viento que avivó las ascuas del trípode. Mi padre calló porque sabía que ninguna respuesta me calmaría.

XLII

IAGO

7598 d. a., Escitia
700 a. C., actual Ucrania

Pasaron casi diez ciclos lunares, Olbia apenas podía caminar por el peso de su barriga y ocupaba sus días montando su yegua. No seguía mis consejos acerca de los peligros que el trote podía acarrear a su criatura, y su mal humor iba en aumento con cada jornada que el niño se hacía esperar. No era la única expectante; notaba a Héktor pendiente de su futuro hijo, mientras que mi nerviosismo estaba logrando desquiciar incluso a Póntico y su legendaria paciencia. Su embarazo estaba siendo inusualmente largo, igual que lo fue el mío, según me contó mi padre.

Podía asumir la existencia de un bastardo de mi padre durante treinta o cuarenta años. Luego la muerte se lo llevaría y el recuerdo de nuestra etapa en Escitia se perdería. Pero la otra opción que se perfilaba, la de otro miembro en nuestra pequeña familia de inmortales, me resultaba insoportable. No de aquella mujer que nos había arrebatado la libertad, nuestras fortunas y nuestra dignidad. No de aquella tribu odiada de bebedores de cráneos.

El día del parto llegó por fin. Extraje a la criatura, que se agarraba como una hiedra a las entrañas de su madre y le vacié la boca de mucosidades para que pudiese respirar. Tenía una espesa mata de cabello negro, brillante de fluidos, los ojos oscuros y la mandíbula angulosa. Comprobé su sexo y se lo acerqué a Olbia:

—Aquí tienes a tu varón escita.

Olbia mandó llamar a Sirgis, el escita cojo que conocí el día que fuimos apresados. Póntico me había contado que aquel guerrero había sido el fiel hermano de Kelermes hasta que perdió una pierna en una incursión contra los sármatas. Desde entonces, sus intenciones de suceder a Kelermes ante su falta de descendencia se habían desvanecido. Si permanecía leal a Olbia, era porque esperaba que algún día alguno de sus propios retoños fuera el caudillo de la tribu. El nacimiento del hijo de Olbia había segado esa esperanza.

—¿Qué quiere mi señora?

—Este es Nagorno, mi primogénito. Será el sucesor de Kelermes, y quiero que toda la tribu festeje este nacimiento. Sacrifica veinte caballos, los mejores, incluido el tuyo, y riega de vino a los hombres hasta el amanecer. Prepara a las esclavas y que todos queden complacidos.

—Señora —dijo con miedo en la voz—, ¿Kelermes sabía que esperabais un hijo antes de partir? Han pasado ya muchas estaciones desde que se fue.

—¿Estás intentando sugerir que este hijo no es de Kelermes? —gritó ella, fuera de sí, tendida sobre sus pieles y aún abierta por el parto.

El escita me miró de reojo y bajó la cabeza.

—No, señora, yo jamás diría eso. Prepararemos una fiesta que honre debidamente a vuestro primogénito —dijo, rumiando otras palabras que Olbia no llegó a oír.

A la mañana siguiente encontré a Héktor lanzando piedras al río con una rabia poco usual en él.

—¿Se puede saber qué te ocurre? —dije, sujetándolo por el brazo. Los ancianos habían echado mano de sus *akinakes*, y estaban a punto de acercarse a nosotros, pero Héktor recapacitó y bajó la mano, dejando caer el pedrusco.

—Anoche hablé con Olbia. Me ha prohibido que me acerque a Nagorno, también que me dirija a él de algún modo, a no ser que él mismo me dé alguna orden. Voy a ser el esclavo de mi propio hijo —murmuró, como si no pudiera creer sus propias palabras—. Por cierto, la prohibición también la ha hecho extensiva a ti.

—Descuida, me mantendré todo lo alejado que pueda —dije, sentándome junto al río—. De hecho, deberíamos dejar de perder el tiempo y pensar en algún plan para huir. Me estoy volviendo loco intentando que mis semillas de aloe germinen en esta tierra baldía. Está por ver si lo conseguiré. Dime, Héktor, ¿crees que Olbia no me venderá cuando se me acabe todo el aloe?

—Necesito algo más de tiempo, tal vez Olbia cambie de opinión. No ha dejado de reclamarme ni una noche desde que llegamos, y creo que no dejará de hacerlo una vez que se recupere del parto.

—¿Me estás escuchando, Héktor?

Pero mi padre no me escuchaba, sino que prestaba toda su atención al llanto del niño que se oía desde la tienda de Olbia. Frustrado, me aparté de su lado y recuerdo que me negué a hablar con él durante varias semanas.

43

IAGO

Cuarto día del mes de Fearn
21 de marzo

Era una tarde entre semana cuando Lyra se presentó en mi piso. Yo le sonreí pese a que una leve sensación de incomodidad me trajo retales del sueño de Boudicca en San Francisco. Si hubiera sido un hombre aprensivo o supersticioso, habría visto en aquel erizar de vello una advertencia.

—Necesito un abrazo, Lyra.

Ella se me acercó, desprendiéndose del disfraz de mujer hostil que siempre la acompañaba.

—¿Tan duro fue? —preguntó, encajando su mejilla en mi pecho.

—Se está muy solo ahí fuera y sin memoria.

Le acaricié el pelo y el tiempo se detuvo en sus mechones rubios.

—Subamos a la buhardilla —le dije al cabo de un rato—. Estaba haciendo jabón para distraerme.

La última planta de mi bloque se mantenía diáfana, sin apenas muebles, así que la solía usar como taller para todo. Tenía suficiente con el tercer piso para mí solo; de hecho, la primera planta y la segunda estaban cerradas simplemente para evitar vecinos.

Yo mismo había ordenado construir todo el inmueble en

1883, pocas semanas después de la nevada que paralizó la ciudad. Fue entonces cuando me instalé de nuevo en Santander al frente de la naviera Astro. El paseo Pereda era por aquellos tiempos donde vivían los comerciantes, y todo aquel que tuviera un negocio rentable había instalado sus almacenes en los bajos de la calle. En realidad, mantuve la propiedad por las vistas a la bahía, incluso cuando mi identidad dejó de ser útil y me esfumé. Me empeñé en conservarla, usando sucesivamente las identidades de mi padre y hermanos como herederos.

Así hacíamos con nuestras propiedades, la única manera de conservar cuatro patrimonios como los nuestros a lo largo de los milenios. La reciente idea de unificar nuestros negocios bajo las siglas de la TAF, un *holding* intercontinental, había simplificado mucho los trámites que periódicamente teníamos que resolver para heredarnos los unos a los otros. Aunque, siendo sinceros, ¿quién de nosotros cuatro no se había guardado negocios y propiedades para sí mismo? Los años y las desgracias nos habían hecho precavidos y recelosos: éramos cuatro gatos escaldados.

—Entonces, ¿mereció la pena el viaje? —preguntó Lyra mientras descargaba un saco de lavanda. Se sacudió el polvillo morado de la espalda y fue sacando las espigas y poniéndolas sobre la mesa de nogal.

—Quiero que lo estudies bien —le dije, pasándole un *pendrive* del MAC con el informe modificado—, porque creo que lo de la Corporación Kronon puede llegar a ser algo importante. Al principio yo también desconfié de ellos, con tanto bombo de la enzima de la inmortalidad. Era como lo de la fuente de la eterna juventud. Tú no viviste aquella locura que les entró a los conquistadores cuando desembarcamos en Perú, pero te juro que era una especie de obsesión nacional.

—Te estás yendo del tema... —me recordó.

—Perdona, es que hay recuerdos que estoy dejando pasar y otros que estoy bloqueando; es una difícil labor de selección.

—Precisamente por eso no te estoy insistiendo demasiado

esta semana. Me siento un poco culpable por lo que te pasó en San Francisco. Puede que te estemos exigiendo más de la cuenta.

—Estoy bastante recuperado, de verdad. Pero te agradezco el gesto. En unos días volveré a ayudarte con las conclusiones de los antioxidantes, ¿de acuerdo?

Me miró complacida.

—Parece que ahora eres tú quien tiene prisa. No tendrá nada que ver con esto Adriana Alameda, ¿verdad? He visto cómo os miráis.

—¿Tú también, Brutus? —dije, torciendo el gesto—. Lür me vino con sus consejos antes de que pudiera siquiera recordar lo que tenía con ella.

«Por no mencionar lo de Nagorno».

—¿Y qué tenías, si puede saberse?

—Me da la impresión de que nada. —Me encogí de hombros.

—Esa chica es un alma vieja. Es como si no necesitara aliarse con ninguno de los grupos de presión del MAC. Pero quiero preguntarte algo.

—Tú dirás.

—¿Sabe algo de lo nuestro?

La cuchara se quedó clavada en una vertical imposible.

—¿Cómo va a saber nada? —pregunté, atónito.

—Me refiero a si tú le has dicho algo.

—¿De nuestra familia? —La miré alucinado—. No, desde luego que no.

—Compréndeme, no te estoy criticando si lo has hecho. Estarías en tu derecho siempre que ella fuera discreta.

—Lyra, por favor. Te estoy diciendo que no le he dicho nada, ni tengo la menor intención de hacerlo, ni a ella ni a nadie. Sabes que no lo he compartido nunca. Y ahora deja de dar rodeos y dime por qué crees que Adriana sabe algo.

—Hace un par de semanas se presentó en mi despacho. No me preguntó nada importante, eran más bien excusas. Mientras hablaba con ella, tenía la impresión de que examinaba la habitación con el rabillo del ojo, como si buscara algo, pero sin saber qué esperar. Solo fue una sensación, pero lo que me alarmó fue el modo en que me estudiaba a mí; mi cara, mi rostro, mis gestos... Era una mirada extraña, Iago. Tú ya me entiendes.

—No sé qué decirte. Es imposible que sospeche algo, aunque ha cambiado mucho desde que volví de San Francisco.

—Explícate —me animó, sacando el jabón aún líquido de la cazuela y distribuyéndolo en los moldes rectangulares.

—Me vio en el aeropuerto, cuando aún no me había reubicado, y se dio perfecta cuenta de mi amnesia, pese a que Lür hizo lo posible por evitarlo. Pero si había algún tipo de cercanía antes del viaje, eso se ha perdido, aunque no acabo de entender el porqué.

—No lo sé, pero su visita de control al laboratorio fue antes del viaje, en todo caso.

Intenté encontrarle una explicación a ese dato, pero no pude.

—Yo qué sé, Lyra. Dudo que sospeche nada de lo nuestro. Llevamos en Santander cuatro años, y dime, ¿has notado algún tipo de recelo, alguna mirada extraña por parte del personal del museo en este tiempo? No, nadie tiene ni la más remota idea de lo que se cuece debajo.

—No hasta el día que Adriana bajó al laboratorio con esa cara de susto —insistió, aunque yo no quise seguir con el tema.

Me incomodaba.

Una vez que dejamos enfriar las pastillas, bajamos a mi apartamento y matamos aquella tarde apacible ganduleando sobre el sofá, charlando de otros tiempos, de esos que siempre se recuerdan como mejores. Era uno de los pocos momentos en los que Lyra abandonaba su rictus de dolor, cuando estábamos a solas, sin mi padre y sin Nagorno. Era un deber que me imponía: proporcionarle paréntesis como aquel para que siguiera pensando que la vida todavía podía valer la pena.

La vi marcharse al anochecer, dejándome el piso impregnado del olor morado de los jabones. Me tumbé sobre el hueco que había dejado a mi lado y mi mirada se quedó desgastando el techo durante un buen rato.

XLIV

IAGO

Mes de Nion, 7798 d. a., oppidum de Ensérune
500 a. C., actual Languedoc

Después de subir un largo repecho, me senté a descansar frente al campo de lavanda. Hasta un rato después no me percaté de que había alguien a mi espalda.

—¡Ah...!, eres Yennego. Por un momento te he confundido con tu hermano. Disculpa mi intromisión.

Miré a la diminuta mujer que se había detenido junto a mí con su cesto vacío, y la invité a sentarse a mi lado pese a que sentí una ligera incomodidad. Se abrazó a su manto de piel de oveja. Me pareció más frágil que nunca, como si un simple bufido del viento pudiera llevársela por delante. Llevaba el pelo rubio recogido en una trenza sujeta en la nuca formando un ocho, como casi todas las mujeres galas de aquella época.

—No me molestas, Bryan —la tranquilicé—. Suelo subir aquí cuando termino con mis labores en el taller; este paisaje azul templa mis nervios.

—Yo estaba cogiendo algunas espigas cuando te he visto —se excusó, nerviosa. Se quedó callada durante un instante, pero después hizo un gesto de determinación y se decidió—: Necesito que me digas algo.

Sabía perfectamente el motivo de su desasosiego y, aun así, seguí disimulando.

—¿De qué se trata?

—Ha pasado ya todo Nion; de hecho, el aliso está a punto de florecer. Terkinos nunca había tardado tanto en volver de sus negocios. ¿Has tenido alguna noticia suya?

—No —mentí—. Yo también estoy algo inquieto. ¿Hacia dónde te dijo que se dirigía?

—A Massalia.

—Entonces tendría que haber regresado ya. —Me giré hacia ella fingiendo preocupación, y pronuncié la frase que tantas otras veces había repetido—: Deberías comenzar a asumir que tal vez le haya pasado algo malo y no vuelva. He oído que el comercio se está interrumpiendo en el sur, ya no se gana tanto y todo el mundo está nervioso. A la aldea llegan todos los días historias de reyertas y ajustes de cuentas entre comerciantes.

—¿Y ya está? —me gritó fuera de sí, tal vez porque lo esperaba—, ¿y eso es todo? ¿Debo considerarme viuda a partir de ahora?

—Tal vez deberías, sí.

¿Había alguna forma menos dolorosa de decirlo?, me pregunté. A mí también me quedaba poco tiempo. Llevaba casi una década en aquella aldea, y era el momento de irse. No desaparecí con mi padre porque Nagorno vino a buscarnos, y yo aún no soportaba su presencia, así que decidí apurar un poco más mi tiempo y convine con mi padre que nos veríamos en un siglo celta —treinta ciclos solares— en nuestra cueva, el día del solsticio de verano. Así hacíamos desde siempre. Si alguno se demoraba, se quedaba viviendo por la zona y acudía todos los años por la misma fecha. Tarde o temprano, siempre acabábamos encontrándonos.

—También deberías bajar más a la aldea, no es seguro que una mujer viva tan apartada ahora que no está tu esposo.

—En la aldea no me quieren. El hermano de mi padre se ha encargado de poner a todo el mundo en mi contra. Ahora que él es el druida, nadie se atreve a contrariarlo.

—Algo he oído, sí —comenté distraído—. ¿Qué pasó exactamente cuando murió tu padre?

—Fue antes de su muerte, en realidad —dijo arrancando una espiga próxima—. En cierto modo, empezó con mi nacimiento. Mi padre necesitaba tener un hijo para perpetuar el oficio que mi familia ha ejercido desde hace varias generaciones, pero de todos mis hermanos yo fui la única que sobreviví al parto. El pobre necio me puso nombre de varón y me inició en todos los secretos como si yo fuera a continuar su legado. De hecho, tenía casi convencida a toda la aldea.

—Que una mujer dirija los ritos es excepcional, pero no imposible. Hablan de una druidesa muy respetada al norte, en la tribu de los leucos.

—Puede ser, pero no aquí. Durante sus funerales, mi tío se encargó de arengar a la aldea y se apropió de su bastón. Desde ese día nadie se atreve a cambiar las cosas. Yo he seguido viviendo en la cabaña de mi padre, allá en el monte. —Entonces se giró hacia mí y me escrutó durante un buen rato—. ¿Qué hay de ti?, ¿por qué no tomas esposa de una vez?

Me reí de buena gana.

—Ninguna mujer se me acerca con este pestazo a piel de vaca. —Por una vez, le fui sincero—. Debí pensarlo antes de seguir el oficio de mi padre.

—Entonces somos dos apestados —concluyó ella.

—Eso parece.

Desde aquel día, Bryan me buscó cada tarde en el campo de lavanda, y fue entonces, al inicio del mes de Feam, cuando ocurrió.

XLV

IAGO

Mes de Feam, 7798 d. a., oppidum de Ensérune
500 a. C., actual Languedoc

Bajamos a la orilla del río con la excusa de ayudarme a eliminar el hedor del cuero. Traía aceites que ella misma había preparado con lavanda y camomila. Lavó mi pelo con agua caliza y lo peinó hacia atrás hasta lograr la consistencia de las crines de un caballo. También puso en orden mis bigotes con un pequeño peine de haya. Después dejé que le diese friegas a mi cuerpo desnudo hasta que el aroma dulzón de las flores sustituyó al de los pellejos de cerdo y vaca. En ese momento mi cuerpo despertó, después de tantos años sin recibir ni una sola caricia femenina. En ese momento dejé que aquella pequeña mujer montara sobre mí porque, más allá de su soledad y su desolación, Bryan era dulce y me hacía bien su serena compañía. Sin embargo, un mordisco de culpabilidad me tenía pellizcada el alma.

—Bryan, no deberíamos repetir esto —le dije mientras me ponía los calzones de nuevo—, aún no sabemos qué ha sido de mi hermano...

—Me dijiste que debería considerarme viuda, y así lo he hecho —dijo ella, dándome la espalda mientras se ceñía el pesado faldón—. Sabes que entre los míos no es extraño que el hermano soltero del marido muerto se despose con la viuda. Debes encargarte de mí.

«Apenas me quedan un par de años aquí antes de que empiecen a murmurar que no envejezco, ¿y luego qué? No te haré pasar por lo mismo otra vez».

—Sé de vuestras costumbres, pero créeme, no es una buena idea. Yo no sé si seguiré mucho tiempo en esta aldea. El oficio de curtidor es duro y apenas me da para vivir, no podría criar a una familia. Estoy pensando en viajar hacia la costa, pero yo solo.

—Sin nada que te lastre, ya lo entiendo —susurró con el ceño fruncido.

—Ya sabes lo que les ocurre a las mujeres de los viajeros. Además, tú te has criado aquí. Tu tío es un viejo decrépito y no tiene descendencia, tal vez cuando muera tengas por fin el lugar que te corresponde.

Miré al río, que bajaba furioso arrastrando ramas caídas de la última tormenta. Pronuncié la última frase como una jaculatoria:

—Es mejor que pensemos que esto nunca ha sucedido, ¿de acuerdo?

Me giré hacia ella, pero se había ido ya, con su paso silencioso, como si nunca hubiera yacido conmigo junto al lecho del río y todo hubiera sido la ensoñación de un solterón.

No la volví a ver hasta mitad del semestre claro, cuando la encontré saliendo de la empalizada de la aldea. No me hizo falta que se diera la vuelta para percatarme de su nueva situación. La cintura le había desaparecido, y su andar cansino me auguraba lo peor. Corrí tras ella por la cuesta mientras enfilaba hacia el bosque.

—¡Bryan, espera! —grité mientras la alcanzaba—, tenemos que hablar.

Ella hizo caso omiso de mis llamadas y no paró, así que tuve que desprenderme del rígido delantal de cuero y dejarlo en un ribazo del camino hasta quedar a la par con ella. Por un momento me mordí el labio cuando vi su rostro. Estaba hinchado, y todo en ella había crecido en volumen.

—¿De quién es el hijo que llevas? —quise saber.

—De tu hermano muerto, ya que, como bien dijiste, lo nuestro nunca ocurrió —dijo sin mirarme ni detenerse.

—No es momento para mentiras —dije sujetándola de un brazo—. Dime, ¿hay alguna posibilidad de que sea mío?

—La noche que tu hermano partió nos la pasamos gozando el uno del otro. Mi hijo es fruto del serbal. Estoy preñada desde Nion.

Aquello quemó como ácido.

—¿Estás segura? Lo que pasó en el río sucedió poco después.

—¡Estoy segura! —me gritó, zafándose de mi brazo—. Mi mayor problema no es saber si mi hijo es de uno u otro. Veo la realidad con más claridad que tú.

—Explícate —la apremié.

—Mi hijo nacerá en pleno semestre sombrío, cuando las nieves hayan llegado para quedarse —dijo con voz cansina—; no sobreviviré a mis últimos meses de preñez. Me siento ya pesada y apenas puedo poner trampas para conejos, me estoy alimentando de bayas, pero cada día estoy más débil. Aunque lograse llegar al día del alumbramiento, no creo que mi hijo y yo superemos un invierno solos en el bosque.

Tenía razón, en todas y cada una de sus palabras.

—Yo me quedaré contigo.

—No, ya me rechazaste una vez. No quiero ser tu esposa.

—No seré tu esposo, si no quieres. Pero tu hijo lleva mi sangre, sea mío o de mi hermano. Estos meses me encargaré de que no te falte comida y, cuando nazca, te ayudaré en todo lo necesario hasta que los dos no me necesitéis.

Bryan no dijo que sí, pero tampoco dijo que no, así que cogí el cesto con las telas y caminé junto a ella hasta que nos perdimos por el bosque. La observé en silencio de reojo, y creí notar cierto alivio en sus andares cansinos.

XLVI

IAGO

Mes de Beth, 7799 d. a., oppidum de Ensérune
499 a. C., actual Languedoc

Los siguientes meses me acostumbré a acercarle el resultado de mis batidas varias veces por semana. Pequeños raposos y tejones, algún jabalí si había suerte, nueces y miel para darle vigor a un cuerpo sobrepasado por las necesidades del niño que le crecía y que la anclaba cada día más a la cabaña del bosque. Poco a poco su humor fue mejorando, y en ocasiones permitía que me quedase a comer con ella.

—Este hijo restablecerá el linaje de mi padre —decía, más para ella que para mí—, aprenderá los días de buen y mal augurio y recitará los cánticos, tal y como han hecho mis antepasados.

Estuve presente cuando llegó el alumbramiento. Una diminuta criatura azul se escurrió entre sus piernas, y no necesité más que una mano para sujetarla y enseñársela a su madre.

—¿Es un varón? —aulló Bryan entre estertores—, déjame verlo.

—Es una niña. Es muy... pequeña —dije desconcertado mientras se la acercaba. Había ayudado a nacer a cientos de niños en mis siete milenios de vida, pero ninguna tan arrugada, tan transparente y tan frágil—. Debes darle calor y amamantarla enseguida —le urgí, aunque ni yo mismo pensé que sobreviviría.

—¿Qué es esto? —chilló horrorizada sin tocarla—. Este no es

el hijo que yo esperaba. No la quiero. Es demasiado parva, y mira esta marca que tiene en la cara. No es un buen augurio.

—Bryan, he visto antes otros niños como ella, así de pequeños y que nacen antes de tiempo, sin estar hechos del todo. No es el caso de tu hija, y no sé por qué ha ocurrido, pero algunos sobreviven. Así que haz el favor de ponértela al pecho y dejar que beba de tu leche. Yo voy a por más leña al bosque; esta hoguera no aguantará toda la noche y la niña necesita más calor.

Le coloqué la niña en el regazo y cogí el hacha que colgaba tras la puerta. Mis pisadas se perdieron entre la ventisca que castigaba el bosque aquella fría noche, primera del mes de Beth.

Cuando volví horas después cargado de leños y abarras, agotado por el esfuerzo, me encontré a Bryan sudando semiinconsciente.

—¿Dónde está la niña? —grité, buscando a mi alrededor.

Ella no contestó, hasta que vi en el suelo un bulto rodeado de paños que apenas se movía. La recogí y comprobé que aún respiraba, aunque le temblaba la mandíbula. Estaba muerta de frío. Corrí a calentarme las manos en la hoguera y le di friegas para que entrara en calor.

—¿Qué ha ocurrido?, ¿aún no le has dado de mamar? —le pregunté a su madre.

—No pienso alimentarla, es mejor que muera esta misma noche. No quiero criar a una niña tan débil. Déjala en el suelo y vete.

—También lleva mi sangre, no pienso abandonarla. Y debes darle un nombre enseguida; tú mejor que nadie sabes lo que les ocurre a las almas de los que no tienen nombre.

—No había pensado ningún nombre de mujer, pónselo tú si te place.

La observé un momento, tenía que decidirme rápido. Las marcas de su mejilla izquierda me recordaron los dibujos que las estrellas trazaban en el firmamento. Muchas generaciones atrás, cuando estuve en la ciudad sumeria de Ur, en el país viejo entre dos ríos, un hombre sabio, Utnapistim, me enseñó a nombrarlas.

—Se llamará Lyra, entonces.

—Un nombre extraño para una niña que no vivirá —gruñó—. Me trae sin cuidado cómo la llames.

—¡Vamos, amamántala! —le urgí, descubriendo la manta de oveja que la tapaba.

Lo que vi me encogió las venas. Tenía los pechos rellenos de bultos como piedras, los toqué y aulló de dolor.

—No puedes cortar así la leche, tu cuerpo se pondrá a hervir y morirás en pocas horas. Debo sacártela.

—¡Ni se te ocurra! —chilló.

Hice caso omiso y comencé a apretar hasta que por fin salió un líquido amarillento y graso. Puse a la niña junto a ella y la ayudé a agarrarse al pecho de su madre. Sin embargo, el bebé no tenía fuerzas ni para succionar. Bryan dejó de resistirse, de un momento a otro iba a perder la consciencia.

Me acerqué al manojo de hierbas que colgaba de los ganchos del techo de la cabaña y arranqué un poco de verbena. Lo arrojé a la cazuela de cobre con agua que hervía sobre el fuego y le hice beber la infusión a Bryan. Aquello bajaría la temperatura y la haría dormir durante unas horas. Después tomé a la niña, me abrí la camisa y la pegué a mi cuerpo. Cogí un retal de lana de oveja y le hice un nudo para amarrarla a mi pecho. Después me ceñí la capa y abandoné la cabaña.

—Siento el olor, Lyra —le susurré mientras bajaba a trompicones hacia la aldea.

Conocía al que hacía guardia aquella noche en la empalizada, trabajaba el metal junto a mi taller y precisamente iba a buscarlo a él. Le hice gestos con los brazos para que me abriera y bajara al suelo.

—¿Qué urgencias te traen a estas horas, Yennego?

—Tu mujer parió en Ostara, ¿verdad? —le pregunté, intentando recobrar el aliento.

—Sí, y mi hijo crece sano y fuerte —dijo con orgullo de padre galo.

—La hija de mi difunto hermano acaba de nacer, su madre no

puede amamantarla. Necesito la leche de tu esposa. Te pagaré bien.

—¿Cuantas pieles? —preguntó rápido.

—Tres de cerdo.

—¿Tres de cerdo?, ¿por levantarla a estas horas? —dijo, arqueando una ceja.

—Está bien, estoy acabando de preparar una de vaca. Os vendrá bien, y ahora, por favor, vayamos a alimentar a la niña.

Gervas asintió, conforme con la pequeña suma que le había caído del cielo, y lo seguí hasta su hogar. Aquella noche la niña se alimentó, y así ocurrió durante meses. Mientras de día me mataba por curtir las pieles para pagar la leche, por las noches cuidaba de la niña y de una madre que se negaba siquiera a tomarla en brazos.

XLVII

IAGO

Mes de Beth, 7799 d. a., oppidum de Ensérune
499 a. C., actual Languedoc

El tiempo pasó demasiado rápido como para darme cuenta. El mismo día que Lyra comenzó a caminar sin apoyarse en ningún mueble, recibí en el taller una visita inesperada.

—¿Qué hacéis aquí? —dije al reconocerlos pese a las capuchas de piel que ocultaban sus rostros.

—Venimos a por ti. Has de escapar con nosotros, hijo.

—¿Qué ha pasado?

—Hicimos un mal negocio en Massalia, una partida de ánforas con vino que prometimos y nunca llegó. Son cartaginenses, y quieren cobrarse la deuda. Ya sabes lo que eso significa —dijo Nagorno.

—Bien, huid pues. Nos veremos en un siglo, como acordamos. Yo aún tengo cosas pendientes aquí antes de irme.

—Por eso venimos. Nagorno oyó que vendrían a por ti, alguien les dijo que mi hermano trabaja en esta aldea como artesano; creen que tendrás algo de valor para resarcirse de sus pérdidas.

—Pues no lo tengo, apenas me da para vivir. Pero no entiendo el problema. Hemos enterrado piezas valiosas en el norte. Id, recuperadlas y pagad. Para eso están.

—Sigues sin comprenderlo —dijo Nagorno, mirando impaciente por la ventana—. Cuando decimos que vienen a por ti, es que vienen ya. Casi hemos reventado los caballos para avisarte. Empaca tus pertenencias, nos vamos.

Ignoré al bastardo y me enfrenté a mi padre.

—Deberías saber que tienes una hija de tu esposa, Bryan. Apenas ha cumplido un año.

—¿Una hija?, ¿estás seguro? —La sorpresa le cambió el rostro—. ¿Y por qué no me dijo nada antes de partir en mi último viaje?

—Porque la engendrasteis la última noche, según ella.

—¡Ah!, aquella fogosa noche... —recordó, mientras mi mandíbula se tensaba—. ¿Cuántos meses le duró la preñez? Ya sabes lo que quiero decir...

—Sé perfectamente lo que quieres saber, y fue un embarazo normal, diez ciclos lunares. —«O nueve, si fuera mi hija»—. Ella no es como nosotros, si es eso lo único que te importa. Ella envejecerá y morirá, pero aun así es tu hija. Yo me he ocupado de tu viuda y de ella, han necesitado de mi ayuda para aguantar estos dos semestres sombríos.

Mi padre parecía consternado, pero pude ver que el apremio le podía más.

—En ese caso te lo agradezco, pero ya no puedes hacer más por ellas. Debemos irnos ya.

—De acuerdo, esperadme detrás de la empalizada, junto al río. Voy a llevarme a la niña con nosotros, no me fío de que su madre no vaya a abandonarla o dejar de alimentarla.

—Eso no va a ser posible, una criatura no soportará nuestra huida —urgió Nagorno.

—Pues dejad al menos que me despida de la niña, o que recupere alguno de nuestros depósitos y les deje algo de valor para que su vida no sea tan dura. —Colgué mi delantal y fui a por mi capa—. Voy a por ella al bosque. Te la traeré, así al menos la conocerás.

Padre me sujetó del brazo, impidiéndome salir.

—Déjalo —susurró—. Vámonos.

Miré a mi padre y él asintió.

—Dime, ¿así tratas ahora a tu sangre?, ¿eso me enseñaste?

—Vamos, Yennego: dime que es la primera vez, dime que no vamos dejando viudas y huérfanos allá por donde vamos. ¿Qué demonios te ha pasado? —me gritó fuera de sí.

—Vosotros y vuestros afectos —intervino Nagorno—. Somos semidioses, aunque tengamos esta vida miserable y no nos mostremos a los mortales. ¿Nos vamos ya?, están abriendo la empalizada; deben de ser los hombres de Fanan.

—¡Dile que se calle! —grité señalando a Nagorno con una barra de hierro—. No lo soporto.

—Toma ya tu decisión, te esperamos en el río —dijo mi padre y desaparecieron.

Cogí el cesto con varias perdices y me despedí de ellos.

—Adelantaos, ahora voy.

Salté al taller de mi vecino y lo encontré concentrado en su monótono martilleo. Dio un respingo al verme.

—Gervas, escucha con atención, porque me va la vida en ello. Debo abandonar la aldea ahora mismo, pero antes voy a hacer un trato muy ventajoso contigo. Quiero que dentro de un mes, después del Samhain, te dirijas al roble seco que hay junto a la pared norte de la empalizada. Trepa por él y encontrarás un nido. No estará vacío, lo llenaré de torques de oro, de fíbulas de ámbar y de todo lo que encuentre que te convierta en el hombre más rico de la aldea. A cambio, has de prometerme que si Bryan abandona a su hija, la acogerás en tu casa y la criarás como si fuera tuya. Tu mujer también ha de tratarla bien, y jamás permitirás que tus hijos varones la martiricen. Es muy pequeña, pero es despierta. Nadie debe saber de nuestro pequeño arreglo. Si Bryan siguiera con su hija, coge el tesoro igualmente, no vendré a reclamártelo, pero este primer invierno súbeles comida y asegúrate de que no mueran de hambre. Toma estas perdices, las esperan para hoy.

Busqué la conformidad en su mirada y escapé por la ventana sin mirar atrás.

48

ADRIANA

18 de mayo, Noche de los Museos

Eran casi las cuatro de la madrugada, y los visitantes del MAC se apiñaban somnolientos en la puerta de salida, sacando las llaves del coche como si ese gesto los fuese a dejar antes en sus camas.

El personal de seguridad revisaba todas las salas y los empleados habíamos ido recogiendo después de la larga jornada. Llevábamos trabajando desde las ocho de la mañana, así que muchos se habían marchado en cuanto dejaron de ser imprescindibles. Héctor y compañía habían saturado el programa de actos lúdicos para acercar a los cántabros a su pequeño reino. Las cinco áreas del MAC nos habíamos esforzado para estar a la altura.

Encontré a Iago en la Sala de Prehistoria, con las luces principales de la habitación apagadas, absorto frente a la urna del centro de la estancia. La débil luz que iluminaba la pieza subía en cuña hacia su cara y le daba una apariencia teatral.

Me acerqué a él y yo también le presté toda mi atención al molar de Monte Castillo.

—¿Te das cuenta de que es la última vez que lo exponemos aquí, en el MAC? —me dijo sin girarse, como si me hubiera olido. Noté un deje triste en su voz.

Aquella muela era una de las piezas que había que devolver al Museo de Prehistoria de Santander. En su día fue un hallazgo poco frecuente: un molar humano, encontrado en un escondrijo junto con dieciocho puntas talladas de igual forma, y un arpón decorado, todos en asta de ciervo. El nivel correspondía al Magdaleniense superior, hacía unos once mil años, pero nadie había enviado aquella pieza dentaria a datación.

—¿Por qué no está puesta la placa con las fechas? ¿Fue un olvido al montar la sala? —pregunté.

—No, simplemente no podemos estar seguros de su datación exacta —dijo, encogiéndose de hombros.

—Pero las puntas sí que pasaron el carbono 14, y la fecha se conoce, ¿no crees que fuera de la misma época? Según el nivel...

—Según el nivel corresponden a hace once mil años, lo sé —me cortó, dejando entrever cierta impaciencia—, pero el escondrijo de Monte Castillo es demasiado atípico como para aventurar ninguna conclusión.

—Es cierto, pero creo que la teoría de que un cazador escondió todo aquel arsenal es bastante plausible. Si tu hipótesis es que esa muela pertenece a otra época posterior, supondría que la existencia y ubicación de ese escondrijo fueron transmitidas a lo largo de muchas generaciones. No tiene mucho sentido, en mi opinión es más bien obra de una sola persona, y el molar, aunque no haya sido datado, pertenece a la misma época.

Calló educadamente mientras yo hablaba, en ese gesto tan suyo de estudiarlo todo, aunque aquella noche se le veía de un humor diferente.

—Adriana, estoy cansado, llevo todo el día enseñando a hacer fuego a escolares.

«Tú y tu manía de no delegar», estuve a punto de decirle. Pero tenía razón, yo tampoco quería discutir.

—Vamos a ir recogiendo. Ha sido un día muy largo. —Me indicó la salida con la cabeza.

Nos encaminamos hacia la puerta de la sala cuando Iago, como solía hacer a menudo con sus modales de caballero del siglo XIX, me pasó la mano por la cintura adelantándome para que yo saliera antes que él. Pero esta vez no evité el roce, no hui, no lo repelí. Me mantuve quieta con él a mi espalda, y puse mi mano sobre la suya, que seguía sujetándome la cintura. Pude notar su desconcierto y quise verle la cara. Me giré lentamente, quedándome frente a él a pocos centímetros. Ninguno de los dos decíamos nada, pero su rostro mostraba un inmenso interrogante, al tiempo que, en lugar de retirar su mano de mi cintura, acercó la palma de la otra mano a mi cara y la puso, suave pero firme, sobre mi barbilla y mi mejilla.

Y por una vez pude perderme sin prisas en aquel iris único. Notar el calor cercano de su cuerpo de atlante y no alejarme de él.

Iago, por su parte, comprendió y aceptó. Abrió la boca para decir algo, pero le puse el dedo sobre los labios para impedir que hablara.

—Mejor no digas nada —musité.

—Que sea aquí y de esta manera, pues —contestó como si estuviera tomando una decisión, más para sí mismo que para compartirla conmigo.

Volvió a tomar mi cara entre sus manos firmes, y degusté por fin la boca amarga y la saliva que me ofrecía. En un impulso, me empujó contra la pared negra de la sala, junto al expositor de los arpones azilienses de la entrada. Cien siglos de historia pudieron ver cómo apoyó las palmas sobre la pared, creando una pequeña trampa de la que yo no quise salir. Llevó las yemas de los dedos a las raíces de mi pelo, acercó la nariz e inspiró, como si mi olor fuera lo único importante en aquellos momentos. Aguanté la respiración como pude. Era un roce delicioso.

—Larguémonos de aquí —me susurró al oído.

49

ADRIANA

18 de mayo, Noche de los Museos

Montamos en su coche y condujo en silencio por el camino de vuelta a Santander. La oscuridad absoluta de la noche regalaba cierta libertad, ya que no nos veíamos las caras bajo los arcos de eucaliptos, negros sin la luz de la mañana. Iago conducía solo con la mano izquierda, mientras que con la derecha no soltaba la mía, y si la necesitaba para cambiar de marcha, yo la ponía sobre ella. Era como si ninguno de los dos quisiera perder un segundo de contacto físico entre nosotros.

Aparcó en la calle trasera a su casa y la recorrimos de la mano, pasando junto a algunos locales donde la gente todavía continuaba de fiesta. Estacionado en la acera, vi un pequeño deportivo rojo, y por el rabillo del ojo percibí un mínimo gesto de fastidio en la cara de Iago. Seguimos avanzando cuando nos cruzamos con cuatro figuras que salían de Las Hijas de Florencio y que se detuvieron a nuestro lado. La más pequeña de todas ellas, Jairo del Castillo, le impidió el paso a su hermano escoltado por tres chicas impresionantes.

—Qué ven mis ojos —sonrió Jairo de oreja a oreja—, la Prehistoria del MAC al completo.

—Jairo, habría estado bien que te hubieras pasado por el museo esta noche para colaborar —contestó Iago sin soltarme la mano.

—Creo que estás sobrevalorando mi presencia. Es evidente

que os habéis apañado muy bien sin mí. De todos modos, Iago, no deberías llevarte el trabajo a casa. Qué dirá el museo de tu reputación. Y por cierto, Adriana, no imaginaba que tu concepto de «hacer las cosas bien» incluía a mi hermano.

—Sabes que no voy a darte ninguna explicación, ¿verdad? —me limité a contestar.

Él apretó la mandíbula.

Iago iba a contestarle cuando una de las chicas se le acercó ronroneando y le puso la mano sobre el pecho.

—¿Por qué no te unes a la fiesta? Estábamos a punto de irnos al chalet de tu amigo.

Iago puso un brazo sobre mi hombro, y con la mano retiró sin prisas un mechón detrás de mi oreja. Ella se revolvió incómoda ante aquel sencillo gesto de Iago.

—Creo que mi hermano puede arreglárselas muy bien sin mí —le contestó él mirando fijamente a Jairo.

Pero su hermano, por lo visto, no estaba dispuesto a desaprovechar la oportunidad.

—No es mala idea, ¿por qué no os unís Adriana y tú a nuestra pequeña fiesta?

—Creo que paso —le contesté.

—Insisto —dijo con voz sedosa.

—Yo también insisto en que paso.

—Como queráis —suspiró resignado.

Se despidieron de nosotros y seguimos nuestro camino hacia el portal de Iago.

—¿Con tres? —le pregunté cuando los perdimos de vista.

—El tres es un número sagrado en algunas culturas y, por desgracia para mí, su número favorito. —Suspiró, como si no le hiciera gracia dar explicaciones acerca de su hermano—. Jairo es un tipo apegado a las costumbres, todos los viernes suele..., uhm..., bueno, ya lo has visto.

No entendí bien del todo aquello de los números, pero a Iago esa noche le perdonaba todo, incluidas sus incongruencias.

—Siento que hayas tenido que presenciar esta escena —dijo en tono sombrío.

—No te disculpes, no eres responsable del comportamiento de tu hermano.

—¿Dónde he oído eso yo antes? —contestó, como si la pregunta doliera.

Cruzamos el último paso de cebra y enfilamos el paseo Pereda. Había poca gente por su calle a aquellas horas de la madrugada.

—¿Siempre os habéis llevado mal? —me atreví por fin a preguntarle.

—Desde el día que nació, créeme. —Se quedó con la mirada perdida en la línea del mar, que a aquellas horas se veía azul oscuro bajo los perfiles rotundos de Somo.

Me pasó el brazo por el hombro de nuevo, acercándome más aún a su cuerpo, y yo hice lo propio alrededor de su cintura. Al poco rato, nuestros pasos se sincronizaron y caminamos muy juntos. Si tuviera que quedarme con alguna sensación de aquella noche, sería ese paseo sin duda.

—De hecho —continuó—, desde el mismo día de su concepción, Jairo ya trajo un conflicto importante a mi familia. Verás, Jairo es el peor hermano que a uno le puede tocar en suerte, pero me ha socorrido varias veces en apuros importantes. Tengo un par de deudas de sangre contraídas con él. En lo que respecta al resto de mi familia, también con ellos se comporta como alguien con personalidad múltiple. Aunque no es complicado saber qué etapa vendrá en cada momento. Jairo es el mejor paraguas cuando necesitas ayuda, y es el más molesto de los enemigos cuando todo te va bien.

Alzó la barbilla hacia el cielo con los ojos cerrados, como si quisiera expulsar algún recuerdo desagradable, y luego se giró hacia mí.

—De todos modos, si te parece, dejemos de hablar de Jairo. No me gustaría que manchara el recuerdo de esta noche.

—Por mí perfecto —le dije aliviada.

Llegamos a su piso, casi con prisas, mirando con recelo el cielo negro y viendo que la noche ya se nos escapaba.

Y por fin, después de cruzar el umbral de su apartamento, me sujetó por las caderas y me subió hacia él, mientras yo rodeaba su cintura con las piernas, y aquel extraño animal al que le sobraban extremidades se dejó caer sobre el sofá.

Le toqué entonces la cara como acostumbran los ciegos. Me estaba despidiendo de él al mismo tiempo que mis dedos lo descubrían. Memoricé el volumen exacto de sus cejas, el tabique irregular de su nariz, como si cientos de golpes la hubiesen desviado y puesto de nuevo en su sitio una y otra vez.

Iago respiraba profundo, casi solemne.

Imitando su gesto en el museo, metí la nariz entre su pelo, algo más corto desde que había vuelto de viaje. Me quedé allí, respirando a través de aquella pradera oscura de lavanda.

Iago, mientras tanto, se dejaba hacer. Había entendido mi juego y no tenía prisa, parecía cómodo ante mi metódica inspección.

Despacio.

Muy despacio.

Hay veces que el amor ha de rodarse a cámara lenta.

Llegué a los hombros después de desabrocharle la camisa. Eran como yo ya había intuido tantas veces. Unos músculos trabajados, poderosos y a la vez esbeltos, elegantes.

No era un cuerpo de grandes volúmenes, sino más bien atlético, de formas largas y duras bajo aquella piel.

Le peiné el torso con la palma de la mano y continué bajando hacia su ombligo como si no hubiera prisa.

Me quedé entre sus piernas mientras mi boca se hermanaba con sus gemidos. Finalmente, Iago lanzó un gruñido animal, completamente fuera de sí. Me sujetó las sienes con fuerza olvidando toda delicadeza y sus hombros parecieron crecer por momentos mientras yo disfrutaba cada segundo de aquella poderosa visión.

Nos quedamos abrazados en silencio, no sabría decir durante cuánto rato. Lo cierto es que perdí la noción del tiempo. Cuando salió de su sopor, Iago hizo el ademán de desabrocharme el botón de los pantalones, pero le retiré la mano. Pensé en sus dedos largos entre mis piernas y me estremecí. Frente a aquello ya no habría amnesia posible.

—No hace falta —le dije—, debo irme.

Pero él se acercó a mi oído y susurró con una voz que nunca antes le había escuchado:

—Vamos, amor, ¿no me darás unos minutos de toda tu vida?

Fueron aquellas cuatro letras, «amor», tan desgastadas, que para mí hacía tiempo que ya no eran nada, las que se llevaron por delante mis defensas, porque en sus labios sonaron verdaderas, trayéndome una realidad para la que no estaba preparada.

Asentí en silencio, intentando que no notase mi desconcierto, mientras caían mis botas y los vaqueros desaparecieron con suavidad y firmeza. Mojó sus dedos en mi boca e hizo filigranas de saliva entre mis muslos hasta que me giró sobre la espalda y noté su peso sobre mí, marcando sin ninguna prisa su ritmo experto hasta que estuve preparada. Entonces apretó su mejilla contra mi mejilla y me susurró con aquella voz recién descubierta:

—Puedes gritar, no hay vecinos en este bloque.

Y grité su nombre, una y otra vez, sin poder detenerme ni censurarme, mientras Iago me regalaba de nuevo sus gemidos al oído.

Permanecimos tumbados de espaldas con la mirada fija en el techo de su salón, con los cuerpos aletargados por el placer, las cabezas embotadas y los dedos entrelazados con fuerza, como si las manos se resistieran a perder ese último contacto.

—Gracias por cederme algo de tu tiempo —susurró con la respiración entrecortada.

Pero el momento ya había pasado y mi disciplina tomó el control. Me prohibí quedarme dormida junto a Iago.

—Ahora sí que debo irme, espero que lo entiendas —dije poniéndome a buscar mi ropa entre el desorden—. Es muy tarde.

Iago miró con una sonrisa perezosa hacia el ventanal, donde ya asomaba un sol frío de primavera.

—Es muy temprano, querrás decir. Pero marcha, si es lo que deseas. ¿Quieres que nos veamos este fin de semana?

Lo miré, y él a mí en silencio, esperando mi respuesta, mientras me arreglaba los pantalones y la camiseta.

—Esto..., Iago, será mejor que nos veamos solo en el MAC. Entre nosotros no ha ocurrido nada, ¿de acuerdo? —le dije por fin, peleándome con las palabras para que salieran de mi boca.

Asintió y su cara no dejó transmitir ninguna emoción.

—Claro, como quieras.

—Hasta el lunes, entonces —le contesté, sin girarme, mientras me dirigía hacia la puerta.

Siempre fui un desastre ocultando mis emociones.

50

IAGO

Séptimo día del mes de Vath
19 de mayo

La vi alejarse calle abajo de madrugada. Huyendo de mí, o tal vez de ella misma, quién podía saberlo.

Exhalé un poco de mi aliento caliente y dejé que formara espirales caprichosas en aquella helada matutina. Mis manos buscaron calor en los bolsillos de mi cazadora de cuero. Aquel tiempo era inusual en mayo, pero qué me iban a contar a mí del frío. Cuando por fin su figura desapareció por la esquina, volví a casa con una media sonrisa instalada en la cara.

Llegué al rellano de la escalera, arrastrando mis pasos de puro agotamiento y abrí la puerta del tercer piso lentamente.

Todo estaba tal y como lo habíamos dejado. Los cojines esparcidos por la moqueta, las mantas desordenadas sobre el sofá. Noté de nuevo una erección al recordarla a mis pies. Me metí en la ducha y me masturbé con furia. Se me había hecho tarde. Marqué el móvil de mi padre.

—Voy para allá en cinco minutos.

Cuando llegué a casa de Lür, encontré a Nagorno en el salón, sentado en el sofá y esperando impaciente.

—Cuenta, hermano —disparó, sin darme siquiera tiempo a sentarme.

—No hay nada que contar —repliqué distraído.

—¡Vamos, hombre!, esta mañana me aburro. Quiero detalles —insistió irritado.

—¿Cómo te fue a ti con tan selecta compañía?

—Ya sabes lo que dicen: no hay nada nuevo, solo alguien nuevo —recitó una vez más—. Lo que nos devuelve al punto de partida de esta conversación: cuenta, hermano.

—Insisto, escita: no hay nada que contar.

—¿Tan bueno fue? Ya era hora, pensaba que estabas perdiendo tus talentos. Y ahora los detalles, si no te importa —insistió impaciente.

Pero me callé, preferí guardármelo para mí. Después de milenios compartiendo bacanales, ritos de iniciación y de fecundidad, no había nada que no pudiese contar a mi familia. Y aun así, no quería exponer a Adriana a la lujuria de mi hermano.

Mi padre y Lyra acababan de sumarse a la reunión. Se fueron acomodando por los sofás del salón fingiendo no prestar demasiada atención a nuestra conversación.

—¿Podemos empezar con lo nuestro? —interrumpió Lyra.

«Siempre tan eficaz», pensé aliviado.

—Por mí no hay problema. Ponnos al día de tus conclusiones con la Corporación Kronon —la animé.

—A eso iba. Siento haberte enviado a hacer ese viaje, hermano, sobre todo por el penoso episodio de tu amnesia. Pero me temo que nos hemos arriesgado para nada.

—¿No te ha convencido, hija? —intervino Lür.

—No, he estudiado el informe que le dieron y no hay donde rascar. Mi opinión es que no debemos seguir esa pista, supondría comenzar a buscar entre miles de genes el que provoque en concreto que la telomerasa esté activa. Y solo es una teoría. Así que esta es la agenda para los próximos meses: terminaremos las conclusiones de los antioxidantes y de momento voy a visitar un par de laboratorios de gerontología. Cuando estemos seguros de que Urko está recuperado por completo y no vuelve a tener ninguna crisis durante una buena temporada, volveremos a enviarlo a espiar. ¿Estamos todos de acuerdo?

Para mi sorpresa, los tres asintieron dócilmente, incluido Jairo. ¿Tan preocupante había sido mi amnesia?

—Si eso es todo, me gustaría ir hoy a jugar un poco al golf —intervino mi hermano, estirándose como un gato—. Padre, ¿vendrás hoy conmigo o tienes algún jabalí que abatir?

—No, hijo. Hoy voy contigo. — Lür me miró con resignación durante un segundo mientras le pasaba el brazo por el hombro y nos dejaban solos a Lyra y a mí.

—¿Estás molesto por lo de la Kronon? —me preguntó Lyra en cuanto se fueron.

—No, es solo que yo también pensé que era una buena pista —comenté distraído mirando por el ventanal a la playa de los Peligros—. Pero debo reconocer que tienes razón —continué, reprimiendo un bostezo—, era un poco disparatado.

Ella se acercó a mi lado del sofá y noté que me escrutaba.

—Y ahora, si no te importa, voy a irme a dormir —dije levantándome—. Llevo casi treinta horas despierto.

—Claro, ¿quieres hablar de algo?

—No.

«Por supuesto que no».

Una vez en la calle, arranqué el coche, que había dejado aparcado en la Cuesta de las Viudas, aunque no torcí en dirección al paseo Pereda. Estaba molido, pero sabía que no dormiría. Camino al museo, no podía dejar de pensar en Lyra.

Lyra había caído en mi trampa y nadie se había dado cuenta. Una teoría inquietante se había ido abriendo paso en mi cabeza las últimas semanas, desde que volví de San Francisco y recuperé mis conocimientos. Aunque ¿cómo demostrarla?, ¿cómo investigar a espaldas de todos?

Una mentira dentro de una mentira.

Una tapadera dentro de otra tapadera.

Si quería investigar, debía dar mis primeros pasos lejos del laboratorio de Lyra. En realidad, no quería encontrar el gen longevo, pero sí que necesitaba asegurarme de que la telomerasa no era la respuesta, porque si lo era, debía alejar a Lyra, y sobre todo a Nagorno, de aquello.

Finalmente me decidí, saqué el móvil y lo llamé:

—¿Flemming? Creo que tengo algo para ti.

Había echado a rodar la bola de acero. Ni siquiera yo imaginaba todas las piezas que caerían como consecuencia de aquella llamada.

51

ADRIANA

Mes de mayo

Durante aquellas semanas hubo días en los que me cruzaba con Iago por los pasillos, y su mano, a modo de saludo, me acariciaba con afecto la cabeza. Tocaba mi pelo con firmeza y suavidad. Y yo esperaba a que se perdiese por los pasillos, y después pasaba mi mano por donde, segundos antes, había estado la suya. Y me olía de nuevo a lavanda. Cerraba entonces los ojos e intentaba retener lo que me quedaba de él. Eso era lo máximo que me permitía. Que le permitía.

Había noches en las que la tentación de recordarlo peleaba por su sitio en mi cabeza. Aquellos momentos, cuando las distracciones del día ya no eran excusas y mi disciplina flaqueaba, abría el cajón censurado de la memoria y los detalles de la noche que pasé con él me revelaban nuevos matices. Luego llegaba el alba y me vestía de nuevo con mi traje de indiferencia.

Porque la madrugada de la Noche de los Museos, después de llegar a casa, me había encerrado durante todo el fin de semana en ella. No me duché, en busca de cualquier resto de aroma que me quedase de Iago.

Repasé cada detalle de aquella noche en mi cerebro, rebobinando una y otra vez, grabando el sabor de su carne cuando le mordí los hombros, la presión de la piel de la espalda cediendo bajo mis dedos, el crujido de su pelo, la mirada tranquila de acero glaciar. Y lo mejor de todo, su rostro en tensión, sus manos aprisionando mi cabeza, dejándome a merced de su fuerza. Fui consciente de lo que estaba haciendo porque lo hice con toda la intención del mundo: recordar hasta el hastío para luego cerrar esa etapa.

Mirar hacia delante.

Superarlo.

Seguir con mis rutinas de loba esteparia que tanto me costó edificar.

Dediqué muchas horas a la caja fuerte de mi madre, probando con paciencia una combinación tras otra. Pero ni siquiera esa obsesión podía desplazar a mi otra obsesión.

Y llegó el lunes. Y con el lunes, la vuelta a la vida en el museo. Después de aparcar me dirigí directamente al BACus a desayunar. Sabía que estarían Salva y varios más esperándome. Me estaba sentando con ellos cuando la becaria de Medieval levantó la cabeza y clavó sus ojos en la puerta del local. Todos nos giramos y miramos a Iago, que acababa de entrar al bar vestido con una camisa azul petróleo.

¿Sabía Iago que aquel color realzaba el de sus ojos de una forma tan obscena que había que beberse algo frío para mirarlo? Sí, debía de saberlo. Tendría espejos en su casa, ¿no? Además, Iago era un tío experto en ser tío, de esos que son conscientes del efecto que causan.

Decir que Iago estaba impresionante aquella mañana era quedarse corta. Muy muy corta.

—Así no hay manera de concentrarse en el trabajo —susurró la asistente de Iago, en un gesto que pivotaba entre el fastidio y la resignación.

Por una vez, estuve de acuerdo con ella. ¿Me estaba castigando Iago? Lo observé, y nada en su comportamiento respaldó mi teoría. Mientras lo seguimos de reojo con mal disimulada curiosidad, se dirigió hacia la mesa donde lo esperaba Héctor, al fondo del BACus, limitándose a saludarnos al pasar por delante.

—¿Qué tal el fin de semana? —nos preguntó a todos, distraído.

Juraría que sonreía con despreocupación. Como si él hubiera borrado el incidente. Habló con todo el mundo, incluso conmigo, sin esforzarse demasiado, pero sin fingir indiferencia.

Ninguna mirada de más. Nada de coqueteos ni de roces. Como si realmente lo hubiera dejado correr.

Lo mío era otra historia. Aquella mañana de lunes, al despertarme, había pretendido seguir con mi vida, pero en el fondo yo sabía que mi fachada no dejaba de ser una enorme renuncia: a saber qué ocultaban Iago y su familia; a sentir ese descontrol que te obliga a catalogar los días basándote en los que tienes su presencia y los que no la tienes. A despreciar cualquier color de iris que no fuera el suyo.

Y aun así, no volví a dar ningún paso más.

Confié en el tiempo.

Hice mal.

Muy mal.

Porque semanas más tarde, sentada en mi despacho, recibí un correo electrónico de Mercedes Poveda, mi antigua profesora. Al abrirlo me quedé tan noqueada que olvidé que estaba en Santander, que me llamaba Adriana y que alguna vez fui arqueóloga.

Cuando tienes delante de ti algo que debes catalogar como imposible, el sentido común busca la explicación en la trampa, la falsificación, la burla, el engaño. Cualquier interpretación que no ponga tu sistema de creencias patas arriba y te obligue a plantearte el orden del universo desde una nueva perspectiva.

52

IAGO

Vigésimo día del mes de Vath
1 de junio

Es sabido que a veces pequeños actos inconexos en distintos lugares del planeta se alían sin un objetivo común aparente, pero acaban dando paso a acontecimientos irreversibles.

Aquel primero de junio una anciana pidió ayuda a su nieto para darle una sorpresa a una antigua alumna a cuatrocientos kilómetros de su residencia y el adolescente le envió un correo por ordenador con una antigua foto escaneada. La destinataria de aquel *email* accedió al contenido del mensaje justo en el momento en que yo abría la puerta de su despacho.

Me había decidido, estaba cansado de noches infames sin pegar ojo, tal y como había vaticinado Nagorno con precisión de oráculo. Entré en su despacho, descerrajándole mis exigencias a quemarropa:

—Adriana, tienes que decirme lo que te pasa conmigo. Me estás volviendo loco.

Pero cuando la vi, supe que algo grave había pasado. Su rostro estaba blanco. Me miró con una cara que no fui capaz de descifrar. Tal vez espanto, o puede que terror. Creo incluso que intentó hablar, pero no le salieron las palabras. Cerré la puerta detrás de mí por instinto y me aproximé a ella. Por instinto también, bajé la voz:

—¿Qué pasa, Adriana? Me miras como si fuera un fantasma.

Pero ella continuó inmóvil en el mismo estado.

—¿Me escuchas? —insistí mientras me acercaba—. Me estás preocupando.

Entonces alzó la mano para impedirme que avanzara más.

—Es que estoy viendo algo que es imposible —dijo con voz mecánica, como si le costase engarzar las sílabas.

«No, por favor», le rogué al primer dios que recordé en aquellos momentos. No me hizo caso, como de costumbre.

—Adriana, explícate —le pedí, cada vez más alterado—. Me estás poniendo nervioso.

—No te acerques —dijo, girando hacia mí la pantalla del ordenador—. Iago, esto me lo tienes que aclarar.

En el portátil pude ver una foto escaneada de mala calidad, algo descolorida, donde un grupo de personas charlaban durante lo que parecía ser algún tipo de celebración.

—¿Qué es esa foto? —le pregunté, intentando aparentar una tranquilidad que no sentía.

—Es la fiesta de Santo Tomás de Aquino, en la Universidad Complutense. Me la ha enviado una profesora jubilada. Mi mentora, en realidad.

Sabía dónde iba a acabar aquella conversación, pero le pedí que continuara.

—Iago, esta foto está tomada el 29 de enero de 1978. Necesito que me expliques qué hacen Héctor y Kyra discutiendo al fondo de la imagen.

—Baja la voz, por favor. Esto no puede salir de aquí —susurré—. ¿Por qué crees que son Héctor y Kyra?

—¡No me trates de imbécil! Kyra tiene en la parte izquierda de su rostro varias marcas, una especie de lunares, como si fuera una constelación.

«La constelación de Lyra», pensé derrotado.

—Mira la imagen ampliada —me ordenó, casi temblando—:

es ella. No es nadie parecido. Es ella, y Héctor también. En la foto lleva barba, pero es él.

—Tienes que borrar esa foto —dije, echando mano de la poca autoridad que me quedaba en aquellos momentos—, y también tienes que decirme cómo se llama la mujer que te la ha enviado.

—No, ni lo sueñes —se negó, cerrando de un golpe la tapa del portátil—. O me cuentas ahora mismo lo que está pasando o te juro que esto no se queda aquí.

—Esa foto no ha llegado a ti por casualidad. ¿Nos has investigado?

—¿Quieres dejar de hacerme preguntas y contestar las mías por una vez? —me gritó fuera de control, levantándose de su silla. Asumí que era un sí.

—Escucha, no podemos hablar de esto aquí. Ven a mi casa —se me ocurrió sobre la marcha—. Vayámonos ahora, y te prometo que te lo voy a contar todo, pero necesito que me digas de dónde has sacado esa foto.

—De acuerdo —cedió ella—, pero solo si tú también hablas.

—Así lo haremos, entonces. Llévate el portátil, nos vamos ya.

53

IAGO

Vigésimo día del mes de Vath
1 de junio

Durante el trayecto del MAC a Santander, uno de los más duros de mi vida —y eso es mucho decir—, tuve que decidir cuánto diría y cuánto callaría. Era consciente de que Adriana estaba en estado de *shock* y, pese a ello, iba a necesitar saber qué la había impulsado a investigarnos.

Cuando llegamos por fin a mi casa, nos descalzamos y después se sentó en el sofá. Yo me quedé de pie, dando vueltas por la moqueta intentando pensar con claridad. Por fin me decidí.

—Adriana, lo que voy a hacer a continuación no lo he hecho en mi vida, así que no tengo ni idea de cómo va a salir. Pero antes debo pedirte algo, y es que, pase lo que pase, me creas o no me creas, nunca debes hablar de esto con nadie. Ni ahora, ni dentro de cincuenta años, ni en el momento de tu muerte. Necesito tu palabra.

Ella se dio cuenta de que lo decía en serio. Asintió sin abrir la boca.

—Mi familia tampoco debería enterarse, y menos Jairo. No sé muy bien cómo voy a manejar esto —pensé en voz alta mientras daba vueltas frente a ella como un felino en celo—. El esfuerzo que te voy a exigir es muy grande, y soy consciente de ello —continué—. Pero tengo miedo de que salgas corriendo en cuanto yo hable, por eso necesito antes que me cuentes qué ocurrió para que te pusieras a investigarnos. ¿Qué viste?, ¿qué encontraste?

—En realidad fue algo que escuché —reconoció, no muy segura de sus palabras.

¿Algo que escuchó? Siempre tuvimos cuidado de hablar a solas de nuestros asuntos. Tantas y tantas veces nuestra vida dependió de aquello, que la discreción era nuestra segunda naturaleza.

—Explícate, por favor —le rogué.

—Os escuché en el laboratorio, en algún tipo de habitación que Kyra tiene a continuación de su despacho, aunque no se puede acceder directamente.

—¿Cómo accediste entonces?

—Desde el armario de mi despacho.

—¿Cómo dices?

—El armario de mi despacho tiene un fondo falso, en realidad da paso a un túnel vertical con escaleras, creo que de la época en que se construyó la casa de indiano original. El caso es que el fondo del armario cedió por el peso de mis libros, y se me coló un manual, la *Prehistoria de Europa Oxford*.

—Yo también habría corrido tras él —tuve que admitir.

Desconocía que el edificio tuviera ningún túnel o galería secreta, Nagorno jamás nos comentó nada, pero aparqué el asunto para más tarde porque necesitaba centrarme en lo que tenía delante.

—Continúa, por favor —le insté.

—Bajé varios metros por el túnel y oí voces. Entonces fue cuando me di cuenta de que erais vosotros.

—¿Y qué escuchaste exactamente?

—Que Héctor os llamaba hijos a ti y a Kyra. Y que tú y ella os tratabais de hermanos. También algo de los telómeros y la Corporación Kronon y toda aquella locura de que Héctor y Kyra dieron clase en la Complutense durante los años setenta. Y, por favor, explícame de una vez lo que es la «te-a-efe», porque no he encontrado nada al respecto.

—Ni lo encontrarás —dije para mí, completamente desmoralizado.

Era peor de lo que esperaba, había escuchado demasiado. No había ninguna parte que omitir. No con ella; llegaría hasta el final con sus preguntas.

—Bueno, ¿y qué demonios es? —insistió.

Lo dicho.

—Antes debes contarme cómo acabó esa foto en tu portátil.

—Supongo que, si hemos llegado a este punto, habrá que enseñar todas las cartas.

—Por favor —la apremié.

—De acuerdo —musitó, como si le avergonzara su confesión—. Lo primero que hice fue buscar en bases de datos de tesis y en revistas de biotecnología todo lo referente a la Corporación Kronon y a los telómeros. Por lo que he deducido, tiene que ver con la investigación del cáncer. Aún no tengo una teoría clara al respecto, salvo que tus crisis de amnesia sean debidas a algún tumor cerebral, y que estéis buscando por vuestra cuenta una cura para el cáncer que tú supuestamente tendrías.

Me miró de reojo mientras lo decía, buscando mi confirmación, pero lo negué con la cabeza.

—Siento haberte preocupado con esa cuestión. Y sobre todo, que me vieras en ese estado cuando volví de California. Más tarde lo entenderás, pero, en todo caso, no estamos buscando la cura a ningún cáncer.

Debo admitir que me alegré cuando vi en su rostro que se quitaba un peso de encima al descartar un tumor. De alguna manera, Adriana había estado preocupada por mí, y ese pensamiento, pese a ser egoísta, era lo que necesitaba en aquellos momentos.

—Continúa, ¿qué más buscaste?

—Cuando la semana siguiente te fuiste de congreso, no me cupo ninguna duda de que te ibas a San Francisco, tal y como Kyra había dicho aquel día de la escucha, así que me decidí y me marché esos días a Madrid, a la Universidad Complutense, para investigar. Lo primero que hice fue dirigirme a la secretaría de la facultad de Biología. Le dije a la funcionaria más antigua que encontré que era de la Asociación de Antiguos Alumnos y que estábamos recuperando las orlas de algunas promociones que nos faltaban. Buscó las de los años 1976 a 1979, y casualmente esos cursos habían desaparecido del archivo. Por cierto, a la funcionaria no le hizo ninguna gracia.

—Estupendo —murmuré.

—Así que pregunté por Héctor del Castillo y Kyra del Castro, aunque me imaginaba que no encontraría nada. Ella buscó entre documentos del personal, y no había ni rastro de esos nombres, pero se topó con una Yra. Un nombre extraño, desde luego, y también estaba lo del apellido.

—¿Qué pasa con el apellido?

—Yo le había dado muchas vueltas a una teoría loca, pero cuando me dijo que el apellido era Zelaya, le pregunté si había algún otro profesor cuyo apellido también comenzase por Z. Y lo había: era su marido, el profesor Víctor Zachary. Le pedí alguna foto, pero las carpetas con sus datos personales y académicos estaban vacías. No pude sacar más de aquello. Pero la coincidencia de los nombres me dejó muy intrigada.

—¿Cuál era esa teoría?

Si había descifrado aquello, era la primera persona en dos mil años que lo había hecho, desde que imitamos la costumbre de Lyra de usar el alfabeto latino en cada cambio de identidad. Aquello nos había permitido localizarnos los unos a los otros con mayor facilidad.

—Verás, siempre me pareció muy curioso lo de tus iniciales y las de tus hermanos. Héctor, Iago y Jairo del Castillo: H. C., I. C. y J. C. Vuestros nombres siguen un orden alfabético. Después del día de la escucha, me di cuenta de que el de Kyra también lo seguía: K. C. No me digas que le doy demasiadas vueltas, siempre he tenido la costumbre de buscar acrónimos en las iniciales de la gente. En el colegio me llamaban A. A. A., por lo de Adriana Alameda Almenada. Supongo que aquello me marcó, aunque nunca me acomplejó.

»Cuando descubrí que esa coincidencia con las iniciales de los nombres y los apellidos se había repetido también en la Complutense de los años setenta, me puse en contacto con mi mentora, Mercedes Poveda. Cuando hice la carrera en los años noventa ella era profesora emérita, y hemos mantenido la amistad desde entonces. Fui a visitarla a su casa. Está muy mayor, pero tiene una cabeza que ya la quisiéramos tú y yo con noventa años. De nuevo me tuve que inventar una historia para preguntarle por Yra Zelaya y su marido. Mercedes se acordaba de ellos. De todos modos, me dio una descripción muy vaga: un hombre de unos treinta años por aquel entonces, moreno, casado con una chica rubia un poco más joven que él. Le pedí fotos, y estuvo buscando un buen rato en sus álbumes, pero no encontró nada.

—¿Y tú qué pensaste?

—No lo sé —dijo, sacudiendo la cabeza y mirando la moqueta—, tal vez que esos profesores eran vuestros padres, y que vosotros cuatro sois hermanos. Yo qué sé, Iago. Nada encajaba. Cuando recibí la foto esta mañana, eso fue lo primero que pensé. Pero al ampliarla y ver las marcas de Kyra... No, no son vuestros padres. Tienes que entender que no tengo ni idea de lo que está pasando con vosotros, ni de qué trata todo esto. No me pidas teorías, hay demasiados cabos sueltos que no sé cómo explicar.

La miré y me di cuenta del peso que llevaba sobre los hombros. Estaba seria, desencajada, y lo peor de todo: había una brecha enorme entre nosotros. Y allí delante tenía el motivo. No necesitaba preguntarle el porqué de su comportamiento tras la Noche de los Museos; ya tenía todas las respuestas que necesitaba al respecto.

Así que me serví un vaso de agua y comencé. Por una vez, levanté las eternas barreras mentales que me imponía en cada conversación, me sacudí las capas y capas de engaños, disimulos, mentiras. Por una vez, dejé la autocensura a un lado y decidí contestar sin rodeos a todo lo que Adriana me preguntase.

—Tu primera pregunta ha sido acerca de la TAF. Voy a empezar por ahí. Son las iniciales de «The Ancient Family»: La Vieja Familia.

—Eso no me dice nada.

—Lo sé —dije apurando el vaso mientras seguía el vuelo de una gaviota a través del ventanal.

Me giré hacia ella, quería ver su cara cuando lo dijera:

—La Vieja Familia somos nosotros. Creemos que somos la familia viva más antigua del mundo. Héctor es nuestro padre, Kyra, Jairo y yo somos medio hermanos de distintas madres y distintas épocas.

—Te lo estaba preguntando en serio —dijo.

—No bromeo.

—Eso no tiene ningún sentido, Héctor no tiene edad para ser vuestro padre.

—Héctor es el decano de la humanidad, que nosotros sepamos. Y tiene edad suficiente como para ser el padre de todo *Homo sapiens* vivo que esté pisando ahora mismo este planeta. Tal vez lo sea.

—Iago, no te sigo, y mira que lo intento. —Se revolvió nerviosa.

—Creo que será mejor que me dejes contártelo todo sin hacer preguntas, así no vamos a acabar nunca, y créeme, con todo lo que tengo que decir, esto es literal.

—De acuerdo, te escucho.

54

IAGO

Vigésimo día del mes de Vath
1 de junio

Nunca antes había intentado sintetizar los veintiocho mil años de historia de mi familia, ¿cuál sería la mejor manera?, ¿improvisar un inventario?

Tal vez algo épico, del tipo: «He sido ladrón y asesino, esclavo y señor, amante y esposo, a veces leal y a veces infiel. He curado y he cercenado vidas, pero nunca he susurrado al oído de reyes ni he dirigido imperios en la sombra. Si alguna vez partí a la batalla, no fue para liderar ejércitos, sino para luchar en segunda línea; discreción obliga. Uno de mis nombres aparece en el santoral, curiosamente como mártir, sin haber muerto nunca, ni haber sido martirizado en nombre de ningún dios. Pero sí que he sido torturado por otros motivos, más veces de las que mi memoria ha podido aceptar.

»Dejé de recordar todos los idiomas cuando llevaba aprendidos un centenar. Ahora solo puedo hablar en dieciséis lenguas vivas. Las muertas me las traen a veces los sueños. He tenido cuatrocientos cuatro hijos, muchos de ellos con mis ojos. A todos los abandoné antes de que cumplieran los diez años, si no murieron antes, por eso evito a las mujeres de mirada azul clara, no vayan a llevar mi sangre. Es tabú para mí, no espero que lo entiendas.

»Solo tuve un hijo longevo, que murió al poco de cumplir los ochocientos años. He tenido unas mil identidades, una por cada diez años. Nunca he estado más de una década con una mujer, y he enviudado docenas de veces, ciento cuarenta y ocho, para ser exactos. Aunque también me he separado unas cuantas, no creas. No soy inmune a los estragos del desamor.

»He estudiado cincuenta y tres carreras universitarias. La primera en Salamanca, en 1504, cuando solo existían Humanidades. He sido rector en cuatro ocasiones. Profesor, unas quince. Nunca de Historia, no soporto las incorrecciones de las versiones oficiales...».

Pero no, Adriana preferiría un relato cronológico, iba más acorde con su estructurada visión del mundo. Debería fechar nuestros nacimientos, constreñir nuestras infancias a los artificiales periodos históricos que ella había estudiado. Así que, sin más preámbulos, comencé a hablar:

—Empezaré por mi padre, creo que es lo más lógico: Héctor nació en el vestíbulo de la cueva de Monte Castillo, a comienzos del Gravetiense. —Tuve que ignorar la cara que puso para poder continuar—. La fecha la hemos tenido que deducir por objetos datados que ya estaban en la cueva cuando nació, puesto que no podemos hacer ninguna datación sobre nosotros mismos. Soportó los rigores de la glaciación Würm, su clan era seminómada. Por suerte, no tengo que explicarte los detalles, porque te haces una composición de lugar.

»Tenían contacto con otros clanes, y sí, coincidió con los neandertales, aunque en aquellos momentos eran otro clan más. Todo lo que ahora se sospecha de los neandertales —que eran pelirrojos, si tocaban o no la flauta, si hablaban—, todo eso Héctor debe fingir que no lo sabe, al igual que hacemos los miembros de mi familia todos y cada uno de los días de nuestra vida.

»Cuando Héctor nació, los bebés tenían madres, pero el concepto de familia nuclear aún no estaba establecido. Todavía no se pensaba que hubiese una relación directa entre el sexo y lo que ocurría diez ciclos lunares después. Digo esto porque Héctor sabe quién fue su madre, pero su padre pudo ser cualquiera de los cazadores del clan, o también de otros clanes, ya que los intercambios eran frecuentes.

»Bastante tiempo después de que Héctor se convirtiera en un cazador adulto, empezó a darse cuenta de que sus compañeros de juego iban muriendo o, los menos, iban envejeciendo. Él, en cambio, seguía siendo necesario para el clan en las partidas de caza, no perdía vigor ni puntería, ni se iba encorvando. Para su clan era un motivo de orgullo. Los chamanes se iban sucediendo, pero Lür, su primer nombre, que significa «apegado a la tierra», o simplemente «tierra», había aprendido a ser tan sabio como ellos, a base de observar una y otra vez la naturaleza humana. Acabó siendo el líder natural, el que decidía y mediaba en las situaciones difíciles. Pero llegó un momento en que en el clan no quedó nadie con quien él hubiese compartido su niñez, ni siquiera la vejez que a todos les llegó y a él no. Las nuevas generaciones desconfiaban de él, ningún cazador tenía esperanzas de ser el jefe del clan mientras Lür siguiese sin envejecer. Él mismo abandonó Monte Castillo cuando a su alrededor solo vio miradas aviesas.

Tomé aliento y seguí, el sol de la mañana derretía el perfil de Peña Cabarga y lo tomé como un punto de anclaje. «Tú sabes que es verdad lo que cuento, tú has estado siempre ahí, dominando los ciclos y nos has visto deambular por los milenios».

—Mi padre halló nuevos clanes en los alrededores —continué—. Lür tomó por costumbre mudarse antes de dar explicaciones acerca de su naturaleza. Viajó hacia el sur buscando siempre más gente que no envejeciera, pero nunca encontró a nadie como él. Solía dejar pasar varias generaciones antes de volver al mismo lugar. Lo único estable que se mantenía en su vida era Monte Castillo. Siempre fue fácil localizarlo: era una montaña cónica junto a un río, a una jornada del mar. Eso no ha cambiado.

»Lo que sí cambió, hace unos diez mil años, fue el clima, y con él los animales. La línea de la costa y su Europa de nevadas y glaciares se convirtió en un continente de bosques. Comenzaba el

Mesolítico. Cuando conoció al clan de mi madre, Lür había vuelto a Monte Castillo por enésima vez, y se había unido a un clan de concheros de la costa. El día que los vio llegar, gentes de lo que hoy es el norte de Europa, altísimos, con sus ojos azules, creyó que algún espíritu del mar los había poseído.

»Mi madre encabezaba el grupo, y fue con la primera con quien se comunicó. Llevaban varios años trasladándose desde lo que creemos que hoy es Dinamarca, porque en un periodo de tiempo escaso, menos de una generación, todos los clanes costeros del norte vieron cómo el deshielo se comía sus poblados junto al mar. Ellos habían seguido la línea de la costa, bajando por la actual Francia hasta que llegaron a encontrarse con mi padre. Según sus creencias, no tenían que dejar nunca de mirar al mar, ya que perderían el vínculo que mantenían con el agua y sus ojos dejarían de ser azules, que era su signo de identidad como clan. Mi madre llevaba prácticamente desde que era niña caminando. El padre de mi madre los había guiado, pero había muerto de viejo por el camino, se había sentado de espaldas al clan una mañana y había dejado que continuaran sin él, como era la costumbre.

»Como podrás imaginarte, yo nací poco después de su primer encuentro en la playa. Aunque ocurrió algo inusual: nací después de doce ciclos lunares, no diez, como era lo normal. Sé que ahora decís que un embarazo dura nueve meses, pero es más exacto decir que son cuarenta semanas, diez meses lunares.

Seguí hablando pese a su silencio, me obligué a seguir. Ella estaba cumpliendo con su parte; por muy duro que fuera, debía continuar.

55

IAGO

Vigésimo día del mes de Vath
1 de junio

—Tuve dos hermanos —proseguí—, pero ambos murieron siendo casi bebés y yo apenas los recuerdo. Parte del clan de mi madre se quedó en estas tierras, pues el clan de Lür los acogió, y nacieron más niños y niñas con los ojos azules. Según cuenta mi padre, cuando llegó el momento del parto, mi madre bajó a la playa y se colocó de manera que lo primero que vi fue el mar, tal y como era costumbre en su clan. Así fue como heredé el color de sus ojos. Me llamaron Urko, «el que viene del agua», una maravillosa coincidencia con tu nombre, a mi entender —murmuré, aunque no me atreví ni a mirarla de reojo mientras lo decía.

»Crecí entre el bosque, los acantilados, y la cueva de Monte Castillo. Mi padre se quedó con nosotros hasta que mi madre comenzó a padecer los problemas de la edad. Lür jamás nos dijo nada de su verdadera naturaleza, aunque yo me había dado cuenta de que su vigor era inusual, porque nadie compartía más tiempo que nosotros, padre e hijo. Siempre congeniamos, siempre ha sido fácil la convivencia con él.

»Ahora pienso que apuró demasiado el tiempo por quedarse con nosotros. Yo tenía casi veinte años, era un joven ya maduro, un cazador experimentado, y posiblemente el próximo líder cuando mi padre faltase. Mi sangre reunía la de los dos clanes y mis decisiones eran ya respetadas. Mi primera esposa, Lehena, había fallecido durante el parto, pero me regaló a nuestra hija, Eder, que murió poco después, durante su primera dentición.

»Un día, tras el primer deshielo, salí a cazar con los hombres de nuestro clan. Lür se había adelantado varias jornadas siguiendo la pista de un oso, pero en aquella ocasión no volvió, y encontraron sus ropas ensangrentadas en el bosque. Parecía que el oso lo había atacado, pero no hallamos ni rastro de su cuerpo. Cuando digo oso, me refiero a un *Ursus spelaeus*, un oso de las cavernas. Solían medir unos tres metros, tú lo sabes. Pero una cosa es recomponer el esqueleto que has extraído en un yacimiento y otra verlo frente a ti, de pie y enfurecido. Si te sorprendía solo, no tenías nada que hacer.

»Enterramos sus pertenencias, como era la costumbre, pero ni mi madre ni yo nos quedamos conformes. Decidimos seguir la pista del oso hasta dar con algún resto suyo. Lo desconcertante fue cuando, después de varios días de viaje que nos alejaron del campamento, descubrimos los restos del oso, pero no los de Lür. Era mi padre quien había matado al oso, y no al revés. Así que continuamos buscándolo. Lür me había enseñado a ser buen rastreador, aunque él no se descuidó al ocultar sus huellas. Seguimos el camino que marca la Vía Láctea en la oscuridad, siempre hacia el oeste, por senderos llenos de grabados en las rocas. Después de un ciclo lunar, con mi madre exhausta, lo alcanzamos cerca del cabo del fin del mundo, lo que hoy llamáis Fisterra. Aquella vez fue la primera que recorrí el primitivo Camino de Santiago.

»Lür se había unido a otro clan, su apariencia era distinta. Se había rasurado la barba, que en nuestro clan era un símbolo de fuerza, y llevaba el pelo recogido en un moño. Al principio pensamos que era su espíritu, pero acabó hablando con nosotros. Supongo que fue el amor que sentía por nosotros el que le impulsó a contar la verdad por primera vez en su vida: "Me he marchado porque no puedo envejecer. Si queréis venir conmigo, tendremos que mudarnos después de varias estaciones, y deberéis ocultar lo que soy". Mi madre se enfadó con él. Lo llamó cobarde, mentiroso, loco. Creyó que mi padre se había cansado de ella y simplemente la quería abandonar.

»Hablaron durante muchas noches, mientras yo tomaba también mi decisión. La decisión de creer a un hombre franco que nunca me había mentido, que me había enseñado a leer en los rostros las dudas y los engaños, y que jamás me había mostrado en el suyo nada más que una verdad inexplicable. Tal vez por aquel entonces resultaba más fácil que ahora. Convivíamos a diario con lo sobrenatural. El fuego era sobrenatural, una fiebre era sobrenatural, un eclipse era sobrenatural, un hombre siempre joven era sobrenatural.

Adriana guardaba silencio y apartó la mirada cuando busqué sus ojos. «Sigue, Urko, acaba con esto».

—Así que nos fuimos moviendo por todo el norte, viviendo los tres juntos. Pasaron los años y mi madre, cada vez más impedida, acabó muriendo, pese a su fortaleza y nuestros cuidados. Mi padre y yo seguimos nuestro camino, y los años que se sucedieron confirmaron lo que ya sospechábamos: que yo tampoco envejecía. Nos fuimos adaptando a los tiempos, aunque yo me resistía a abandonar el modo de vida de cazador. El Neolítico llegó tarde a nuestras tierras, yo ya tenía cinco mil años cuando los bosques comenzaron a talarse y la tierra a ararse, y con todos esos cambios, las pequeñas fronteras donde cada uno construía su casa y excluía de su paso a los demás.

»Lür y yo nos fuimos hacia el este, buscando todavía otros pueblos que mantuvieran nuestra forma de vida. Como sabes, estábamos completamente equivocados. Todo lo que nos encontramos en el Próximo Oriente fueron pueblos de agricultores y ganaderos. Poco después, las primeras ciudades. Estuviste un verano tragando polvo en el yacimiento de Çatal Üyük, sabes de lo que te hablo.

Pero no, no hubo complicidad entre colegas, Adriana no recogió el guante. Era como hablarle a una estatua de sal.

—Fue entonces —dije sentándome en el alféizar del ventanal— cuando comenzamos a oír ciertas leyendas que cambiaron el rumbo de nuestra pequeña familia. ¿Recuerdas el mamut pintado al final de la Galería de los Puntos, en la cueva de Monte Castillo? Crecí escuchando las historias que mi padre contaba acerca de ese animal mítico. Cuando yo nací, hacía varios milenios que habían desaparecido de estas tierras. Se retiraron cuando el clima cambió, pero en tiempos de Lür era frecuente verlos pastando en manadas. Lo que aún no sabéis es que no solo su tamaño los hacía legendarios, también su longevidad. Reconozco que aquellas leyendas me tenían embrujado, creía que tal vez, si encontrábamos alguno, daríamos con los motivos de nuestra inexplicable capacidad de no envejecer. Y milenios después, allá por donde íbamos, aún se hablaba de monstruos peludos con colmillos como piernas de gigantes, que vivían muy al norte, allá donde tiempo después Heródoto ubicó a la tribu de «los que duermen un semestre». El viejo griego no estaba equivocado, hablaba de Siberia, y me imagino que se refería a los interminables meses que dura allí la noche polar.

»Así que decidimos emprender un viaje hacia el norte para buscarlos. Estábamos ya en la Edad de Bronce y teníamos todo el tiempo del mundo. Rodearíamos el mar Negro, atravesando las tierras de los tracios y los escitas, llegaríamos al Volga y continuaríamos más allá del territorio de los saurómatas y los hiperbóreos. No fue así, ni mucho menos.

»En Escitia caímos prisioneros y fuimos obligados a permanecer allí como esclavos durante veinte años, poniendo por primera vez en peligro nuestro secreto. No es mi intención abundar en detalles de aquella época. Te diré únicamente que mi medio hermano Jairo nació allí, también después de doce meses lunares, y que creció con el nombre de Nagorno creyéndose hijo de un matrimonio de la aristocracia escita. Aquello ocurrió hace dos mil setecientos años, en el territorio que hoy es Ucrania. Hace pocos años se publicó que una población de mamuts había sobrevivido en la isla de Wrangel, al norte de Siberia, hasta hace tres mil quinientos años. Las leyendas eran ciertas, aunque llegamos con casi un milenio de retraso. En fin, el anacronismo más doloroso de mi vida. Una vez que Nagorno fue consciente también de su naturaleza, los tres atravesamos aquellas tierras heladas, pero cansados de no encontrar nada, regresamos al sur.

»Por aquel entonces, gran parte de Europa estaba salpicada de multitud de tribus celtas. Mi padre volvió a tener una hija que no envejecía, Boudicca, y cuando ella tenía ya varios siglos nos asentamos en la costa sureste de las islas británicas. Mi hermana Boudicca es la única de nosotros que aparece en los libros de historia actuales. Boudicca nos mantuvo unidos como nunca hemos vuelto a estarlo. Era la más joven de nosotros, pero fue la figura maternal que todos habíamos perdido. También por aquella época dimos con Kyra. Nació en el seno de la cultura de La Tène, en plena Edad del Hierro, en la antigua Galia. Su primer nombre fue Lyra, por la marca de nacimiento que ya conoces, pero su gestación duró nueve meses lunares. Fue una niña débil y pequeña al nacer. Por lo visto, entre los nuestros también hay nacimientos prematuros. Héctor, al igual que yo he hecho tantas veces, abandonó aquel hogar antes de que nadie sospechara nada anormal. A veces nos llegaban historias de una mujer con señales en el rostro que la hacían maldita, en ocasiones hablaban de Dyra, otras de Eyra, a veces Nyra. Necesitamos algunos años y muchos sobornos hasta que la encontré en Lugdunum, dedicándose a malvivir y ocultándose aprovechando las rutas comerciales. Con bastante esfuerzo pude convencerla para que se uniera a la familia. Por primera vez convivimos los cinco con cierta estabilidad.

»Pero Boudicca murió pocas décadas después, en el año 61 de vuestra era. Aquel fue un punto de inflexión para nosotros; hasta entonces ignorábamos si éramos o no inmortales, simplemente sabíamos que no envejecíamos a partir de los veinticinco años. Desde entonces tomamos conciencia de que somos simplemente longevos, y no es que estemos congelados en el tiempo; mi padre ha envejecido algo durante mis 10.310 años de vida. Y creo que yo mismo también. De hecho, parezco algo mayor que Nagorno y Lyra. Ellos son jóvenes todavía, comparados con nosotros; no tienen ni tres mil años. Tengo la teoría de que, a partir de los veinticinco años, envejecemos un año cada dos milenios.

Me atreví a mirarla de reojo. Adriana mantenía su promesa de no interrumpirme, aunque desearía no haberla obligado a cumplirla. Desearía que me hubiese cosido a preguntas. Pero eso no era, en absoluto, lo que estaba ocurriendo en mi salón.

«Vamos, Urko, ya casi está. Termina con esto, ¿por qué parar ahora?».

Sí, por qué parar, si ya no había remedio.

—Antes de que me preguntes por la investigación, debo ponerte en antecedentes de lo que ocurrió hace unos años. Lyra estaba felizmente casada, pero un accidente de coche acabó con aquella situación. Para ella fue como un punto y aparte. Temimos que se suicidara, perdió las ganas de vivir y la tuvimos que vigilar muy de cerca. Fue entonces cuando Nagorno entró en la ecuación.

»Verás, él es estéril, como muchos escitas, tal vez debido a que pasó su primera juventud a lomos de un caballo. El caso es que durante dos mil setecientos años nunca tuvo hijos, pero cuando comenzaron las técnicas de reproducción asistida, se abrió ante él esa posibilidad. Cuando ocurrió la desgracia de Lyra, nos propuso encontrar la causa de nuestra longevidad para luego seleccionar los embriones que lleven el gen y tener únicamente hijos longevos. Ninguno de los dos quería pasar por el trauma de tener hijos y verlos morir.

»Mi padre y yo tuvimos claro desde el principio que no queríamos buscar el gen longevo. Tanto él como yo hemos tenido hijos efímeros —disculpa el epíteto, es de Nagorno: así os llama— e hijos longevos. Los dos hemos sufrido la muerte de un hijo longevo, y sabemos que es el peor de los duelos. Que tenga nuestro gen no asegura que no vaya a morir por los avatares de la fortuna, simplemente implica que no va a envejecer, pero supongo que

Lyra y Nagorno tienen la ilusa esperanza de que sus hijos longevos vivirán milenios y podrán formar su propia familia. Aunque sabíamos que encontrarían la manera de hacerlo sin nosotros, así que fingimos que estábamos de acuerdo con la investigación.

»Nagorno maquinó un plan perfecto, acondicionó de nuevo su casa de indiano, la convirtió en un museo y nos puso a mi padre y a mí al frente. Sabía que no rechazaríamos estar unos años en Santander, y la arqueología era demasiado tentadora para nosotros, así que empezamos la gran farsa. Yo había estudiado ya Biología, y solo tuve que especializarme en Genética, pero Lyra tuvo que hacer la carrera, por eso se incorporó al MAC más tarde y no se hizo pasar por nuestra hermana.

»Normalmente nuestras identidades van por libre, o de dos en dos, como mucho de tres en tres. Si siempre fingiésemos ser cuatro hermanos, sería más fácil seguir nuestra pista. Sí, la paranoia viene de serie cuando eres un longevo.

»Respecto a la investigación, lo único que hago es torpedear todas las teorías que nos puedan llevar a buen puerto, aunque no sé cuánto tiempo voy a poder seguir haciéndolo. Dentro de pocas décadas será mucho más fácil y Lyra no necesitará mi ayuda. Estamos intentando ganar tiempo para que cambie de opinión, pero me temo que es tiempo perdido.

Ya estaba, había acabado por fin.

Pude ver, con claridad meridiana, que Adriana ya no me miraba con los ojos de antes: la había perdido. La admiración, la atracción, la fascinación incluso... Todos aquellos matices en su mirada se fueron apagando según yo recorría los milenios con mi relato.

«¿Y ahora qué, Adriana? ¿No querías la verdad? ¿Y ahora qué?».

56

ADRIANA

1 de junio

Cuando por fin Iago dejó de hablar, el sol acababa de esconderse al otro lado de la bahía. Yo seguía sentada en su sofá blanco. Abrazaba mis rodillas preocupada por no soltar el portátil. Él continuaba paseando descalzo sobre la moqueta verde de su salón, mirando siempre hacia los ventanales. Sabía que me tocaba decir algo, pero por una vez, las palabras no vinieron.

Estaba intentando hilvanar alguna explicación para justificar aquel enorme sinsentido. Descarté que se tratara de una simple broma, una inocentada entre colegas. Podía percibir en su rostro la gravedad del asunto. Traté de imaginar los motivos por los que alguien podría haberse sacado de la manga aquella inmensa cortina de humo. Tenía que estar relacionado necesariamente con lo que escuché en el túnel. Algo que a toda costa me tenía que ocultar. Tal vez para protegerse él o para protegerme de que conociera la verdad. Tal vez había alguien más detrás: Gobierno, *lobby*, industria farmacéutica, capital privado, espionaje industrial... Yo estaba fuera y Iago quería que siguiera estándolo.

—¿Y bien? —me apremió.

—Y bien, ¿qué? —contesté.

—Que ahora te toca hablar a ti. Di lo que sea, por favor. Me va a dar algo.

—Ahora soy yo la que te va a pedir una sola cosa. No me gustaría que me vieras enojada y estás a un segundo de hacerlo, así que no quiero oír ni una palabra más de esa absurda historia de los inmortales.

—Longevos —me corrigió.

—¡No sigas haciendo eso! —le grité sin poder contenerme.

—¿Hacer qué?

—Eso que estás haciendo: seguir insistiendo en tu historia, estirar la mentira.

—¡Oh..., no quieras verme estirando una mentira, créeme! —soltó casi sin pensarlo.

Hubo algo en el tono en que lo dijo que me erizó el vello de la nuca, porque lo sentí verdadero, y por primera vez me planteé si conocía realmente a Iago o hasta entonces había tratado solo con un magnífico disfraz.

—Mira, Iago —dije por fin—. No diré nada de lo que escuché. No pensaba hacerlo. Lo que me acabas de contar ha sido de muy mal gusto. —Respiré hondo para calmarme. Nunca resultaba—. Estoy agotada, decepcionada, frustrada y mil cosas más. Necesito alejarme de esto.

Me levanté con el portátil sin esperar su reacción. Pero entonces fue él quien estalló.

—¿Me crees capaz de inventarme todo lo que te he contado? —dijo fuera de sí—. ¿Todo? ¿Con qué sentido si no fuera cierto? ¿Tienes idea de lo que me estoy exponiendo? —Se mordió los nudillos en un gesto de desesperación—. Me imagino que quieres pruebas, ¿verdad? —me preguntó, volviéndose hacia mí.

Me callé. Me negaba a seguirle el juego.

—¿Quieres pruebas? —me repitió.

—¿Las tienes? —repliqué mientras volvía a sentarme en el sofá.

—Tenemos objetos que hemos ido conservando con el paso de los milenios por distintos motivos. Podríamos dejártelos para que los analizaras. Pero ¿de qué serviría?, ¿te convencería?

Lo pensé por un momento. Nos miramos y por una vez, estuvimos de acuerdo. Negué en silencio con la cabeza.

—Aun así, no me creerías, ¿verdad? —dijo en tono sombrío—. Pensarías que los hemos conseguido en yacimientos o en el mercado negro, o que tuvimos suerte en algún anticuario. Nada puede probarte que son nuestros.

—Es cierto, no necesito un despliegue de reliquias. Seguiría sin creerte —tuve que admitir—. Dame una muestra de vuestra saliva, las enviaré a analizar. No soy una experta en genética, pero sé que existen varios laboratorios en el mundo que están dando un servicio de búsqueda de ancestros y de las rutas migratorias de cada familia. Envías tu muestra en un kit que te hacen llegar a casa y puedes ver las migraciones de todos tus antepasados. ¿Quieres demostrarme tu historia? Deja entonces que mande una muestra de vosotros cuatro. Si no me he perdido, los resultados nos dirían que los padres de Héctor llegaron al norte de España hace como mínimo veintiocho mil años, que tu línea materna era originaria de Dinamarca hace unos diez mil años, que la de Jairo proviene de la estepa ucraniana de hace dos mil setecientos años y que la de Kyra se quedó hace dos mil quinientos años en Francia. Si veo esas conclusiones, te creeré.

—Adriana, estoy improvisando. No tenía ni idea de que estabas tan cerca de la verdad. No podemos darte ninguna muestra de nuestro ADN para que la lleves a analizar. Sé cómo trabajan esas empresas —continuó—, y no podemos arriesgarnos. En primer lugar, porque esos resultados llamarían demasiado la atención, sobre todo los más antiguos. Veintiocho mil años sin moverse de Cantabria son muchos milenios, y no es usual que alguien no tenga ni un solo ancestro que provenga de otro lugar en todo ese tiempo. Así es como lo interpretarían. En segundo lugar, porque son laboratorios que actúan como bases de datos genéticas. Nuestro ADN quedaría almacenado allí para otros estudios. Mira, Kyra y yo no tenemos ni idea de las sorpresas que esconde nuestro ADN. Estamos solos en nuestra investigación, somos unos principiantes sin apenas medios, y a mí me interesa que sea así. Pero un laboratorio como es debido puede encontrar incongruentes nuestros resultados. Jamás nos enteraríamos si se ponen a investigarnos. No podemos vivir con esa incertidumbre.

—Eso ha sonado muy pero que muy paranoico —le hice ver.

—No podemos exponernos, Adriana —dijo con lentitud.

—No les diremos que es vuestro. Cambiaremos vuestras identidades —repuse.

—¡Se sabrá! —alzó la voz—. ¡Se acabará sabiendo! Llamarán demasiado la atención.

—Si lo que dices es cierto, puedo conseguir cualquier muestra de saliva sin vuestro consentimiento. Una huella en un vaso de Kyra, uno de esos cuencos de frutos secos que tanto le gustan a Héctor... Sabes que puedo hacerlo —lo desafié.

—¿Lo harías? —Se plantó frente a mí, escrutándome.

—¿Quieres que te crea o no? —le seguí retando.

De acuerdo.

Fin del partido.

Casi pude ver cómo se cortaba un hilo entre nosotros. Algo débil que nunca llegó a ser.

Iago acababa de renunciar a mí.

Se dirigió a la puerta de su apartamento y la dejó abierta para que yo saliera.

Intenté mantenerle la mirada. Imposible. Se le habían helado los ojos.

Dolían.

Raspaban.

Ya no eran navegables.

Me quedé allí de pie, atorada, incapaz de avanzar entre los cascotes de hielo. Por primera vez desde que lo conocí, sentí que me miraba un anciano. Era duro, severo, y estaba seco por dentro.

Cuando traspasé el umbral en silencio con mi portátil a cuestas, descolocada y agarrotada por la tensión, me habló como se le habla a un enemigo:

—No... tienes... mi... permiso —arrastró las palabras para que dolieran.

Y dolieron. Golpearon desde dentro durante el resto de la noche, que pasé deambulando a trompicones por las callejuelas de mi ciudad.

Cuando llegué a casa, me dejé caer sobre la cama, y por fin el sueño vino a traerme un poco de anestesia.

57

ADRIANA

1 de junio

Debo reconocerlo, durante el delirante relato de Iago se me habían ido encendiendo unos cuantos pilotos rojos. El primero: Escitia, la supuesta patria de Jairo. Cuando Iago la mencionó, me vinieron a la cabeza el reloj, la aldaba, la placa de la yegua..., todo aquello era arte escita. Lo había estudiado en su momento, pero digamos que la Edad del Bronce en las estepas euroasiáticas no era el tema estrella durante la carrera. El segundo: la propia edad de Iago. ¿Por qué 10.310 años, y Héctor 28.000? Yo sabía que el gen OCA2 provocaba los ojos azules y que esa mutación comenzó precisamente hacía diez milenios. En el 2008 se había publicado el estudio en *Human Genetics*, y estaba claro que Iago lo conocía, pero desde luego, era un genio improvisando. No había fisuras en su historia, ningún anacronismo en los detalles. Como el hecho de que ellos nunca tomaban café con leche, pero sí Kyra. Había otros más fáciles: la coincidencia de los apellidos del Castillo, o del Castro, simplemente podían haber sido los disparadores creativos de una historia inventada sobre la marcha. Aunque ¿qué mente podría haber hilado treinta milenios de historia familiar? Solo conocía una, y ese era el cerebro enciclopédico de Iago del Castillo.

Pero una cosa es que Iago fuese una máquina —que lo era— y que no hubiera manera de pillarlo fuera de juego —que también—, y otra muy distinta que pretendiese que creyera que nació en la prehistoria.

Estaba enfadada, pero sobre todo muy preocupada por Iago. ¿Estaba tratando con un embustero o con un enfermo?

58

ADRIANA

4 de junio

El lunes siguiente a primera hora me dirigí directamente al despacho de Héctor. Tomé aire y golpeé la puerta con los nudillos. La voz cálida de mi jefe me invitó a entrar.

—Pasa, Adriana. Te estaba esperando.

Lo encontré tomando sus inseparables frutos secos. Me pidió con un gesto que me sentara en el mullido sofá y se colocó a mi lado.

—Me imagino que no has dormido muy bien las últimas noches —dijo mientras me ofrecía unas avellanas—. He hablado con Iago, estoy enterado de lo que pasó el viernes.

—Entonces espero que me digas algo así como que a tu hermano se le olvidó la medicación.

Ignoró mi pregunta con una tranquilidad pasmosa.

—Dime, Adriana. Ahora mismo, ¿qué piensas que ocurre con Iago para que te haya contado esa historia?

—He vuelto a una de mis primeras hipótesis: un tumor cerebral. Explicaría sus crisis de amnesia y las ideas delirantes que tuve que escuchar. También explicaría que estéis investigando los telómeros. Por lo que pude averiguar, guardan relación con el cáncer. —Héctor me escuchaba con cara de infinita paciencia y me hizo un ademán para que continuase. ¿Qué tenía aquel hombre para que siempre me sintiera en confianza con él?—. Necesito que me lo aclares. A estas alturas no voy a disimular delante de ti mis... —«sentimientos», iba a decir— mi preocupación por Iago. Dímelo con sinceridad, ¿está enfermo?

—No, no está enfermo. Entiendo que esa explicación te satisfaga más, pero el cerebro de Iago funciona perfectamente, excepto por los lapsos de memoria, pero tarde o temprano aprenderá a controlarlos. Aunque el otro día no se comportó precisamente de manera lúcida contigo. Tienes la rara habilidad o el dudoso mérito, según se mire, de alterar a un hombre que ya no se alteraba por nada. Mi hijo llevaba mucho tiempo siendo un autómata, al menos ahora siente y padece, aunque no sé si alegrarme porque no tengo nada claro cómo va a acabar esto, pero en todo caso tú has sido el agente catalizador. Además —dijo cambiando de tercio—, tu teoría no explicaría que me vieras con barba en una foto de hace cuarenta años, ¿verdad?

—Sí, ahí es donde mi teoría se queda un poco corta —tuve que reconocer—. Por eso he venido a hablar contigo. Te tengo por un hombre sensato...

—En eso llevas razón. La sensatez es lo que me ha mantenido vivo tanto tiempo —me interrumpió.

—Decía... —continué cada vez más nerviosa— que he recurrido a ti porque necesito que pongas un poco de sentido común en este asunto. Necesito que desmientas lo que me ha dicho Iago. Si no queréis darme los motivos ni aclararme lo que escuché, lo aceptaré. En realidad era una conversación privada entre vosotros, no tengo ningún derecho a exigiros explicaciones, pero entiende que lo que me contó Iago me ha alterado demasiado. Dime que lo olvide, que es una mentira que se inventó para salir del paso y yo intentaré seguir adelante como si nada hubiera pasado.

—No voy a desmentir nada. Y no te engañes, no vas a olvidar en toda tu vida lo que Iago te contó la tarde del viernes.

«Entonces está decidido», pensé. Era una de las posibles opciones con las que había contado: que siguiera con la farsa de Iago. La menos deseable de todas, pero la tenía prevista también.

Héctor apoyó la cabeza en el respaldo el sofá sin inmutarse mientras apuraba el vaso de agua.

—Y eso nos lleva a tu decisión de dejarnos, ¿verdad?

—¿Cómo sabías que venía a presentar mi dimisión? —Lo miré sorprendida.

—Porque llevas toda la vida huyendo y ahora no vas a ser capaz de cambiar de patrón —dijo mientras se encogía de hombros—. Solo hay que ver tu currículum, Adriana. Llevas toda tu vida profesional saltando de un yacimiento a otro.

—No se te ocurra psicoanalizarme, Héctor —dije—. He venido a ti en busca de apoyo, no quiero limitarme a repetir la escena del viernes con Iago.

—En eso tienes razón, estaba defendiendo a mi hijo y he perdido la perspectiva. Te ruego que me perdones si no te lo estoy poniendo más fácil, pero es que me encantaría que por un solo momento pudieras verte a ti misma desde mi punto de vista. ¿Sabes?, he meditado mucho acerca de lo que va a pasar entre Iago y tú. Si ahora acepto tu renuncia, seguirás tu camino como arqueóloga, pero no habrá ni un solo día en el que te dejes de preguntar por la edad real de Iago. Investigarás, te obsesionarás, y te aseguro que en todos esos años no nos encontrarás; nos ocuparemos de ello. El mundo todavía es un lugar amplio y tenemos recursos de sobra para desaparecer de tu radio de acción durante el resto de tu vida. Pero quizá dentro de cincuenta años llegará un joven con el nombre de..., ¿qué letra le tocaría a Iago?, la «T», con el nombre de Tasio, y se plantará en tu puerta y le dirá a la anciana en la que te habrás convertido: «¿Ahora me crees?».

La película pasó delante de mis ojos con el formato de una pesadilla. Mi yo arrugado abriéndole la puerta a un Iago con las hechuras de Dorian Gray. Vi la escena en mi cabeza y me entró un escalofrío. La deseché inmediatamente, por suerte eso nunca ocurriría.

—Mira, Adriana —continuó—, una de las primeras renuncias a las que tuve que obligarme para sobrevivir fue la de no intervenir. En las disputas tribales, en los juegos de poder, incluso en las pequeñas riñas familiares. Estoy acostumbrado a no meterme en los asuntos de Iago, y él a que yo no lo haga, pero en esta historia están sobrando las posturas inflexibles. Hoy voy a cederte algo, y confío en que lo sepas apreciar en su justa medida. No quisiera separarme de él durante mucho tiempo, así que espero que lo examines, saques tus conclusiones y me lo devuelvas.

Me tendió una pequeña pieza de lo que parecía ser hueso, tal vez marfil de una defensa de mamut. Era una pequeña estatuilla con la forma de un bisonte. Pero lo inaudito de la figura es que era doble. Mirada de frente se veía un bisonte lamiéndose el lomo, pero si se miraba desde arriba, se veía la cabeza de un hombre de barba larga, hábilmente integrado en los lomos del animal en una transición perfecta.

No pude evitar acercarme a la pieza para verla mejor. La observé con detenimiento y levanté con recelo la cabeza hacia él.

—¿Qué es esto, Héctor?

—Mi amuleto, mi ancla para recordarme mi primera vida cuando todo el paisaje a espaldas de este edificio estaba helado. Sé que eso no te dice nada, así que utilizaré tu jerga: es una figura de arte mobiliar, corresponde al periodo Gravetiense, hace unos veinticinco mil años. El bisonte es un obsequio de un buen amigo que supo entenderme cuando todo era miedo y desconfianza a mi alrededor. La enseñanza es que todo lo que ves puede tener una doble lectura. Dime, ¿es un bisonte o un hombre sabio? En realidad representa las dos cosas, pero lo que cambia es el punto de vista desde donde lo mires. Así pues, ¿qué crees que somos nosotros, Adriana? ¿Una familia que engaña a su entorno o una familia que sobrevive e intenta encajar a pesar de sus circunstancias? Somos ambas realidades. Hombre y bestia. Civilización e instinto. Ambas.

Me tendió la pieza y sentí un respeto reverencial al tomarla en mis manos. Intenté controlar el temblor, no estaba acostumbrada al tacto liso del marfil.

—Héctor, si la pieza es auténtica, es el descubrimiento de la década —dije en un hilo de voz.

—Como mínimo —convino él.

—¿Por qué no está expuesta? No lo entiendo, con esta pieza podríamos atraer la atención de la arqueología mundial.

—Precisamente por eso.

Cuanto más examinaba el bisonte, más auténtico me parecía, pese a la novedad que representaba el hombre tallado en su lomo.

—Adriana, que no se hayan encontrado antes piezas con figuras híbridas de hombre y animal no significa que ese arte no haya existido, tan solo que ninguna se quedó en lugares que hoy son yacimientos.

Me volví a sentar en el sofá con el bisonte entre las manos, sin dejar de darle vueltas y rozarlo como a una lámpara mágica.

—De acuerdo —lo frené con la mano libre—, ya lo he captado. Pero ahora no soy capaz de concentrarme en otra cosa que no sea esta pieza. Déjamela para que la analice, por favor.

—Sea. Baja al laboratorio de restauración, si quieres —dijo, lanzándome la llave—. Kyra está en el BACus con su hermano y los becarios. Tienes un par de horas para ti, luego me la devuelves. Procura que nadie te vea.

59

ADRIANA

4 de junio

Bajé las escaleras hasta el laboratorio de restauración intentando no molestar el descanso de las viejas tablas de roble. Por suerte, Héctor tenía razón y no encontré a nadie cuando entré en la estancia. Cerré la puerta con llave y me abstuve de pulsar los interruptores. Después me limité a retirar la funda de plástico del microscopio y encenderlo en la penumbra. Coloqué la pieza y giré el ocular hasta que enfoqué las marcas laterales. Si era una falsificación, desde luego quien la había realizado era muy hábil.

Llevaba un rato concentrada en mi nuevo juguete cuando oí que la cerradura de la puerta giraba. Eran Kyra y Iago, que en ese momento entraron distraídos y se me quedaron mirando como si hubieran visto al fantasma de Kennedy. Kyra se adelantó para observar la pieza que tenía bajo el microscopio. A continuación, le lanzó una mirada interrogante a Iago, que, aunque serio, mantuvo la calma y pareció comprender.

—¿Eso que tienes te lo ha dado Héctor? —me preguntó ella con la sorpresa pintada en la cara.

Le dije que sí con la cabeza, mientras miraba preocupada a Iago por el rabillo del ojo, que se había acercado a cerrar de nuevo con llave la puerta del laboratorio.

Kyra se giró hacia Iago.

—¿Se puede saber qué está pasando aquí y por qué soy la última en enterarme de todo? —le exigió.

—Pregúntale a Héctor por qué narices le ha dejado su amuleto. Yo puedo responder solo por mis actos —contestó.

—Pues empieza entonces por ponerme al día de tus actos.

Iago se acercó lentamente a una banqueta del laboratorio y se sentó con las manos en los bolsillos. Era como si hubiera decidido tomarse todo aquello con una estudiada calma.

—Adriana lo sabe todo, ya no tienes que disimular delante de ella nunca más. Nos escuchó hablando de la investigación hace varios meses y ha hecho sus propias averiguaciones. Por cierto, hay una foto de Héctor y de ti en los años setenta circulando por internet. Ya me estoy ocupando yo, no es necesario que me des las gracias.

Para mi sorpresa, Kyra resultó tener la misma flema inglesa que su supuesto hermano. Se tomó un par de minutos para procesar la información:

—Entonces, supongo que estamos en esa fase en la que Héctor ha empezado a atiborrarte de pruebas, ¿verdad?

—Sí, más o menos —tuve que admitir.

—Y no debería haberse molestado. No me creyó ni una sola palabra —intervino Iago, sin dejar de mirar fijamente el bisonte.

—Claro que no te creyó, es una científica del siglo XXI, Iago. Sería anacrónico que te creyera sin más.

—Pues necesito que me crea a mí, no a la ciencia —murmuró Iago entre dientes, aunque lo oí.

—¿Podéis dejar de hablar de mí como si no estuviera delante? —los interrumpí de nuevo.

Los dos me hicieron un gesto con la mano indicándome a la vez que me callara.

—¿Desde cuándo eres un idealista? —le preguntó Kyra, poniendo los ojos en blanco y mirando al techo—. Tú siempre has sido el más pragmático de la familia.

—Esto no tiene nada que ver —rugió Iago, mascando las palabras en un gesto contenido.

—¿Y con qué tiene que ver si puede saberse?

—Tiene que ver con que, por primera vez en mi larguísima vida, encuentro a alguien a quien quiero confiarle todo lo que he sido, todo lo que he hecho, todo lo que he vivido, y ese alguien tiene un velo tan tupido delante de los ojos que se niega a ver quién soy en realidad.

¿Hablaba de mí? ¿Estaba Iago de verdad refiriéndose a mí? Intentaba seguir el hilo de la conversación que mantenían, pero me costaba entender todas las implicaciones, como cuando alguien mira un cuadro surrealista e intenta adivinar en qué demonios pensaba el pintor cuando dibujó elefantes con patas de insectos o relojes derretidos. Relojes derretidos. No había lógica en aquella escena.

—Ponte en su lugar. Es difícil, siempre lo ha sido —escuché que decía Kyra—. Dale pruebas, es la única manera. A Fénix, mi último marido —me aclaró—, necesité hablarle en todos los idiomas que recordaba para que me creyera. Y aun así le costó. Me dijo una frase al azar y me hizo repetirla mientras las apuntaba todas. Luego se fue a la biblioteca de la calle General Dávila para comprobar la traducción en todos los diccionarios disponibles. Recuerdo el día que vino a casa cuando por fin se convenció, traía la cara pálida del susto. Pero luego todo se fue haciendo más fácil para él, o al menos eso quise creer. Decidimos irnos de viaje por Europa. Pero recuerdo que a la vuelta hicimos noche en Francia y yo le conté: «Aquí en Lyon viví durante unos años, por entonces me llamaba Tyra. Esta calle se llama Rue du Griffon porque en 1353 había una posada que yo regenté con el grabado de un grifo». Días después descubrí que se había comprado un libro de la historia medieval de Lyon en una librería de viejo. El pobre estaba comprobando si era cierto todo lo que yo le había contado. Y me di cuenta de que, por mucho que él intentara creerme, siempre le resultaría difícil. Cada persona necesita encajar esto en su estructura mental a su modo, Iago.

—Ya ha tenido pruebas. Ha visto una foto vuestra de hace cuarenta años, ¿la ves convencida? —contestó Iago mientras se enderezaba en el taburete y se dirigía hacia mí—. ¿Te ha servido para creernos, Adriana? No, claro que no. Prefieres cualquier otra explicación retorcida antes que la verdad pura y simple. Héctor te ha prestado su amuleto, pero está perdiendo el tiempo contigo. Déjame adivinar lo que vas a hacer con él. Vas a analizarlo y te vas a centrar en determinar si es falso o no. Porque la pieza no te cuadra, porque de momento no se ha descubierto nada con esas características, ¿verdad? Y aunque te pasaras años estudiándola y llegaras a la conclusión de que es auténtica, aun así no creerías nuestra historia, porque es una prueba circunstancial. Como bien dijiste, que te enseñemos los objetos que hemos ido guardando nunca te probará nada.

—Hay una manera, y lo sabes —intervino Kyra.

—Kyra, no te metas —le cortó entre dientes.

—Pues mira: sí, me meto —dijo ella haciéndole caso omiso—. Deja que le haga una datación de radiocarbono al esmalte de tu molar; cuando le devuelvan los resultados y compruebe que tiene diez mil años, le das una placa dental tuya para que vea con sus propios ojos que esa pieza te perteneció. Asunto arreglado, y ya podéis ir a daros un revolcón, aunque seguro que encontráis alguna excusa para seguir discutiendo.

—Espera —le dije a Kyra mientras me levantaba y me acercaba a ella—, ¿te refieres al molar de Monte Castillo, el del escondrijo?

Me miró asintiendo como si fuese lo más obvio del mundo.

—Kyra, las puntas del escondrijo ya han sido datadas y corresponden a hace once mil años; además, coinciden con la estratigrafía —le dije.

—Lo sé, te recuerdo que todas las piezas de este museo han pasado por mis manos, y estas en concreto también por las de Héctor, ya que fue él quien las talló. Mi padre solía esconder sus instrumentos de caza en aquel agujero de la cueva de Monte Castillo, para cuando tenía que volver. Siempre fue un buen escondite, ya que nadie de los sucesivos clanes que habitaron la cueva lo encontró en su momento. Pero la muela es posterior, Iago la perdió en una pelea después de haber ingerido un brebaje demasiado fermentado. Una buena borrachera prehistórica, para entendernos, ¿no es así?

Iago confirmó con la cabeza, mirando a Kyra como si fuera a colgarla del flexo que pendía de la bancada. Tuve la impresión de que estaba contando hasta cien.

—Héctor escondió también el molar, aunque el escondrijo ya estaba parcialmente tapado por los sedimentos de varios siglos, pero pudo acceder a él y ocultar la pieza. Ya tendrás tiempo de conocer bien a mi padre, tiene el síndrome de Diógenes; siempre está guardando cosas para luego pasarse los siglos pendiente de los escondites y de recuperarlos.

Eché un vistazo a Iago, que seguía la conversación con expresión grave.

—Bonito farol, Kyra, pero no cuela. A Iago no le falta ninguna pieza dental. —Lo había visto cientos de veces cuando Iago se reía a carcajadas con las payasadas de Salva.

—Bendita inocencia —dijo mientras se acercaba a mí y me mostraba su dentadura.

Al ver sus dientes tan de cerca, me di cuenta de que todas las piezas eran falsas, aunque era un buen trabajo de estética dental.

—No queda nada de nuestra dentadura original. Hemos ido perdiendo algunos dientes por el camino debido a traumatismos y alguna infección. Pero el gran problema ha sido el desgaste. Después de milenios usando los dientes, los cuatro hemos sufrido sensibilidad dental y hemos necesitado mascar hierbas o emplastos para aletargar el dolor. Por eso todos llevamos implantes, es lo mejor que nos ha pasado en siglos. Estas pequeñas mejoras son las que hacen que la vida de un longevo merezca la pena.

Miré con cautela a Iago, y él también sonrió de manera exagerada para que pudiese comprobar que sus dientes bien alineados eran en realidad perfectas falsificaciones.

—Hay un fallo en tu historia, Kyra. Si aún no habéis datado el molar, ¿cómo sabéis que Iago tiene diez mil años?

—Conoces el bastón de mando de la cueva del Castillo, ¿verdad?

—El que tiene un ciervo grabado en un lateral, sí.

—Fue un regalo que le hizo mi padre en una de sus ceremonias. Lo mandó labrar en el taller de la cueva de Ekain. Como sabrás, el bastón sí que está datado: hace 10.310 con un margen de 120 años.

—Pulidor —intervino Iago.

—¿Perdona? —dije.

—Eso que a los arqueólogos os ha dado por llamar bastones de mando eran en realidad pulidores de lanzas. Preparábamos la madera y después la pasábamos por el agujero. Hasta un niño lo puede ver, pero un niño tiene imaginación, claro.

Eso era cierto; quiero decir, plausible. En esa cueva vasca se había encontrado un bastón de mando con un ciervo grabado casi exacto. Aunque ¿talleres de útiles de hueso en la cornisa cantábrica, en pleno Mesolítico? Era una teoría interesante, desde luego. Respecto a la utilidad del instrumento, lo cierto es que hacía tiempo que se daba por hecho que no eran bastones de mando, aunque nadie se había atrevido a lanzar ninguna teoría convincente. Hasta aquel día.

—Muy bien, Kyra. Ya has hecho tu parte, ¿podrías dejarnos ahora solos? —le dijo Iago con voz calmada, aunque en un tono severísimo.

Kyra apretó los labios en un gesto de impotencia y se quedó quieta delante de Iago un buen rato, como si estuvieran midiéndose las fuerzas. Era difícil decidir quién parecía más testarudo de los dos. Después suspiró y se encaminó a la puerta del laboratorio. Antes de salir se volvió hacia Iago.

—Olvida tu orgullo y dale una prueba definitiva, hermano. No pienso soportar tu malhumor los próximos dos mil años.

Iago alzó la voz:

—Lyra...

—¿Qué? —dijo ella sin girarse.

—A Nagorno nada de esto, de momento. Es más seguro, ¿vale?

—A ver si superáis vuestros problemas de comunicación algún siglo de estos —dijo con voz cansina—, empiezo a hartarme de estar siempre en medio.

—Confío en ti. —Era más una orden que una súplica, pero ella asintió y se fue.

60

ADRIANA

4 de junio

Y nos quedamos Iago y yo con la pieza de marfil bajo el microscopio, esperando a que las pisadas de Kyra se perdieran entre los ruidos del museo. Después de pasear su mirada por el suelo durante un buen rato con los brazos cruzados, alzó la cabeza con calma y me dijo:

—Deja que compruebe una teoría, ¿de acuerdo? Vamos, Adriana, mírame a los ojos.

Yo le esquivé la mirada, fui incapaz.

—¿Ves? No puedes ni mirarme. Demostrado, Adriana, demostrado que no puedes creerme. Esto nos viene grande. Esto ha sido un error. No estás preparada para creerme, ni yo para soportar que no me creas.

—Lo que cuentas no es creíble —dije, sacando las fuerzas de donde no las tenía.

—Es creíble, si tuvieras la voluntad de creer. Sí que te concedo que es inverosímil. Mira, no voy a dejarte el molar para que lo envíes a datación. El viernes tuve que improvisar, y no sabía muy bien qué hacer para que me creyeras. Fue muy ingenuo por mi parte pensar que había alguna posibilidad de que eso ocurriera. Pensé que tal vez podría convencerte si te mostraba cómo fue mi vida en Monte Castillo hace diez milenios. Creí que te vencería la curiosidad, que una arqueóloga como tú no perdería la ocasión de resolver todas sus dudas al tener frente a ella a alguien nacido en la prehistoria. Pero me equivoqué.

Se acarició el pelo en un gesto que me supo a desesperación.

—Me equivoqué, sí. Tal vez en un futuro mi familia y yo nos podamos mostrar tal y como somos frente al mundo. Ese día la gente sabia vendrá y querrá saber. Querrá que les contemos nuestro paso por el mundo y nosotros lo haremos, si eso aporta algo de luz. Pero ese día puede llegar dentro de quince años, dentro de dos mil años o dentro de setenta mil. No sé cuándo será, pero ese día yo no voy a estar a tu alcance. Lo estoy ahora, te lo estoy ofreciendo, y tú lo estás despreciando.

No le dije nada, ¿qué podía decirle? Estaba frente a un desconocido, el anciano que me echó de su casa.

—No hay una hoja de ruta para este conflicto, Adriana. Hasta que encontremos una solución, vamos a intentar seguir trabajando con la mayor normalidad posible —continuó, volviendo a aquel tono neutro que había empezado a odiar—, ¿crees que podrás?

—Sí, claro —mentí.

—Entonces no volveremos a hablar de esto —dijo levantándose y dirigiéndose a la puerta—. Aunque, me siento tentado a... ¿Sabes?, te lo voy a contar. No es una prueba, es solo que me da pena que te pases la vida devanándote los sesos por aquel asunto... Eran alineamientos de caza.

—¿Perdona?

—Los tectiformes, los signos pintados en la cueva del Castillo. En tiempos de mi padre se hacían corredores de varios kilómetros con alineamientos de piedras con formas humanas, a veces con grandes figuras de nieve. Los miembros del clan que no eran cazadores asustaban a las manadas y las iban conduciendo hasta los corrales. Allí las mataban; también se excavaban trampas al final del corredor, son las cuadrículas y las redes que ves dentro de los rectángulos. Normalmente se dejaba a los animales atrapados y los cazadores los iban matando según la necesidad. Y no me digas que es un alarde de imaginación, en la cultura inuit se sigue haciendo.

Me encantó aquella explicación, me encantó imaginar que lo que contaba ocurrió así en realidad: alineamientos, corrales, redes. Era genial, brillante. Incluso posible...

En ese preciso momento sonó el móvil de Iago, la melodía del «*Blues* del pescador», el *Fisherman's blues* de los Waterboys. Él respondió, bajando la voz. Tal vez por eso no identifiqué en qué idioma hablaba. Parecía importante, porque apartó el móvil y se dirigió a mí sin colgar:

—Olvidé decirte que mañana a las nueve vienen a colocar los *displays* de la pared.

—Nos vemos en la puerta de Sala de Prehistoria entonces —asentí.

—Que tengas un buen día —dijo al marcharse, mientras volvía a atender a su interlocutor.

—Lo mismo digo —le contesté, pero ya no era necesario. La indiferencia de Iago se había ido, con él detrás.

Me quedé mirando la puerta cerrada durante un buen rato, sujetando la pieza con la mano enfundada en el guante. Si eran espías para una empresa o militares, desde luego estaban bien entrenados para ese tipo de situaciones.

Aunque, para ser sincera, ni yo misma me creía ya mis teorías alternativas. Había algo muy auténtico en todas sus reacciones. En la de Héctor, en la de Kyra y sobre todo en las de Iago. Una coherencia interna muy difícil de mantener. No podían estar siguiendo esa farsa y continuar queriendo trabajar conmigo. Héctor habría aceptado mi renuncia. ¿Para qué darme aquella pieza inverosímil?

Volví a ponerla bajo el micro y subí los aumentos. Era una figura naturalista, con el bisonte bien proporcionado, pero el dibujo del hombre barbudo sobre el lomo era inaudito, chocante. Representaba una ironía. Una dualidad. Aunque más allá de su importancia, podía haber cientos de razones para explicar que Héctor la tuviera en su bolsillo, incluso para explicar que no quisiera exponerla, pese a que hacerlo significara lanzar al MAC al olimpo de los museos europeos.

Pero Iago estaba en lo cierto. Pensar en que tuviera 10.310 años le convertía... ¿en qué?, ¿en un viejo con perpetua apariencia de joven o en un joven eterno de diez milenios? Por desgracia, lo que había vivido junto a él los últimos meses parecía ya lejano, pasado remoto, algo irrecuperable. Iago, una vez más, había dado en el clavo: ¿podría seguir trabajando en el MAC en esas condiciones? La vieja Adriana hacía tiempo que habría echado a correr. Sería seguro y menos conflictivo, pero no tendría sentido. Dondequiera que fuese me llevaría mis recuerdos conmigo, y todo lo sucedido se enquistaría para siempre. Se convertiría en una obsesión, como los motivos de la muerte de mi madre. No habría manera de engañarme, siempre querría saber la verdad.

Pero lo cierto es que las pocas hipótesis que se me habían ocurrido tenían demasiados puntos débiles. En cambio, la explicación que me ofrecían Iago y compañía tenía la genialidad de que, partiendo de una premisa simple, aunque absurda —«No podemos envejecer»—, se aclaraban todas y cada una de mis preguntas sin respuesta.

Iba a respetar a Iago, no iba a hacerle juego sucio. Me tentaba enviar a datar el molar, pero sin su placa dental seguiría sin probarme nada. Respecto a conseguir y enviar sus muestras orgánicas a algún laboratorio, no me sentía capaz. ¿Les pondría en un supuesto riesgo a cambio de salir de dudas? No, no lo haría. Tendría que aprender a vivir con la incertidumbre.

Lo intuí una vez, escondida en un túnel a pocos metros sobre mi cabeza, y había visto confirmadas mis sospechas: fuera cual fuera su secreto, era consciente de que estaba jugando una partida con gigantes.

Así que apagué la luz del microscopio, dejé el laboratorio como lo había encontrado y volví al despacho de Héctor para devolverle la pieza.

—¿Quieres hablar? —me preguntó con cara de preocupación cuando se la entregué.

—No, jefe. Ahora no.

Del despacho de Héctor salió una autómata, bajó las escaleras mecánicamente y se pasó la mañana diseñando paneles.

61

IAGO

Vigesimotercer día del mes de Vath
4 de junio

—Dime, Flemming. Te escucho —le apremié en cuanto me encontré solo en mi despacho.

—No podemos hablar de esto por teléfono, Isaac —me contestó con voz emocionada—. Es demasiado importante. Necesito que vengas cuanto antes.

—¿Tan pronto? —No esperaba que llamase, desde luego que no.

—Ha sido sencillo, una vez que me indicaste el camino correcto.

Se me alteró el pulso cuando escuché sus palabras. No me apetecía viajar otra vez, pero enseguida comprendí que iba a ser necesario.

—Escucha, mañana voy a tomar el primer vuelo a Copenhague. No me adelantes nada.

—Isaac, no sé cómo te lo voy a agradecer.

—Ya encontrarás la manera. No te preocupes por eso ahora, viejo amigo —le dije soltando una carcajada y colgué.

Por un momento, la llamada de Flemming me había cambiado el humor de perros que arrastraba desde hacía varios días. Desde que..., en fin, qué más daba.

Me metí en internet y reservé el billete, después abrí la puerta contigua a la mía, la del despacho de mi padre, y lo encontré leyendo el libro que le regaló Baltasar Gracián. Solía recurrir a él cuando estaba preocupado. No alzó la vista cuando entré.

—Vámonos. Tenemos que hablar de un par de cosas.

—¿Es urgente? —me preguntó fingiendo que estaba concentrado en la lectura.

—¡Ya!

Quince minutos después llegábamos con mi coche a la punta de Somocuevas. Desde allí se divisaba toda la línea de la costa y podíamos ver a distancia si alguien se acercaba. Por suerte, era un día entre semana y sabíamos que íbamos a estar solos. Fuimos serpenteando ladera abajo en silencio por el sendero que llevaba a la playa.

—No deberías haberle dado el bisonte —le reproché en cuanto llegamos a la arena, al tiempo que cogía algunos cantos rodados y los lanzaba con furia al mar.

—¿Estás molesto? —preguntó.

—Bastante.

«Ni te lo imaginas».

—Ahora vas a darme el sermón de que no veo las cosas a tu manera —añadí—, pero te has metido en algo que me incumbe solo a mí, y ayer te pedí que no lo hicieras.

—Desde el momento en que le hablaste de todos nosotros dejó de incumbirte solo a ti —replicó con gesto serio.

—¿Y qué querías que hiciera? Adriana no es una campesina analfabeta que se contenta con cualquier explicación.

—Hemos estado a punto de ser descubiertos en varias ocasiones, y siempre hemos salido del paso. Dime, hijo, si hubiera sido cualquier otra persona del museo, ¿le habrías revelado nuestro secreto?

Me encogí de hombros.

—*Naluvara* —dije en mi lengua materna, sin darme cuenta.

—Sí, sí que lo sabes.

«Tú siempre dando en el clavo», tuve que reconocer.

—No te estoy echando en cara que se lo hayas contado a Adriana —continuó en un tono más conciliador—, lo que intento evitar es que la situación se nos vaya de las manos. No se lo has puesto fácil, no has tenido en cuenta su carácter ni sus circunstancias, solo tu anhelo de que te crea sin más. No lo has hecho bien, hijo.

—Ni tú tampoco. Lo del bisonte no ha servido de nada, ese tipo de pruebas no va a hacer que nos crea —dije para mí, sacudiendo la cabeza.

—Urko —dijo deteniendo el paso—, hoy ha venido a presentar su dimisión.

—¿Qué? —exclamé. Eso no lo esperaba.

—Le he dado el bisonte para retenerla. De momento, está resultando. No podemos arriesgarnos a que se vaya ahora, con todo lo que le has contado y sin tiempo para asumirlo. Dejaríamos de tener noticias de ella, pero siempre nos quedaría la duda de si nos sigue investigando.

—Aunque así lo hiciera, Adriana no nos delataría. Es de fiar.

—Yo también creo que tiene buen fondo, pero las obsesiones son peligrosas. No podemos dejar un cabo suelto de ese calibre. Sé que mi amuleto es una prueba circunstancial, y no espero que eso haga que nos crea, pero sí que confío en que empiece a resquebrajar un poco sus cimientos de científica ortodoxa. El resto tendrás que hacerlo tú. Debes darle tiempo.

—Tiempo —repetí, mascando la maldita palabra—, aquí todo es cuestión de tiempo. Si no fuera por el tiempo, ella y yo estaríamos juntos desde el principio.

—Te equivocas —me interrumpió—, gracias al tiempo has tenido la posibilidad de conocerla. Os separan diez mil años, y gracias a tu mutación o lo que sea que nos haga longevos, los has sobrevivido para poder conocerla. El tiempo ha jugado a tu favor, no en tu contra. Si no fuera por el tiempo, tú serías para ella el esqueleto número 7 de Monte Castillo, y Adriana examinaría tu cráneo con guantes. Ese sería el máximo contacto al que podríais aspirar. Así que no maldigas al tiempo, porque somos sus hijos más privilegiados.

Mi padre en estado puro. Cualquiera le contradecía cuando se ponía filosófico. Así que opté por no discutir y dejé que su tranquila compañía calmara mis ánimos. Fuimos dando un paseo hasta el final de la playa, disfrutando de aquel día soleado que anunciaba un verano templado, pero el mediodía se acercaba, y otros asuntos pedían paso con urgencia.

—Dejemos ese tema de momento —dije por fin—. Tengo que ponerte al día antes de tomar un avión mañana para Copenhague.

—¿Qué se te ha perdido en Copenhague?

—Hay algo que no te he contado del material que conseguí en la Corporación Kronon. En cuanto pude estudiarlo, empecé a elaborar una teoría. No quise que Lyra llegase a las mismas conclusiones que yo, y le entregué el material bastante censurado.

»Hace años, cuando inicié mi ronda de contactos científicos para poner en marcha las investigaciones, contacté con Flemming, del Instituto de Estudios para la Progeria en Copenhague. Siempre he pensado que la progeria es la alteración opuesta a la nuestra. Niños con síntomas prematuros de envejecimiento, con una esperanza de vida de trece años y apariencia física de noventa. Pensé que sus investigaciones podrían darnos alguna pista, y me presenté con la identidad de un padre adinerado que perdió a su hija de siete años por esa enfermedad y que ahora investigaba por su cuenta. Desde entonces hemos tenido frecuentes contactos. Hablé con él en cuanto volví de San Francisco. Le expliqué mi teoría de los telómeros y él se puso enseguida a investigarla. Acaba de llamarme, creo que ha encontrado algo importante.

Habíamos llegado al final de la playa hacía un buen rato y nos habíamos sentado sobre unas rocas secas.

—Explícame primero tu teoría.

—Lo que me proporcionaron en la Corporación Kronon fue algo que habíamos pasado por alto. Sospecho que la longitud de los telómeros es un indicador de la verdadera edad biológica: un niño con progeria los tendrá cortos como un anciano, y nosotros, los longevos, como alguien de veintitantos. Si Flemming es capaz de demostrar mis sospechas, puede iniciar una línea de investigación que lo lleve a aplicar telomerasa y reparar las células en cuanto se diagnostique la enfermedad. De todos modos —dije con cierta cautela—, aún no sabemos si mi teoría es cierta, y si fuera así, me resulta demasiado sencilla. Pienso que aún se me escapa algo, no debemos dar nada por hecho hasta que me explique lo que ha descubierto, ¿de acuerdo?

—Bien —dijo mi padre—, entonces deberías tomar ese avión cuanto antes. Tenemos que buscar alguna excusa para que te ausentes del MAC durante un par de días, aunque me da cierto miedo que vuelvas a viajar solo. ¿Y si vuelve a ocurrirte lo mismo que en San Francisco?

—Ya he tomado mis medidas. Llevo instrucciones en mi cartera y en el móvil. Te diré exactamente dónde me alojo y cuáles serán todos mis pasos. Por tu parte, me llamarás cada tres horas. En caso de que me suceda de nuevo, tomas el primer vuelo y vienes a buscarme, ya no estoy al otro lado del Atlántico. Por cierto, vienes tú, no Jairo.

Asintió con un gesto, aunque había una idea que nublaba su rostro.

—Dime de una vez qué te preocupa —le pedí.

—¿Qué haremos con Lyra y Nagorno si tu teoría es cierta?

—Lo mismo que pensábamos hacer en Florida con Ponce de León si hubiéramos encontrado la fuente de la eterna juventud. Destruir las pruebas y asegurarnos de que jamás vuelven a plantearse esa posibilidad. De momento, pienso tener a Lyra ocupada bastantes años con todas las nuevas líneas de investigación que se me ocurran.

—Parches, hijo. Son parches. Unos años, unas décadas, son un retraso ridículo para los de nuestra naturaleza. Si realmente la respuesta son los telómeros, acabará acercándose a la verdad.

—Pues más nos vale que ni la huela. Estamos yendo detrás de todas las modas científicas del siglo XXI. Luego pasarán y Lyra se centrará en las que vengan después.

—Ojalá tengas razón.

«Ojalá, padre, porque de lo contrario, nos vamos a enterar de lo que es un acto irreversible».

Volví al MAC al mediodía, aún tenía algo pendiente que comprobar antes de irme a Dinamarca. En cuanto me aseguré de que el coche de Adriana ya no estaba en el aparcamiento, subí a su despacho y abrí el armario. Despejé los libros que cubrían el falso fondo y empujé.

Tal y como ella me había contado, de allí mismo partía un túnel que se perdía en la oscuridad. Me adentré en él y bajé todo lo que pude, hasta quedar a la altura del laboratorio de Lyra. Más allá de ese punto, estaba demasiado negro como para ver nada. Supuse que el libro que perdió Adriana estaba varios metros más abajo, y que el túnel habría sido cerrado en su momento. Y sin embargo, decidí ocultar el detalle a mi familia, sobre todo a Nagorno. Con él acostumbraba siempre a guardarme un as en la manga.

Si mi hermano no nos había contado que en el edificio que él mismo construyó y restauró había un túnel secreto, tenía que haber algún oscuro motivo detrás.

62

IAGO

Vigesimocuarto día del mes de Vath
5 de junio

En mis anteriores viajes a Copenhague acostumbraba a visitar el Instituto de Estudios para la Progeria y entrevistarme con Flemming en su despacho. El edificio estaba situado en el sureste de la capital, en un lugar conocido como el Silicon Valley de la Medicina.

Llegué puntual a la dirección que Flemming me había dado: «Dirígete hacia el pueblo de Jyllinge, está a cincuenta kilómetros del aeropuerto de Kastrup. Pregunta por el número 23 de Strandvejen, la carretera de la playa».

El taxi que tomé cuando bajé del avión me dejó frente a una casa de madera roja que competía con otras casitas similares por su pequeño espacio frente a la costa.

Sería el aire limpio, sería la fresca mañana danesa, sería que yo necesitaba despejarme de los nubarrones grises de Santander. No lo sé. Me sentó bien el cambio de aires, aquel lugar era tranquilo, solitario y apartado de todo, como el estado de ánimo que andaba yo buscando en los últimos tiempos.

Después de tener que darle más coronas de las esperadas al taxista, me dirigí a la entrada, pero apenas pisé el jardín, mis pies se hundieron en el barro. El césped estaba completamente enfangado. Entonces levanté la vista y me di cuenta de que el jardín parecía bombardeado por bloques de hielo a medio descongelar. Alcancé por fin la puerta y pulsé el timbre, esperando soltarle un gruñido a Flemming. Era la primera vez que nos veíamos en su casa, y no en el Instituto de la Progeria. Estaba seguro de que el cambio de ubicación tenía que ver con su llamada. Cuando abrió la puerta, en lugar de encontrar a un rechoncho científico danés con su mata de rizos rubios desafiando la ley de la gravedad, me encontré con una adolescente con progeria: nariz picuda, ojos grandes sin cejas, cráneo abultado. Iba vestida con un anorak acolchado y llevaba un soplete en la mano.

—Flemming Petersen me ha citado aquí a las doce, ¿está en casa? —le pregunté en danés.

—Papá acaba de llamar del trabajo, me ha pedido que te diga que vendrá en media hora, que se ha retrasado un poquito, y que si puedes esperar, por favor —contestó.

—Bien, entonces espero —dije, aceptando su invitación a pasar al interior.

—Por cierto, me llamo Rebekka. ¿Puedes ayudarme mientras tanto? —preguntó con su voz chillona a la vez que me guiaba por un pasillo de madera blanca.

La decoración era sencilla, casi naif. ¿Tenía Flemming esposa? Tampoco lo sabía, hasta entonces nuestras conversaciones se habían limitado a temas médicos.

—Claro, ¿de qué se trata? —contesté con toda la naturalidad de la que fui capaz. Todavía estaba encajando el hecho de que Flemming tuviese una hija con progeria.

—Necesito que alguien con más masa muscular que yo transporte unos bloques de hielo de mi estudio al jardín.

—¿Para qué los usas?

—Esculturas.

—¿Esculturas?

Empujó una pesada puerta metálica y se puso unos guantes para entrar en la habitación, que debía de estar a varios grados bajo cero. Me dio la espalda y se puso a trabajar con un serrucho sobre un bloque semitallado, hasta que pude adivinar que iba adquiriendo la forma de la escultura más famosa de su país: *Den lille havfrue*.

«La pequeña señora del mar».

—¿Te gustan las sirenas? —le pregunté.

—Me gusta cualquier personaje mitológico que no envejezca —contestó sin mirarme, mientras las esquirlas de hielo caían bajo la presión de sus gestos certeros.

Entonces observé a mi alrededor con más detenimiento, y me di cuenta de que estábamos rodeados de otras figuras a tamaño natural, todas tan pulidas que no pude evitar la tentación de acercarme a una de ellas.

—¿Y estos quiénes son?

—Ashaverus, el Judío Errante —dijo señalando la figura de un viejo encorvado con una larga barba y una retorcida vara—. Imagino que conoces la leyenda: fue condenado a vagar eternamente por la Tierra sin detenerse, y allá por donde pasa va dejando desgracias.

«*Touché*, pequeña», pensé.

—Se le conocen más nombres: Catáfilo, Larry el Caminante, Samar, Ausero, Michob-Ader, Joseph Cartaphilus...

—Por supuesto que se le conocen más nombres —interrumpí una lista que conocía demasiado bien—; todo inmortal se merece un extenso catálogo de nombres, ¿no crees?

—¿Te interesa el tema de los inmortales? —preguntó, buscando mi complicidad.

—No demasiado, la verdad —dije encogiéndome de hombros—. Pero continúa, así estamos entretenidos hasta que venga tu padre.

—Ma Gu, la famosa inmortal china que se esconde en las montañas —prosiguió, apuntando con el serrucho a una joven de largas uñas y rasgos asiáticos.

—¿Y quién es él? —pregunté señalándolo. Era un hombre calvo, alto y de complexión atlética. Como única vestimenta llevaba una falda de tablillas y unas sandalias. Todas de hielo.

—Es Gilgamesh, rey de Babilonia hace cinco mil años; vivía en la ciudad amurallada de Uruk y se obsesionó con la búsqueda de la inmortalidad. Mi padre me llevó al Museo Británico a ver las tablillas que se escribieron de su historia. Me dijo que la *Epopeya de Gilgamesh* es el poema más antiguo que se conserva.

—Creo que me suena de algo, sí —murmuré, sin poder evitar sonreír para mis adentros.

«Nos volvemos a ver, viejo sabio, tan lejos de tu maldita ciudad en medio del desierto. Has tenido larga vida, al fin y al cabo. El mundo aún te recuerda».

—¿Y qué haces con tus inmortales cuando no tienen sitio y empiezan a molestarse los unos a los otros? —quise saber, al percatarme del poco espacio que quedaba en aquella cámara frigorífica.

—Los saco al jardín y veo cómo se deshielan.

—Eso suena a venganza —le indiqué.

—Freud ya no se lleva —se limitó a contestarme.

Disimulé una sonrisa. Tenía el cerebro rápido de su padre.

—¿Y tú no deberías estar ahora mismo en el instituto? —pregunté, imponiéndome un cambio de tercio.

—No, mi padre se ha encargado siempre de darme la educación en casa. Además, ¿para qué debería pasarme el tiempo estudiando si ya estoy fuera de plazo?

—No entiendo —le dije, aunque sabía perfectamente a qué se refería.

—La edad media para morir cuando se tiene mi enfermedad es de trece años, y yo hace dos años que estoy fuera de plazo. Ahora mismo tengo el récord de longevidad, así que, dime, ¿por qué debería estudiar?

—Deberías estar haciendo lo que más te guste hacer, pero no desprecies los libros solo porque las estadísticas digan que se te ha acabado el tiempo.

—¿Y tú quién eres para darme consejos?

—Nadie, simplemente me has preguntado.

—Claro, para ti la vida es fácil. Piensas que vas a tener ese físico para el resto de tus días, pero ya verás cuando te empiecen a salir las arrugas.

—Tengo mucha curiosidad, créeme —murmuré.

Por suerte, nos interrumpió el quejido de la puerta abriéndose a nuestras espaldas. Un hombrecillo entró frotándose las manos, con los mofletes enrojecidos por el frío.

—¡Isaac, dame un abrazo! Siento haberme entretenido tanto.

—No te preocupes —dije dejándome abrazar; su energía era limpia, como todo en aquel lugar.

—Ya has conocido a mi hija, ¿a que es una artista?

—Sin duda.

—Ahora que estáis los dos, ¿podéis llevaros a Gilgamesh de aquí? Ya no me cabe —nos interrumpió la chica.

Nos despedimos de ella antes de transportar el bloque de hielo hasta el exterior de la casa y dejé que Flemming me guiase por el estrecho pasillo hasta que entramos en lo que debería haber sido el garaje. Eché un rápido vistazo a mi alrededor y me di cuenta de que era un laboratorio casero, aunque estaba mejor equipado que el de Lyra. Había material recién estrenado de última generación. Pese a que estábamos solos, bajó la voz y se inclinó hacia mí, como si temiese que alguien nos oyera.

—Mira esta preciosidad —dijo, ofreciéndome el ocular de un microscopio.

La imagen era ciertamente hermosa. Como si fuera un cielo estrellado de verano, vi cromosomas azules con puntos fluorescentes en sus extremos.

—Lo que ves brillar son mis telómeros. He forzado la apertura de doble hélice del ADN y, gracias a una molécula fluorescente, los he destacado. Mira las células de mi hija.

Los puntos eran menos brillantes, como si las estrellas estuviesen más lejos.

—¡Lo tenemos, Isaac!, ¡lo tenemos! He cultivado una muestra de los tejidos de mi hija en el laboratorio y la he comparado con una mía. Si extrapolas la intensidad de la fluorescencia con la longitud telomérica, las conclusiones son claras: sus telómeros son mucho más cortos. Su edad biológica es mayor que la mía, y eso que ya no soy un crío.

Me tapé la boca con el puño. Cuando pude hablar, me limité a decir:

—Estoy impresionado.

Pero mi amigo estaba más emocionado incluso que yo.

—Llevabas razón, si pudiésemos invertir esa tendencia, y reparar sus telómeros, tendríamos la cura de la progeria y sería posible actuar en cuanto contáramos con un diagnóstico precoz.

—Para, para —lo obligué haciéndole un gesto con la mano—. Vamos a ir paso a paso. Lo primero es comprobar más casos para poder generalizar la teoría. En segundo lugar, no podemos jugar con la telomerasa así como así, tenemos que empezar a nivel celular. Hay un largo camino hasta que lleguemos a los individuos.

—¿Individuos? —me gritó—. ¿Con «individuos» te refieres a mi hija? No tengo tiempo para iniciar todo ese proceso, Rebekka tiene ya quince años.

—Hablando de Rebekka, ¿por qué no me dijiste que tenías una hija con progeria? Y ya que estamos con las preguntas, ¿desde cuándo investigas por tu cuenta en un laboratorio casero?, ¿no te basta con los medios del Instituto?

—En el Instituto todo va tan lento que habría necesitado varios años de propuestas y presupuestos para conseguir lo que te estoy enseñando, y el hecho de que allí todos sepan que soy padre de una niña enferma paradójicamente no ayuda. Dicen que tengo demasiada prisa por ver resultados, que no soy objetivo, que me salto los plazos... He tenido que desviar algunos fondos para conseguir el material que estás viendo. No voy a mentirte, Isaac, estamos solos en esto.

Fingí que necesitaba unos minutos para digerir la nueva situación, pero a mí también me favorecía que mi amigo se saliera de los canales oficiales.

—Cuenta conmigo. Pero no puedes lanzarte así, jugando con la telomerasa...

—Rebekka ha tenido ya dos accidentes coronarios —me interrumpió—. La semana pasada estuvimos en el cardiólogo, y no fue demasiado optimista.

—No tiene por qué ocurrir próximamente —intenté persuadirlo—, ha habido algún caso que llegó a los cuarenta y cinco años.

—Eso fue hace décadas, y fue una rarísima excepción. Estoy cansado de ir a funerales de niños que no han cumplido los diez años. No tienes ni idea de lo que es eso.

—Yo también he perdido a una hija, no lo olvides. —Era mentira, no había perdido a una hija. Había perdido a tantas que debería haber dejado de contar hacía muchos siglos.

—Pues deja que yo haga lo que pueda por la mía.

Asentí en silencio y dejé que Flemming me desgranara paso a paso su descubrimiento, mientras fuera, en el jardín, el más famoso rey de Uruk se fundía lentamente bajo el sol del mediodía.

63

ADRIANA

22 de junio

—¿Puedes dejar de hacer garabatos en la servilleta? —me había recriminado Elisa días antes mientras desayunábamos en el BACus—. No sé qué te pasa últimamente, pero estás de lo más ausente.

—Tienes razón, perdona. Te escucho —dije obligándome a concentrarme en lo que me estaba contando. Miré de reojo mis rayajos y me di cuenta de que llevaba un buen rato dibujando cuadrados reticulados sobre el logo del MAC: los dichosos tectiformes.

—Decía que necesitas evadirte de tanto trabajo, ¿por qué no vienes el fin de semana a Cabárceno? Estará tu primo —dijo, mojando un sobao en el café con leche.

Así que aquel viernes por la tarde me decidí a pasar una jornada en familia, visitando junto a Marcos, su mujer y sus tres niños el Parque de la Naturaleza de Cabárceno, una especie de zoo al aire libre donde recorrer en coche kilómetros de carreteras viendo elefantes, jirafas y todo tipo de animales salvajes en semilibertad, apenas a veinte minutos de Santander.

Llegué pasado el mediodía a la casa de mi primo en Puente Viesgo. Antes siquiera de que hubiese llamado al timbre de la puerta, Marcos ya la había abierto y me esperaba con un sentido abrazo.

—Eres mi prima del alma. Dime que lo de la nota de tu madre no nos va a separar.

Asentí y me dejé abrazar. No tenía ganas de seguir levantando muros a todo el mundo. Sobre todo, a todo el mundo que me importaba.

Mientras nos poníamos al día, aliviados, Elisa bajó por las escaleras con un bebé de un año en los brazos y dos niños revoloteando entre sus piernas. Entonces sonó el móvil de Marcos.

—Lo siento —dijo—, pero he de irme. Una vaca se ha puesto de parto en Colindres.

—Marcos, prometiste que hoy vendrías a Cabárceno con todos —contestó Elisa.

—Volveré en cuanto pueda. —La disculpa iba dirigida a ambas, en realidad. Antes de que pudiéramos decir nada ya había desaparecido.

—Es que siempre me hace lo mismo, Adriana —dijo Elisa, mientras conducía.

—No tenía ni idea.

—No es solo el trabajo. Es que, si no trabaja, los fines de semana se va con los amigos al monte.

—No sabía que estuvierais pasando por un bache —contesté, incómoda.

—Nos evitamos, eso es todo lo que hacemos actualmente. Él está incómodo conmigo y yo con él —comentó sin dejar de mirar la carretera.

Callé porque no sabía muy bien cuánto implicarme; se trataba de mi primo, él siempre me había apoyado.

De todos modos, había quedado a media tarde con Héctor y Iago para visitar la Neocueva de Altamira, así que esperaba su llamada para que se acercaran a Cabárceno a recogerme. Iago había desaparecido un par de semanas antes, y aunque la versión oficial fue que se reuniría con una empresa de montajes, ambos sabíamos que hasta septiembre no había nada programado con ellos. ¿Con qué aspecto de sus otras identidades estaría relacionado su viaje esta vez? Qué más daba.

64

ADRIANA

22 de junio

Accedimos en coche por la entrada sur, recorriendo la carretera del parque que cruzaba entre montañas rojas de aspecto marciano. Mientras Elisa me iba explicando el recorrido que haríamos en coche, los niños empezaron a impacientarse después de varios kilómetros sin ver ningún animal. El parque estaba muy tranquilo y no había coches a nuestro alrededor, así que Elisa decidió parar en el arcén.

—No puedo más —dijo apagando el motor—. Vamos a bajarlos para que se desfoguen un poco, y después seguimos en coche hasta el área del restaurante.

—No sé si deberíamos parar en medio del parque, Elisa. No está permitido —le dije, mirando a ambos lados del estrecho carril.

—No te preocupes por eso, lo hemos hecho más veces. Hay vallas por todos lados, y mis hijos no se van a escapar.

—Como quieras —le dije, no muy convencida. Pero mi amiga estaba de pésimo humor y no me apetecía contrariarla.

Liberé al mayor del arnés de la sillita y salió corriendo hacia la campa cercana donde habíamos dejado aparcado el coche.

—¡No corras, Álex! —le chilló su madre mientras se ocupaba del bebé—. Te diré lo que haremos: vamos a estar un rato tranquilas en este prado, que nos lo hemos ganado —me dijo volviéndose hacia mí.

Estuve de acuerdo con ella y nos sentamos con el bebé y la niña correteando a nuestro alrededor. De repente, Elisa se dio cuenta de que no veía a Álex, se levantó de un salto y comenzó a llamarlo a gritos.

Nada.

Le hice un gesto para que se quedara en el sitio, sujetando a su hija y controlando la sillita del bebé. Yo me acerqué a la carretera, por si lo veía.

Tampoco.

Recorrí la pequeña llanura gritando su nombre, pero no aparecía. Entonces me topé con un cartel que me heló la sangre: ZONA DE LEONES. Estábamos en un área de leones sueltos. Maldita sea, habíamos traspasado las vallas sin mirar la señalización. Volví corriendo hasta Elisa, sin tener ni idea de lo que hacer en aquella situación.

—¡Tenemos que recoger! —le grité—. ¡Esta es la zona de los leones!

—¿Qué? —contestó en un hilo de voz, poniéndose blanca—. No puede ser, la zona de los leones está mucho más adelante. Todavía queda el reptiliario. Mira, lo pone en el plano.

Lo abrió con las manos temblando y, cuando por fin se situó, alzó la vista y no necesitó decirme nada.

Cargué con la silla del bebé en volandas y la coloqué en la parte de atrás del coche. Ella metió a su niña, haciendo caso omiso de las quejas de la criatura.

—Vuelve a la entrada del parque —le ordené, tomando el mando al entender que ella no lo haría—. Tienes que hablar con el personal y que vengan cuanto antes. Yo voy a intentar encontrarlo, te iré llamando al móvil.

La miré un segundo, el motor se quejó al meter la marcha sin pisar el embrague. Elisa estaba bloqueada.

—¿Crees que podrás conducir?

—S-sí —acertó a decir.

Crucé de nuevo la valla y volví corriendo hacia los pequeños montículos que, como termiteros, hacían de frontera entre el prado llano y el inicio de un terreno más escarpado. No se veía a nadie, ni a Álex ni a ningún león u otro animal. Todo estaba silencioso, tal vez demasiado.

Me puse a gritar su nombre. Me subí a los promontorios para tener una perspectiva más amplia. Entonces me pareció ver, cerca de los árboles, algo de color amarillo.

Corrí en esa dirección hasta que lo encontré. Álex estaba acosando a un cachorro de león, que se defendía con una garra, visiblemente molesto con el intruso.

El niño, feliz por su descubrimiento, me oyó venir.

—¡Mira, tía, un peluche de verdad! —me gritó emocionado.

Sin pensármelo dos veces, cargué con él y empecé a huir del claro de aquel bosque. Pero entonces me paré en seco. Frente a mí, una leona se había plantado a unos veinte metros, cerrándome el paso. También ella había estado buscando a su cachorro. Comencé a retroceder poco a poco sin mirar atrás. La leona no se movió y llegué a pensar por un momento que podríamos salir de allí sin algo más que un buen susto.

Qué equivocada estaba.

65

ADRIANA

22 de junio

La leona me dio la ventaja de varios pasos, pero luego se colocó de un salto a pocos metros de nosotros. Yo corrí con todas mis fuerzas hacia el bosque, protegiendo con mi brazo libre la cabeza de Álex. Busqué un árbol con ramas bajas para encaramarme a ellas. Encontré un castaño grueso que sobresalía, diferente a los pinos alargados de alrededor.

Tomé impulso en una roca a los pies del tronco. Conseguí subir mi cuerpo y el del niño un metro por encima del suelo. Giré la cabeza y vi que la leona se acercaba. Cogí a Álex y lo alcé por encima de mis hombros para tener los dos brazos libres.

—No te sueltes, ¿vale? —le susurré.

Trepé a otra rama, hasta que nos pudimos acomodar allí. Lo coloqué junto al tronco, para que pudiera sujetarse por sí mismo. Después arranqué una rama larga. Pensé usarla a modo de lanza para mantener lejos a la leona, que ya había alcanzado el árbol e intentaba subir por el tronco. Por suerte, al llegar a un metro de nuestra rama, se resbalaba.

En ese momento sentí mi móvil en el bolsillo.

Por una vez, no me alegré al ver el nombre de Iago en la pantalla.

—¿Te queda mucho? Héctor y yo llevamos un rato esperándote en la entrada de Cabárceno.

—¡Iago, avisa al personal del parque, por favor! Estoy en la zona de los leones con el hijo de Elisa. Tenemos a una leona debajo de nosotros —le dije con voz ronca.

Iago cambió de registro en menos de un segundo:

—Descríbeme dónde estás exactamente, ¡ya!

—Estamos subidos a un viejo castaño que sobresale, dentro del bosque junto a la carrete...

Colgó antes de que hubiera terminado. No necesitaba que más gente se pusiera en peligro, pero tenía problemas más acuciantes.

La leona ahora saltaba, levantando una pata cuando conseguía altura. Intenté disuadirla con la rama que había arrancado, procurando que no la cogiera para que no me hiciera perder el equilibrio.

Fue entonces cuando oí un zumbido cerca y el gruñido de la leona. Después, el ruido que hizo su cuerpo al caer al suelo. Y luego, cuando me atreví a alzar la vista, vi lo imposible: un cazador prehistórico en posición de lanzamiento. Daba igual que estuviera vestido con ropa contemporánea, jamás había visto lanzar de aquella manera. Precisa, segura, certera. Tenía la pierna izquierda adelantada, el brazo derecho echado hacia atrás, con el codo flexionado y sujetando un propulsor, nada parecido a como hacíamos en las prácticas de tiro de los talleres didácticos de Atapuerca. El cazador volvió a arrojar una lanza y avanzó hacia nuestro árbol como si él mismo fuera un felino.

Recordé que había una leona a mis pies, y vi que las dos lanzas la habían alcanzado en el lomo y en una pata delantera. El animal estaba tirado en el suelo, pero aún respiraba. Las lanzas eran ridículas para su tamaño. Por suerte, Iago llegó al árbol en un par de zancadas.

—¡Pásame al niño! —me gritó mientras se ponía con los brazos extendidos, demasiado cerca de la leona.

Arranqué a Álex del tronco del árbol y lo dejé caer sobre

Iago, que lo cargó a un lado y comenzó una carrera hacia el macizo que se veía detrás de los árboles.

«Pero ¿qué hace? Por ahí no hay salida», recuerdo que pensé.

—¡Adriana, salta ya y sígueme!

Miré con aprensión a la leona, que intentaba levantarse furiosa sobre su pata sana. Salté y caí rodando entre dos árboles, haciéndome daño en el tobillo derecho. Pese al dolor, empecé a correr al darme cuenta de que la leona se había conseguido levantar y enfilaba hacia nosotros. Iago iba bastantes metros por delante y estaba a punto de llegar a la pared de piedra.

—¿Hacia dónde vamos? —le grité.

—¡Hay una grieta detrás del primer montículo, cabemos los tres! —me contestó sin mirar atrás.

Pero entonces el dolor me alcanzó y me partió, literalmente, en dos.

66

IAGO

Decimotercer día del mes de Duir
Solsticio de verano

Llegué a la grieta que se abría en la roca y metí al niño al fondo. Esperé a que Adriana apareciera para que se introdujera en la rendija antes que yo y así poder protegerlos a ambos.

Esperé.

Esperé.

Adriana no llegó.

Algo le había pasado, y yo estaba desarmado con un niño a mi cuidado. Me metí en la grieta arrastrando el cuerpo por el suelo y llegué hasta el pequeño.

—¿Cómo te llamas?

—Álex —me dijo, entre hipidos.

—Muy bien, Álex, necesito ir a buscar a Adriana. Tienes que prometerme que no vas a moverte de aquí, ¿me has entendido?

Movió la cabeza de arriba abajo. Estaba demasiado asustado para hablar.

Marqué el número de mi padre, que había parado el primer coche que se cruzó y se había ido a buscar al director del parque. Yo había salido conduciendo como un loco hacia la zona de los leones. Por suerte, nos quedaban lanzas para jabalí del fin de semana anterior. Ya pensaríamos después en las explicaciones.

—¿Dónde estáis?

—Estoy con el hijo de Elisa en la grieta de Inar, aunque he perdido a Adriana. Venía detrás de mí, pero tenía a la leona herida encima. La he alcanzado dos veces, pero ahora estoy desarmado.

—Nosotros llegamos ya, llevamos dardos tranquilizantes. Tú quédate ahí con el niño.

—Voy a salir.

—No salgas, estamos llegando.

Le colgué, no había tiempo.

Salí de la grieta sin hacer ruido. Trepé por la roca varios metros para tener perspectiva. Habría preferido no ver lo que vi.

En el suelo, Adriana empuñaba una de las lanzas ensangrentadas. Llevaba la camiseta blanca desgarrada mostrando una herida que le cruzaba la espalda de arriba abajo, manando sangre. La leona estaba frente a ella, moviéndose rabiosa de un lado a otro, todavía con la otra lanza hundida en su pata delantera. Estaban empatadas. Ambas heridas, ambas alerta.

La leona no se acercaba más a Adriana porque la amenazaba con la lanza, pero estaba demasiado furiosa. Era una cuestión de segundos que atacara. Me lancé al suelo y le arrebaté la lanza, apuntando a la leona. Sabía que me tenía que acercar más si no quería fallar. Asumí que me iba a llevar algún zarpazo, pero calculé que sobreviviría.

Entonces oí el grito de mi padre y el dardo clavándose en el lomo de la leona, que cayó sobre mí aplastándome. Quedé sin aliento durante unos segundos, hasta que unas manos conocidas apartaron la cabeza de la leona de mi cara.

Tuve que esperar un rato hasta que los operarios del parque levantaron el cuerpo dormido y me liberaron.

—Hacía tiempo que no estabas tan cerca —me susurró en nuestro dialecto.

—*Nalungivara* —dije. «Lo sé».

Pero mi mente estaba en otra persona. Me levanté sin comprobar si tenía alguna parte de mi cuerpo herida y me giré para encontrar a Adriana. No la vi.

—Se la han llevado a la enfermería —me dijo mi padre—. Tranquilo, está bastante bien. Por lo visto, la leona la alcanzó y le ha arañado la espalda. Yo me quedo aquí, hay que encontrar al niño.

Le indiqué a Lür cómo llegar a Álex y salí corriendo hasta la carretera buscando el coche, que me esperaba con la puerta abierta, tal y como lo dejé. Arranqué y conduje hasta la enfermería del parque, una cabaña hecha de troncos de madera junto al reptiliario. Toqué la puerta, oí la voz de Adriana diciendo «Que pase».

Estaba sentada de espaldas en la camilla sin la camiseta, con un zarpazo que le cruzaba la espalda en diagonal, desde la clavícula derecha hasta donde acababa el costado izquierdo, a la altura de la cintura. Cuando entré, se cubrió con la ropa ensangrentada. Me acerqué y vi la herida. Era muy larga, aunque no profunda. El vial de la antirrábica se encontraba vacío y la enfermera estaba desechando la jeringuilla.

—¿Puede dejarnos solos un momento, por favor? —le rogué.

Adriana accedió con la mirada y la mujer abandonó la estancia.

—Tengo que darte las gracias —me dijo, aunque tenía la mirada un poco perdida. Adriana aún no estaba del todo allí.

—¿Te duele? —le pregunté ansioso, sentándome en la camilla junto a ella.

—No, me han dado una dosis letal de tranquilizantes —me dijo guiñándome un ojo.

Negación. Bien, su cerebro estaba bloqueando la última hora. Aún no era consciente del peligro que había corrido. Pero yo sí. Yo sí, y notaba cómo mis nervios estaban creciendo en mi interior. Tenía que irme de allí, no quería que ella me viera en ese estado.

—Solo venía a asegurarme de que estabas bien. Te dejo para que te vistas.

Salí de la enfermería después de despedirme de Adriana y en

la entrada de la cabaña vi que Elisa estaba abrazada al niño, hablando con mi padre.

—Elisa, creo que deberías volver a tu casa, nosotros arreglamos todo esto con el director del parque. Ya llevaremos a Adriana a su piso, no te preocupes —le dije.

—Gracias —contestó ella agradecida, y se metió en el monovolumen con su hijo.

En ese momento, Adriana salió de la enfermería cojeando con la camiseta puesta, dejando ver la espalda al aire y la herida tapada.

—Te acercamos a tu casa, Adriana —le dijo mi padre—. Aunque, ¿seguro que no quieres ir a urgencias?

—Han dicho que no es necesario. Tengo que ir a curarme al ambulatorio cada dos días, y me lo irán controlando —dijo encogiéndose de hombros—. ¿Elisa se ha ido?

—Sí, se ha ido a casa. Le hemos dicho que nosotros te acercamos a la tuya. Espero que no te importe —la tanteó mi padre.

—Bien, pues dejadme en casa, si os parece —accedió.

Nos montamos los tres en mi coche.

La miré de reojo mientras salíamos del parque y nos metíamos hacia Santander. Iba sentada con la espalda muy recta, sin apoyarla en el asiento. Supuse que, aunque no le doliera por el calmante, debía de estar incómoda con el vendaje. Aun así, estaba muy calmada, demasiado. Mientras que yo solo pensaba en llegar a casa y desahogarme.

—¿Qué le habéis dicho al director del parque? —preguntó en cuanto arranqué.

—Me imagino que lo preguntas por las lanzas —dijo mi padre—. Eran para jabalí, solemos cazar a nuestra manera algunos fines de semana. Hemos tenido mucha suerte de llevarlas encima cuando Iago te llamó. En cuanto al director del parque, le hemos dicho que eran de atrezo para la Sala de Prehistoria. No sé si lo habrás visto antes por el MAC, pero es socio de los Amigos del Museo, y tenemos una buena relación con él. Respecto a lo bien que lanza Iago, me he inventado que fue campeón de jabalina en su etapa universitaria. —Luego, dirigiéndose a mí, añadió—: Por cierto, hijo, le he dicho que nada estatal ni olímpico, solo a nivel local —dijo dirigiéndose a mí.

—Oído —le contesté.

—¿Y no ha sospechado? —preguntó Adriana.

—¿De qué, de lo inverosímil? —le dijo mi padre—. No, por supuesto que no ha sospechado. Pero nos ha pedido discreción, cosa que nos favorece a todos. A él no le interesa que este incidente salga en la prensa, y a nosotros mucho menos. La leona está herida, pero no corre peligro, y a Elisa le hemos contado todo menos lo de las lanzas, ya que ella no ha visto al animal en ningún momento. Así que cree que tú encontraste a su hijo y la leona te dio el zarpazo. Después, Iago te ayudó a esconderos hasta que yo llegué con el personal del parque y durmieron a la leona. He estado hablando con el niño, y le he pedido que me cuente lo que vio, y él tampoco ha visto ninguna lanza, así que creo que todos hemos salido airosos. —Guardó silencio y luego le habló de nuevo—: Disculpa que esté siendo tan poco considerado, tú te has llevado una cicatriz que posiblemente te va a acompañar durante mucho tiempo.

—No te preocupes por eso —dijo con una plácida sonrisa—. No me la veo, así que no creo que me acompleje en absoluto.

Lo dicho. Adriana seguía en estado de *shock*: todo le parecía bien.

67

IAGO

Decimotercer día del mes de Duir
Solsticio de verano

Crucé todo el paseo Pereda y subí a trompicones hasta mi piso. Entré como pude en el apartamento, y cerré la puerta a mis espaldas.

Por fin solo.

Tenía que calmarme, necesitaba calmarme.

Fui a la cocina con la esperanza de que una infusión pudiera templar mis nervios. Busqué en el armario los botes de plantas y mezclé tila, valeriana, lavanda y manzanilla. Lo que fuera, me daba igual.

Después puse a calentar el agua en un pequeño cazo y me senté sobre la isla de la cocina a esperar a que rompiese a hervir. Quería salir corriendo a casa de Adriana, pero no podía hacerlo en ese estado. Por fin las burbujas me anunciaron que podía echar la mezcla, pero mis manos temblaban tanto que, al sujetar el cazo por el mango, parte del agua hirviendo se derramó sobre mi mano derecha. Sofoqué el grito mordiéndome los labios. Dolía. Eso estaba bien, quería que doliese. Mientras mi cerebro estuviera ocupado en ese dolor, otro mucho más profundo quedaría de momento en la retaguardia.

Pero miré mi mano y vi que estaba en carne viva, así que mi lado práctico —que nunca desconectaba— la puso bajo el grifo de agua fría. Sentí un alivio inmediato, y entonces volvió la otra angustia: aquellos minutos en los que creí que Adriana estaba muerta. No sería la última vez, y eso me estaba matando.

Volvería a tener que enfrentarme a su muerte, tarde o temprano. Si en algún momento me planteé dejar la identidad de Iago del Castillo y desaparecer, aquella noche era la ocasión adecuada. Porque si me quedaba, era para ir a buscarla, darle todas las pruebas que me pidiese y rezar para que la brecha que se había abierto entre nosotros se cerrara de una vez.

Y aun así..., aun así acabaría perdiéndola. Antes o después. Por una ruptura, una enfermedad o simplemente la vejez. Entonces me di cuenta de que había caído en la misma trampa que Lyra. No estaba arriesgándome a vivir, a amar, a perder.

«Qué necio», me recriminé. Había vivido los últimos milenios pensando que podía estar por encima de mi condición humana.

Así que me precipité sobre los cajones de mi dormitorio, buscando un gran sobre blanco que recordaba haber dejado allí. Lo encontré y examiné su contenido. Sería suficiente.

La mano quemada latía como si tuviera corazón propio, pero aparqué la sensación en alguna zona de mi cabeza donde no molestase, y me dirigía a la puerta justo cuando alguien llamó al timbre del portal.

—Soy Adriana.

—Sube, ahora mismo iba a tu casa a buscarte.

Esperé los dos eternos minutos que tardó en llegar al tercer piso, y le abrí la puerta antes de que llamara.

La encontré tiritando, en pleno junio. Sujeté el pomo de la puerta con mi mano herida para controlar el impulso de abrazarla y darle calor.

Se había cambiado de ropa, y llevaba el pelo mojado pegado a la cara. Por un momento acaricié la fantasía de que había llegado a su casa, se había duchado y no había aguantado más para venir a hablar conmigo.

Tonterías.

Ilusiones.

Estaba preciosa, por descontado, a no ser por la mueca de dolor que intentaba disimular con una sonrisa.

—Se te han pasado los efectos del calmante —le dije. No era una pregunta.

—Sí, pero ahora no estoy atontada y puedo pensar con claridad. No quiero volver a tomar nada hasta que hable contigo.

«Me está mirando, me mira de nuevo a los ojos».

Sus labios se movían y me obligué a concentrarme en su significado.

—Bien, habla pues. —Le indiqué el sofá con un gesto de la mano, pero entonces me di cuenta de que cojeaba—. Adriana, estos primeros días vas a necesitar ayuda —le dije.

Me puso los dedos sobre los labios para obligarme a callar y se sentó con la espalda muy recta en su lado del sofá. Me la quedé mirando de pie, desde la entrada del apartamento.

—Antes de que digas nada, quería que vieras esto —le dije tendiéndole el sobre—. Ábrelo, por favor.

—¿De qué se trata? —me preguntó sin abrirlo.

—Es mi ortopantomografía, una radiografía panorámica de mi mandíbula y mis dientes. Me la hicieron cuando me puse esta última dentadura. Quiero que te la quedes. El lunes enviaremos mi molar a datar, para que no te quede ninguna duda, y luego quiero que lo compares con la placa. De hecho, podrías superponer la pieza y comprobar que corresponde al hueco que había. Vamos al MAC ahora mismo, si quieres.

Ella me devolvió el sobre sin abrirlo, dejándome estupefacto.

—No quiero verlo, de eso venía a hablarte. No quiero que tu padre y tú sigáis dándome pruebas.

«Ha dicho "padre"», pensé anonadado, pero aún no quise asumir lo que implicaba.

—Pues yo insisto, Adriana. Hoy has estado a punto de morir, y nunca habíamos estado tan distantes. Si es esto lo que nos separa, si es mi orgullo por no mostrarte pruebas, eso se ha acabado esta misma tarde. Deja que intente que me creas antes de que ocurra algo irreparable.

—Y yo insisto en que no quiero ver ninguna prueba.

—Entonces no te entiendo —le dije, ya sin argumentos, sentándome junto a ella.

—Lo que intento decirte es que ya no necesitas probarme nada. Hoy he visto por primera vez al hombre que nació hace diez mil años. Ahora mismo te miro y estoy recordando todos y cada uno de los detalles de estos últimos meses y estoy reubicando todas las piezas del puzle, y por fin encajan. Todas tus contestaciones, tus argumentaciones, tus enfados cuando yo me cerraba en banda a tus teorías. —Entonces abrió su bolso y me entregó un papel doblado—. Toma.

—¿Qué es?

—El «*Mea culpa* de un escéptico». No es el original, claro. Es una fotocopia del que tú mismo adquiriste hace un siglo. Te lo has ganado.

Al oírla, el nudo que agarrotaba todas las fibras de mi cuerpo dejó de apretar. Me recoloqué sobre el sofá y la presión insoportable de mi cabeza también cedió.

Aguanté las ganas de hablar, me obligué a escuchar todo lo que ella tenía preparado decir, aunque no pude dejar de pensar en el tiempo que habíamos perdido.

Cobardes.

Durante aquellos meses Adriana y yo habíamos sido unos magníficos cobardes.

—Fue en la Sala de Prehistoria, ¿sabes? —continuó, y de nuevo volvía a mirarme a los ojos—. La víspera de la exposición del poblado cántabro, cuando entraste a conocerme. Yo estaba de espaldas y oí tu voz. La reconocí. Por eso me di la vuelta tan lentamente. Me tomé unos segundos para despedirme del antes y atravesar el después. A partir de entonces, ya nada fue inocente.

Entonces sí, entonces me permití creer que por fin estaba ocurriendo.

La alcé con cuidado por la cintura y la senté sobre mi regazo, frente a frente, apoyando mi espalda sobre el sofá y dejando sus piernas a ambos lados de las mías. Aquella postura nos daba la intimidad que merecíamos y que tanto habíamos pospuesto.

Recuerdo aquel abrazo como si aún hoy estuviera entre mis brazos.

Miles de besos después, me obligué a hablar:

—Hemos cometido todos los errores que podían cometerse y, aun así, aquí estamos.

—Es cierto. No dejo de pensar lo cerca que hemos estado de acabar, antes siquiera de empezar nada —murmuró ella, con la voz avanzando hacia la duermevela.

Adriana se había apoyado sobre mi tronco, con la cabeza reposando sobre mi pecho, y al mirarla a la cara me di cuenta de los esfuerzos que hacía por mantenerse despierta.

—Vamos —le susurré—, te llevaré a la cama.

—Puedo ir por mi propio pie a mi casa, no te preocupes por mí —dijo entre sueños.

—No tienes por qué pasar por esto sola.

—No me importa, siempre he estado sola cuando he enfermado —contestó intentando dotar a su voz de algo parecido a la resistencia.

—Pues ahora ya no hay necesidad, Adriana.

—Por cierto, puedes llamarme Dana.

¿Dana? Aquella antigua diosa irlandesa a quien mi familia adoró una vez. Solíamos entregarle ofrendas en el mes del Aliso. Adriana había elegido su Nombre Verdadero, y me lo había revelado. Cómo explicarle la importancia que tenía para mí.

Aquella noche era para enmarcarla. Disimulé una sonrisa del tamaño del cosmos.

Entonces me miró con el ceño fruncido.

—¿Qué le pasa a tu mano?

—Nada en realidad.

—Pues tiene pinta de estar quemada —insistió, con un tono de preocupación en la voz que me encantó.

—No me duele nada. Somatizo muy bien.

—¿Y eso qué demonios significa?

—Que estoy demasiado feliz como para que ninguna parte de mi cuerpo se queje. No me duele, en serio. Anda, vamos.

Ella me sonrió con la mirada brumosa de quien no se entera de nada, así que la cargué en mis brazos y la llevé a mi habitación, donde la dejé acostada boca abajo con la parte de arriba de mi pijama.

Me mantuve velando su sueño todo el tiempo que pude, guardando cada palabra pronunciada aquella noche para no olvidarlas durante los siguientes diez mil años. Sabía que necesitaría recordarlas, que serían el combustible de los malos momentos.

Con ese pensamiento, coloqué el cuerpo de Dana a lo largo del mío, para que descansara sobre mi pecho, y le entregué por fin mis sueños a la noche.

TERCERA PARTE

68

IAGO

Decimocuarto día del mes de Duir
23 de junio

A decir verdad, no fui consciente de cuándo murió la noche y cuándo nació nuestra primera mañana. Sé que en mi sueño Dana no tenía ropa que la identificara con ninguna época, pero su nombre y su rostro permanecían invariables. Sé que rodamos en la duermevela sobre nosotros mismos. Medio dormidos, medio despiertos, bajo la luz limpia del alba, abrazados para no caernos del lecho. Los dos atentos al siguiente paso. Y fue como debía ser, porque nos lo debíamos.

Llegaron primero los besos en las comisuras de los labios, besos de ojos abiertos. Sus muslos eran suaves y se estremecieron como yo recordaba. Mis manos navegaron por el estrecho de su cintura, y Dana recorrió de nuevo mi nuca, los hombros, retomando el camino que inició nuestra primera noche. Pero ahora no era triste. Ahora era cálida y no llevaba prisas.

Aunque yo le debía un tributo a mi dama, así que la senté en el borde de la cama para que no apoyase la espalda sobre el colchón. Entonces besé el vientre tenso y liso, descolgándome hasta la parte interna de sus muslos. Mojé en su boca el pincel de mi lengua y fui dibujando pictogramas de saliva y soplando después, mientras ella aguantaba la respiración a medida que mis besos la acercaban al maremoto.

Entonces me susurró:

—Imagina que somos vírgenes de nuevo.

La obedecí, y aquella nueva realidad terminó de volverme loco.

Sé que le hablé en mil lenguas, porque me juré no volver a ponerme barreras con ella, y que ella las comprendió todas. Sé que poco después ninguno de los dos tuvo suficiente, que las dos piezas del pijama habían desaparecido y que no recordé la secuencia en la que aquello ocurrió. Solo sé que dos guerreros plagados de cicatrices luchábamos en el mismo bando en aquel campo de batalla.

Dana gimió en mi oído haciéndome olvidar todo lo anterior a su presencia en mi vida. Me abrí paso en ella sujetando sus caderas, mientras los cuerpos tomaron su propio ritmo, dejando aparte cualquier cosa que hubiéramos hecho en el pasado. Y allí sentados en nuestro trono, con Dana sobre mi regazo, ella se descubrió por fin como la diosa que siempre fue, y yo como el inmortal que siempre fui.

Y como tales llegó el orgasmo, y con él se llevó la conciencia. Por un momento me desubiqué de nuevo y sentí vértigo de no recordar quién era. Pero ella lo intuyó en mis ojos, me sujetó la cara y me susurró mil veces mi último nombre. Entonces gritamos al unísono, sin importarnos vecinos de otros edificios, ni paredes ni transeúntes que giraran sus cabezas hacia arriba, una mañana de sábado por el paseo Pereda.

69

ADRIANA

23 de junio

Una descarga de endorfinas como nunca antes había sentido se encargó de anestesiarme la herida de la espalda por un rato. El resto del tiempo dolía, claro que dolía. La cicatriz me obligaba a mantener la espalda recta y los omóplatos próximos. Y pese a todo, aquel fue uno de los mejores días de mi vida, y como tal lo recuerdo. Permitirme a mí misma ver a Iago como lo que era en realidad me quitó tal peso de encima que, por primera vez en los últimos meses, me sentí libre de preocupaciones.

La tarde anterior, al salir del coche de Iago, Héctor y yo nos habíamos quedado solos y habíamos llegado a mi portal dando un paseo.

—Estás empezando a creernos, ¿no es así? —me había dicho mientras caminaba a mi lado con las manos en los bolsillos.

—Veo que te has dado cuenta.

—Sí, he visto antes esa forma de mirarnos. No muchas veces, no te creas. Pero ahora es como si nos vieses por primera vez, ¿no es cierto? —dijo, aunque ambos sabíamos que era una pregunta retórica. Que ya estaba contestada.

No pude hacer otra cosa más que asentir en silencio. Me estaba esforzando en no cojear ni en mostrar lo que realmente quemaba la herida.

—Mira, Adriana, si alguien te dice que nunca ha visto así a su hijo, posiblemente esté hablando de diez, veinte, treinta años a lo sumo. Si ese alguien te está hablando de diez mil años, la cosa cambia. Iago tiene todo el tiempo del mundo, literalmente, creo. Pero me da que tú no.

Aminoré el paso porque habíamos entrado debajo de los arcos y estábamos llegando a mi portal.

—Lo que quiero decirte —continuó él— es que no sé cómo estás perdiendo el poco tiempo del que dispones.

Paré la caminata y le puse una mano en el hombro.

—Héctor, no me presiones más. Hoy no, por favor. Haré lo que tenga que hacer. Te agradezco a ti también que me hayas salvado la vida, seguramente estaría saliendo en las noticias si no hubiera sido por vosotros. Como dice tu hijo, tengo una deuda de sangre contraída con vosotros, y algún día, si está en mi mano, os devolveré el favor. Pero ahora comprende que necesito estar sola.

—Como quieras. —Me dio un beso en la frente y se marchó sonriendo, quizá porque se percató de que le había llamado «hijo» a Iago.

Llegué a mi casa y me preparé una sopa. Necesitaba meter en el cuerpo algo que me reconfortara, estaba muerta de hambre y repetí hasta que no quedó nada.

Pensé en irme a dormir, pero la herida me abrasaba, y me movía de un lado a otro por mi habitación como la leona a la que Iago había abatido. Me fui quitando la ropa y entré en la ducha para intentar arrancarme de la piel todo lo malo del día. Pero no se iba.

Necesitaba hablar con Iago. Se había metido debajo de una leona herida para salvarme, ¿cuánto tendría que vivir yo para devolverle aquel favor? La garganta se me volvió a secar cuando cerré los ojos y volvió la imagen de Iago bajo el animal. Creí que lo destrozaría, que tendría que ver cómo lo zarandeaba como un muñeco y lo desmembraba. Entonces tomé la decisión de no huir, de no protegerme, de rendirme a la evidencia. Recuerdo que pensé: «Esto no lo voy a superar nunca. Si Iago muere por mi culpa, no seré capaz de atravesar las cinco fases del duelo. No de un duelo por Iago».

Después me habían llevado a la enfermería antes de liberarlo del cuerpo de la leona, pero yo sabía, por la mirada tranquila y el aplomo de su padre, que Iago estaba bien, que sobreviviría. Héctor tenía razón, yo tampoco lo había visto nunca antes así. Tan fuera de sí, tan poco controlado, tan poco Iago. Incluso cuando perdió la memoria —y su confianza con ella— después de volver de Estados Unidos, seguía siendo Iago, seguía manteniendo su compostura. Esta vez era diferente.

Y entonces me di cuenta de que era por mí. De que estábamos igual, igual de obcecados en nuestras posturas. Y también pude ver, como un ciego que recobra la vista, que estaba harta de ponerme excusas, que no me apetecía huir. Que quería correr hacia su casa y comprobar que aquello podía ser cierto, que aquel hombre de diez mil años estaba temblando por mi culpa.

70

ADRIANA

23 de junio

La voz de Iago me trajo de nuevo al presente:

—¿Te duele la espalda ahora?

—Solo un poco —«Bastante en realidad», callé—, pero me tomaré otro calmante.

Y fue una delicia retozar toda la mañana en su dormitorio, desnudos sobre las sábanas y sin ninguna preocupación. Pensé en todas las preguntas que me gustaría formular, y me di cuenta de que probablemente tendríamos para una década seguida sin hacer otra cosa que yo preguntar y él responder a mi curiosidad malsana de arqueóloga, así que decidí posponer mi interrogatorio.

Horas después, los Waterboys le dieron un toque desde su móvil, sacándonos de la modorra en la que habíamos caído. Iago se levantó de un salto y corrió hacia el bolsillo de su pantalón en el otro extremo del dormitorio.

—No, no había olvidado que es esta noche... —dijo mirando hacia el suelo—. ¿Cuándo me he olvidado yo del salmón?... Que sí, que ya está marinado. De todos modos, ya veremos si vamos... Sí, he dicho «si vamos».

Alguien habló desde el otro lado, pero para mí no era más que un susurro.

—Pues prepara a tu hijo menor, no quiero que me monte

una escena. Ya te llamo luego cuando decidamos qué vamos a hacer —dijo antes de colgar.

—¿Era Héctor? Quiero decir..., ¿era Lür? —me corregí. Cuanto antes aceptara sus verdaderas identidades, mejor.

—Sí, me reclama para que celebremos la Noche de San Juan.

—¿Es hoy? —pregunté. Se me había pasado por alto.

—Es hoy, sí. Para mi familia siempre ha sido uno de los días más importantes del año. Tenemos la costumbre de aprovechar el solsticio para encontrarnos después de pasar años viviendo separados. Los calendarios varían según la cultura y la época en la que hemos vivido, pero la noche más corta del año siempre es fácil de identificar. El solsticio en el hemisferio norte es el 20 o el 21, en realidad, pero ahora que los cuatro estamos localizados, celebramos la Noche de San Juan.

—Iago, no me importa que vayamos con tu familia.

—¿Estás segura?

—¿Y perderme una lección magistral de antropología cultural?

—Debí imaginarlo —dijo para sí mismo. Se giró hacia mí totalmente desnudo mientras yo admiraba el soberbio paisaje desde su habitación—. Tendremos nuestro ritual a la vuelta —me prometió.

—Te tomo la palabra.

71

ADRIANA

23 de junio

Un par de minutos después, fue mi móvil el que interrumpió nuestro desayuno continental en versión cántabra. Abandoné a medias mi quesada pasiega y me obligué a contestar a regañadientes.

—Qué mala noche he pasado. ¿Y tú cómo estás? —Era Elisa.

—Bastante bien —mentí—. Cuando tomo los calmantes no me duele. ¿Cómo está Álex?

—Hoy está todavía un poco alterado, pero por suerte Marcos no ha sospechado nada.

—¿Cómo que no ha sospechado nada? —repetí—, ¿no se lo has contado?

—Ni se lo voy a contar, Adriana. En realidad te llamaba para pedirte que no le digas nada, por favor.

—No me quiero meter en vuestros problemas de pareja, pero Marcos debería saber lo que le ha ocurrido a su hijo.

Me levanté de mi taburete y paseé por el salón de Iago. El roce de la moqueta me relajaba la planta de los pies.

—Tú lo has dicho: no te metas en nuestros problemas de pareja. ¿Puedo contar con tu silencio?

—Sabes que no voy a decir nada si me lo pides. Pero ahora tengo que colgar, Elisa.

Iago se había quedado discretamente en la cocina mientras

hablaba con ella, y me estaba mirando desde la isla rebosante de manjares de la tierra sin acercarse.

—¿Algo va mal? —preguntó con cautela.

—Lo cierto es que sí. No entiendo cómo Elisa no le quiere contar a mi primo lo que pasó ayer en Cabárceno. Sé que tienen problemas porque no se ven demasiado, pero...

—Así que Marcos es tu primo y el marido de Elisa —dijo.

—Sí, así es —contesté distraída—. Y Elisa tiene razón, no voy a meterme. Además, no quiero que me fastidien un sábado tan bonito —dije mientras me acercaba a él y le pasaba los brazos por el cuello.

—Así que esto es solo un sábado bonito para ti —dijo riéndose—. Ven, demos una vuelta por la bahía. Ha salido un día espléndido.

Bajamos a su portal de la mano, cruzando sin prisas los jardines de Pereda.

Nos dirigíamos hacia el hotel Bahía cuando Iago me indicó con un apretón de mano que cruzásemos hacia el monumento al Incendio de Santander. Nos detuvimos frente a la escultura. Iago contempló las figuras durante un buen rato y finalmente se dirigió a mí con una enigmática sonrisa.

—Me he permitido hacerte una pequeña trampa —me dijo, sopesando las palabras—. Ya sé que anoche me dijiste que no querías que te diese pruebas, y lo voy a respetar. Ahora que me crees, te irás dando cuenta por ti misma de todo lo que antes te negabas a ver, pero no puedo evitar enseñarte esto —dijo al tiempo que señalaba las figuras—. Vamos a pasar casi a diario delante de este monumento, y sentiría que estoy omitiendo algo importante si no te revelo quiénes son, o más bien, quiénes somos.

Yo observé con detenimiento las estatuas sin comprender aún. En la parte superior del monumento, tres hombres y una mujer miraban al vacío. A sus pies, una pareja agachada parecía ocultar sus rostros deliberadamente. Hasta entonces había creído que representaban a los santanderinos después del incendio que dejó sin centro histórico a su ciudad en el año 1941.

—Todavía no nos ves, ¿verdad? —dijo—. Por eso accedimos a posar para el escultor. Esculpió nuestros rostros en piedra blanca y los rasgos quedaron difuminados hasta el punto de que no se nos reconoce a simple vista. Mira la figura que está tumbada. —Señaló extendiendo el brazo—. Es mi padre hace casi veinticinco años. Como ahora sabes, llevaba barba. A su derecha estoy yo, con el pelo más o menos como ahora; espero que la cara te suene un poco. Subido de pie a un pedestal, algo separados de nosotros dos, está Nagorno.

Fui incapaz de articular palabra. Las figuras eran imponentes, medían casi tres metros, y el hecho de saber a quiénes pertenecían y cuándo fueron talladas hacía que impusieran aún más respeto.

—Lyra está a un lado —continuó Iago, sin dejar de mirarme de reojo para calibrar mi reacción—, ensimismada y protegiéndose con los brazos. El escultor supo captar la esencia de cada uno de nosotros.

—¿Y qué pasa con la pareja que está agachada?

—Son los hijos y hermanos que cayeron. Apenas llegaron a vivir unos pocos siglos. La mujer es Boudicca, ya te hablé de ella, ¿lo recuerdas?

—Sí, lo recuerdo, ¿y el otro?

Iago apretó mi mano con demasiada fuerza, lo observé con el rabillo del ojo y me di cuenta de que lo había hecho de manera involuntaria. Dejé que se tomara su tiempo para contestar:

—Es Gunnarr, mi único hijo longevo hasta la fecha. Nació en el siglo IX de vuestra era, en Kaupmannahöfn, el «puerto de los comerciantes». Hoy lo llamáis Copenhague. Por aquel entonces vivíamos como vikingos. A mí me apodaban Kolbrun, «el de las cejas negras de carbón». Mi hijo murió en combate, en los brazos de Nagorno. Juntos recorrieron Europa y Asia interviniendo en todas las batallas que se ponían a su paso. Yo nunca participé de su espíritu bélico; Gunnarr estaba mucho más cerca en carácter y aficiones de su tío Nagorno que de mí. Aun así, el día que mi hermano volvió sin él fue uno de esos días duros que recuerdas para el resto de tu vida. Después de aquello, me mantuve alejado de mi familia durante varias décadas, excepto por el contacto intermitente que mantenía con mi padre. Quise olvidarme de ellos y sus conflictos durante un tiempo.

—¿Cuándo ocurrió todo aquello?

—En 1601, durante la Guerra de los Nueve Años, en la batalla de Kinsale, en Irlanda. Gunnarr y Nagorno formaban parte del frente de los rebeldes irlandeses y los españoles contra la dominación inglesa. Esa batalla no la encontrarás entre las maquetas de Nagorno. Cuando mi hijo murió, yo me quedé en el condado de Cork, muy cerca del mismo Kinsale, en una pequeña península que ahora es un resort de golf, el Old Head. La zona se había normalizado después de que se firmara el Tratado de Londres, en 1604, así que no tuve ninguna idea mejor que pasarme allí varias décadas rumiando mis penas. Como ves, fui todo lo autodestructivo que un ser humano puede llegar a ser.

«Las maquetas», recordé. Puede que Jairo no hubiese tenido valor para reconstruir la batalla que se había llevado por delante a su sobrino, pero Iago sí que se había atrevido a recordar a Gunnarr. A mi cabeza vino una de las imágenes que me encontré la noche de carnavales, la de aquella maqueta con dos hombres robustos reparando el barco vikingo. Eran Iago y su hijo.

—¿Y qué pasó después? —me obligué a preguntarle.

—Tenía una pequeña embarcación y me limitaba a pescar para sobrevivir.

«Como el pescador del *blues* de tu móvil», pensé.

—Aquel territorio nunca estuvo demasiado poblado, ideal para un solitario como yo. Pero pese a que no tenía apenas contacto con nadie, terminé por contagiarme del «mal irlandés»: acababa como una cuba gracias al *whisky* que destilaban los monjes franciscanos en una abadía cercana bordeando la costa, en Timoleague. Ahora tengo el récord mundial de permanencia sin probar una copa: casi cuatro siglos y subiendo.

—Pero te he visto beber muchas veces —dije sin comprender.

—No. Habrás visto cómo me llevo una copa a los labios, pero nunca bebo. No suelo rechazar ningún ofrecimiento. La mayoría de la gente tiende a ser insistente si te niegas, pero no se fija en si ingieres el alcohol o no cuando dices que sí a la primera.

—¿Y qué pasaría si aceptaras?

Se encogió de hombros y sonrió, aunque no parecía feliz.

—Imagino que si tomara una copa un día normal no pasaría nada, pero si lo hiciera un día en que estoy alterado, pongamos ayer, y me gustase esa sensación de no pensar en nada... Quién sabe, me habría bebido hasta el agua de los floreros, y tal vez habría hablado en varias lenguas, o habría vuelto a tener lagunas de memoria. Empezaron en aquella época, imagino que el *whisky* irlandés fue el detonante.

—¿Qué ocurrió entonces, en Irlanda?

—Que mi padre, Nagorno y Lyra volvieron a buscarme, después de inquietarse tras esperar durante varios solsticios sin que yo apareciera. Me encontraron en prisión en un estado deplorable. Los franciscanos, los únicos vecinos con quienes mantenía algún tipo de contacto, se toparon un día conmigo junto al monasterio, mientras yo estaba hablando alguna lengua muerta. Al principio pensaron que era un caso de posesión, pero las autoridades inglesas se enteraron y me pusieron bajo custodia. Imagino que me metí sin quererlo en medio de una guerra de religiones. Yo no fui capaz de dar una excusa creíble acerca de quién era y de dónde venía. Mi familia oyó la historia en una taberna de Cork, después de buscar por todo el condado, y me liberaron. Nagorno y Lyra se..., ejem..., se encargaron por la vía rápida.

—Quién iba a decirme que eres un exalcohólico —murmuré, tratando de mascar aquella indigesta historia.

—A mi edad eres casi todos los ex que se te puedan ocurrir.

—¿Y qué hacía el resto de tu familia por aquella época? —dije, en un intento de desviar el tema.

—A principios del siglo XVII, Nagorno se había civilizado un poco y le tomó el gusto a la vida cortesana de Europa, así que recorrió junto con Lyra las cortes francesa, española e italiana durante casi dos siglos. Prefiero no contarte sus intrigas palaciegas y los enredos que dejaron a su paso. Cambiaban a menudo de identidad, pero eran hábiles y nadie les siguió la pista.

»Nagorno jamás se dará a conocer frente a la gente efímera, como él os llama. Os desprecia demasiado, le gusta la exclusividad de su condición. Cuando nació formaba parte de la élite guerrera de su pueblo. Era de sangre azul, la nobleza a caballo escita, así que su condición natural es sentirse superior. De hecho, ese es el único motivo por el que siempre vuelve con la familia: solo sabe relacionarse de igual a igual con nosotros. Siento ser tan crudo, pero prefiero advertirte antes. Si te parece, vamos a contarles que sabes nuestro secreto. Creo que será más seguro.

Asentí con la cabeza, no podía estar más de acuerdo.

—De todos modos —continuó él—, debemos tener cuidado con las reacciones de mi hermano. No le hará gracia que sepas nuestro secreto. Tampoco le hará gracia que tú y yo estemos juntos. Se cansó pronto de perseguirte, o tal vez vio con claridad que lo que ocurría entre nosotros era una conexión demasiado fuerte. Creo que supo retirarse a tiempo, pero tendremos que estar atentos.

Tragué saliva y le hice un gesto para confirmarle que había entendido. No me gustaba el tono de preocupación que trataba de ocultar su voz.

—Simplemente te estoy advirtiendo —dijo, dándome un beso en un intento vano de quitarle importancia al asunto.

—Pues creo que por hoy ya has cubierto el cupo de revelaciones —le contesté, tratando de que no se me notara el impacto que me habían provocado sus confidencias.

Encaminé nuestros pasos hacia el paso de cebra, sin soltarle de la mano.

—Vamos a mi casa —dije, volviendo al presente—, tengo que cambiarme de ropa.

Mientras subíamos en el ascensor coincidimos con una pareja al otro lado del espejo. Un tipo alto de ojos líquidos que besaba con maestría a una chica muy afortunada de pelo castaño. Yo creo que eran felices.

Sí, lo eran.

Entonces.

Aún no sabían lo que estaba por llegar.

72

ADRIANA

23 de junio, Noche de San Juan

Estaba ya anocheciendo cuando llegamos a la ensenada de La Arnía. Desde que yo recordaba, los lugareños acudíamos en masa a las playas de toda Cantabria y encendíamos las hogueras de San Juan, pero cuando aparcamos junto a otros coches, Iago me guio de la mano hasta una cala recogida hacia el oeste.

Enseguida los vi. Eran Héctor, Kyra y Jairo, o más bien Lür, Lyra y Nagorno. Al resto de su familia podía asumirla con sus primeros nombres. Pero no a Iago. Ahora sé que él habría agradecido que lo llamase Urko en la intimidad, pero para mí siempre fue Iago, o Iago el del Monte Castillo, a lo sumo. Si asumir a Iago me vino muy grande, a Urko —con sus diez milenios a las espaldas— se me hizo inabarcable. Tal vez por eso no lo acribillé a preguntas y, en cambio, tenía todo un listado pendiente para su padre y sus hermanos.

Todos ellos iban vestidos con ropa informal, incluido Nagorno, que parecía mucho más joven en vaqueros que con sus eternos trajes caros. Lyra se había soltado el pelo, y me sorprendió ver que lo llevaba más largo que yo, hasta la mitad de la espalda. Lür se acercó a nosotros, con una sonrisa que no cabía en aquella playa.

—¿Debo entender que habéis arreglado vuestras diferencias?

—Sí —le contesté riéndome—, creo que es una manera resumida de contarlo.

—No tenéis ni idea de lo feliz que me hacéis —dijo dándonos una palmada a ambos en el hombro—. Pero venid, estábamos ultimando los detalles.

Llegamos a la hoguera, que había comenzado ya a crepitar, pese a que aún quedaba un rato de sol, y Lyra se me acercó corriendo, menos rígida que en el museo. Eché un vistazo rápido y comprobé que habían llevado algo de carne para asar a la brasa, así que coloqué el salmón marinado junto al resto de la comida. Iago se quedó rezagado con su padre, aunque pude captar parte de la conversación.

—No temas por tu hermano, se lo ha tomado muy bien —le dijo Lür.

—Entonces va a ser peor de lo que pensaba —me pareció oír que murmuraba entre dientes, aunque no estuve segura.

—Vaya, ¿este hombre sonriente es mi hermano? Si lo llego a saber, os echo yo misma a los leones —dijo Lyra, con un guiño cómplice—. Padre nos ha contado lo de Cabárceno, ¿cómo estás?

—Se me pasará —le dije, encogiéndome de hombros. Oculté el dolor que me producía aquel inocente movimiento.

—Debo admitir que estoy impresionado —susurró Nagorno a mis espaldas.

Me di la vuelta de un salto. Me ponía nerviosa que me hablase en la nuca, pero cuando me volví, me encontré con su rostro relajado, y juraría que su expresión facial corroboraba lo que había dicho.

—Es raro ver en estos tiempos a alguien que se enfrente con valor a una pieza de ese tamaño —añadió, como si estuviera orgulloso de mí.

—Los hombres de mi familia y la dichosa caza —intervino Lyra, arrastrándome del brazo hacia la hoguera para que me sentara—. No sabes lo que voy a agradecer tener de nuevo una presencia femenina cerca. ¿Has probado el hidromiel alguna vez? Me sale genial.

—¿Me estás hablando de una receta de veinticinco siglos?

—Sí, algo así. Ya te acostumbrarás a nuestras medidas de tiempo —dijo—. Lo aprendí durante mi primera vida, en la Galia. —Se inclinó sobre el recipiente y sacó una pequeña bolsa empapada dentro del líquido de color dorado. Abrió la tela y vi que tenía varias especias machacadas—. Hay que tener cuidado con el clavo, le da demasiado sabor. Prueba.

—Voy a beber solo un sorbo, espero que no te lo tomes a mal. No quiero mezclarlo con los calmantes —le dije cogiendo el cuenco y mojándome los labios.

Estaba muy dulce y tenía bastante graduación, pero sabía de maravilla. Me obligué a devolverle el cuenco.

Iago llegó entonces y se sentó a mi espalda, poniendo sus piernas flexionadas alrededor de las mías, después de haber acercado varias ramas a la hoguera, que se avivó hasta alcanzar un metro de altura.

—¿Cómo va la integración familiar? —murmuró risueño.

—Para estar pasando la Noche de San Juan con cuatro ancianitos, no va mal —respondí acomodándome en el hueco que me ofrecía.

—Permiso para molestar —interrumpieron Lür y Nagorno, sentándose junto a nosotros.

—Te he traído hidromiel, hermano. Está delicioso —le dijo Nagorno sonriente, poniéndole el cuenco a pocos centímetros de la cara para que pudiera olerlo—. Reguemos la noche. La ocasión lo merece, sin duda.

—Gracias, hermano. Daré buena cuenta de él —le respondió Iago con un guiño. Parecía como si hubiera tomado la determinación de que nadie le iba a estropear la noche—. ¿Por qué no le contáis a Dana alguna de esas historias por las que una arqueóloga mataría? —los animó mientras dejaba discretamente el cuenco de hidromiel sin probar a un lado.

—Elige la época, Adriana —dijo Lür.

—Más que una época, tengo miles de «¿cómo funciona?» rondándome por la cabeza.

—Dispara —intervino Nagorno, con su voz ronca, acercándose a mí—. Esta es tu noche.

—¿Cómo ve un longevo la vida de alguien que envejece? —pregunté.

—Es como si fueseis a cámara rápida —dijo sin apenas pensarlo—. Pasan unos pocos años y os arrugáis, os encorváis, perdéis fuerza, y ya no estáis. Es un proceso tan... fulminante. ¿Sabes por qué nadie tiene a un animal como la mariposa de mascota? Son criaturas bellísimas, pero apenas viven unas semanas. No da tiempo a tomarles cariño.

Evité mostrar el impacto que me causaron sus palabras. Él prosiguió, con su voz hipnótica. Las llamas anaranjadas recortaban su perfil aguileño, y apenas podía distinguir una sombra oscura desde donde él hablaba.

—Puedo ver el rostro de la anciana que serás, si es que llegas a vivir para ello —continuó Nagorno—. Tienes la piel delicada, una bendición para ti hasta ahora, pero en veinte años tendrás miles de finas arrugas junto a los ojos y la boca. Esas cejas que ahora se arquean cada vez que mi hermano entra en una habitación también caerán. Eres muy expresiva, cualquier buen observador puede saber si te sientes feliz, aliviada o incómoda, como en este preciso momento. Eso te creará varias líneas horizontales muy profundas en la frente. Perteneces a la estirpe de las delgadas, tu cuerpo apenas se redondeará las próximas décadas, salvo por una más que probable maternidad. Pero tu rostro se afilará, esos pómulos altos de reina se hundirán.

—Es suficiente —dijo Iago a mi espalda. Su voz fue como un latigazo, dos palabras rápidas lanzadas con una autoridad inusual.

Nagorno obedeció, guardando silencio, pero yo insistí:

—De acuerdo, yo envejeceré, pero no sois tan diferentes. Los traumas también os marcan, como a cualquiera de nosotros.

—Te equivocas —repuso—. Precisamente en eso somos diferentes. Mira mi brazo izquierdo, puede que te hayas dado cuenta de que no puedo extenderlo.

Me había percatado de aquel detalle, pero lo había achacado a una manía personal o a una pose fruto de la coquetería.

—Se me metió metralla hace pocos años, en la Guerra Civil española. El médico de campaña me abrió el codo y me dijo que no podía hacer nada, que el polvo del metal estaba alojado entre los huesos y era demasiado pequeño para extraerlo. Cuando acabó la contienda, acudí a mi hermano para que eliminase todo resto. Iago realizó un trabajo muy fino, pero no recuperé la movilidad. Como ves, he de llevarlo siempre doblado, no puedo estirarlo. Tú ahora mismo estás pensando que esto me convierte en un manco de por vida, y lo sería si fuera un efímero como tú. Pero para mí esta discapacidad es temporal, no lo dudes. Antes de un siglo, dos a lo sumo, la nanotecnología habrá avanzado lo suficiente como para que puedan extraerme todas y cada una de las partículas de metralla, y mi brazo volverá a recuperar la movilidad. —Guardó silencio para dejar que sus palabras hicieran mella en mi cabeza. Luego remató—: Lo mismo ocurre con una muerte cercana, violaciones, torturas o cualquier tipo de violencia que los cuatro hemos sufrido. A cualquiera de vosotros os marca durante toda la vida. Nosotros tenemos más tiempo para rumiar ese dolor, es cierto, pero con el paso de los milenios, la mayoría de las experiencias se quedan en la bruma del olvido, del hastío o de la indiferencia. Y en cambio, vosotros sois tan leves..., y es tan fácil que un simple acontecimiento os marque de por vida, a vosotros y a los que os rodean —dijo con su voz de serpiente.

Iago se revolvió y miró hacia otro lado, incómodo por el rumbo que había tomado la conversación. Lür y Lyra se apresuraron a ir al rescate de una velada magnífica que se torcía.

—Ha llegado el momento —dijo Lyra, levantándose y sacudiéndose la arena—; todos arriba. Tú no, claro. Quédate sentada y contempla lo que hacen cuatro viejecitos.

Eso hice. Lo que no esperaba es que los cuatro se desnudasen delante de mí con la naturalidad de quien lo ha hecho varios billones de veces antes.

Todos ellos se dejaron observar mientras se colocaban alrededor del fuego como si cada uno fuera un punto cardinal. Al norte Lyra, Lür al sur. Nagorno y Iago, enfrentados al este y oeste. Las llamas aún crepitaban bastante altas, pero aquel detalle no retrasó su baile. Porque fue un baile lo que presencié. Lür empezó, corriendo hacia la hoguera y lanzándose hacia ella. Lo siguió Lyra. Después Nagorno dio un salto acrobático, el más felino y el más alto de todos ellos, como si la gravedad lo afectara menos que al resto. El ritmo aumentó mientras los saltos se sucedían cada vez más rápido, sin chocarse los unos con los otros hasta que yo misma casi perdí la conciencia intentando seguirlos, mareada por el espectáculo de llamas y cuerpos en la oscuridad.

Iago me explicó más tarde, cuando llegamos a su casa de madrugada, que se trataba de una ceremonia de purificación, una manera de limpiar sus faltas año tras año, siglo tras siglo, milenio tras milenio. ¿Por qué aquella ceremonia en concreto? Se encogió de hombros cuando se lo pregunté. A lo largo de sus viajes se encontraron con cientos de variantes de la celebración por toda Europa. Aquella era tan buena o tan mala como cualquier otra, comentó distraído.

Dejé de hacerle preguntas y nos dormimos, agotados otra noche más y maldiciendo cada uno de nosotros en silencio el veneno que Nagorno había deslizado en nuestros pensamientos.

73

ADRIANA

24 de junio, día de San Juan

Por la mañana despertamos como si hubiésemos dormido durante siglos, un poco embotados pero descansados, y bajamos a la calle en dirección a la plaza Pombo.

Una vez en casa, abrí la puerta y estuve a un segundo de gritar un «Ya he llegado, mamá» por pura inercia, pero me callé a tiempo. Iago entró detrás de mí, recreando la vista con discreta curiosidad por el pasillo hasta que alcanzamos mi habitación. Entonces se quedó mirando mis muebles nuevos con expresión divertida.

—Así que compras en El Hombre de Java.

—¿Y tú cómo lo sabes? No es la única tienda de muebles de Santander.

—Nagorno se los compra a artesanos de Yakarta y los trae al puerto de Santander en un contenedor. Es un negocio redondo, de los que le gustan a mi hermano. Él paga por volumen todo lo que quepa en el contenedor. Una vez aquí infla los precios, y de paso, hace un viaje a Indonesia cada poco tiempo. Respondiendo a tu pregunta, los artesanos javaneses dejan su firma en los muebles que tallan. Mira —dijo, agachándose a los pies de mi cama.

Entonces vio la caja fuerte de mi madre escondida bajo el somier. Me miró con cautela.

—No tienes que contármelo si no quieres.

—Digamos que no eres el único que tiene asuntos familiares pendientes.

Me animó a seguir hablando con un gesto.

—La caja fuerte era de mi madre. Estoy intentando dar con la combinación para abrirla. Voy por el 795, y me quedan otros 9205 números. Cada noche intento hacer unos pocos, pero creo que tengo hasta finales de año.

—No te sigo.

—Ven, te lo enseñaré. —Cargué con la caja y llevé a Iago al estudio para mostrarle la estantería de los cuadernos negros—. Al principio esperaba hallar entre ellos algún cuaderno personal o algún diario de mi madre, buscando un poco de luz de sus últimos días. No encontré nada, salvo los cuadernos de los pacientes a los que pasaba consulta. Miento, un día me topé con esta caja fuerte. Yo no sabía que existía. Mi madre no era de guardar secretos. Creo.

Iago frunció el ceño, me di cuenta de que tendría que retroceder un poco más en el tiempo.

—Verás, mi madre y yo teníamos una conexión especial. Era más que una madre, era más que mi mejor amiga. Era interesante, era curiosa, era culta, sabía de todos los temas que te puedes imaginar. Pero el día antes de que muriera tuvimos una discusión especialmente fuerte. —Tomé un poco de aire—. A la mañana siguiente me avisaron de que había muerto por sobredosis de barbitúricos. Mi familia me dijo que la policía no concluyó si fue un accidente o un suicidio. Yo no hice demasiadas preguntas, imagino que estaba bloqueada, pero cada año la incertidumbre me ha ido pesando más.

—Conozco la sensación —comentó Iago.

—He vivido todos estos años desarraigada, intentando alejarme de Santander, pero hace unos meses, cuando Elisa me llamó y me dijo que había un puesto vacante en el MAC, contesté que sí sin pensarlo. Yo misma me sorprendí. Pensaba que en el Museo Arqueológico de Madrid tenía mis expectativas colmadas, pero advertí que no era mi trabajo lo que fallaba, que el tema de mi madre y de lo que le pasó aquí, en Santander, seguía pendiente. Decidí irme de Madrid, me di cuenta de que necesitaba volver aquí a investigar. Tenía que regresar a este piso, después de tantos años evitándolo, tenía que enfrentarme a estas paredes. Quería preguntar a mi familia, bueno, los que quedan vivos, a la policía, buscar entre sus cosas por si encontraba algo. Y vaya si encontré. Hablé con mi primo Marcos, él guardaba la nota de suicidio de mi madre. Todos, mi padre, mi abuelo, mis tíos y él mismo, me la habían ocultado.

Estábamos sentados en el suelo. Yo dentro del arco de sus piernas, él apoyando su barbilla en mi hombro.

—Dana, lo siento muchísimo. No tenía ni idea de que ocurrió así.

—Entiendo que no hay nada más que investigar. Pero aun así, me intriga saber qué hay dentro de esa caja fuerte. Estoy convencida de que guarda otro cuaderno. Escucha.

Levanté la caja y la zarandeé. El asintió, dándome la razón.

—Es cierto, parece un libro o un cuaderno. Dana...

—¿Qué?

—Sé que no te va a hacer gracia, pero alguien te lo tiene que decir. ¿Te das cuenta de lo poco probable que es que una psicóloga se suicidara por tener una discusión con su hija adolescente?

—No lo sé, Iago..., nunca me cuadró su muerte. Siempre creí que ella era la más fuerte de nosotros tres. No me cuadró que no me quisiera.

—¿Cómo se llamaba tu madre?

—Sofía Almenada, ¿por qué?, ¿la conociste?

—No, era curiosidad. Sofía, «sabiduría». Es un buen nombre para una madre. Ya sabes que siempre busco el significado de los nombres —se excusó.

—Nunca lo había visto así —comenté, encogiéndome de hombros. No sé por qué, tuve la sensación de que intentaba desviar el motivo real de su pregunta.

Pero en ese mismo momento Iago recibió una llamada. Puso cara de extrañeza cuando identificó el número en la pantalla y se levantó de un salto al oír una voz gritona de mujer, ¿o era una niña?

Deduje que algo grave había pasado, porque se quedó quieto tapándose la boca con la mano, en un gesto de consternación.

La llamada duró muy poco, enseguida colgó y se sumió en una actividad febril con su móvil. Minutos después hizo una llamada pidiendo un taxi a mi dirección.

—Dana, tengo que irme. He de tomar un vuelo a Copenhague ahora mismo.

—¿Qué quiere decir «ahora mismo»?

—En dos horas. He reservado un billete para Madrid, haré transbordo y esta misma noche estaré en Dinamarca. No te preocupes, pasado mañana vuelvo. Será un viaje relámpago. —Ante mi silencio, añadió—: Ahora no hay tiempo para que te explique nada como es debido. Simplemente has de saber que tiene relación con la investigación de nuestro gen longevo. Solo Lür está al tanto, el resto de La Vieja Familia está al margen, ¿de acuerdo?

Asentí.

—Hablaré con mi padre durante el trayecto en taxi. Después llámalo tú y concretáis una excusa de cara al personal del museo y a mis hermanos. Lür me telefoneará cada tres horas. Si tuviera otra crisis de amnesia, él tomará el primer vuelo y me traerá de vuelta.

Me dio un beso totalmente indecente, de esos que te dejan toda la noche en vela, y se dirigió a la puerta. Supongo que diez mil años le aportan a uno ciertas destrezas. Antes de desaparecer, se giró hacia mí.

—Quiero que entiendas que me voy porque es necesario. No me hace ninguna gracia dejarte sola estos primeros días con la herida tan reciente...

—Calla —le dije acercándome a él. Pasé el dorso de la mano por su mejilla, me bebí un poco de su iris líquido. Miré el sofá de reojo..., no había tiempo. Maldito tiempo—. Me las arreglaré. Además, me encantan los reencuentros. El martes nos vemos.

—Así será —asintió sonriendo, aunque la preocupación estaba tan presente en sus gestos que no llegó a resultar una sonrisa creíble.

Oí cómo cerraba la puerta y desapareció.

74

ADRIANA

24 de junio, día de San Juan

Apenas una hora después, Lür me llamó y quedamos en la terraza de un palacete en Ramón y Cajal, a espaldas de la avenida Reina Victoria. Nos sentamos en el jardín rodeados de rosas prietas como puños cerrados.

Ambos estuvimos de acuerdo en fingir que Iago había tenido otra reunión sorpresa en Madrid relacionada con la Sala de Interpretación. Pero había una sombra en su expresión que no le dejaba sonreír del todo, así que me armé de valor.

—¿Qué ocurre?

—Que debo preguntarte algo y no me hace mucha gracia abordar el tema. Dime, la tarde después de Cabárceno, ¿dirías que Iago había bebido?

—No, yo diría que no. Pero no entiendo la pregunta. Iago me contó su experiencia con el *whisky* irlandés, pero me aseguró que lleva siglos sin beber.

—¿Eso te dijo?

—¿No debería creerle?

—Realmente no lo sé. Estamos bastante preocupados desde su última crisis de amnesia; normalmente hay una reacción directa entre la bebida y los apagones... Yo no he vuelto a verlo beber, pero, por darte un ejemplo, él no es capaz de explicar cuál era su identidad durante los años anteriores a que ocurriera la desgracia de la familia de Lyra. Lo localizamos para el funeral por un número de teléfono al que yo llamaba de vez en cuando y dejaba mensajes. Él apareció en el entierro muy cambiado, y se encargó de Lyra. La apartó del chalet donde había vivido hasta entonces, en Soto de la Marina, frente a la isla del Castro, y se la llevó a Galicia. Allí cuidó día y noche de ella, tal vez eso fue precisamente lo que le asentó. El sentimiento de protección que tiene hacia Lyra es irracional, y es bueno que sea así. Pero me da miedo pensar que ni él mismo se acuerde de aquellos años, que los haya borrado de su memoria. Jamás nos dijo lo que hizo, sospechamos que fue una recaída y que nunca ha querido admitirlo. Siempre contesta con evasivas cuando le saco el tema. De todos modos, a él no le digas nada de esta conversación, ¿de acuerdo?

Asentí incómoda y miré el reloj en busca de una excusa.

Pasé el resto del día descansando el cuerpo de noches agitadas y heridas de leona. Fue una mañana perezosa en la que me limité a retozar con el piloto automático. Había demasiado que digerir. La herida de la espalda se quejaba de que me pasase tanto tiempo sentada, así que por la tarde llamé a Salva y quedamos para tomar un café. Necesitaba sacudirme el baño de irrealidad que me había acompañado las últimas cuarenta y ocho horas. Volvía ya a casa, despejada y relajada, cuando me llamó mi primo.

—Hola, Dana. ¿Cómo estuvo Cabárceno el viernes?

—Muy tranquilo, la verdad.

—¿Ves?, ya te dije que no me ibais a necesitar.

—Claro, ¿qué tal tu vaca?

—Muy bien, gracias; tuvo un hermoso ternero. Treinta kilos ¿qué te parece? —Guardó silencio al ver que no le seguía la conversación—. Queda pendiente que nos veamos otro día entonces, ¿no?

—Claro, eso depende más de ti que de mí; tú siempre estás ocupado últimamente.

—¿Te pasa algo, Dana?

—A mí no, pero no tengo claro qué ocurre contigo y con Elisa, ¿estáis bien?

—Bueno, ya sabes. Ella siempre está liada... ¿Por qué lo preguntas exactamente?

—Por nada en concreto, Marcos, pero me dio la impresión de que no tenéis muy buena comunicación últimamente. No lo sé, tal vez son cosas mías.

—Yo no le doy mucha importancia, es solo una etapa más. No seas quisquillosa, ¿vale?

—Como quieras, no voy a insistir. Y ahora te dejo, voy a entrar en el ascensor —le dije, sin fuerzas para seguir mintiendo.

Iago llamó poco después. Había llegado a Copenhague, pero no parecía dispuesto a hablar de los motivos que lo habían llevado a tomar un par de aviones una tranquila mañana de domingo, así que fingí que me interesaba el clima de Dinamarca y él fingió que le interesaban mis rutinas dominicales. Por suerte, aquella noche los calmantes me ayudaron a dormir.

75

ADRIANA

25 de junio

La mañana siguiente me enclaustré en la Sala de Interpretación, recepcionando y desembalando la cartelería de los expositores. Fue entonces cuando Elisa me llamó.

—¿Puedes pasar por mi despacho? —dijo.

—Claro, voy para allá.

Estaba a punto de golpear su puerta con los nudillos cuando me percaté de que estaba dentro de su despacho hablando con alguien. Me quedé con el gesto congelado cuando escuché algo que no me esperaba.

—Entonces te pasas con el Big Bastard a las diez. Sí, creo que podré arreglarlo todo.

¿Estaba Nagorno en aquella habitación? Deduje que era una contestación telefónica, ya que no oí la voz de nadie más, salvo la de Elisa despidiéndose.

Esperé unos segundos y entré.

—¿Qué querías?

—¿Te podrías quedar esta noche a dormir con mis niños? —me rogó—. Tengo cena con las amigas del gimnasio y volveremos tarde. No te lo pediría si no fuera necesario, pero Marcos está en la Feria de Ganadería de Orense y no volverá hasta mañana.

—Elisa, te he oído quedando con Jairo.

Se quedó pálida.

—¿Me estabas espiando?

—No te estaba espiando, iba a abrir la puerta de tu despacho y te he oído desde el pasillo.

Ella me aguantó la mirada un momento, pero luego se derrumbó en su silla.

—No es lo que crees —murmuró.

—Sí, sí que lo es. Con otra persona podría dudar, pero no con Jairo.

Hizo un gesto de derrota que me lo confirmó.

—Hay cosas que no te he contado. Verás, Jairo lleva cuatro años enamorado de mí —me dijo solemnemente.

Me tomé unos segundos para asimilarlo.

—De acuerdo —suspiré—, cuéntame lo que tengas que contarme; esto promete ser interesante.

—Verás, desde que me contrataron, Jairo siempre se mostró encantador conmigo. Demasiado, para mi gusto, y hacía que me sintiera incómoda, porque no entendía bien qué buscaba en alguien como yo, que estaba casada. Cuando la niña nació, recibí un ramo de orquídeas impresionante. Era de Jairo del Castillo. Cuando pregunté en la floristería por un ramo similar, me dijeron que costaba algo así como seiscientos euros. Marcos no se dio ni cuenta, ya sabes cómo es tu primo con los detalles. Tampoco se dio cuenta cuando le regaló para el bautizo un conjunto carísimo para bebés. El caso es que hizo lo mismo cuando nació Álvaro. Dime, ¿qué querías que hiciera?

—Pero eras consciente de que mientras tanto se estaba acostando con media Santander.

—Sí, pero siempre pensando en mí —se apresuró a contestar—. Al menos, eso es lo que me dice.

«Qué artista, Nagorno», tuve que admitir.

—En la fiesta de carnavales nos perdimos los dos solos durante un rato. Nunca habíamos llegado tan lejos, me dijo que llevaba todos estos años enamorado de mí, que había dejado de estar con otras mujeres y que estaba harto de juegos.

—Y tú le creíste —musité desesperada.

—Fue muy convincente —se defendió—. De todos modos, aquella noche me pilló desprevenida, así que le di largas. Él me dijo que lo entendía, y que me tomase mi tiempo, que me esperaría. Hasta este domingo, que me llamó preocupadísimo por mí y por Álex. Por lo visto, sus hermanos le contaron lo que ocurrió con la leona en Cabárceno. Me insistió para que nos veamos esta noche. Cuatro años, Adriana, lleva cuatro años enamorado de mí, esperándome.

«Lleva cuatro años tejiendo su red para ti y para otras doscientas. Tú serás la cena de hoy, nada más. Es su ventaja, cuatro años para él son cinco minutos de atención en un bar para cualquiera de nosotros».

Pero ¿cómo explicárselo?

—¿Y eso en qué lugar deja a Marcos?

—Es que tu primo se ha vuelto tan... previsible —suspiró.

—Jairo sí que es previsible, créeme —murmuré entre dientes.

«Previsible que te seduzca, previsible que te deje tirada, previsible que te quedes enganchada porque nunca has conocido a nadie igual ni lo harás en el resto de tu corta vida».

Me di cuenta entonces de que ya había empezado a pensar como un longevo.

—Elisa, aunque Jairo fuera el mismísimo dios del sexo —«Probablemente lo sea», pensé—, esa no va a ser la solución a tus problemas con Marcos.

—Marcos no se enterará —respondió rápida y convencida.

—Pero tú sí.

—Podré manejarlo.

—Jairo te manejará a ti. Y no cuentes conmigo para que cuide de tus hijos mientras le pones los cuernos a mi primo.

—Ya me buscaré la vida entonces. Aun así, me debes un favor: gracias a mí te enteraste de la vacante en este museo, así que no le cuentes a Marcos nada de lo que hemos hablado.

Me lo temía.

—¿Me estás pidiendo que yo también lo traicione?

—Eso es precisamente lo que estoy haciendo —dijo, midiéndome las fuerzas con la mirada.

Comprendí que Elisa estaba decidida, pero pensé que aún podía hacer algo por evitarlo, aunque era consciente de los riesgos. No lo hacía por ella, sino porque me dolía lo que iba a salpicar a mi primo y a sus hijos. Suspiré y lo intenté:

—Por lo que veo, ya tienes muy claro que vas a seguir adelante con esto, aunque creo que deberías saber un par de detalles. ¿Recuerdas a la camarera alta de la cena de carnavales?

—Sí, la recuerdo.

—Jairo acabó con ella esa noche.

—No te creo.

—Pues deberías. Cuando fui a por el coche al aparcamiento, a las tres de la mañana más o menos, los vi liándose en un coche cerca del mío. Creo que esa misma noche te dijo que no iba a estar con ninguna otra mujer, ¿verdad?

Apretó los labios.

—Eso es mentira. Además, no tienes manera de probarlo.

—No, claro que no la tengo. No se me ocurrió sacar fotos con el móvil para persuadir a la mujer de mi primo de que no se acostase con él. Aunque, si quieres, puedes comprobar por ti misma que Jairo no se ha convertido en un santo que te va a esperar eternamente. Todos los viernes queda con tres tías a la vez. A nada que salgas de marcha ese día o preguntes por ahí, sabrás que no miento. Lo cierto es que no se esconde demasiado.

—¿Con tres a la vez? —repitió poniéndose lívida—. Pero ¿cómo puedes tener una mente tan retorcida?

—¿Retorcida?, pues no te queda nada por ver con Jairo —dije sacudiendo la cabeza.

Elisa se levantó de la silla.

—¿Vas a quedarte esta noche con mis hijos o no?

—No, desde luego que no.

—Entonces deberías irte, tengo mucho trabajo.

Me abrió la puerta y yo abandoné aquel campo de minas.

Me dirigí a mi despacho, me senté frente a mi mesa y me quedé mirando al vacío, ¿debería llamar a Marcos? ¿Para decirle qué, que su mujer iba a engañarlo aquella noche? Elisa lo negaría y, si se había decidido, daba igual que yo advirtiera a mi primo: acabaría sucediendo.

Y aun así lo intenté. Marqué el número de mi primo y esperé.

Maldita sea, no lo cogía. Me saltaba el contestador una y otra vez. Le dejé un mensaje pidiéndole que me llamara cuando me cansé de intentarlo.

Pero había algo que me preocupaba aún más: ¿por qué ahora, justo ahora, Nagorno lanzaba toda su artillería pesada contra Elisa? Después de cuatro años sin hacer otra cosa que merodear, precisamente aquel domingo había comenzado la campaña definitiva de acoso y derribo. Tenía que ver con lo ocurrido la Noche de San Juan, con Iago y conmigo. En la mente de Nagorno no había nada casual. ¿Qué se proponía?

76

IAGO

Decimosexto día del mes de Duir
25 de junio

Miré el reloj antes de llamar al timbre de la casita roja y blanca.

«Veintidós horas para volver con Dana».

Lo demás pasaría pronto. No sería importante, ni definitorio. Otro trámite. Era media mañana, y Flemming debería encontrarse todavía en el trabajo, así que calculé que Rebekka estaría sola.

Pero Rebekka no abrió la puerta, sino su padre, que se quedó tan sorprendido como yo. Ambos nos interrogamos en silencio con los mismos ojos cargados de incredulidad. Flemming había perdido todo el pelo. Su piel tenía un aspecto cansado y cetrino, con varios pliegues de bolsas bajo los ojos.

—¿Qué demonios te has hecho? —le pregunté horrorizado.

—¿Qué haces tú aquí? —preguntó él a su vez.

—Eso no importa tanto como mi pregunta, creí que siempre era bienvenido en casa de un amigo —le contesté mientras mi cerebro encajaba teorías para explicar lo que estaba viendo.

—Pasa —dijo dándome la espalda y encaminándose al interior de su casa—. No deberías haberme visto así.

—¡Sí que debería! —gritó una voz de pájaro desde el taller de hielo.

Rebekka salió más seria que nunca con los guantes puestos y la cazadora acolchada.

—Cuéntale lo que has hecho, al menos él tendría que saberlo —dijo.

Flemming se sentó en un pequeño aparador de madera. Parecía exhausto. Me di cuenta de que no quería seguir tratándolo con dureza, pese a que había hecho la tontería más grande que un padre podía hacer por su hija.

—¿Cuántas sesiones de quimio llevas? —le pregunté, cambiando de tono.

—Cinco, pero cada vez es peor —dijo apoyando las manos en las rodillas—. Cuando viniste hace un par de semanas llevaba dos, pero no te conté nada. En la tercera sesión perdí todo el pelo mientras volvía en mi coche a casa. Mi asiento quedó como si dos gatos se hubieran estado peleando.

No me reí, no me hizo gracia la imagen.

—La última me ha dejado tan cansado que pasé tres días en la cama, por no hablar de los vómitos. —Se miró los brazos como si no los hubiera visto nunca—. Me estoy quedando sin músculos, y no tengo fuerzas para dar los paseos que me recomienda el oncólogo.

—Vayamos a tu laboratorio —le interrumpí—. Tienes mucho que explicarme.

Lo cogí del brazo y lo ayudé a cruzar el pasillo como haría con un centenario. Cuando pasamos junto a Rebekka, me pareció que ella también aparentaba más edad. Todos en aquella casa habían envejecido varios años en pocas semanas.

—¿Qué te has inyectado? —le pregunté después de sentarlo en la banqueta.

—¿Has oído hablar de las células HeLa?

—Claro, ¿y qué científico no?

Las células HeLa estaban en el noventa por ciento de los laboratorios de todo el mundo. Habían pertenecido a una mujer afroamericana, Henrietta Lacks, que había muerto en los años cincuenta de un carcinoma excepcionalmente agresivo. Su médico le extrajo una muestra de tejido sin su consentimiento, y por primera vez en la historia se pudieron cultivar células humanas fuera del cuerpo. Las células habían seguido multiplicándose a un ritmo desaforado y desde entonces se habían usado para descubrir desde la cura para la polio hasta ayudar con la clonación de la oveja Dolly.

—A raíz de lo que descubrí acerca de los telómeros cortos de mi hija, estuve estudiando todo lo que tuviera que ver con la telomerasa. ¿Sabías que en 1989 se encontró telomerasa en las células HeLa? Tenía sentido, esas células se multiplican una y otra vez desde hace sesenta años.

Cerré los ojos y me mordí el labio inferior. Me había imaginado algo así, algo estúpido y desesperado.

—Pensé que la solución de la progeria tendría que ver con inyectar a cada órgano cultivos de células con telomerasa, para que pudieran compensar los telómeros cortos con los que la genética ha castigado a mi hija, pero no me atrevía a experimentar con ella.

—¿Y te has inyectado células cancerígenas por tu cuenta?

—Sí, pero lo hice en un órgano del que pudiese prescindir en caso de que mi experimento saliera mal: un riñón. Y de hecho, ocurrió lo previsible. Los análisis detectaron enseguida que tenía un carcinoma en el riñón izquierdo. Me dieron cita para extirpármelo aquella misma semana, pero en las pruebas preliminares a la operación el oncólogo descubrió que había metástasis en todos los órganos adyacentes: pulmones, estómago, colon. Ya no tenía sentido operarme, así que me están dando quimioterapia, pero solo para intentar alargarme la vida unos meses. Estoy sentenciado, Isaac, pero necesito este tiempo para encontrar la cura de la progeria.

Se giró hacia el microscopio, que se había dejado con la luz encendida.

—¿Crees que esto es lo que necesitaba Rebekka, un padre enfermo que no se pueda ocupar de ella durante sus últimos años?

—A mi hija no le queda ni un año de vida. Ya te conté lo de

sus accidentes coronarios. El doctor dijo que no superará el siguiente.

—¿Ella lo sabe?

—Ella es ya mayor, nunca le he ocultado nada.

—¡Ella es una cría, por Dios, como mucho una adolescente! —grité levantándome de mi taburete.

Pero para eso ya no había vuelta atrás.

«Veintiuna horas para volver. Simplemente resuelve. No te impliques», me ordené.

Pero era inútil. Cuando alguien necesita recordarse a sí mismo lo que no ha de sentir, es porque sabe que tiene la batalla perdida.

—Creíste que cultivando células híbridas tuyas y HeLa podrías conseguir células con telómeros largos para inyectárselas a Rebekka.

—Sí, y estoy en ello.

—Supresores, Flemming. Te olvidaste de los supresores —le dije desesperado.

—No me olvidé, pero si pudieras darme una pista de cómo conseguirlos... —me dijo, sonriendo sin gracia.

—Pues claro que habría podido si me hubieras consultado antes tu flamante idea.

Me miró atónito.

—¿Cómo, si puede saberse?

—No te documentaste bien, maldita sea. El INO, en España, ha conseguido ratones con la telomerasa activada pero sin cáncer. Les inyectaron un supresor tumoral, el p53. Están limpios.

Entonces me vino un fogonazo a la cabeza. La verdad, lúcida y clara, que me había estado rondando los últimos meses sin mostrarse del todo.

«Están limpios», me repetí a mí mismo.

¿Cómo no se me había ocurrido antes?

«Estamos limpios».

La evidencia me dejó clavado y tuve que poner mi mejor cara de póquer para que Flemming no notase lo turbado que estaba.

Pero mi amigo estaba también en su propia nube. Se llevó las manos a la cabeza, abatido, y luego se fue apagando hasta que se quedó como dormido. Me acerqué a él, preocupado, y le toqué el hombro con una mano.

—Ahora es tarde para mí —dijo, mirando ensimismado al microscopio.

Sí, lo era. Necio...

Mi parte pragmática tomó el mando, como acostumbraba a hacer cuando mi parte emocional se bloqueaba.

—Enséñame todas las muestras que tengas —le pedí en el tono más neutro que pude.

Flemming se levantó y se dirigió al refrigerador. Lo abrió y me fue enumerando su contenido: muestras orgánicas suyas, de su hija y células HeLa. Todas ellas manipuladas y sin manipular.

Después le pedí que me enseñara el proceso que había seguido. Como ocurre tan a menudo en la ciencia, los grandes saltos de conocimiento, los cualitativos —los que transforman una teoría en una certeza, en una nueva disciplina, en una nueva era— suelen ser los debidos al pensamiento transversal. Las noches de insomnio, los estados de conciencia alterados por una desgracia o el trabajo bajo una presión insoportable son los que dan lugar a las genialidades.

Pese a que aquel hombre se había provocado un suicidio lento, doloroso e innecesario, Flemming había dado no uno, sino varios pasos de gigante en cuanto a cómo se comportaban los telómeros en un cuerpo humano normal.

En ese momento acababa de vislumbrar una doble teoría que comencé a esbozar la noche que pasé en San Francisco, aunque seguía atado de pies y manos sin poder investigar en el laboratorio de Lyra.

Dos horas más tarde mi cerebro estaba saturado de datos. Flemming parecía empeñado en que conociese con exactitud todo lo que había estado investigando los últimos meses. Después se fue quedando sin fuerzas, y lo senté en un pequeño sofá que tenía bajo el ventanal. Finalmente se quedó dormido mientras recitaba genes y lo tapé con una manta que encontré. Imaginé que allí había dormido la mitad de las noches de su vida, desde que unas pruebas le anunciaron la progeria de su hija.

Aquella sería la última vez que lo vería. Lo sabía porque hay un punto de no retorno en toda enfermedad que un longevo como yo ha tenido que presenciar tantas veces que no existía ni un resquicio para la duda, el milagro o la esperanza.

—¿Qué va a pasar con Rebekka cuando no estés? —le había preguntado.

—Va a tener que mudarse a casa de su madre con su nueva familia, aunque no le hace mucha gracia. Mi exmujer rehízo su vida y vive volcada en su nuevo hijo.

—¿Podría ayudar yo en algo?

Me miró un poco sorprendido por mi propuesta, pero luego su mirada me mostró un agradecimiento sincero.

—¿Un trotamundos como tú? Lo dudo, querido amigo. Rebekka tendrá que adaptarse a su nueva vida sin mí, pero es muy generoso por tu parte.

—Bien, pídeme lo que sea si puedo resultar útil.

Una vez que se durmió, entré en el taller de hielo. Rebekka seguía trabajando en la sirena, había avanzado bastante.

—Me alegro de que me llamases —le dije a su espalda.

—Creí que debías saberlo —contestó sin dejar el soldador.

Cuando acabó con la curva de la aleta, lo apagó y se giró hacia mí. No sonreía.

—Me gustaría pedirte un favor.

—Lo que sea.

—Que sigas investigando lo que mi padre va a dejar incompleto —dijo.

—No puedo, no tengo laboratorio propio.

Miró al suelo, frustrada, como si ya no le quedasen balas.

—Pues es una pena —creo que susurró.

Después me despedí y salí de la casa como salí de tantas otras antes, sabiendo que era poco probable que volviera nunca. Otra identidad que dejaba atrás. Isaac Castle también moriría en breve.

La noche en el hotel se me iba a hacer insoportable, sin mencionar la leve pero persistente preocupación por no tener otro apagón, aunque sabía que Lür y ella estaban atentos y, si me ocurría algo, vendrían a buscarme.

Marqué el número de teléfono amado y allí mismo, en un banco del parque junto a la casa de Flemming, me llegó la voz de Dana:

—¿Cómo va todo? —preguntó. La noté preocupada por mí, pero también percibí algo en su tono que me inquietó, aunque no pude concretar qué era.

—No muy bien. ¿Alguna novedad por ahí? —quise saber.

—Sería muy largo de contar, Iago —suspiró—. Pero no estoy segura de que te lo pueda explicar por teléfono.

—¿Puede esperar a mañana?

Se lo pensó un momento.

—Sí, creo que sí. ¿Cuándo llegas a Santander?

—A última hora de la mañana, sobre la una —le mentí.

En realidad tenía algo pendiente en Madrid y no sabía muy bien el tiempo que me llevaría. Iba a retomar la identidad de Walter Zachary y usar de nuevo el recurso del hijo del antiguo colega. Tenía que visitar a la tal Mercedes Poveda y darle el cambiazo de la foto por una retocada digitalmente donde los rostros de Lür y Lyra ya no podrían identificarse nunca más. Se lo oculté a Dana porque aún no sabía si era muy quisquillosa con los asuntos que bordeaban la ley.

—¿Qué hay de tu viaje? No quiero preguntarte demasiado, pero estás muy serio.

—Mañana te lo contaré con más detalle, pero el caso es que un amigo está muy enfermo. Bueno, acabo de soltarte el eufemismo del siglo. Se está muriendo, no creo que lo vuelva a ver. Necesitaba charlar contigo esta noche. No tengo prisa por llegar al hotel. Háblame de lo que sea.

—¿Museo, prehistoria, trabajo, recuerdos, fantasías sexuales...? —tanteó.

—Me quedo con los recuerdos personales —la interrumpí—, y lo del sexo me lo apunto para cuando esté de humor. —Sonreí para mis adentros—. Aquí en una vía pública sería de lo más extraño. Cuéntame, ¿qué recuerdos tienes de cuando eras pequeña y tu abuelo te llevaba a Monte Castillo?

Me levanté y fui caminando hasta donde había aparcado el coche de alquiler mientras iba dejando que Dana me hablase de su niñez. Iago había tomado de nuevo el control, mientras que Isaac Castle se quedó para siempre sentado en aquel banco de la avenida Strandvejen.

«Diecisiete horas para volver».

77

ADRIANA

26 de junio

Entré en el BACus a la hora del almuerzo y me senté, como tenía costumbre cuando no estaban Iago o Lür, en la mesa donde Elisa y otros compañeros acababan con los pinchos del día.

Le noté cierto temblor en las manos y la mirada algo perdida. Tenía unas ojeras importantes bajo el rímel negro y parecía que no se había peinado.

Preferí ignorar el drama que parecía destilar y me concentré en mi futuro inmediato. En un par de horas llegaría Iago y todo volvería a estar bien.

Cuando acabé el almuerzo, subí a mi despacho y me encontré con su pósit pegado en la mesa. Su letra inclinada anunciaba abrazos y besos: «He adelantado el vuelo, te estoy esperando debajo del acantilado».

Arranqué el cuadrado amarillo de papel y salí corriendo escaleras abajo, donde estuve a punto de arrollar a Lür.

—¿Tienes prisa? —me sonrió.

—Sí, Iago acaba de llegar. Voy a buscarlo —le dije, enseñándole su nota.

Supongo que una debe guardar las formas ante su suegro, pero un suegro de veintiocho mil años entra en una categoría especial. Lür se me quedó mirando con una extraña expresión mientras yo echaba a correr hacia la entrada del MAC.

Bajé por el acantilado tan deprisa como me permitió la herida de la espalda y llegué en menos de un minuto a la lengua de roca. Al principio no vi a nadie.

Entonces una ráfaga de viento me levantó la melena y sentí un aliento caliente en la nuca.

Odié como nunca antes la voz ronca de Nagorno.

—No tienes ni idea de lo disgustado que estoy contigo.

Quise respirar, pero no pude: su mano sujetó mi cuello, apretando la tráquea con un absoluto control sobre la presión que ejercía. Cuando se me empezó a nublar la vista, aflojó y me permitió tomar aire.

—Te necesito consciente —susurró—. ¿Has hablado ya con Elisa?

Negué con la cabeza porque las palabras no me salían, y si me hubieran salido, no habría podido pronunciarlas porque una tenaza bloqueaba mis cuerdas vocales.

Murmuró para sí mismo algo acerca de un fallo de cálculo, pero no lo entendí bien.

—Bien, prosigamos —dijo volviendo a centrarse en mí—. ¿Qué te hizo pensar que podías inmiscuirte en los asuntos de un inmortal? Elisa me contó anoche tus sucias revelaciones, estaba hecha una furia. Tuve que emplearme a fondo para calmarla. ¿Así es como tratas a tu nueva familia, traicionándola a las primeras de cambio?

—Elisa también es mi familia —conseguí decir pese al dolor que me causaba tomar aire—. No quiero que mi primo y mis sobrinos sufran por uno de tus caprichos.

—Eso no es asunto tuyo.

Traté de girar la cabeza hacia él, en un intento de zafarme de la presión de aquellos dedos que me sujetaban implacables.

—Mira al frente. —Me obligó a obedecerlo—. ¿Ves el paisaje?

Cómo no verlo.

—Voy a ser piadoso contigo. Esta belleza va a ser lo último que veas.

Pero ¿estaba hablando en serio? ¿Me iba a ejecutar allí mismo? Hasta entonces, lo había considerado un dandi más o menos canalla. Ahora la verdad cruda me tenía sujeta por el cuello. Mi instinto de supervivencia había estado atrofiado todo ese tiempo.

—Escucha, Nagorno, no quieres hacer esto.

—¡Oh, ya lo creo que quiero! Esta no es manera de tratarme. Si supieras cuánto me has decepcionado...

—A eso me refería, a nuestra manera de tratarnos.

Noté que aflojaba la mano. Un poco.

—Tú y yo tenemos algo, un entendimiento —le dije, rasgándome la voz—. Lo sabes, ¿verdad? Has tenido que notarlo. Conmigo puedes ser el que no eres con nadie, ¿no es así?

—Adriana, yo en realidad... —Su otra mano pasó por mi melena. Suave. Muy suave.

—¿En realidad qué, Nagorno?

Hubo unos segundos de duda y silencio. Demasiados. Perdí la paciencia.

—¡Me da igual lo que tengas que decirme, deja en paz a mi familia! —fui capaz de gritar con rabia.

Fue un error. No debí gritarle. No tenía ni idea de que Nagorno jamás había permitido ese trato por parte de nadie.

Apretó mi garganta de nuevo y alzó mi cuerpo por encima de su cabeza.

Ya estaba viendo la luz blanca llamándome al final del túnel cuando oí a mis espaldas un crujido seco de huesos rotos. Después la mano de Nagorno perdió fuerza hasta liberarme. Salté como un resorte sin comprender aún, y al girarme vi el cuerpo de Nagorno inerte, tendido sobre la roca.

¿Estaba muerto?

Había una piedra del tamaño de mi mano a pocos centímetros de su cabeza. Miré hacia arriba instintivamente, hacia el único lugar desde donde había podido provenir aquel pedrusco que me había salvado la vida.

Vi una figura inmensa varios metros arriba, pero no pude

apreciar la expresión de su cara porque el sol le daba en la espalda y lo dejaba en la sombra. Todavía llevaba otra enorme piedra en la mano.

La mano de Iago.

Bajó sin cuidado, en dos zancadas, cuando debería haber bajado en cuatro. Llegó hasta mí de un salto de varios metros. Cayó de pie limpiamente, como lo haría un león cavernario.

Por un instante no lo reconocí. Quiero decir que era Iago, eran sus rasgos, pero me remitían a otra época, menos civilizada, más primitiva. Debajo de ese duro semblante estaba el Iago que yo conocía, pero aquel hombre también había sido alguien implacable con sus enemigos en algún momento de su vida.

—¿Está vivo? —le pregunté al ver que se agachaba para comprobar el pulso en el cuello de Nagorno.

—Claro que está vivo. Una pedrada no va a acabar con la vida de mi hermano —dijo en tono sombrío—. Larguémonos, antes de que use otra piedra de nuevo. —Y la lanzó lejos mirando cómo el mar se la tragaba.

—¿Y vas a dejarlo aquí inconsciente? —Lo miré incrédula—. Iago, está subiendo la marea.

—Sobrevivirá, créeme. No estoy de humor para echármelo a la espalda y cargar con él por esta pendiente. ¿Vas a hacerlo tú?

—No —le dije después de pensármelo.

No podría, claro, pero la pregunta era: ¿querría hacerlo? Todavía me dolía el cuello y aún notaba la presión que habían dejado sus dedos. No, posiblemente no querría.

—Entonces no hay más que hablar —concluyó con sequedad.

Comencé a subir rehusando la ayuda que me ofreció su brazo extendido. El dolor del cuello me había hecho olvidar por un momento la sensación de tirantez tan molesta de la espalda.

Me alegré al volver a ver la silueta de la planta de lavanda recortada varios metros más arriba. En cuanto llegué, arranqué unas cuantas espigas y las inhalé con la desesperación de un adicto buscando su efecto sedante mientras me sentaba. Iago se sentó, también arrancó algunas y las restregó entre sus manos.

—Mi padre me llamó cuando venía en coche del aeropuerto, algo no le cuadró cuando vio tu nota. Supongo que es mejor grafólogo que tú. —Se sentó cruzando sus piernas con las mías, en lo que parecía ser su postura favorita—. No le había dicho a nadie que había adelantado mi vuelo, así que en cuanto recibí la llamada, me imaginé lo peor. Cuéntame lo que ha pasado.

Le puse al día de todo lo ocurrido con Elisa, de la conversación por teléfono con Nagorno, de que ella se había creído a pies juntillas la historia de un Nagorno dócilmente enamorado, de nuestra discusión el día anterior en su despacho y de todos los trapos sucios que salieron a la luz.

—Debiste contármelo ayer. Lo habría visto venir, le habría marcado el terreno aunque fuera desde Copenhague.

—Ayer no estabas de humor para eso —me defendí.

—No, escúchame, esto es importante: si tiene que ver con Nagorno, debes contármelo enseguida. Prométemelo, por favor.

—De acuerdo —asentí.

—Todavía no eres consciente, pero puede que esta promesa te salve la vida en un futuro —dijo, examinándome el cuello con las manos. Supuse que los dedos de Nagorno habrían dejado alguna marca.

—¿Y ahora qué? —le pregunté.

—Tengo una conversación pendiente con él cuando despierte. No debiste creer que te aceptaba sin más en la familia la Noche de San Juan. Solo estaba tanteándonos. Siempre lo hace cuando se prepara para atacar. Primero mide las fuerzas, luego hostiga, se retira y observa, determina la estrategia y, finalmente, arremete. No le sigas dando motivos.

—¿Y tú qué estás haciendo mientras tanto? —pregunté molesta.

—Preparándome —contestó mientras miraba hacia el oeste.

—¿Preparándote para qué?

—Si llega el momento, no tendrás más remedio que verlo —contestó con ese tono de voz tajante que ya conocía y que daba por zanjada cualquier conversación.

Me levanté y le tendí la mano. Él la tomó y nos fuimos hacia su coche.

—Este no ha sido el reencuentro con el que anoche fantaseé —comentó cabizbajo—. Además, yo también tengo que ponerte al día de las investigaciones. Vamos a dar una vuelta por el hayedo del Saja, si te parece bien. Necesito un poco de naturaleza. ¿Lo conoces?

—Sí, solía ir de acampada en verano.

—Allí levanté una cabaña, un hogar donde habité en otro tiempo. Nada importante ni perdurable, creo que apenas quedan unas piedras.

—Me encantaría ver esas ruinas.

—Vamos, te las enseñaré. Será un sitio precioso donde hacer el amor.

Asentí y nos metimos en su coche, aunque una vez dentro no pude evitar sentarme encima de Iago en el asiento del conductor. Le sujeté la cara entre las manos y busqué mi refugio azul. Mientras pudiese volver allí, todo estaba bien. Pero también si podía volver a esos labios, que descubrí tan ansiosos como los míos, o al calor apremiante de su entrepierna.

Al cabo de un rato, éramos un ovillo de piernas y brazos que se enredaban sin orden ni concierto, y mi mente volvió a quedarse en blanco, pero esta vez por motivos más agradables. Iago no olvidó mis últimas heridas de guerra y lamió, como ya tenía costumbre, las huellas que había dejado en mi piel la garra de su hermano. Deduje que en el Mesolítico creían que la saliva tenía propiedades curativas. Pronto el aire del coche se volvió irrespirable por el calor que desprendían nuestros cuerpos en ebullición, y la parte sensata de Dana que en aquellos momentos habría degollado se retiró del asiento de Iago y regresó al asiento del copiloto.

—Al hayedo dices, ¿verdad? —le pregunté, con la respiración entrecortada.

—Al hayedo, pues —contestó Iago con dificultad.

78

IAGO

Decimoséptimo día del mes de Duir
26 de junio

Patricio me abrió la puerta del chalet al anochecer, inclinando la cabeza en un ademán de respeto. Siempre nos habíamos caído bien, pese a Nagorno. Era leal y discreto. Una joya poco común.

—Está en la sala de las maquetas, aunque tiene compañía —me advirtió.

—Gracias, Patricio.

Atravesé el vestíbulo de mármol mientras todos los dioses del Panteón se giraban preocupados a mi paso. Cuando llegué a las escaleras, me crucé con mi padre, que hizo un gesto para intentar detenerme.

—Ya he hablado yo con él —me dijo, poniéndome la mano sobre el pecho.

—No me sirve, tú siempre acabas perdonándolo —le contesté, apartándole la mano.

—Y tú cayendo en sus provocaciones. Deberías tomarte algo de tiempo antes de decirle nada.

—No estoy improvisando, estaba esperando algo parecido desde la Noche de San Juan.

Padre escrutó mis facciones para decidir si me creía.

—Como quieras —dijo finalmente, rindiéndose.

—Confía en mí, padre.

Le aguanté la mirada pero dolió, porque vi su cansancio de

milenios luchando para que nos comportásemos como hermanos y su pesadumbre porque la escena se repetía una y otra vez.

Después de que sus pasos se perdieran escaleras arriba, entré en la sala y avancé entre las maquetas de los muertos que mi hermano había ayudado a enviar al otro mundo.

Nagorno fingía estar enfrascado en la batalla de Odesa, puliendo las piernas amputadas de una figura de alto rango. Mi hermano llevaba un vendaje en la cabeza que le hacía parecer, por una vez, ridículo. El bulto que le había provocado mi pedrada se notaba incluso con la venda.

—Has tardado en venir —me dijo sin levantar la vista.

Ignoré su saludo.

—Bien, vamos a ponernos al día —le dije arrancándole el soldadito de las manos y lanzándolo contra la pared. Me senté sobre alguna colina ucraniana, quedándome a la altura de su cabeza vendada—. Te debo dos favores: uno por salvarme la vida en Britania, en aquella maldita masacre. Lo que has hecho hoy anula esa deuda. El otro favor —proseguí— fue cuando mataste a medio condado de Cork para liberarme en el XVII. Pensaba devolvértelo con la investigación genética para que puedas tener tu propio linaje y nos dejes en paz de una vez por todas.

Tomé aire.

—Escúchame bien porque no pienso repetirlo: si Adriana sale malparada de tus maquinaciones, abandonaré la investigación. Me iré de Santander, cambiaré de identidad, y Lyra se quedará sola con sus teorías. Consideraré entonces que no te debo nada. Y por cierto, estás a un paso de que deje de tratarte con la benevolencia de un hermano.

Me di la vuelta sin mirarlo y abandoné la sala sin esperar su respuesta.

¿Habría comprendido mi hermano que esta vez yo hablaba totalmente en serio?

«¿Nunca has intentado matarlo?», la voz de Dana se coló en mi cabeza.

«Un par de veces, en Siberia», le había contestado dos horas antes, tumbados en un lecho de hojas de haya que habíamos improvisado en el suelo del bosque.

«¿Y qué pasó?».

«Que no murió. La primera vez lo herí con mi puñal entre las costillas, debajo del corazón. Suele traer una muerte lenta y bastante dolorosa. Pero no conseguí matarlo. Simplemente se curó. Yo había aprovechado una de las ausencias de mi padre en las que Nagorno, pese a estar atado como un perro al mástil de la tienda, no dejaba de hostigarme. Habría sido un crimen cobarde, lo reconozco, pero era lo que ambos buscábamos en aquel momento. Atribuí su curación a la buena suerte. La escena se repitió con distinta arma décadas después. Su herida también sanó, era como si se quisiera burlar de mí. Ninguno se lo hemos contado nunca a nuestro padre. No tengo ni idea de si es realmente un inmortal o no, pero es evidente que la capacidad que tiene para regenerar sus células es muy superior a la nuestra.

»Mi teoría es que nuestra mutación, como muchas otras que provocan enfermedades, abarca distintos grados de afectación. Creo que Nagorno tiene el grado supremo. Prefiero pensar eso antes de creer que en efecto es inmortal y que, cuando nosotros no estemos para frenarlo, él siga caminando por este mundo. Es un pensamiento que me inquieta, y es la primera vez que lo comparto. Jamás lo he hablado con mi padre o con Lyra. Ellos no han intentado matarlo nunca, que yo sepa. Simplemente creen que es bueno en la batalla».

Dana se había quedado pensativa mientras se quitaba las hojas de la melena. Estaba preciosa, desnuda en medio del bosque, como la diosa celta que le daba el nombre.

Tenía la intención de conducir hasta su casa, buscando un poco de paz, pero me desvié y recorrí la carretera por la orilla del Pas. Apagué el motor en un ribazo del camino y me quedé mirando el lecho del río.

LXXIX

IAGO

7608 d. a., Escitia
690 a. C., actual Ucrania

Los dos muchachos se acercaron en silencio al niño que buscaba concentrado piedras transparentes en la orilla del agua. Nagorno se pasaba el día persiguiendo al orfebre para que le enseñase sus artes y poder fabricar placas de animales, pendientes cónicos o collares que luego regalaba a su madre. Olbia, en cambio, se mostraba cada día más resentida con su hijo, pues no mostraba mucho interés en las horas de entrenamiento que todo varón escita debía cumplir desde antes de hacerse hombre: equitación, tiro con arco, manejo del *akinakes.*

—Domino todas las artes del guerrero, madre. Deja que ocupe mi tiempo en lo que me gusta, para eso soy el hijo de Kelermes —contestaba siempre, absorto en el golpeteo del pequeño martillo sobre las chapas de oro.

—Es hora de que abatas a tu primer enemigo. Vendrás conmigo cuando se nos presente la próxima batalla. Será tu bautismo de combate, y no voy a permitir que vuelvas sin ninguna cabeza que lucir ante tu pueblo.

—Madre, deja de pensar en los muertos, de eso ya se ocupa mi padre. Deberías preocuparte solo por lucir lo más bella y poderosa posible. Ven, pruébate estos pendientes.

Entonces Olbia se acercaba a regañadientes, según contaba

Póntico, y se colocaba las joyas que su hijo le ofrecía, subido a un taburete.

Habían pasado más de diez años desde que Kelermes marchó, y ya nadie creía en su regreso, así que los escitas comenzaban a preguntarse si aquel muchacho que tan poco interés mostraba por la guerra sería un buen caudillo para ellos. Los dos vástagos del difunto Sirgis, que había muerto después de unas fiebres, eran ya adolescentes, y el contraste entre sus músculos trabajados por las horas de entrenamiento y el cuerpo todavía infantil de Nagorno no dejaba lugar a dudas acerca de quiénes iban a ser mejores guerreros. Todos habíamos oído que solían mortificar a Nagorno, pero a ningún esclavo se le habría ocurrido intervenir.

Aquella mañana aparecieron de la nada y se lanzaron encima de Nagorno, hundiendo la mitad de su cuerpo en el río. Yo me ocupaba de mis plantas varios metros corriente abajo, casi oculto tras los tallos. El ruido de la lucha del crío por zafarse de los otros dos llamó mi atención y observé la escena con cautela, pero cuando vi que llevaba demasiado tiempo sin respirar, y que las intenciones de los jóvenes eran más serias que otras veces, corrí río arriba para ayudarlo. Antes de llegar, Nagorno se había desprendido de su chamarra de cáñamo y había conseguido librarse de ellos. Semidesnudo, se encaró con rabia con los dos hermanos.

—¡Dejadme en paz! —chilló el niño—. Mi padre os castigará en cuanto vuelva.

—¿Tu padre, bastardo? —Se rieron—. Pregúntale a este esclavo por tu padre.

—¿Por qué debería hacerlo? —preguntó, desconcertado.

—Kelermes ha olvidado ya el camino que lleva a la tienda de tu madre. El hermano de este esclavo, en cambio, conoce muy bien el trayecto.

—¡Eso es mentira!, soy el primogénito de Kelermes y vais a pagar por lo que habéis dicho.

Pero los jóvenes ya se habían marchado corriendo, dejándome junto a un niño magullado y fuera de sí.

—Aparta, esclavo —susurró sin mirarme, retirando de un manotazo el brazo que le ofrecía ayuda.

—Sí, amo —contesté. Me giré y volví a mis quehaceres.

Jamás había estado tan cerca del chico antes, pero no pude evitar fijarme en los moretones que sombreaban su espalda.

Aquel mismo día, Olbia me hizo llamar. Se había herido con un espino en la planta del pie al bajar del caballo, así que fui a por el aloe y comencé a curarla en silencio. Nagorno llegó cuando yo casi había terminado, calado hasta los huesos y todavía alterado.

—Madre, andan diciendo mentiras de ti.

—¿Quiénes?

—Araxes y Aristeas, los hijos de Sirgis. Dicen que Kelermes no es mi padre, que es uno de los esclavos helenos. Solo te lo voy a preguntar una vez: ¿soy hijo de un esclavo?

Olbia estaba sentada mientras yo le ajustaba el calzado, pero enderezó la espalda, se puso en pie, y vi que su rostro se encendía hasta deformarle las facciones. Tragué saliva y esperé su reacción con el cuerpo en tensión.

Agarró al niño por el cuello con una mano y lo alzó por encima de su cabeza, impidiéndole respirar.

—¿Cómo te atreves a hacerme semejante pregunta? Eres el hijo de Kelermes y estás llamado a sucederlo. A partir de ahora se acabó la orfebrería, te entrenaré yo misma día y noche hasta que seas un digno caudillo al que todos respeten. He sido muy laxa contigo, pero eso se va a acabar.

Dejó caer al chiquillo mientras yo miraba fijamente al suelo, arrodillado entre madre e hijo. Nagorno tosió hasta que recuperó el aliento y apretó la mandíbula. Fui testigo de cómo aquella conversación acabó con su niñez. A partir de entonces, su tono de voz se volvió ronco y monocorde ya para siempre, y sus gestos perdieron un poco de humanidad.

—Así será, madre. Pero deja entonces que muera.

—¿Quién debe morir?

—El esclavo heleno. Si para ti no es importante, deja que yo mismo lo mate. Y también a su hermano, este de los ojos extraños —dijo, dándome una patada en las costillas—. No me gusta cómo me mira.

Escuché la sentencia sin separar la cabeza del suelo ni moverme de mi forzada postura, pero busqué con la mirada cualquier objeto que pudiera servirme para matar allí mismo a aquel niño y a su madre. Maquiné cien planes en un segundo para acabar con ellos, avisar a mi padre antes de que los cuerpos fueran descubiertos, intentar huir antes de que alguien diese la voz de alarma... Sería difícil, casi imposible, pero mejor intentarlo que morir allí mismo, postrado ante ellos dos.

—El esclavo no va a morir —susurró Olbia—. Es más, si alguien daña al esclavo, morirá en mis manos, incluido tú, ¿has entendido? Y su hermano vivirá mientras nos siga curando satisfactoriamente. Ahora vuelve a tu tienda. De madrugada saldremos a montar.

Nagorno guardó silencio varios segundos. Luego contestó con un «Sí, madre», y desapareció sin hacer ruido.

LXXX

IAGO

7608 d. a., Escitia
690 a. C., actual Ucrania

Al día siguiente, los susurros de Póntico me despertaron al alba.

—Parece mentira cómo duermes, ¿no te has dado cuenta del trajín de esta noche?

—No —dije desperezándome—, ¿qué ha ocurrido?

—Nagorno le ha llevado a su madre dos cráneos para forrarlos de oro —contestó—. Eran de los hijos de Sirgis. Mayátide, la copera, me lo ha contado. El niño ha dicho que eran dos enemigos dignos y que ya está listo para su bautizo de batalla.

Lo miré medio dormido, intentando hacerme una idea de lo que me estaba contando, pero callé porque intuí que aún no había acabado.

—Hay algo más; deberías ir a ver tu plantación de aloe.

Me levanté de un salto y corrí desnudo hasta el lecho del río, donde tenía cultivado el aloe para el siguiente año. Alguien había pasado con un caballo por encima de las plantas, pateándolas y arrancándolas luego de raíz. Encontré a Héktor intentando salvar las que podía. No le dije nada, sentía tal rabia que era incapaz de articular palabra. Me apresuré a amontonar todas las hojas que pude y extraerles la pulpa para que no se secasen. El destrozo había perjudicado seriamente la mitad de mi cosecha.

A lo lejos pude ver a Nagorno con Olbia, montados en sus

caballos, dirigiéndose hacia la estepa abierta. A pesar de la desesperación que sentí en aquellos momentos, mis peores días en Escitia estaban aún por llegar.

Poco después, Nagorno marchó al mercado de la carne de Borístenes, y volvió escoltado por tres esclavos saurómatas que compró allí. Eran mercenarios que habían perdido la libertad debido a sus crímenes. Los tres eran altos y corpulentos como árboles centenarios, y por primera vez en mi vida tuve que alzar la cabeza para dirigirme a un hombre. Desde la primera noche que pasaron en el campamento, jamás se separaron de Nagorno, jamás se mezclaron con el resto de los esclavos y yo jamás olvidaría sus rostros animales.

81

ADRIANA

26 de junio

Me lo encontré sentado en el rellano de la escalera de mi casa. Con su cabeza hundida entre los brazos, en una postura tan patética que supe que todo había estallado en su mundo, como aquel lejano día en que había venido a contarme que todo había cambiado en el mío.

Irreversible.

Esa era la palabra.

Mi primo se levantó sobresaltado cuando pulsé el interruptor de la luz, como si lo hubiera sacado de otra realidad. Llevaba un pequeño trozo de papel en la mano. Lo miré de reojo para hacerme una idea de lo que era, y pude apreciar un membrete de hotel caro y la letra elegante que horas antes se había burlado de mi escasa pericia como grafóloga.

—Aquí tienes —dijo poniéndome la tarjeta a pocos centímetros de la cara—. He venido a traerte un mensaje.

En realidad no hablaba. Sus palabras salían rabiosas.

Para variar, vencí mi curiosidad y aparté el papel sin leerlo. Saqué las llaves del bolso y abrí la puerta de mi casa.

—Anda, pasa.

Marcos entró en mi casa y volvió a extenderme el papel, aunque esta vez sin mediar tanto aspaviento.

—¿Vas a explicarme por fin qué hacía este mensaje sobre el cuerpo esposado de mi mujer?

Tomé la pequeña nota de las manos y la leí: «Adriana, ¿ves qué sencillo ha resultado torcer una vida?».

«Narcisista», pensé.

Levanté la cabeza para encontrarme con los ojos perdidos de mi primo. Marcos, al que nada le importaba nunca, el que pasaba surfeando sobre los acontecimientos. Lo vi envejecido y apocado, pidiéndome explicaciones a mí porque, por una vez, nada encajaba en su mundo.

«Bienvenido a La Vieja Familia, primo».

Lo cogí de la mano y lo arrastré hasta la cocina.

Se sentó en una de las sillas; la de mi madre, la que yo nunca usaba, la que quedó intacta después de nuestro último desayuno juntas. No le dije nada, aunque a cualquier otro no se lo habría permitido.

—Tendrás que empezar tú, Marcos, porque no tengo ni idea de lo que ha pasado.

—¿Cómo que no tienes ni idea?, entonces ¿por qué había un...?

—Empieza ya, ¿quieres? —le corté—. Así no vamos a llegar a ningún lado.

—Está bien —dijo cediendo—. Esta madrugada estaba en la clínica veterinaria, acababa de volver de la feria, pero no había pasado por casa todavía. Tenía papeleo atrasado, y llamé a Elisa para decirle que no me esperase para desayunar. Pero cuando marqué el número de su móvil me respondió una voz de hombre. Hablaba raro, como susurrando, me dijo algo así como: «Puedes pasar por el hotel Real a recoger a tu mujer. Habitación 333». Y colgó. Yo me quedé descolocado, volví a llamarla y ya no respondió. La verdad es que pensé mil cosas, no sabía si llamar a la policía o qué hacer. Cogí el coche y me fui directo al hotel Real. Te juro que no conseguía encajar lo que estaba ocurriendo.

—Sigue, por favor —le atajé.

—Después pasé por delante de la recepción del hotel y subí a la tercera planta. Entré en la habitación porque la puerta estaba un poco abierta, pese a que en el pomo colgaba el cartel de «No molestar». Encontré a Elisa tumbada en la cama, con una ropa interior que yo no había visto en mi vida. Estaba esposada a los barrotes de la cama. —Levantó la vista y me preguntó—: ¿Tú sabías que las camas del Real tenían barrotes?

No esperó mi contestación.

—Tenía una nota sobre el muslo, y las llaves de las esposas estaban en la mesilla de noche, a la vista.

«Nagorno y sus puestas en escena», pensé.

—Al principio creí que algún loco le había hecho aquello en contra de su voluntad, así que cogí el teléfono del hotel para llamar a la policía en cuanto comprobé que no tenía ningún daño, pero Elisa me detuvo.

»Me lo contó todo —continuó como un autómata—: que había quedado con uno de los jefes del museo, que se habían liado en el hotel, y que él la había dejado atada a la cama y había contestado a mi llamada desde su móvil. Creo que al principio no me enfadé con ella porque el susto que llevaba en el cuerpo era demasiado grande, pero cuando volvimos a casa empecé a darme cuenta de lo que realmente había ocurrido.

Me senté en una silla junto a él y llevé la mano a su hombro, sabiendo que el consuelo que le ofrecía era mínimo.

—Nos hemos pasado la madrugada discutiendo y no hemos aclarado nada. Lo único que sé es que no quiero volver a verla. Me he ido de casa.

—¿Adónde te has ido?

—A casa de mis padres, no estoy tan lejos de la clínica.

—¿Y los niños?

—Eso lo decidirá el juez.

—¿De verdad estás decidido a separarte? Hoy lo tienes todo muy reciente, pero tendrás que pensar en las consecuencias —le dije en voz baja, no sé por qué.

—Ella es la que no pensó en las consecuencias —murmuró entre dientes.

—Ella no pensaba que te ibas a enterar.

—Lo que me lleva a preguntarte qué pintas tú en todo esto y por qué ese tipo te ha mandado un mensaje a través de mi mujer. ¿En qué líos andáis metidas?

«Si tú supieras...», suspiré.

—Ayer pillé a Elisa quedando con él por teléfono, yo no tenía ni idea de que había un salseo entre ellos. Le pedí que no siguiera adelante, que pensara en ti y en vuestros hijos, pero Elisa reaccionó bastante mal.

Iba a decirle que intenté persuadirla contándole las miserias de Nagorno, pero me di cuenta de que una pregunta llevaría a otra pregunta, y que llegaría un momento en el que le tendría que decir: «No puedo contarte más», y Marcos se enfadaría igualmente.

Así que me callé, esperando el aluvión de preguntas de mi primo.

—¿Y eso es todo lo que hiciste? ¿No se te ocurrió llamarme? —me espetó atónito.

—Te llamé, Marcos. Unas cuantas veces, y te dejé un mensaje rogándote que me llamaras. ¿No lo has escuchado?

—¿Cuándo escucho yo los mensajes, Dana? Pero, no sé, podrías haber insistido más. Eso es lo que uno espera de su prima del alma.

«Tu prima del alma ha estado a punto de perder la vida por tu familia en dos ocasiones las últimas setenta y dos horas. He salvado a Álex de una leona y un psicópata longevo casi me estrangula por intentar salvar tu matrimonio».

La verdad me quemaba en la boca y apreté los labios para que no saliera. Meter a mi primo en aquel lío supondría ponerlo en peligro. El muy inconsciente se lo diría a Elisa, y Elisa sería como un altavoz. No podía contar nada. Por Iago y los suyos, y por la propia seguridad de Marcos, que se enfrentaría con Nagorno sin tener ni idea de lo que se jugaba en realidad.

—Marcos, te aseguro que hice todo lo que pude para tratar de disuadirla, pero la decisión final fue de ella, en todo caso. No puedo meterme más de lo que ya me he metido.

—¡Tonterías! —me gritó—. ¡Excusas! Yo lo habría hecho por ti. ¿O es que ya no tienes memoria?

«No, Marcos. No sigas por ese camino», le rogué sin llegar a pronunciarlo en voz alta.

Pero entonces sonó el timbre de la puerta. Me levanté de un salto y miré la hora. Había quedado con Iago y lo había olvidado.

—Quédate aquí, por favor. Ahora vuelvo.

Y salí al pasillo encendiendo las luces para iluminar la noche que se había colado a través de las ventanas. Me asomé por la mirilla y le abrí la puerta. Pensaba explicarle a Iago que mi primo estaba en la cocina bastante alterado, y que tal vez no era el mejor momento para presentaciones, pero Marcos no me había hecho caso y enseguida lo tuve a mi espalda, cruzado de brazos ante la presencia de Iago.

Este intuyó por mi cara que algo no iba bien y noté cierta sensación de alerta en su mirada. Mi primo fue a presentarse, alargándole la mano, pero cuando oyó decir «Iago del Castillo», se puso rojo como un toro bravo y arremetió contra él, empujándolo contra la pared del rellano. Iago se apartó a tiempo y le sujetó el brazo a la espalda con fuerza, obligando a Marcos a comerse la pared.

Iago se giró hacia mí con un signo de interrogación en la cara.

—Te presento a mi primo Marcos, el marido de Elisa. Está bastante enfadado con Jairo.

—Era lo que me temía —murmuró.

Luego me dirigí a mi primo:

—Por cierto, te has confundido de hermano.

—¿Él no se ha acostado con mi mujer? —dijo con la mejilla todavía pegada a la pared.

—Anoche estaba en Copenhague, así que creo que no —le contesté.

Iago puso los ojos en blanco ante mi ocurrencia y soltó a mi primo. Marcos se sacudió ostentosamente su camisa de leñador, que había quedado casi blanca de la cal de la pared.

—Todavía no me has explicado por qué el que se lio con mi mujer anda enviándote mensajes.

—Ya basta por hoy, Marcos. De verdad, deberías marcharte —le rogué.

—Sí, yo creo que será lo mejor —dijo sin mirarme y bajó las escaleras a toda prisa, como si mi casa tuviera alguna enfermedad contagiosa y él no quisiera saber ya nada de aquel lugar.

82

ADRIANA

26 de junio

Cerré la puerta cuando Iago entró y nos quedamos en el pasillo de mi piso con cara de circunstancias. Me apoyé en la pared y me dejé caer hasta quedarme sentada en el suelo. Él también se sentó, y esperó a que yo hablara.

—¿Cómo puedes? —le pregunté.

—¿Cómo puedo qué?

—¿Cómo puedes hacer para callar tantas cosas que te incumben? ¿Cómo haces para no contar la verdad y dejar que la gente te malinterprete?

—Porque me juego la vida si hablo. El instinto de supervivencia es más fuerte que el de hacer justicia. No hay ningún mérito en eso, amor.

—Marcos me cree culpable de lo que ha pasado con Elisa.

—Qué miope —comentó.

—Lo que sea. Pero lo que quedará de este incidente es que le he fallado, que me he cruzado de brazos mientras veía venir lo que iba a hacer su mujer.

—Os estáis acercando demasiado a Nagorno —me advirtió—, esto no va a acabar bien. Tienes que mantenerte al margen, Elisa ha tomado su decisión y tu primo tendrá que salir del paso como pueda, pero deja de meterte en sus asuntos.

—No entiendo la actitud que tenéis tu familia y tú con él, es como si le tuvieseis miedo —estallé.

—Sé que no te dirá nada, pero tú no has visto a Nagorno en estado puro. Y no mezcles esto con el valor. Me da igual si me tomas por cobarde, eso no cambiará mis actos, ni presentes ni futuros. Te hablo de que sois como moscas molestando a un rinoceronte. Simplemente os barrerá de un movimiento. Mantente alejada; llegado el momento, ni yo mismo podré pararlo.

—¿Por qué dices eso?

—Porque ahora yo sí que tengo algo que perder —me dijo mientras me daba un beso—. Eso le da ventaja. —Se levantó y me tendió el brazo para ayudarme a incorporarme—. Me temo que vamos a seguir hablando de mi hermano durante la cena —me dijo con cara de resignación.

—Intentaremos que no sea así —respondí.

Después me alzó como solía hacer, dejando que yo rodease su cintura con mis piernas, y nos trasladamos sin prisas por el pasillo hasta llegar a la cocina.

Cenamos casi en silencio, comentando las novedades del día en el MAC en un intento de darle cierta normalidad a la jornada, pero no resultó. Iago asentía distraído mientras yo trataba de centrar la conversación una y otra vez. Al final dejé la ensalada a medio comer y le retiré el plato de la mesa.

—¿Qué pasa, Iago?

—Me estoy preguntando si no te estás arrepintiendo ya.

—¿De qué tendría que arrepentirme?

—De lo nuestro, de que nunca vayamos a tener una relación normal, de mi extraña familia, de mis problemas con Nagorno, de que mis preocupaciones son mucho más antiguas que tus preocupaciones. —Se atusó el pelo, como hacía siempre que estaba preocupado—. No sé si estamos preparados.

—No tengo ni idea de si estoy preparada o no, Iago. Es la primera vez que estoy con alguien de diez mil años. ¿Lo estás tú? ¿Has vivido antes una situación parecida, o todas tus parejas desconocían tu fecha de nacimiento verdadera? La noche que me revelaste vuestro secreto dijiste que era la primera vez que se lo contabas a alguien.

—Y así es, nunca antes lo he dicho.

—Entiendo entonces que lo nuestro es diferente para ti.

—Ni te lo imaginas —murmuró.

Me tomé un momento para pensarlo, aunque en realidad no tenía nada que decidir.

—No lo sé, Iago. Me ha costado mucho dar el paso, no quiero tirar la toalla tan pronto. Además —añadí, tratando de arreglar la noche—, eres la fantasía sexual de toda arqueóloga que se precie. Déjame disfrutar de un *sapiens* arcaico un poquito más de tiempo.

—No soy arcaico. Anatómicamente soy tan moderno como tú, y creo que te lo he demostrado.

—El cromañón se me pone digno.

Él ni siquiera sonrió.

«Inútil», pensé rindiéndome. Iago no estaba para mis payasadas. Estaba en otro lugar, en el centro de un nubarrón.

—Dana, ¿no te asusta lo que ha ocurrido esta mañana con Nagorno?

Esa sí era una pregunta normal.

—¿De verdad crees que intentaba matarme o era solo un farol?

—No lo sé, con mi hermano es difícil saberlo. No dudo que habría sido capaz de hacerlo pero, por otro lado, creo que solo busca hostigarme a través de ti.

—¿Por algún motivo en especial?

—Por lo que te comenté: no aguanta que me vayan bien las cosas, es cuando se pone más insoportable. Y también porque me quiere centrado en la investigación, y tal vez tema no controlar la influencia que puede tener en mí el hecho de estar contigo. ¿Has oído hablar de la *vendetta traversa*, la venganza colateral?

—No, y no estoy muy segura de que quiera saberlo.

—Es una costumbre que supuestamente nació en Italia hace varios siglos. Aunque mi hermano suele aplicarla desde que nació. Tal vez él la inspiró, quién sabe. Cuando alguien se sentía agraviado por una persona, se vengaba de toda la familia. Le ha dado buenos resultados en el pasado, para mi desgracia. Debí imaginar que empezaría por algo así.

—¿Crees que volverá a intentarlo?

—Creo que no, esta tarde le he dado un ultimátum: si vuelve a acercarse a ti, voy a dejar la investigación, y en su lista de prioridades, eso está más alto que fastidiar a su hermano. Creo que sabrá controlarse a partir de ahora, pero no te haces una idea de lo que me duele que tengas que estar metida en medio de nuestros líos.

—Hace unos días me salvaste la vida y arriesgaste la tuya por mí. Hoy has vuelto a salvármela. Por lo pronto, me compensa.

—Pues avísame cuando te deje de compensar —dijo en tono sombrío, como si se estuviera peleando con las palabras.

—No creo que llegue ese momento, pero si así es, lo haré —le prometí, fingiendo un aplomo que en absoluto sentía.

Aquella noche nos acostamos abrazados, pero me costó mucho dormirme y juraría que a él también, pese a que permaneció muy quieto a mi lado. La penumbra no podía ocultar que sus ojos miraban fijamente el techo de mi dormitorio.

Nunca me había considerado una persona demasiado valiente, y el recuerdo de la mano de Nagorno en mi cuello me ponía la carne de gallina cada vez que cerraba los ojos. Lo quería lejos de mi vida, de la de Iago, de Santander, del MAC. Durante todo el día no me había dolido la herida de la espalda ni me había acordado de ella, pero al tumbarme en la cama, el dolor había vuelto con toda su crudeza. También la sensación de asfixia en la garganta que me había dejado mi cuñado psicópata.

Era raro eso de vivir siendo superada por los acontecimientos. A mi lado, podía oír el engranaje de los pensamientos de Iago en mitad de la noche, protegido por la oscuridad. ¿En qué piensa un hombre de diez mil años cuando un hermano se empeña en castigarlo durante milenios? ¿Qué planes era capaz de maquinar? ¿Hasta dónde podría llegar sin traicionarse a él y a su familia? Odiaba estar en medio, ser la pieza débil del juego. Pero estaba empezando también a entender la carga de Iago, la tensión de la mandíbula cuando su hermano aparecía, el constante control en las reuniones sociales, el conflicto permanente esperando siempre lo peor de él. Me forcé a dejar de darle más protagonismo a un individuo que probablemente estuviera durmiendo en esos momentos a pierna suelta, cuando no haciendo malabares circenses con tres amazonas.

Un par de horas después, aburrida, decidí romper el incómodo silencio.

—Iago...

—¿Qué? —susurró.

—¿No puedes dormir?

—Mmm...

—Anda, ven —le dije.

Me coloqué contra su espalda, pegando mi pecho y mi estómago a su cuerpo y abrazándolo desde atrás. Empecé a tomar aire y a expulsarlo lentamente.

—Concéntrate en respirar cuando yo lo hago, ¿de acuerdo?

Él obedeció, acoplando su cuerpo aún más al mío, como si fuéramos dos cucharas soldadas. Lo fui llevando poco a poco por los senderos del sueño, y un rato más tarde ambos dormíamos con los alientos acompasados.

A veces los días nacen prometiendo besos y abrazos. A veces estos besos y abrazos llegan, y no puedes reprocharle nada al día, pero no son de ningún modo como tú los esperabas. A esos días solo puedes pedirles un poco más, y por suerte ese deseo es siempre concedido: que mueran cuanto antes y que llegue un nuevo día.

83

ADRIANA

Miércoles, 27 de junio

—Un café solo —pidió Lür nada más entrar en el BACus.

Sentados en nuestra mesa, sin nadie del personal de MAC a la vista, Iago, Lyra y yo charlábamos cuando Lür se nos unió murmurando una excusa, con el rostro serio. Llevábamos un rato hablando cuando los Waterboys reclamaron a Iago por el móvil. Él se levantó de un salto y se precipitó hacia la salida del BACus después de un preocupante «Ahora vuelvo».

Cifuentes, el de Contabilidad, se adentró en nuestro feudo armado con varios documentos urgentes y nos robó a Lür de nuestras filas, así que nos quedamos Lyra y yo a solas.

El día había amanecido desapacible, con el viento del noroeste que tan claramente anunciaba lluvia para Iago.

—Lür me puso al día de la última proeza de Nagorno —dijo removiendo su café con leche—. Siento que le hayas visto en plan medieval. No sé si lo sabrás, pero lo ha exiliado por un tiempo.

—¿Exiliado? —pregunté atónita.

—Sí, digamos que lo ha puesto fuera de nuestras vidas una temporada. En realidad Lür es el único que tiene cierta autoridad sobre él. Y nos vendrá bien no tenerlo cerca hasta que todo se normalice un poco. También será bueno para la inconsciente de tu prima.

—Veo que conoces todos los detalles.

—Sí, hay cosas que nunca cambian —resopló—. Por eso quería hablar contigo. Ahora estás viendo lo que supone estar cerca de esta familia. ¿Por qué crees que quiero tener mis propios hijos longevos? ¿Por qué crees que apoyo que Nagorno los tenga? Con ellos siempre ha sido así: conflicto, conflicto y más conflicto. —Se perdió en las espirales del café al que daba vueltas—. No quiero vagar sola de nuevo por el mundo, pero a duras penas los soporto cuando están los tres juntos.

Yo me mantuve en silencio, algo incómoda al escuchar sus confidencias.

Lür se nos unió de nuevo, después de zafarse de Cifuentes, y los tres abandonamos el BACus en silencio. Después de despedirnos de Lyra, Lür me acompañó a la Sala de Prehistoria, y tras varios intentos de ponernos en contacto con Iago por móvil, decidió quedarse y ayudarme con los paneles.

Cargó con uno y lo llevó al fondo de la estancia. Yo lo seguí.

—Hay un par de temas de los que quiero hablar contigo —me dijo—. Ahora que sabes lo nuestro, no voy a engañarte, el MAC durará unos años. Luego simplemente desapareceremos dejando atrás una historia creíble. Pero en el caso de que sigas con nosotros, podríamos montar una empresa de arqueología de urgencia. Urko, tú y yo. Nos podrías ayudar a recuperar nuestro pasado y, por tu parte, podrías evitar que muchos restos arqueológicos quedasen sepultados para siempre bajo el hormigón. Nada de yacimientos agotados después de décadas de campañas cavando. Tendrías material fresco al alcance de unos pocos golpes de pico.

—Desde luego, conoces el arte de tentar a la gente.

—A veces es útil, lo reconozco. En realidad, Iago y yo tenemos la idea de realizar ese proyecto cuando el MAC ya no dé más de sí. Quiero decir que lo haremos con o sin ti, y disculpa mi franqueza. Pero serías una aportación valiosa. Te estoy proponiendo una salida digna para que sigas con la familia cuando el MAC se acabe. No dudo que tu carrera de arqueóloga brillará también sin nosotros. Nadie lo ha dudado nunca, créeme.

—Pero me estás proponiendo algo casi ilegal. Que después nos quedemos con las piezas...

—Solo con nuestras piezas, con las que un día nos pertenecieron —recalcó—. Lo legal sería que saliéramos del armario, que en nuestro DNI pusiera nuestra edad verdadera y que se crease una ley que nos permitiera recuperar lo que es nuestro. Esa es mi aspiración, aunque dudo que lo consigamos en este siglo, y tal vez no en este milenio. Los indígenas de todo el planeta están luchando para que devuelvan los restos de sus antepasados a sus tierras y los saquen de los museos, pero sabes el resultado. Nada nos asegura que no seamos tratados igual, además de la malsana curiosidad que recaería sobre nosotros por parte de Gobiernos u otras organizaciones. Seríamos cobayas, te lo aseguro. Así que no me des lecciones de ciudadanía ideal; estamos al margen de la ley porque no hay ley que nos ampare.

Me pasó unas puntas de flecha de sílex y prosiguió:

—Desde que vi cómo te implicabas con mi hijo, dejé de exigirte que nos consiguieras convenios. No quería perjudicarte, y permití que os centrarais en la Sala de Interpretación, previendo que acabarais juntos. Urko tampoco te presionó al respecto desde el principio, motivo por el que me di cuenta mucho antes que él de lo enamorado que estaba.

«Vaya».

—¿Estáis falsificando piezas de los museos con los que colaboráis? —pregunté con la cara pálida.

—Cada vez es más difícil cambiar originales por falsificaciones. Por eso ahora mismo evitamos las colaboraciones con los museos importantes, como el Británico o el Hermitage. Siempre comprueban sus piezas y no podemos permitirnos un escándalo. El plan es dar el cambiazo a esos museos al final de nuestro ciclo aquí, antes de desaparecer.

«Vale, adiós carrera. Adiós arqueología».

—¿Y cómo lo hacéis para falsificar piezas antiguas? No es tan sencillo.

—Se encarga el resto de La Vieja Familia. Fue la contrapartida a cambio de colaborar con la investigación del gen longevo. Nagorno es el artista, el experto en Historia del Arte. No porque haya pisado una universidad en su vida, sino porque él es sujeto activo de esa historia del arte. Lyra se encarga de la alquimia.

—La alquimia —repetí.

—Los materiales. Hacer mezclas sintéticas que simulen, por ejemplo, el esmalte de una pieza dental. Siempre se le dio bien la fragua. Ella crea la materia prima, Nagorno la moldea y convierte la copia perfecta en arte. Luego vuelve a manos de Lyra para envejecerla. Debes saber que es tan diestra para su trabajo oficial en el MAC, en el laboratorio de restauración dejando en buen estado una pieza, como para el proceso contrario, darle una pátina de vejez. Y hablando de Nagorno, te debo una disculpa —me dijo, después de sentarse sobre una de las cajas sin abrir.

—Me la debe él, no tú —señalé.

—Puede ser, pero me siento responsable en cierta medida de lo que ha ocurrido —insistió, tomando una réplica del bastón de mando del ciervo de Monte Castillo y cambiándolo de mano con un gesto mecánico.

—Pues no veo la manera, Lür. Puede que sea tu hijo, pero es un adulto. No comprendo cómo te haces responsable de sus actos.

—No de sus actos, pero sí de empeñarme en que esta familia permanezca unida, cuando nunca lo ha estado. Urko sigue a mi lado por lealtad y porque hemos estado tanto tiempo juntos que tenemos entre nosotros una camaradería que va más allá de la que tienen padre e hijo en circunstancias normales. Pero lo cierto es que, desde que nació Nagorno, su vida ha sido en ocasiones un calvario por culpa de su hermano, y ha resistido siempre por mí. Lyra, como ves, tiene tantas ganas de perdernos de vista que apenas nos considera de su sangre. Estoy intentando mantener unido lo que nunca fue una familia, y creo que mi empeño lo están pagando demasiadas personas a las que aprecio, entre ellas tú.

«En el fondo, hasta el hombre más viejo del mundo se niega a aprender de sus errores», pensé. De todos modos, no quise desaprovechar la oportunidad.

—¿Qué pasó en Escitia, Lür? ¿Qué ocurrió entre Iago y su hermano?

—¿Cuánto sabes?

—Iago me contó que os hicieron esclavos y que dejaste embarazada a la madre de Nagorno. Más allá de eso, solo me contesta con vaguedades. Ya lo conoces, si no quiere hablar de algo, no hay manera de sacárselo.

—Entonces déjame que te hable de la primera juventud de Nagorno y de los tormentos que tuvimos que pasar hasta escapar y salvar la vida.

Me senté y desconecté el móvil. Por una vez, deseé que Iago no traspasara la puerta de la Sala de Prehistoria con su metro noventa y sus preocupaciones. Porque era tan evidente como que iba a llover que Iago traería malas noticias de nuevo.

84

LÜR

Decimoctavo día del mes de Duir
27 de junio

—Creo que Urko nunca entenderá el amor que me unió a Olbia durante casi veinte años. Ella nos degradó a la condición de esclavos, es cierto, y era la primera vez que perdíamos la libertad de aquel modo, pero éramos hombres curtidos en penurias y yo sabía que sobreviviríamos a aquel trance. La relación desigual que manteníamos Olbia y yo durante el día se convertía en pasión y en agradables charlas por la noche.

»Me enamoré de su curiosidad por el mundo, de su sentido de la responsabilidad hacia su gente, de una fortaleza a la que nunca vi fisuras. Iasón, en cambio, no dejaba de maquinar planes suicidas para escaparnos, pese a que yo le disuadía de que no lo hiciera. Ya ves, yo tenía la esperanza de que el carácter de Olbia se ablandase con los años y nos convirtiera en libertos. Pero me equivoqué, aquello no llegó a ocurrir jamás.

»El nacimiento de Nagorno, a las doce lunas de concebirlo, vino a empeorar la situación entre Iasón y yo. Olbia se empeñó en tener un hijo para continuar su legado por si Kelermes no volvía, pero todo su pueblo estaba al tanto de su secreto: que Nagorno era mi hijo. Nagorno fue torturado desde muy temprana edad. Los escitas adultos lo despreciaban, por considerarlo una deshonra, y los chiquillos de su edad aprendieron pronto a atormentarlo.

»Hay algo que debes saber de Nagorno y que no he visto en ningún otro ser humano: su resistencia. Mi hijo sufrió palizas que habrían matado a un guerrero bien entrenado, pero él siempre se reponía, y ni siquiera reclamaba los cuidados de Iasón. Por otro lado, Olbia fingía no enterarse cuando martirizaban a su hijo, siguiendo una lógica retorcida por la que creía que todo aquello lo hacía más fuerte. Tienes que entender que por aquel entonces ni siquiera nosotros sabíamos si éramos inmortales o tan solo longevos. Simplemente sabíamos que no envejecíamos y que no habíamos muerto; por eso, al ver a Nagorno curarse una y otra vez de sus heridas, asumí que era uno de los nuestros y me sentí en la obligación de no abandonar Escitia sin él, aunque debía de pasar tiempo aún hasta que estuviese preparado para asumir su naturaleza y aceptar que dos esclavos éramos su familia. El regreso de Kelermes, cuando Nagorno tenía casi veinte años, vino a truncar los planes de todos.

—¿Kelermes volvió? —le interrumpí sorprendida—. Iago no me lo ha contado.

—Sí —afirmó en tono sombrío—, Kelermes volvió. Lo precedió días antes un mensajero. Preguntó por Olbia y le anunció el triunfo definitivo de los escitas sobre los masagetas. Después de tantos años, daban por concluida su campaña, tras no dejar ninguna tribu del norte con vida. Cuando Nagorno se enteró, asumió él mismo la organización del banquete de bienvenida. Hizo sacrificar docenas de caballos y supervisó todos los detalles para estar a la altura de la fama de Kelermes. Por aquel entonces Nagorno se había convertido ya en un joven temido por todos. Era el más refinado de los escitas, pero acompañó a su madre en todas las incursiones en los territorios de tribus enemigas, y se ganó también la fama de astuto y despiadado. Yo creo que lo hizo por contentar a su madre. Olbia, por su parte, no quiso verme las noches anteriores al regreso de su marido. Todos estábamos nerviosos y expectantes ante la llegada del caudillo.

»Por fin llegó el día. Kelermes hizo su aparición montado en un caballo de crines oscuras, que contrastaban con la piel blanca de los cueros cabelludos que colgaban de su montura. Desde mi posición, en segundo plano junto a Iasón y el resto de los esclavos, pude ver a un hombre que ya se acercaba a la vejez, pero se encargaba muy bien de ocultarlo. Llevaba un yelmo de escamas de pezuñas que le confería una presencia imponente. Tenía los ojos pintados de negro, lo que ensuciaba una mirada malhumorada y la hacía más desagradable aún.

»Nagorno se acercó a pie al caudillo, varios pasos por delante de su madre, con un cinturón trenzado entre las manos, adornado con placas de ciervos cosidas al cuero. Era un trabajo fabuloso que él mismo había cincelado, robándole horas al sueño de las noches anteriores. Hizo una reverencia y se dispuso a hablar, pero Kelermes le interrumpió:

"¡Aparta, muchacho! Quiero que sea mi esposa quien me reciba".

"Y te recibirá como mereces; hemos sacrificado los mejores animales y disfrutarás de una fiesta como nunca se ha visto. Pero antes debes saber que soy tu hijo y que me he preparado toda la vida para ser digno de ti".

"¿Mi hijo, dices? —le frenó riéndose. Se acercó con el caballo a Olbia y le gritó—: ¿Quién es este pequeño bastardo, mujer? ¿Y por qué dice que es mi hijo? ¡Habla!".

"Así es, quedé encinta antes de que marchases. Ni yo misma sabía que estaba preñada de ti hasta que se hizo evidente".

»Kelermes desmontó del caballo y antes de que pudiésemos darnos cuenta, la agarró por el cuello con una mano. Nagorno intentó interponerse, pero varios de los guardias personales de Kelermes lo sujetaron por los brazos y le pusieron un puñal en la garganta.

"¡Embustera! Durante toda mi vida he poseído a todas las mujeres que se me han cruzado por el camino, estuvieran ellas de acuerdo o no, y nunca he engendrado un solo hijo. ¿Y ahora me intentas hacer creer que ese crío es mío? —Se giró hacia el resto de la tribu, que contemplaba la escena con la cabeza baja para no enfrentarse a la ira de Kelermes—. Haremos que el sacrificio de esas reses no sea inútil. —Se acercó a Nagorno, que seguía sujeto por los guerreros. Lo miró con detenimiento por primera vez—: Mañana celebraremos tu funeral, pequeño bastardo".

»Y dicho esto, rodeó su cuello con ambas manos, descargó sobre el muchacho toda su rabia y lo estranguló. El cuerpo de Nagorno cayó inerte al suelo. Yo intenté correr hacia él para auxiliarlo, pero Iasón me sujetó el brazo con fuerza y se colocó disimuladamente delante de mí.

"Si te mueves, nos matará a todos", susurró.

"Que los esclavos comiencen ahora mismo a construir un kurgán. Con ochenta pies será suficiente. Olbia, entremos en tu tienda, que nadie nos moleste".

»Recogieron el cuerpo de mi hijo y se lo llevaron. Nos obligaron a amontonar tierra y césped a golpe de látigo. Aquella noche, exhaustos, Iasón me convenció por fin para intentar la huida. Yo accedí, ya no quedaban motivos para permanecer allí. Con Kelermes de vuelta, Olbia no se arriesgaría a volver a reclamarme. Es más, sospechábamos que todos los esclavos y los escitas en edad de procrear que habían quedado en el campamento íbamos a ser sacrificados una vez que acabásemos la tumba de Nagorno. Iasón, por su parte, tenía un plan brillante. Imagino que se había pasado los últimos veinte años rumiando los detalles.

»Al día siguiente nos despertaron de madrugada para continuar excavando. Cuando pasamos frente a la tienda de Olbia, Kelermes salió cargando al hombro el cuerpo destrozado de su mujer. Dejó el cadáver en el suelo y se limitó a decir: "Olbia ha muerto esta noche, enterradla junto a su bastardo".

»Iasón me salvó de caer de bruces, porque dejé de sentir el suelo a mis pies y todo a mi alrededor dejó de ser real. Obedecí las indicaciones que me dio cuando llegamos al túmulo, donde ya habían depositado el cuerpo de Nagorno en una de las cámaras laterales.

»Los kurganes estaban construidos como masas de tierra y capas sucesivas de césped invertido, dispuestos alrededor de una o varias cámaras, que albergaban a los muertos, los caballos sacrificados y la servidumbre más cercana al difunto. Nadie había sospechado que la cámara central se había construido para enterrar a Olbia. Nos introdujimos entre dos capas de césped, cada uno de nosotros llevaba una caña hueca cuyo extremo salía del túmulo y nos permitía respirar. Confiamos en que con las celebraciones nadie nos echara de menos hasta el día siguiente, cuando estuviésemos fuera del alcance de sus caballos. Entonces ocurrió algo inesperado: desde mi posición, cercana a la cámara de Nagorno, percibí una respiración. Removí la tierra con mis manos hasta acceder al minúsculo habitáculo de su tumba. Toqué su cuerpo, que no estaba frío, y comprobé que su corazón latía. Entonces volví arrastrándome hasta donde Iasón podía oírme.

"¡Hijo, está vivo! ¡Nagorno está vivo!".

"No puede ser, lo vimos morir", susurró.

"Eso demuestra que es uno de los nuestros. Tenemos que llevárnoslo de aquí".

"No, padre, no me pidas eso. No puedo aceptarlo en la familia".

"Debes hacerlo, el tiempo limará nuestras diferencias", insistí.

"No sabes lo que me estás pidiendo. Déjalo; si sobrevive, él mismo saldrá. Pero no lo traigas con nosotros, no lo quiero a mi lado".

»Ya por entonces conocía bien a mi hijo. Sabía que no podría convencerlo.

"Entonces yo también me quedo. Escapa tú solo esta noche", le dije.

»Durante un buen rato, apenas se oyó el silencio. Después Iasón se despidió:

"De acuerdo, padre. Me voy sin ti. Que tengas una larga vida. Si volvemos a vernos, que sea en nuestra montaña una noche de solsticio".

»Me quedé en la cámara de Nagorno, dándole calor con mi cuerpo e intentando que despertase porque me veía incapaz de arrastrar el peso de su cuerpo inerte. Horas después, Iasón regresó, sin decir ni una palabra, y me ayudó a sacarlo y a huir.

»Alguna vez, cuando habla de la noche más dura de su vida, creo que se refiere a aquella noche, cuando desanduvo sus pasos en mitad de la estepa para volver a por mí y ayudarme a sacar a Nagorno de su tumba. Aun así, Iasón vino preparado. Lo mantuvimos inconsciente durante varias jornadas a base de hacerle inspirar semillas de adormidera —hoy lo llamáis opio—, hasta que estuvimos fuera de peligro y lo suficientemente lejos como para no temer que los escitas nos siguieran. Después, cuando despertó y le hablamos de quienes éramos y de nuestra verdadera naturaleza, tuvimos que dejarlo atado durante meses. Cuando viajábamos hacia el norte, ya con caballos, en dirección a la actual Siberia, lo dormíamos con el opio. Cuando acampábamos, lejos de toda presencia humana, teníamos que mantenernos alerta, porque Nagorno rechazó desde el primer momento considerarse hijo y hermano de esclavos. Fue con el paso del tiempo cuando dejamos de temer que intentara matarnos, aunque creo que Iago aún no se fía del todo.

85

ADRIANA

27 de junio

—Y eso es todo lo relevante que puedo contarte —dijo soltando un largo suspiro—. Como ves, todavía no ha pasado el tiempo suficiente como para que los tres superemos aquella etapa. Yo aún sigo añorando cada noche mis charlas con Olbia. Urko sigue sin perdonar a su hermano porque su madre nos esclavizó y Nagorno sigue creyéndose un bastardo incomprendido. Por eso rechaza antes de ser rechazado y ataca antes de ser atacado. Le tocó vivir un tiempo duro en el que nadie estuvo a su lado. No creo que nunca llegue a confiar en nadie, salvo en sus propios hijos, si es que consigue tenerlos.

La mirada de Lür se quedó extraviada entre las paredes a medio pintar. Yo había perdido las ganas de hablar, así que continuamos en silencio colocando paneles y escondiendo cables mientras esperábamos la llegada de Iago.

Estaba empezando a darme cuenta de que saber tantos detalles de su pasado no era la orgía de conocimientos por la que una historiadora mataría. Eran recuerdos reales, dolorosos, cuyas consecuencias perduraban a lo largo de los milenios.

Estaba empezando a entender que una larga vida, el sueño de la inmortalidad con el que todo humano fantasea, no hacía sino alargar los conflictos, las desavenencias, el sufrimiento.

Por mucho que Nagorno lo negase, todos ellos estaban marcados.

Tan marcados como yo.

86

IAGO

Decimoctavo día del mes de Duir
27 de junio

Cuando salí del BACus para oír mejor la voz de Rebekka, el viento me palmeó la espalda, igual que haría un amigo traidor. Alejé mis pasos del rumor del bar cuanto pude. Sabía lo que iba a venir a continuación. Eché un último vistazo al cielo encapotado antes de recibir las malas noticias.

—Mi padre ha muerto, Isaac —me dijo con voz apagada.

—Lo siento mucho, Rebekka. —Y era verdad.

Las muertes no me suelen afectar más que las separaciones o despedidas, porque en mi caso el resultado viene a ser el mismo: no vuelvo a ver a esa persona. Peor aún: aunque esté viva, no vuelvo a saber de ella, que a veces es más doloroso, porque hay una posibilidad real de reencuentro que mis circunstancias han segado de raíz.

—Estoy allí en unas horas, si quieres —me ofrecí.

—No, prefiero que no. Mi padre murió hace dos días y ayer lo incineramos. No te avisé porque no quería compañía en esos momentos.

—No tienes por qué darme explicaciones. Te agradezco mucho que hayas llamado —le dije sentándome junto al matorral de lavanda.

—El médico le fue a dar otra sesión de quimio, pero dijo que se le había extendido por todo el cuerpo. Lo enviaron a casa a morir, como él quería.

Escuché en silencio todos los detalles que quiso contarme, preguntándome si Rebekka en el fondo no estaría pensando exactamente lo mismo que yo: que si su padre no me hubiera conocido, ahora estaría vivo.

Era difícil saberlo.

—Mi padre dejó algo para ti, necesito que me des una dirección para enviártelo.

—No es necesario. Sea lo que sea, prefiero que te lo quedes tú —contesté, incómodo.

—Pues yo no lo quiero en mi casa, así que si tú no quieres su laboratorio, se lo donaré a la fundación, por mucho que mi padre me lo prohibiese el día antes de morir —me respondió, alterada.

—De acuerdo, tranquila. Envíamelo. —Me apresuré a hacer planes sobre la marcha, cualquier solución menos que la fundación pudiera encontrarse con los descubrimientos y el desaguisado de Flemming—. Voy a darte una dirección en España, que es donde mi empresa me ha destinado este último mes. Envíamelo a mis iniciales: I. C.

Después le di la dirección del paseo Pereda y la de una empresa de transporte especializada. Pensé en las muestras que guardaba aquella nevera, sintiéndome un carroñero por comenzar a perfilar experimentos mientras hablaba con la huérfana de mi amigo.

—¿Está tu madre contigo? —quise saber.

—Sí, ha venido con su nuevo marido y su hijo. Quieren instalarse en esta casa, le ha faltado tiempo para empezar a cambiar todo.

—Rebekka, ¿de verdad no quieres que vaya? Puedo hacerte compañía los primeros días y ayudarte en lo que necesites.

—Estaría muy bien... —dijo por primera vez con voz risueña. Luego carraspeó y volvió a ponerse seria—. Pero estoy muy muy cansada. Estos días solo quiero meterme en la cama y olvidarme de todo. Ya te diré algo, ¿de acuerdo?

Me tomé mi tiempo una vez que Rebekka se despidió para decidir todas las implicaciones, y después me dirigí a la Sala de Interpretación, donde encontré a Dana sola colocando los murales de los útiles de costura. Estaba pensativa, más que de costumbre, pero cuando llegué no me cosió a preguntas ni me interrogó con la mirada.

—Tengo que contarte algo —me sinceré, cogiéndola de la mano.

Me miró un poco ausente, como si ese día ya tuviera el cupo de curiosidad satisfecho.

—¿Te ocurre algo, Dana? —le pregunté sentándome junto a ella.

—Acabo de enterarme de que he sido contratada por unos falsificadores.

Era eso.

—¿Y quién demonios te...? ¡Ah, ya comprendo! Lür.

Asintió. Mi padre y su integridad.

—¿Enfadada?

—Menos de lo que esperaba. La confesión ha venido con una propuesta de lo más interesante. Me he quedado en aquello de «Tendrías material fresco al alcance de unos pocos golpes de pico».

—¿Y te ha tentado?

Suspiró, recostándose sobre mi pecho.

—Sois lo peor, tú y tu familia.

No era tan grave entonces, pensé aliviado.

—Y ahora cuéntame. Ha pasado algo, ¿verdad? —dijo.

—Así es. Hay algo que no sabe nadie de mi familia, excepto Lür, pero necesito compartirlo contigo para que estés al corriente de en qué ando metido. Además, creo que próximamente le voy a tener que dedicar bastantes horas en mi casa, así que quiero contártelo todo.

—Algo que tiene que ver con la investigación de vuestra longevidad.

—Sí. Tiene que ver con los telómeros, con la conversación que escuchaste hace unos meses, antes de que me fuera a San

Francisco. Allí conseguí material que me dio la pista para empezar a investigar, pero falsifiqué el informe cuando se lo pasé a mi familia, de modo que a Lyra no le pareció relevante y desechó esa línea de investigación, que era lo que yo buscaba.

—Recuérdame no tenerte como enemigo —susurró.

—El caso es que a mí sí que me pareció relevante, pero no tenía manera de investigar a espaldas de Lyra en su propio laboratorio, así que llamé a uno de mis contactos de genética en Copenhague, Flemming Petersen. —Dolió nombrarlo por primera vez como un difunto, y no como un amigo vivo—. Flemming estaba obsesionado con encontrar la cura de la progeria. Su hija Rebekka tiene quince años y ha superado ya la esperanza de vida de la enfermedad.

—¿La progeria? —Alzó su ceja alada con interés—. ¿Crees que tiene algo que ver con vosotros?

—Mi teoría era que la causa de la progeria son los telómeros cortos, y Flemming lo confirmó con las células de Rebekka. Pero después se inyectó en su propio cuerpo cultivos de células con la telomerasa activada, con la esperanza de dominar su comportamiento. Corrió un riesgo que lo ha matado. Las células que se inyectó eran carcinógenas y en poco tiempo se extendieron a varios órganos. La llamada de esta mañana era de su hija. Flemming murió el lunes.

—Por tu tono de voz parecía más un amigo que un contacto —me dijo pasando un brazo por encima de mi hombro, pendiente de mis gestos.

—Así es. Hoy no es un buen día. —Odiaba todas esas conversaciones estereotipadas que siguen a la muerte. Pero no me vi capaz de escaparme de los tópicos.

Me obligué a continuar hablando:

—Flemming me ha legado su laboratorio, o lo que es lo mismo, sus experimentos y su material orgánico. Me lo van a enviar al paseo Pereda y voy a instalarlo en la cuarta planta. No quiero que Lyra sepa nada, pero voy a investigar por mi cuenta.

—Pensé que no querías descubrir la causa de vuestra longevidad, creí que estabas en contra de crear hijos longevos en un laboratorio.

—Y lo sigo estando.

—Pues entonces no lo entiendo.

—En primer lugar, quiero acabar lo que Flemming empezó para saber si los telómeros realmente tienen que ver algo con nosotros. Si no es así, destruiré todas las pruebas y escribiré un artículo póstumo con la identidad de Flemming para que su descubrimiento respecto a la progeria no se pierda.

—Pero ¿y si tiene que ver con lo vuestro?

—Destruiré las pruebas igualmente y me pasaré el resto de la eternidad alejando a Lyra y a Nagorno de todo lo que se le parezca a un telómero.

87

ADRIANA

28 de junio

Ocurrió una tarde, había comido sola en mi casa y decidí dedicarle unas horas más a la investigación de mi madre, un tema que estaba siempre en el «tareas pendientes» de mi cabeza.

Había un objeto cuya existencia había ignorado desde la primera vez que lo vi. Un feo papel de agenda con las últimas palabras de mi madre. Levanté el somier y lo liberé de mi diario de adolescente. Allí se había quedado el día que Marcos me lo dio y no lo había vuelto a mirar más.

Lo saqué de la bolsa de plástico y lo examiné mientras se me escapaba un suspiro.

¿Qué no encajaba en aquel trozo de papel?

En primer lugar, el día que señalaba la agenda: 20 de diciembre. Día 354 del año. Mi madre murió el 9 de diciembre. Día 343 del año. ¿Por qué arrancó y escribió sobre una hoja que señalaba varias semanas después, y no la que tendría abierta aquel día? Tal vez todas esas hojas estaban ya escritas con citas y arrancó la primera que vio en blanco. Podría ser.

Lo que no me cuadraba era la última coma del «Lo siento, hija,». Mi madre era muy quisquillosa escribiendo. Si ese era todo su mensaje, habría escrito un punto. Un punto final a su vida. «Lo siento, hija». Punto. Y me voy, y se acabó, y esto es todo. Si quiso escribir algo más, y en ese momento se desplomó, desde luego la letra no lo mostraba. Era tan firme y controlada desde la primera «L» hasta la última coma.

Y entonces me fijé:

«1354».

¿Y si con aquella coma forzada me mandaba a mí, a su hija, un mensaje?

Qué tontería.

O no.

Clic. Una pieza encajó en mi cabeza.

Me precipité bajo la cama y me abalancé sobre la caja fuerte.

Giré los discos: 1-3-5-4.

Clic. La caja se abrió.

Me asomé a su interior, conteniendo el aliento.

Dentro había un cuaderno negro exactamente igual que todos los que mi madre había usado para las consultas. Pasé las páginas una y otra vez sin conseguir leer ninguna de las frases que ella había escrito hacía tanto tiempo. Tuve que cerrarlo y obligarme a respirar.

Lo abrí entonces por la primera página:

> Paciente n.º 1354.
> Primera visita: 18 de junio
> Motivo de consulta: Estrés postraumático.

Paseé la vista por el resto de las páginas con la decepción pintada en el rostro.

Otro paciente. Otro dichoso paciente. ¿A quién le importaba, tantos años después?

Pero eso hizo que me centrara en la pregunta más evidente: ¿por qué mi madre se había tomado la molestia de guardarlo en una caja fuerte? ¿Qué tenía de especial aquel caso?

Repasé con más detenimiento el cuaderno y me di cuenta de que, a diferencia de la mayoría, estaba escrito casi en su totalidad. Trescientas páginas para un caso de pocos meses. Trescientas páginas con su letra de hormiga, marcada y prieta. Una pesadilla para la vista.

Busqué la última fecha de la consulta y me quedé helada: 5 de diciembre. Justo cuatro días antes de que ella muriera. Es más, la última anotación que escribió mi madre remitía a una consulta que tendría lugar el 9 de diciembre, el día que falleció.

Estaba comenzando a leerlo de nuevo cuando llegó Iago. Por mi expresión adivinó en un segundo lo que ocurría.

—Has conseguido abrirlo.

—Sí, pero es solo un cuaderno de consulta como los otros.

Me miró como diciendo «¿Y qué esperabas, Dana?». Pero por suerte disimuló y fingió un cierto entusiasmo.

—Vamos, empieza —dijo sentándose a mi lado sobre la cama.

Había encendido la luz, porque, una vez más, se me habían pasado las horas y la noche me había rodeado sin que yo me diera cuenta.

—¿Y la cena?, ¿no tienes hambre? —le pregunté.

—Hoy puede esperar un poco.

Lo releí en voz alta mientras Iago escuchaba concentrado:

> Paciente varón, acude a la consulta después de una desgracia familiar que se niega a concretar. Esta desgracia, según él, ha tenido como consecuencia inmediata la separación de su mujer.

Inicio anamnesis del caso buscando antecedentes.
Otras terapias anteriores: negativo.
Primeras conclusiones: en principio centraré la terapia en los sentimientos y las reacciones ante la «desgracia familiar».

88

IAGO

Decimonoveno día del mes de Duir
28 de junio

Se quedó por fin dormida, después de leer durante un buen rato el grueso cuaderno recién recuperado de su madre. Yo la había escuchado, tumbado en la cama junto a ella, fingiendo compartir su alegría, pero con creciente preocupación. Oculta bajo la detallada descripción de un caso clínico más, creí reconocer latente una historia que me resultaba familiar.

Dejé que Dana leyese en voz alta, esperando que cayera desplomada por el cansancio y las emociones. Así fue, finalmente. Su mejilla quedó sobre la última hoja, aplastándola. Yo también fingí que me vencía el sueño, y esperé hasta reconocer la respiración profunda que ya conocía. Levanté con cuidado su cabeza y liberé el cuaderno. Me fui al estudio y me senté en el suelo. Continué leyendo allá donde Dana lo había dejado:

> Antecedentes familiares: nacido en Madrid, de familia acomodada, acostumbra a viajar. Santander es uno de los destinos que más frecuenta últimamente por cuestiones de trabajo. Es evidente que es una persona de mundo, tiene un trato y unos modales cultivados.
>
> A la pregunta de si se quedará mucho tiempo en Santander, responde: «El tiempo que haga falta», negándose a ser más

explícito, hecho que dificulta trazar una estrategia de tratamiento a medio o largo plazo, así que trabajaré sobre lo inmediato, ignorando otros posibles hallazgos patológicos en la personalidad del paciente.

Observaciones preliminares: el sujeto presenta una gran seguridad en sí mismo, se le nota acostumbrado a dominar las interrelaciones sociales y a contemporizar en cualquier situación. Contesta sopesando las respuestas, a pesar de que siempre lo hace de manera rápida y con agilidad.

Hojeé el resto del contenido completo del cuaderno, cada vez más nervioso, para hacerme una idea global del caso, pero luego me dediqué a buscar algo más específico. Por suerte, había bastante que leer y a Dana apenas le había dado tiempo a ver las primeras consultas. Me fui guiando por las fechas, hasta que encontré la confesión.

Ahogué un grito al recordar que Dana dormía en la habitación contigua.

¿Cómo era posible que hubiera sido tan necio?

Intenté calmarme un poco, pero las peores sospechas se habían instalado ya en mi cerebro, y yo sabía que no iban a salir de allí, así que calibré las consecuencias y tomé una decisión, tal vez la peor.

Pese a Dana. Pese a lo nuestro.

Una vida recién inaugurada que tal vez no iba a tener la mínima oportunidad de acabar bien.

Arranqué las páginas de aquella sesión y de todas las posteriores que contuviesen información sensible, teniendo cuidado de que Dana no se diera cuenta de que estaba esquilmando su cuaderno. Oculté las páginas robadas en la carpeta del MAC que llevaba conmigo aquella noche y que ella nunca abriría. Necesitaba leer todo eso con más calma. Digerir lo que podría suponer. Asumir lo que tal vez ocurrió años atrás.

Después me tumbé de nuevo junto a Dana dejando el cuaderno junto a ella.

En ese momento, mi móvil vibró y miré el número de la pantalla con un interrogante en la cara. Era un prefijo de Dinamarca, pero no lo reconocía. Me levanté de un salto, desconcertado, y desaparecí por el oscuro pasillo de la casa de Dana.

89

IAGO

Decimonoveno día del mes de Duir
28 de junio

—Disculpe que le llame a estas horas. Soy la madre de Rebekka Petersen. Mi hija ha fallecido a lo largo de la pasada noche, la hemos encontrado muerta esta mañana en su cama. Por lo visto, le ha fallado el corazón.

Apreté los párpados con fuerza y tomé aire.

—Siento mucho su pérdid...

—Es horrible —me interrumpió—. Apenas nos habíamos instalado, pobre niña. Primero mi exmarido y ahora ella.

El día anterior había recibido una llamada de la empresa de mudanzas concretándome la fecha de entrega del laboratorio. Por lo visto, Rebekka lo había dejado todo bien atado antes de morir.

—Le llamo porque Rebekka me habló de usted y me dio a entender que mi exmarido y usted eran buenos amigos... —me tanteó, como si buscase las palabras apropiadas.

—Así es, señora. Los tenía en gran estima, tanto a su padre como a ella.

¿Qué quería exactamente? Algo en su tono de voz empezó a molestarme.

—Verá, después de lo ocurrido me estoy planteando vivir aquí con mi actual marido y mi hijo pequeño; este paraje tan tranquilo nos vendría muy bien a todos. Quisiera hacer algunas reformas, como cambiar la habitación de la cámara frigorífica que tenía mi hija. Está llena de esculturas, y no sé muy bien qué hacer con ellas. ¿Sabe usted qué intención tenía Rebekka?

—Sáquelas al jardín —le corté. Aquella mujer había agotado mi paciencia en apenas dos minutos.

—¿Disculpe?

—Sáquelas al jardín, a Rebekka le gustaba ver cómo se derretían en el césped.

—Qué chiquilla más extravagante —creo que susurró. Luego se acordó de que yo estaba aún al teléfono y se aclaró la voz—. Bueno, Isaac, gracias por sus consejos. Me ha sido de mucha utilidad.

Entendí que no tenía la mínima intención de cumplir los deseos de Rebekka.

—Son tóxicas —me apresuré a decir antes de que colgara—. Las esculturas llevan un compuesto químico, un derivado del amoniaco. Según me explicó Rebekka, se utiliza para lograr mayor transparencia —improvisé, mintiendo sobre la marcha—. Yo que usted las sacaba hoy mismo al jardín. Deje que se derritan, en estado líquido pierden su toxicidad.

Oí cómo tragó saliva en la otra punta de Europa.

—¡Ah, bueno...!, en ese caso las sacaré enseguida. No quisiera que contaminaran la casa.

—Sí, hágalo hoy mismo —la apremié—. Ha sido un placer haberla conocido, y le reitero mi más sentido pésame.

Y sin más florituras, colgué. La había reconocido enseguida: ella era uno de los míos, de los que militábamos en las filas de los malos progenitores.

De todos modos, mientras ella hablaba, yo había comenzado a perfilar un plan. Un plan que enlazaba lo que acababa de ocurrir en Dinamarca con el descubrimiento del cuaderno de Sofía Almenada. Un plan que podría, con suerte y de una santa vez, terminar con todos los problemas que para mí suponía La Vieja Familia.

90

IAGO

Segundo día del mes de Tinne
9 de julio

Me ajusté el monóculo al ver aparecer a Lyra por la primera playa del Sardinero. Refugiaba su tez blanca de la luz de la tarde con un parasol de encaje a juego con un vestido almidonado. El paseo estaba atestado de puestos que ofrecían limonadas y artesanos que vendían barquillos a niños con pantalones cortos y aros gigantes de hojalata. Mi padre se llevaba la mano al sombrero cada vez que se cruzaba con un conocido, algunos de ellos vestidos con trajes de baño de tirantes, con las rayas azules y blancas.

Eran todavía las cinco, pero le indiqué a Dana con un discreto gesto que debíamos marcharnos a casa.

—¿Por qué tienes tanta prisa? Me encantan los Baños de Ola, es como estar dentro de una novela de Scott Fitzgerald —me susurró. Lyra le había prestado uno de sus trajes restaurados y Dana estaba disfrutando de lo lindo con su viaje al pasado.

Cada año, a primeros del mes de julio, a la ciudad de Santander le daba por recrear el aire aristocrático de finales del XIX.

—Ahora te cuento —le dije al oído sin dejar de mirar sonriente la algarabía decimonónica a mi alrededor.

Aprovechamos el encuentro con Salva, que paseaba vestido de tenista inmaculado, para despedirnos de mi familia con una excusa apresurada. Llevaba a Dana en volandas por las calles, pero ella me conocía ya lo suficiente como para no preguntar por el motivo de mi impaciencia.

Para cuando llegamos al paseo Pereda, ya había abandonado todo disimulo y subí de dos saltos al laboratorio que había montado tras la muerte de Rebekka.

—¿Por qué tanta prisa? —me preguntó de nuevo quitándose el sombrero.

—Shh... —le indiqué con un gesto.

Desde que recibí todo el aparataje, había repetido paso a paso los experimentos que Flemming me explicó. Era un proceso complicado que jamás habría sido capaz de realizar correctamente sin sus indicaciones, aunque tuve que hacer los ajustes necesarios. Él investigaba un caso de progeria. Yo, cuatro casos de longevidad extrema. Dana había aportado también una muestra para comparar la fluorescencia de nuestros telómeros con la de una persona de su edad.

En cuanto llegamos a la bancada, después de casi arrancar la bata blanca del perchero, me senté en el taburete y puse mi muestra cultivada en el potente microscopio de mi amigo.

Allí estaban mis telómeros brillando, exactamente con la misma intensidad que los de Dana. Teníamos la misma edad biológica.

Por eso no había envejecido hasta entonces, porque de momento, mientras se duplicaran sin acortarse, seguían siendo como las primeras, diez mil años atrás: células jóvenes sin taras.

«Así que era eso», pensé. Intenté controlar el leve mareo que me desequilibró por un instante de la banqueta.

Así que era eso.

El motivo estaba en mis células, en cada pelo, en la piel no desgastada. Así que era eso. Ni la fuente de la eterna juventud, ni el jade o el oro en las venas... Era eso: una mutación que mantenía nuestra telomerasa activada, reparando una y otra vez los telómeros, haciendo que el extremo de las células nunca envejeciera.

Pero había una segunda parte en mi teoría, una parte necesaria para que fuese perfecta: debíamos tener más mutaciones asociadas, una feliz combinación de telomerasa y supresor del cáncer. De no ser así, habríamos muerto como Flemming. Ese fue su legado. Dejarme esa certeza.

Si buscaba, sabía que también encontraría el gen p53. O tal vez una mutación más potente y definitiva que mantuviera todos los tumores a raya. El regalo de mi madre, el de Olbia, y el de Bryan.

Tal vez ellas habían aportado los supresores del cáncer y mi padre la mutación de la telomerasa activa. O tal vez era mi padre quien había aportado ambas mutaciones. Solo heredando las dos mutaciones, los hijos sobrevivíamos a los tumores. Por eso los longevos éramos tan poco frecuentes, incluso dentro de nuestra propia familia. Puede que hubiésemos transmitido el gen longevo a más descendientes de los que creíamos, pero si no les transmitimos también el gen que inhibía el cáncer, habrían muerto, fulminados por cualquier tumor. Por eso nuestros hijos morían tan pronto.

Nunca hasta entonces lo había visto de aquella manera. Siempre achaqué sus muertes a la alta mortalidad infantil que era moneda corriente hasta mediados del siglo xx en el primer mundo. Jamás se me ocurrió hacer autopsias, buscar células cancerosas entre sus órganos. Ahora estaba seguro de que mi doble hipótesis era correcta. El primer paso ya estaba comprobado. El segundo, lo sabía ya, vendría más rápido porque técnicamente no era tan complejo.

¿Cómo se supone que reacciona un hombre cuando, tras una búsqueda de milenios, encuentra el motivo de su longevidad y la de los suyos? No lo sé, porque yo era ese hombre. Lo primero que decidí era que quería compartirlo con Dana.

Así que dejé de mirar como un idiota el microscopio y me centré en ella, que permanecía callada a mi lado.

—Lo has encontrado, ¿verdad?

—Parece que sí —acerté a decir y luego procedí a explicarle lo que había descubierto.

Y no me sentí importante, más bien al contrario. Me sentí muy pequeño ante las implicaciones de mi hallazgo.

—Así que solo eras eso: un tío con los telómeros largos —bromeó—. Podías habérmelo dicho desde el principio, me habrías ahorrado unas cuantas migrañas hasta que te creí.

La miré y me di cuenta de que ella también estaba aliviada. En su cerebro de científica, por fin mi naturaleza tenía una explicación, ya no estábamos en el reino de la fantasía, en la zona gris de la especulación. Yo era ahora una mutación o, a lo sumo, dos.

Para mi inmenso alivio, sentí que el último resquicio de la grieta que nos separó en su día acababa de desaparecer.

—Ya sé que no quieres que te lo pregunte, pero creo que soy la única en disposición de hacerlo: ¿qué vas a hacer con el descubrimiento?, ¿se lo dirás a tu familia?

—Se lo diré a mi padre, pero no a mis hermanos, tal y como había previsto.

—¿Vas a hacer desaparecer este laboratorio?

—Sí, quiero confirmar un par de detalles, pero una vez que lo haga, es lo más sensato. No puedo correr el riesgo de que ellos sepan que he investigado a sus espaldas. Sospecharían.

—¿Sospecharían de qué? —preguntó con autoridad una voz de mujer a nuestras espaldas.

91

IAGO

Segundo día del mes de Tinne
9 de julio

Me giré sabiendo que encontraría a Lyra. Consciente de que sería inútil preguntar cómo había entrado en el laboratorio, me hice una rápida composición mental: «Padre, dame las llaves de la casa de Urko, voy a acercarme para...», cualquier excusa que pasase desapercibida para Lür.

Después la imaginé subiendo a la tercera planta y descubriendo que no había nadie, pero oyendo ruidos de banquetas en el piso de arriba. Entonces habría llegado al ático y habría pegado el oído a la puerta, descubriendo nuestras últimas frases, por desgracia bastante implicatorias.

—¿Por las buenas o por las malas? —me exigió, con un brillo peligroso en la mirada.

—Por las buenas, ya me rebanaste el dedo una vez —dije para ganar tiempo.

Miré a mi alrededor con el rabillo del ojo, buscando algún objeto cortante con el que Lyra pudiera amenazarme a mí o a Dana. Tenía que ponerla fuera de su alcance.

En la bancada que quedaba a su izquierda había una base de plástico que sujetaba una docena de tubos de ensayo de cristal. Le bastaría tomar uno de ellos, golpearlo contra la esquina del mueble y hacerse con un arma casera de filo cortante.

Me fui levantando poco a poco, consciente de que tenía que ir dándole alguna miguita de pan para el camino, porque Lyra adivinaría mis intenciones de poner a salvo a Dana.

—Estoy siguiendo la investigación de un amigo que falleció y me pidió que continuara con ella. Te puedo enseñar los papeles de su herencia donde me legaba su laboratorio, si quieres.

—Claro que quiero. Dime, ¿de qué era la investigación y qué tiene que ver con nosotros?

—No tiene que ver con nosotros.

—Claro que tiene que ver con nosotros, de lo contrario no me lo habrías ocultado.

Lyra echó una mirada rápida hacia el lugar que ocupaba Dana que me puso en alerta. Luego cambió el peso de su cuerpo sobre su pierna izquierda, acercándose hacia ella de manera casi imperceptible. Casi.

Me fui aproximando lentamente a Dana con la intención de ponerme como escudo entre las dos. En cuanto lo hice, Lyra, en un movimiento más rápido que el mío, se abalanzó sobre el microscopio y extrajo la placa de Petri con mis células que aún reposaba bajo el objetivo.

Me había engañado con sus intenciones.

Creo que juré en todos los idiomas que recordaba.

—Me parece que te ha perdido tu afán de proteger a Adriana —dijo alejándose unos pasos con la placa del cultivo entre las manos—. De todos modos, era innecesario. Yo no soy Nagorno y no tengo intención de hacerle daño. Harías bien en confiar en mí por una vez.

—¡Eso es difícil cuando te cuelas en mi propia casa sin avisar! —contesté.

—No lo habría hecho si no te hubieras pasado todas las noches de las últimas semanas con las luces del cuarto piso encendidas, teniendo en cuenta que esto eran cuatro paredes en blanco hasta hace poco. Dejé de pensar que os estabais dedicando a fabricar niños cuando vi que el tercer piso también estaba siempre encendido.

Yo, investigando los telómeros, y Dana, dándole vueltas al cuaderno de su madre; la pareja de investigadores perfecta. Cada cual en su mundo de obsesiones persiguiendo sus objetivos por encima de cualquier otra prioridad, incluso de la mutua compañía. ¿Habíamos sido, de nuevo, tan estúpidos como para desaprovechar nuestro tiempo juntos? A veces tiene que venir un foco exterior para iluminar tus errores, porque estás tan metido en tus oscuras circunstancias que no eres capaz de verlo.

—De acuerdo —dijo Lyra—. Voy a proponerte un trato: me cuentas lo que has descubierto, y yo no se lo digo a Nagorno. Fingimos que no lo hemos encontrado, que seguimos buscando de forma indefinida.

—¿Y cuánto crees que durará nuestra mentira? —le pregunté—. Pongamos, hipotéticamente, que lo que he descubierto fuera el primer paso y que acabas pudiendo elegir los embriones que contienen la mutación del gen longevo. Pongamos que empiezas a tener hijos longevos. Nagorno se dará cuenta, cuandoquiera que sea que acabe su exilio.

—Hipotéticamente.

—Hipotéticamente, pero acabará dándose cuenta.

—Hipotéticamente, yo podría borrarme del mapa y desaparecer. No volver a ponerme en contacto con vosotros y tener por fin mi propia familia, alejada de la vuestra.

—¿Eso es lo que buscas, hermana? —Traté de que no se me notase la amargura en la voz.

—Es lo único que me persuade de no quitarme de en medio de una vez por todas.

Ya lo sabía, lo veía en cada uno de sus gestos y detrás de sus palabras desde hacía demasiados años. No era nuevo para mí, pero aun así dolía escuchar la confirmación saliendo de sus propios labios.

—No vas a tener más remedio, Iago. —La voz de Dana a mis espaldas me trajo a la realidad.

—Lo sé, Dana, lo sé —susurré. Lo demás era alargar sin sentido aquella situación que ya había durado más de lo necesario—. Asumo mi parte de culpa. Si no me hubiera empeñado en llegar al fondo de la investigación de los telómeros, no estaríamos los tres en estos momentos en mi laboratorio, pero me habría pasado el resto de la eternidad con la duda en mis espaldas, y conozco lo molesta que es esa pesada carga. Ha sido un riesgo mal calculado. Pésimamente calculado.

Y aun así, Lyra no tenía por qué adivinar siquiera la parte de los supresores tumorales. Ella no sabía nada de Flemming ni de las circunstancias en las que había muerto. Con contarle el descubrimiento de la telomerasa, tendría más que suficiente. Y yo sabía que la teoría se quedaba coja en la práctica. La segunda parte de mi plan estaba a punto: a partir de entonces, tendría que investigar contrarreloj.

Así que me saqué el móvil del bolsillo del viejo chaleco de mil rayas.

—¿Qué diablos estás haciendo? —preguntó Lyra, revolviéndose intranquila.

—Llamar a la única persona que falta aquí —le dije con una sonrisa tirante—. Creo que padre merece saber por fin por qué tiene veintiocho mil años.

92

ADRIANA

20 de julio

Después del almuerzo subí sola a mi despacho. Una vez allí, abrí el cajón donde guardaba las últimas semanas el cuaderno de mi madre. Aprovechaba cualquier momento libre para avanzar en la lectura.

Revisé por encima las últimas páginas que había leído, ya que se centraban en los sentimientos del duelo del paciente, así como en su negación por mostrarlos, y en los intentos de mi madre por forzar algún tipo de catarsis sin lograrlo. Pero varias consultas después, el tono de la terapia dio un giro inesperado.

> *2 de septiembre*
>
> Consigo que confíe en mí lo suficiente como para que se sincere conmigo y me cuente por fin que la «desgraciada tragedia familiar» fue la muerte prematura de su hija pequeña debido a una leucemia, pero después de esta confidencia, su actitud ha cambiado. El paciente se muestra más abierto, más relajado y menos hermético.
>
> *5 de septiembre*
>
> Hay un nuevo elemento en las sesiones:
>
> El paciente presenta ideas delirantes persistentes no propias de la cultura del individuo. Fantasías históricas claramente in-

verosímiles. Alucinaciones muy estructuradas. Neologismos. No observo conducta catatónica ni excitación cuando habla de ellas. No presenta apatía propia de fase depresiva del duelo, ni empobrecimiento de la expresión verbal, ni incongruencias. Rumiaciones obsesivas, con contenidos agresivos hacia parte de su familia en aras de un plan que se me antoja muy enfermizo.

Propuesta de terapia:

En los trastornos delirantes persistentes rara vez se consiguen remisiones espectaculares o estables, así que trabajaremos los síntomas depresivos.

Posible nuevo diagnóstico:

Episodio depresivo grave con síntomas psicóticos. Genera riesgo para la vida del entorno familiar del paciente. Busco casos de otras depresiones atípicas, pero la casuística clínica es escasa.

Estaba tan enfrascada en la lectura que el roce de la mano de Iago me hizo dar un respingo en la silla.

—No he querido asustarte —se disculpó.

—Perdona, no te había oído llegar.

—Últimamente es difícil separarte de ese cuaderno —comentó, apropiándose de la mesa de mi despacho.

—Tienes razón, debería estar centrada en ultimar los detalles de la Sala de Prehistoria ahora que solo quedan unos días para las vacaciones.

—No te estaba hablando como jefe, y lo sabes.

—¿Crees que me estoy obsesionando?

—No más que yo con mis investigaciones —dijo, encogiéndose de hombros—. No, lo cierto es que no me preocupa porque tarde o temprano terminarás el cuaderno y sacarás tus conclusiones. Después de eso, creo que no tienes más donde buscar. Así que ponme al día, ¿cómo va nuestro paciente depresivo?

—Nuestro paciente depresivo acaba de convertirse en un paciente depresivo con delirios.

—¿Y eso?

—En el cuaderno no aclara qué tipo de delirios —mentí—, pero el pobre debía de estar como una regadera, porque mi madre no tiene ni idea de qué estrategia seguir.

Puse un marcapáginas del MAC y cerré el cuaderno antes de continuar:

—Me parece un caso cualquiera, tal vez algo más complicado de lo habitual, pero poco más. Aunque sigo sin entender por qué fue el único caso que mi madre guardó en la caja fuerte. Y como bien dices, apenas me queda medio cuaderno, así que espero averiguarlo pronto. —Le cogí las manos y me las llevé al rostro—. Y te juro que después vuelvo a tener tiempo de ocio para nosotros.

—No te he recriminado nada —dijo acariciándome las mejillas sin prisas.

—No lo has hecho, pero si te das cuenta, desde que estamos juntos nos estamos limitando a ser como un equipo de bomberos que apaga los fuegos que surgen a nuestro paso, por no hablar de las horas que estamos metiendo cada uno de nosotros en nuestras investigaciones. Estamos siempre posponiendo los ratos de estar juntos y disfrutar de lo nuestro —le dije mientras merodeaba por su nuca.

—Pensé que no me lo dirías nunca —ronroneó.

—¿Has cerrado con pestillo? —dije, pendiente de la puerta.

—¿Cuándo no lo hago?

—Volviendo a lo que estábamos hablando, ¿por qué no lo has planteado antes tú?

—Porque no vas a estar al cien por cien conmigo ni con nadie hasta que no te quites de la mente el asunto de tu madre, así que, cuanto antes acabes el cuaderno, antes te darás permiso para vivir, y lo mismo sucede conmigo. Mientras no solucione los problemas de mi familia...

—Eso puede no ocurrir nunca —le interrumpí—, o puede ocurrir dentro de quinientos años, cuando yo no esté.

—Soy consciente, así que descuida. Por mi parte, confío en que las horas extras no tardarán mucho en acabar.

—¿Y lo que me contaste...?

—Shh... —me interrumpió, acercándose a mi oído y susurrando—, no hables de nada de eso en el museo. Siempre al aire libre, ¿de acuerdo?

Asentí con un leve gesto de cabeza. Era evidente que Iago temía que hubiera micrófonos o cámaras en todas las estancias del MAC. Desde que Lyra lo pilló con los telómeros en la mano, se había vuelto mucho más paranoico que de costumbre. «Discreto», «prudente» o «sensato», lo llamaba él.

93

ADRIANA

20 de julio

Poco después, descendíamos por la pendiente del acantilado en busca de un lugar tranquilo donde seguir hablando.

—Entonces, ¿ya tienes el material suficiente como para seguir? —le pregunté, aspirando el olor a salitre que me ofrecía el aire.

—Ha sido sencillo, una vez que saqué las muestras de toda la familia del laboratorio de Lyra y las trasladé a mi laboratorio.

—Así que para eso querías llevar tú mismo el camión frigorífico.

—¿Crees que Lyra sospechó algo? —dijo a modo de respuesta.

—Estuve con ella durante todo el traslado, y estaba de buen humor —dije, encogiendo los hombros—, pero es difícil saberlo. Además, con todas las precauciones que estás tomando últimamente cada vez que subes al laboratorio, tendría que haber iniciado una verdadera campaña de espionaje para descubrirte de nuevo. De todas formas, ¿estás seguro de que eso es lo que quieres?

Me indicó que me sentara a su lado sobre la roca.

—Necesito estar seguro de que mi doble teoría es cierta. Ya que he llegado tan lejos, no puedo quedarme con la duda. ¿Puedes entenderlo?

—Puedo entenderlo, y te apoyo. Si yo estuviera en tu lugar, haría exactamente lo mismo que tú. No soy de dejar las cosas a medias, de eso ya te habrás dado cuenta.

—¿Y ahora podemos seguir con lo nuestro? —sugirió, perdiéndose en mi pelo y poniéndose gatuno.

—No seré yo quien te lo impida —dije cerrando los ojos. En cualquier otra ocasión, habría bendecido los ronroneos de Iago. Pero una señal de alerta parpadeaba en mi cerebro desde que leí aquello de «fantasías históricas» en el cuaderno de mi madre.

—¿Sabes? Desde hace poco me he aficionado a un juego mental. No dejo de preguntarme qué hacías tú el día que yo nací, o el día que me gradué, o cuando me iba de excavaciones.

—Interesante divertimento —comentó distraído.

—O en los momentos duros, ¿y si hubiésemos coincidido? ¿No es una posibilidad hermosa?

—Sin duda —murmuró sin dejar de dedicarse a mi cuello.

—Dime, ¿dónde estabas cuando mi madre murió? ¿Puedes recordar tu identidad?

«Qué poco sutil, por Dios», pensé, cerrando los ojos.

Iago dio por finalizados sus juegos preliminares y suspiró.

—Veamos, supongo que estuve viajando por el norte de España, o tal vez arreglando mis negocios en Estados Unidos.

—¿Supongo? ¿Tú, la mente enciclopédica, supones?

—Hay identidades en las que me muevo bastante, no me paso diez años en un domicilio fijo ni manejo un solo pasaporte.

—¿Y qué haces?

—Ocuparme del papeleo, de las inversiones, de poner al día mis propiedades inmobiliarias para no preocuparme por el dinero durante las siguientes décadas... No hay Gobierno que se encargue de pagarme la jubilación. He de responsabilizarme yo mismo.

Entonces se sacó el móvil del bolsillo y miró la hora.

—Oye, tengo prisa —dijo de repente, cambiando de tono—. Tengo que concretar el diseño del panel de la caza, ¿alguna indicación de última hora?

—No —murmuré—. Te ha quedado muy conseguido, la verdad.

—Entonces nos vemos luego.

Y desapareció, después de darme un beso echando mano de su experiencia.

Pero ni los arrumacos de Iago ni sus respuestas vagas me habían sacudido la desagradable sensación de incomodidad. Un piloto rojo se había encendido en mi cabeza al leer el último giro en el historial del paciente de mi madre.

Algo perturbador me rondaba por la cabeza.

¿Podría haber pasado mi madre, años atrás, por la misma situación que yo?

No, no podía ser. Iago me lo habría dicho, ¿verdad?

Aunque, ¿y si ni él mismo era capaz de acordarse de lo que hizo con su vida por aquel entonces? ¿Me lo ocultaría?, ¿Iago me lo ocultaría?

¿Por qué ser tan paranoica?, ¿por qué fastidiar con dudas imposibles los mejores días de mi vida? Conjuré mis recelos, los encerré bien dentro. No, no iba a dudar de nuevo de Iago. Recordé la noche, no muy lejana, en la que decidí confiar en él. Sin fisuras, sin peros. Iago no podía ser el anónimo paciente de mi madre, no pudo serlo.

Y punto.

94

IAGO

Mes de Coll
Agosto

Una noche de verano, Dana acabó el cuaderno de su madre. Me leyó en la cama las últimas páginas, intentando sacar alguna conclusión, mientras yo escuchaba atento:

> *5 de octubre*
>
> El paciente se ha limitado, al igual que en las últimas consultas, a elaborar planes fantasiosos en voz alta, haciendo caso omiso de mis intentos de volver a centrar la terapia. Hace unos días le pregunté por sus motivos para seguir viniendo a la consulta, pese a que es evidente que no estamos avanzando en su recuperación, más bien al contrario, cada vez está más metido en el papel que se ha asignado en sus ideas delirantes. Pero es un perfeccionista y describe sus planes de asesinato con una minuciosidad escalofriante. Estoy convencida de que no es una simple fantasía, sino que va a intentar llevarlo a cabo. Como terapeuta, me siento en la obligación de averiguar si esos familiares a los que planea matar realmente existen o se trata de una fantasía más.
>
> Le pregunto por qué comparte sus planes conmigo, y me contesta que sabe que no lo creo, y que eso es precisamente lo que le da libertad. Hablamos de nuevo de la terapia, y argu-

menta que su salud mental está bien, pero ha descubierto el desahogo que supone poder hablar en voz alta de lo que él llama su «secreto». Afirma que jamás lo ha compartido con nadie. Me desprecia como terapeuta, pero me encuentra útil como alivio.

Hasta ahora he ejercido con el convencimiento de ayudar a mis pacientes, pero no de divertirlos o de alentar sus fantasías. Me planteo remitirlo a algún otro colega que resulte más adecuado.

De todos modos, lo que resulta cada vez más inquietante es que ha construido todo un mundo particular a la medida de sus historias inventadas, y que actúa en consecuencia, como si fueran reales. Por desgracia, esto tiene como resultado que tenga que escuchar cómo prepara en voz alta un asesinato y sus planes posteriores. El pasado martes me puse en contacto con el inspector de policía con el que colaboré para los peritajes de la familia Vargas. Le consulté el caso, pero se mostró muy poco interesado. En primer lugar, porque no era su unidad, pero también se negó a ponerme en contacto con nadie más, aduciendo que no van a iniciar una investigación de intento de asesinato por los desvaríos de un paciente en una consulta psicológica.

27 de noviembre

He decidido cambiar de táctica, hoy mis preguntas han ido dirigidas a extraer información del entorno real del paciente, nombres y apellidos de familiares, profesiones, lugar de residencia. Él, tan hábil y astuto como de costumbre, me ha dado una lección de cómo contestar con vaguedades. Pero ha tenido un pequeño fallo y he conseguido un dato del que tal vez pueda extraer algo más.

5 de diciembre

Tengo un número de teléfono. Me he planteado durante

estas últimas semanas si intervenir o no, pero hay algo en la determinación de mi paciente que me alarma. Creo que realmente va a cometer esos asesinatos. Lo he citado para dentro de cuatro días, pero antes necesito hacer esa llamada.

Eso era lo último que había escrito la madre de Dana, pero seguía siendo niebla espesa para ella. La observé en silencio, pasando las hojas del cuaderno una y otra vez, como si no aceptara que terminase ahí y esperase que hubiera más anotaciones para buscar nuevas pistas.

—Se acabó, no hay nada más —dijo tratando de no sonar decepcionada—. Me voy a dormir, ¿de acuerdo?

—Claro, descansa —le dije. Después me acosté a su lado y la abracé por la espalda.

Sabía que para ella se estaba cerrando una etapa. Si su madre hubiera podido explicárselo, le habría hablado de la momificación. Toda la casa, en realidad, había quedado momificada desde su ausencia. Lo había visto en la silla que dejaba ladeada en el mismo ángulo junto a la mesa de la cocina, o cada vez que cerraba la puerta de su dormitorio cuando hacíamos el amor, como si no estuviéramos solos en su piso.

A la mañana siguiente se levantó pensativa, y aquella fue la tónica durante varios días. Paseaba sola por Santander, antes de que me levantara de la cama. Yo aprovechaba los momentos que me brindaba la soledad para acercarme a mi casa y pasar varias horas concentrado en mis quehaceres en el laboratorio. Entonces, más que nunca, necesitaba darme prisa.

95

IAGO

Mes de Coll
Agosto

Y llegó por fin su renuncia.

—Siento haber estado tan ausente —me dijo.

Me senté junto a ella en el sofá y dejé que hablase.

—Voy a dejar de investigar lo de mi madre. Esto no me lleva a ningún lado. Tengo que asumir que nunca voy a saber lo que le pasó por la cabeza en el momento de morir, no puedo seguir centrando mi vida en aquella fecha. Estar contigo me ha hecho darme cuenta de lo corta que va a ser mi vida, y ya he perdido la mitad de lo vivido dándole vueltas a su muerte. Tengo que seguir adelante. De hecho, ya no quiero seguir viviendo en casa de mis padres; me apetece tener un piso donde nada me recuerde a ellos y a mi primera vida en Santander. Estoy cansada de escarbar en el pasado.

—Pues has elegido mal tu profesión.

—Sabes que no me refiero a eso. Tengo ganas de vivir el presente contigo, sin la carga de mi familia.

—Si supieras todo lo de acuerdo que estoy con esa frase...

—Necesito pasar página, Iago.

—Y lo vas a hacer —le dije—, tienes voluntad para eso y más.

—Claro —contestó mirando más allá de mí.

Cuando alguien se queda sin objetivos, necesita un tiempo

para reordenar las prioridades y suplir el vacío que deja su obsesión en sus pensamientos y en sus rutinas. Pero Dana tenía autodisciplina, no temía por ella. Conmigo o sin mí, con sus obsesiones o sin ellas, Dana seguiría adelante.

—Yo también debería hacer lo mismo, dejar de reutilizar los mismos inmuebles una y otra vez. —No sabía si era el momento, aunque ¿por qué no?—. Dana, ¿y si buscamos un piso o un chalet donde vivir los dos? Algo nuevo, que no tenga nada que ver con el pasado.

—¿Me estás pidiendo que vivamos juntos? —preguntó con cautela.

—Eso es exactamente lo que estoy haciendo, ¿qué me dices?

—No sé si sabes dónde te estás metiendo. La última vez que viví en pareja salí huyendo. Todas mis historias suelen acabar con un abandono por mi parte.

—No vas a intimidarme con tu leyenda negra. —Me reí—. Todas las mías acaban con resultado de abandono o de muerte.

—Pues entonces tendremos que averiguar cómo acaba esta.

—Eso es lo que te estoy pidiendo.

—De acuerdo, entonces —dijo, sonriendo por primera vez en varios días.

—Solo te pido que desde nuestra casa se pueda ver el mar, por lo de los ojos. Ya sabes lo que creía el clan de mi madre.

—Claro, no sea que cambien de color.

—Ajá.

—Y eso no debería ocurrir nunca —sentenció.

La llevé a la cama en volandas, y su cara de felicidad fue lo último que vi antes de dormirme.

96

IAGO

Mes de Ngetal
Octubre

Los meses siguientes pasaron rápidos como si un viento con prisas se los llevase del calendario.

Una tarde, Dana y yo nos dirigimos hacia el mercado de la Esperanza, como una pareja más que necesitaba comprar provisiones para el fin de semana. Entramos en el edificio dispuestos a lidiar con los carritos de la compra, las ofertas del día voceadas por los pescaderos y la mezcla inverosímil del olor de los encurtidos con la repostería recién horneada.

—La próxima semana es Halloween —me sondeó, despreocupada—, ¿tenéis la costumbre de hacer alguna fiesta para el personal como la de carnavales?

Reprimí un gesto de fastidio. Creo que no lo registró.

—El Halloween que conoces y que tan de moda se ha puesto en estos últimos tiempos es un grotesco recordatorio de la noche del Samhain celta, el fin del verano. Y contestando a tu pregunta, por supuesto que mi familia y yo lo celebramos durante los siglos que vivimos como celtas. No te preocupes, tendremos Halloween, o All Hallow's Eve, la víspera de Todos los Santos. Si quieres celebrarlo con nosotros, prepárate para hacer un viaje, pero no me pidas ahora que te dé la versión completa porque no quiero estropearme el día.

—Si el viaje es a algún destino lejano, no voy a poder ir —me dijo—. El uno de noviembre tengo que estar en el cementerio, quiero ir a llevarle flores a mi madre.

—Lyra tiene los mismos planes que tú, no te preocupes. Vamos a ir un poco lejos, pero haremos un viaje relámpago y volveremos para el día uno. Yo también respeto tus ritos. ¿Y ahora podemos cambiar de tema?

Dana asintió. Entonces me pareció ver algo entre la gente que salía del mercado, una cabeza morena repeinada hacia atrás. Dana se dio cuenta de mi turbación.

—¿Qué pasa, Iago?, ¿qué has visto?

No estaba seguro, así que me limité a contestar:

—Nada, un fantasma.

Supuse que me creyó, porque no insistió ni vi extrañeza en su rostro, así que regresamos a su casa charlando como si nada hubiera ocurrido.

97

ADRIANA

31 de octubre, noche de Halloween

Un sol tibio alargaba ya las sombras de los edificios cuando llegamos al centro de Londres. Lür conducía el coche que habíamos alquilado en el aeropuerto de Heathrow. Lyra, a su izquierda, ejercía de copiloto. Iago y yo, en los asientos traseros, completábamos el cuadro.

Registramos nuestros equipajes en el hotel Lanesborough, en pleno Knightsbridge, y nos dirigimos hacia el palacio de Buckingham. Cuando pasamos junto al Green Park, me di cuenta de que los londinenses habían colonizado todos los rincones, incluidos sus extensos parques.

Aquelarres variopintos de brujas, manadas de zombis, legiones de vampiros en sus distintos formatos. Todo era burla, todo era falso. El subconsciente colectivo occidental se reía de sus antiguos mitos.

Cruzamos hacia el puente de Westminster, siete arcos de metal verde troquelado, y nos detuvimos antes de bajar por las escaleras del embarcadero frente a un monumento de bronce oscuro. Sobre una mole de piedra rectangular se erguía una estatua de tres mujeres en un carro de guerra que un par de caballos encabritados alzaban hacia algún cielo. Las mujeres, lo sabía ya, llevaban la sangre de La Vieja Familia. La figura que más sobresalía llevaba una corona, tenía el gesto decidido que tan bien conocía y vestía, al igual que las dos muchachas que la escoltaban, túnica clásica. En un lateral, unas letras grabadas en oro que traduje mentalmente:

> Regiones que el César nunca conoció
> tus herederos dominarán

Lür se puso a mi lado, sin dejar de mirarla.

—Estás frente al monumento a Boudicca, la reina de los icenos.

Guardé silencio pese a que en aquellos momentos se me estaba aclarando una duda. Durante varios meses, cada vez que Iago nombraba a Boudicca, comencé a sospechar que podría tratarse de aquella caudilla britana. Buscando en la surtida biblioteca clásica de Iago encontré la *Historia romana* de Dión Casio y los *Anales* de Tácito. Había tenido tiempo para releer la cruda historia, y tragué saliva al darme cuenta de que iba a escuchar aquel relato de dos mil años en boca de sus protagonistas. A nuestro alrededor, la gente pasaba cruzando el puente en busca de fiesta, ignorando a cuatro figuras sin sentido del humor que alzaban sus cabezas ante otra atracción turística más.

—Creo que nunca te hemos contado su historia —prosiguió—, pero esta noche es la adecuada. Nuestra familia celebra la noche de All Hallow's Eve desde el Neolítico. La noche en que el verano se daba por finalizado y el ganado volvía a los establos de las casas. Esa noche siempre se ha considerado la más cercana entre vivos y muertos. Los celtas lo llamaban el Samhain, y su celebración duraba en realidad diez días. Durante ese periodo, se abrían las tumbas de los antepasados y se conversaba con ellos. Ahora se tiene por un rito pagano, divertido. Los disfraces, el truco o trato, las calabazas... Como sabes, toda costumbre comienza con un mito, pero hay mitos que no son dignos de recordarse, porque no enseñan nada bueno a las nuevas generaciones. Por eso duele que una y otra vez se recuerde esta fecha, porque nuestro Samhain debería ser olvidado, y se niega a desaparecer.

Suspiró y tuve la impresión de que se obligó a continuar:

—Boudicca fue mi cuarta hija longeva. Desde la cuna fue diferente, a su manera. Era una niña grande, y no tardó en alcanzarnos en estatura cuando llegó a la adolescencia. Boudicca nació después de doce lunas, y cuando pasaron varias décadas fue evidente que era como nosotros y que no envejecería. Por entonces nos habíamos integrado en el modo de vivir de los celtas. El territorio era amplio, dominado por tribus con costumbres más o menos parecidas, que nos permitía ir cambiando con las décadas y movernos a nuestro antojo. Por primera vez estábamos los cinco conviviendo de forma estable durante varios siglos. Boudicca tenía un gran sentido de la familia. Pese a su carácter de mil demonios, era también una mujer muy maternal, y creo que ese fue el rol que desempeñó entre nosotros. Fue la argamasa que nos mantuvo unidos, a pesar de nuestras diferencias. Pero nada dura eternamente, ni siquiera para una familia como la nuestra.

»En el año 61 llevábamos casi un siglo en Britania. Residíamos en el actual Norfolk, al este de la isla. Boudicca, que ya había vivido por entonces más de doscientos años, quedó viuda de su último marido, Esuprastus, jefe de los icenos. Dejó dos niñas que Nagorno crio como propias, enseñándolas a montar siguiendo los antiguos usos escitas y preparándolas para el combate como se hacía con los varones. Esuprastus había nombrado sucesoras a Boudicca y a sus hijas, conjuntamente con el emperador Nerón, como era costumbre en la época, en un intento de preservar parte de su patrimonio. Pero los ayudantes del procurador romano desobedecieron las órdenes de hacerse pacíficamente con la provincia y fueron extremadamente brutales con Boudicca y mis nietas.

Cuando pronunció la última frase, Lür se quedó callado durante un rato y dudé si continuaría con su relato.

—Ya sigo yo —intervino Iago—. Ocurrió durante los preparativos de Samhain. Habíamos ido a buscar el ganado a los pastos con la intención de que regresaran al poblado antes de la noche, dejando a Boudicca y sus hijas con algunos campesinos. Pero cuando volvimos, los encontramos atados a unos postes que habían construido los romanos, aunque vivos. Recuerdo que ninguno fue capaz de contarnos lo que había pasado. Aún no sé si no hallaron las palabras o no se atrevieron. En el centro del poblado estaban nuestras sobrinas, o lo que quedaba de ellas.

Tragó saliva, pero mantuvo su voz monocorde:

—Las niñas fueron violadas hasta la muerte, no quedó mucho de sus cuerpos. A Boudicca la ataron desde el principio como al resto y la obligaron a presenciarlo. Una vez que sus hijas murieron, la azotaron salvajemente hasta dejarla irreconocible y la abandonaron allí mismo, dándola por muerta. Cuando llegamos, supimos que ella era aquella masa de carne abierta por la mata de pelo rojo que la rodeaba, y, aun así, todavía le quedaba un aliento de vida. La rabia es una fuerza poderosa. Yo la llevé al interior de mi cabaña, y apliqué todas mis artes curativas para salvar a mi hermana. Boudicca se restableció pronto y organizó a los icenos para vengarse de los romanos. No fue difícil. Muchas de sus mujeres habían corrido la misma suerte que mis sobrinas, y el pueblo había soportado con indignación los saqueos de las aldeas y toda clase de tropelías. Boudicca era hábil con la palabra, arengó también a otras tribus vecinas, que se unieron a su causa contra los romanos, cansados también de décadas de abusos.

Iago me daba la mano, pero aquella noche el calor había desaparecido. Lyra tomó el testigo y continuó el relato:

—Mientras Boudicca dirigió la venganza, Nagorno se ocupó de los restos de nuestras sobrinas. Las lavó, las vistió, las peinó y las cubrió de flores. Las enterramos según la costumbre en la que ellas habían nacido. Después partimos rumbo a Camulodunum, la antigua capital de Trinovantia, que se había convertido en una colonia romana para soldados veteranos. La devastamos, no quedó nadie con vida. Después le tocó el turno a Londinium. Lo que hoy conoces como la City antes era un puerto comercial habitado por romanos desprotegidos. Convertimos todo esto en una bola de fuego, con ellos dentro. Si se te ocurriese excavar, encontrarías una capa de arcilla quemada de veinte centímetros, monedas fundidas, huesos carbonizados... Y aun así no tuvimos suficiente, y arrasamos también Verulamium. Pero para entonces, el gobernador de Britania, Cayo Suetonio, se había organizado y nos esperaba con sus tropas en mitad de nuestro camino hacia el norte. Pese a que estaban en inferioridad numérica, cinco a uno, me atrevería a decir, nos dieron una lección de estrategia militar.

»Nosotros éramos ganaderos y agricultores, estábamos cansados debido a las batallas anteriores y no llevábamos las armas ni el equipamiento adecuado. Ellos eran el primer ejército profesional que el mundo conocía. A la postre, nosotros marchábamos en carros con niños y ancianos que quedaban en retaguardia para ser testigos de nuestras victorias. Aquello resultó ser aciago para nuestro pueblo. No pudimos romper las filas de la infantería, que avanzó implacable en formación contra nosotros. Los celtas no tuvimos más remedio que retroceder. Se produjo una avalancha que aplastó nuestros propios carros y a nuestras familias.

»La masacre fue total: murieron ochenta mil de los nuestros, y apenas cuatrocientos romanos. Los heridos fueron rematados uno a uno en el mismo campo de batalla, porque esta vez los romanos no querían esclavos, tan solo acabar con todos los rebeldes. Nosotros quedamos heridos, tendidos allí mismo. Nagorno, una vez más, nos salvó a todos. Cuando ninguno de nosotros podía siquiera ponerse en pie, nos cargó sobre sus hombros y nos alejó del peligro. Gracias a él pudimos huir hacia los bosques y escondernos, con los romanos pisándonos los talones. Allí descubrimos que Boudicca se había llevado la peor parte, a los recientes latigazos se le unían las heridas de las últimas batallas, y pese a que había disimulado frente a su pueblo, lo cierto es que su cuerpo no podía seguirnos. Durante días viajamos arrastrándola, en busca de un lugar seguro donde escondernos, pero Boudicca retrasaba nuestra huida. Queríamos dirigirnos hacia la isla de Mona, al oeste, un centro druídico que los romanos habían renunciado a conquistar y donde sabíamos que conseguiríamos protección. Mi hermana nos convenció para que nos adelantásemos sin ella y la escondimos en lo más profundo del bosque, donde ningún romano sería capaz de entrar. Lür y Urko improvisaron una pequeña cabaña y la dejamos allí.

—Yo también marché con ellos —intervino Iago, con la voz ronca—, dejando sola a mi hermana y cometiendo un error que jamás será reparado. Estaba fuera de mí, como Nagorno, como Lyra, como Lür. Estaba fuera de mí y quise escuchar lo que ella me dijo: «Ve con ellos, hermano, estaré bien», pero no quise ver que en realidad se estaba despidiendo. Porque nada más abandonar el bosque me di cuenta de que me faltaban las semillas de tejo que siempre llevaba encima. Se las administraba a los heridos cuando me rogaban que querían morir; entre los celtas era costumbre usarlas para suicidarse. Volvimos corriendo desesperados a buscar a Boudicca, pero ella se había arrastrado hasta un claro del bosque. Creemos que, una vez allí, tomó las semillas y dejó que las alimañas del bosque olieran su sangre y acabasen lo que los romanos habían empezado. Solo quedaron sus trenzas, jirones de carne, algunos huesos. Eso fue todo.

—¿Qué pasó con vosotros? —pregunté, con un hilo de voz. Al otro lado del Támesis, el London Eye me guiñaba su ojo azul, pero yo me había quedado en el claro de aquel bosque britano.

—Después de aquello —continuó Iago—, la familia se desmembró. Cada uno de nosotros se dispersó lo más lejos posible de los otros. Hastiados de nuestro destino, avergonzados también de nuestra contribución a aquella barbarie. Nagorno se dirigió hacia Roma, en busca de más batallas y de más venganza, aunque acabó formando parte del Imperio, vendiendo a los patricios romanos antigüedades, rarezas exóticas, fósiles... En aquella época ya eran codiciados. Fue el origen de su fortuna. Lyra marchó hacia el continente de nuevo, buscando otra familia menos bélica que la nuestra en la que sentirse una mujer normal durante al menos unos años, con un marido y unos hijos que envejecieran. Yo quería volver a los montes que me vieron crecer, pese a que tenía noticias de que las tribus cántabras habían luchado contra Roma unas décadas antes y los montañeses que llevaban mi sangre y la de Lür también habían sido doblegados. Pero me daba igual, acaso buscaba también la muerte, y si ocurría de una vez, quería tener mis montes y mi mar cerca. Mi padre, por su parte, decidió darse un tiempo, y cruzó más allá de Europa, dirigiéndose hacia Asia a través de las rutas comerciales. Por una vez, Lür no insistió en mantenernos unidos. Únicamente nos hizo prometer que volviéramos al Monte Castillo en el solsticio de verano, un siglo celta después. Ninguno de nosotros apareció hasta pasados trescientos años. Primero Lür y yo, luego Nagorno, y finalmente Lyra. Pero nunca fue lo mismo. Nos juntábamos, nos poníamos al día, convivíamos un tiempo y nos despedíamos incómodos con cualquier excusa. Así hemos ido haciendo malabares con el tiempo, hasta hoy.

Todos guardamos silencio. En realidad, nadie tenía ganas de decir nada más.

Entonces un hombre disfrazado de la Muerte pasó por nuestro lado y levantó una ráfaga de aire gélido. A mí se me congelaron las venas.

Por las escaleras del embarcadero subió una sombra conocida.

98

ADRIANA

31 de octubre, noche de Halloween

—¿Qué demonios crees que estás haciendo aquí? —le exigió Lür, interponiéndose entre el cuerpo de Nagorno y el mío, como si temiera un ataque fulminante y sin palabras.

La reacción de Lür me asustó más que los andares sigilosos y tranquilos de su hijo.

—Yo también tengo derecho a honrar a Boudicca, no lo olvides —se defendió, sin perder la calma ni la sonrisa en ningún momento.

—Eso es cierto, Lür —intervino Lyra—. Puedes exiliarlo, pero no puedes impedir que visite a los muertos, son tan suyos como nuestros.

Iago me había tomado de la mano, que era nuestra manera de comunicarnos sin palabras cuando había más gente, y la había apretado pidiéndome calma, al tiempo que se había adelantado discretamente haciendo de escudo entre su hermano y nosotros.

Diría que Nagorno estaba algo cambiado: el rictus más severo, la voz más metálica y menos humana. O tal vez era el traje negro que llevaba, entallado sobre una camisa también negra. Se subió las solapas puntiagudas de la americana, en un gesto que me intimidó más de la cuenta, tal vez por la locura tétrica que nos rodeaba aquella noche de Halloween.

—Adriana, me gustaría hablar contigo a solas, si es posible —dijo, dirigiéndose a mí.

La sola idea de quedarme con él por las callejuelas oscuras de Londres me hizo tragar saliva, aunque intenté que nadie lo notara.

—Eso no va a suceder —le contesté—. Entiéndelo, Nagorno, todavía me duele el cuello de la última vez que estuvimos a solas.

—Como quieras. Pensaba hablar con cada uno de vosotros en privado, pero veo que no me lo vais a poner fácil, y lo entiendo.

Lür y Iago cruzaron una mirada rápida, y yo seguí con el cuerpo tenso, pero parecía que aquel estado de alerta no iba con Nagorno. Continuó hablando mientras se acercaba al monumento de Boudicca con la misma veneración que el resto de la familia, y posó la palma de su mano sobre el granito.

—Padre, sé de sobra que no debería acercarme de nuevo a la familia durante varias generaciones, y acataré tus órdenes si lo ves necesario, pero antes le debo una disculpa a Adriana —dijo girándose hacia mí—. Me he comportado contigo como lo he hecho con todos los efímeros durante milenios, pero me he dado cuenta de que actuaba por inercia. Por inercia, me dejé llevar por la furia y la soberbia y te esperé en el acantilado. Te podría haber matado antes de que llegara mi hermano, pero por primera vez pensé en tu vida como algo valioso, algo que merecía la pena ser vivido, aunque fuera por un periodo de tiempo tan breve.

Luego le habló a Iago:

—Hermano, entiendo tu resentimiento, y comprendo que no quieras que vuelva a vuestras vidas mientras Adriana esté viva. Soy consciente de que ataqué lo más valioso para ti y de que, si la hubiera matado, te habría causado un daño irreparable. Te pido disculpas por ello.

Iago no contestó, de hecho, permaneció tan quieto que parecía otra estatua más. Nagorno no se dejó amilanar por su reacción, y continuó como si nada:

—Estos pocos meses en los que he vagado solo por el mundo han sido suficientes para darme cuenta del cambio que nuestra última convivencia ha obrado en mí. Estos años en Santander he conseguido algo parecido a una vida tranquila y placentera. Al igual que todos vosotros, me siento a gusto con esta identidad. Por eso he venido esta noche, porque frente a Boudicca y mis sobrinas que tanto han supuesto para todos nosotros, os ruego que me perdonéis y me deis una oportunidad. Entenderé vuestras reticencias, y asumo que me someteréis a un periodo de prueba hasta que confiéis plenamente en mí, pero os demostraré que soy digno de esa confianza. Creo que todos nos merecemos un poco de armonía.

Cuando Nagorno acabó su discurso, miré de nuevo a Lür. Se había mantenido en calma, y no encontré el menor signo de tensión en su rostro. Era como si lo hubiera creído.

—Sea, pues —accedió finalmente—. Entenderás que no te acojamos con los brazos abiertos, pero creo que tus palabras y tus intenciones son sinceras. No me defraudes, hijo.

—No lo haré, padre. No lo haré.

«¿Eso es todo?», pensé. Pero Iago se adelantó a mi desconcierto y de nuevo me pidió calma apretando mi mano. Obedecí de mala gana, y así transcurrió el resto de la maldita noche de Halloween, hasta que Lür nos condujo al hotel y cada uno se acomodó en su habitación. Nagorno, por su parte, aunque no había reservado en el mismo establecimiento, pagó una nada despreciable propina para que le adjudicaran una habitación junto a las nuestras, en el mismo pasillo.

99

IAGO

Samhain
31 de octubre

Una hora antes de medianoche abrí la puerta de nuestra *suite.* Mi padre estaba fuera esperando y entró con el sigilo de quien es consciente del riesgo. Las luces de nuestra habitación estaban apagadas, excepto por la pequeña lámpara de la mesilla de noche. Dana estaba sentada en uno de los enormes sofás de terciopelo y le hizo un ademán para que se sentase a su lado.

—Dame tu hipótesis —me dijo Lür a media voz.

—No ha cambiado su apariencia. Cuando se marchó al exilio, pensaba volver en breve.

—Eso no lo sabes.

—No lo justifiques —le corté, perdiendo la paciencia.

Dana, con un gesto, nos recordó a ambos que debíamos bajar la voz.

—Hace un par de días —cambié de tercio—, en el mercado de la Esperanza, me pareció ver a Patricio con varias bolsas de comida. Eso significa que se ha instalado ya en Santander, y que, con nuestra conformidad o sin ella, tiene la intención de quedarse, así que su foco de interés no somos nosotros, sino lo que hay en Santander. Creo que su vuelta tiene que ver con el descubrimiento de los telómeros.

—¿Crees que Lyra lo ha avisado?

—No sería inteligente. ¿Para qué arriesgarse a romper nuestro pacto si le proporciona todo lo que ella ansía? —En realidad era un pensamiento en voz alta, pero miré a mi padre y a Dana, y todos estuvimos de acuerdo. Era poco probable.

—De todos modos, lo más seguro es que no se despegue de Lyra los próximos días; sabe que a ninguno de nosotros nos sacará nada.

—¿Él sospecha que sospechamos? —preguntó Dana.

—Es un experto en ajedrez, ¿tú qué crees? —le contesté.

Dana lo sopesó por un momento.

—Entonces, déjalo hacer. Veamos hacia dónde nos lleva esto —nos dijo.

—De acuerdo, pero vigila tu espalda —le advertí.

—Lo haré, con una cicatriz es suficiente.

Dimos por terminada la pequeña reunión, y mi padre abandonó la habitación tan silenciosamente como había entrado. Dana y yo nos acostamos, pero en cuanto ella se durmió, no pude evitar levantarme y dar mil vueltas por la habitación desgastando la alfombra impoluta. Tanto me enfrasqué en anticipar los movimientos de la partida que el alba me sorprendió, tiñendo de púrpura mis ojeras. Dana se despertó poco después y, aunque adivinó el motivo de mi mal aspecto, no dijo nada. Se limitó a llegar hasta mí y llenarme de besos el rostro, sin importarle el olor a cansancio de una noche tan larga.

Lo que no le conté fue la breve conversación que había mantenido con Nagorno en un momento de descuido de mi familia frente al ascensor del hotel.

—Tenemos que hablar. A solas. —Más que rogado, se lo había ordenado.

—Ven a mi chalet mañana por la noche, cuando mi vuelo llegue a Santander —me había contestado, sin molestarse en mirarme.

El Samhain, una vez más, se había convertido en el comienzo de mis pesadillas.

100

ADRIANA

1 de noviembre, Día de Todos los Santos

—Vamos mal de tiempo —había dicho Lyra al aterrizar en Santander, pasadas las seis de la tarde—, no llegaremos al cementerio.

—Si queréis, dejadnos a Lür y a mí en casa de cada uno, y os vais Adriana y tú —se ofreció Iago. Luego se inclinó hacia mí y bajó la voz—: Estoy muy cansado. No te importa, ¿verdad, Dana?

Yo le di mi rápido beneplácito sin dejar de mirar el reloj. Apenas quedaban un par de horas para que el cementerio de Ciriego cerrase, así que Lyra se quedó con el todoterreno después de dejar a Lür y a Iago, mientras que yo cogí mi coche del aparcamiento del aeropuerto y me apresuré hacia el barrio de San Román.

El tiempo no era mejor que el que habíamos dejado en Londres, una tarde desapacible de viento frío.

Cuando llegué a la entrada del cementerio me encontré con que toda Santander había tenido la misma idea que nosotras. La carretera se había estrechado debido a los coches aparcados a ambos lados de la cuneta. Dejé el Clío donde pude y llamé a Lyra para averiguar por dónde iba.

—Ahora llego. Por cierto, Nagorno viene detrás —me informó.

Efectivamente, el dueño del Big Bastard aparcó junto a su hermana. Nagorno salió con varios crisantemos blancos.

—Es la flor de la inmortalidad en Asia —me explicó mientras

me tendía uno de ellos con ademanes florentinos—. No puedo permitir que compréis uno de esos horribles ramos preparados que venden en los puestos de la entrada.

—¿Qué se supone que estás haciendo aquí? —le exigió Lyra.

—Voy a serte sincero: no tengo nada que hacer, así que prefiero integrarme cuanto antes en las rutinas familiares. Más tarde podemos ir a cenar a mi chalet, tenemos comida de sobra.

Miré de reojo a Lyra, que le hizo a Nagorno un gesto bastante parecido a un «De acuerdo, me rindo». Él sonrió complacido y nos escoltó hasta la puerta del cementerio, donde un enjambre de santanderinos salía ya, dando por terminada su jornada de Todos los Santos. Logramos avanzar contracorriente entre rostros serios, niños aburridos y coronas.

Me pregunté dónde estaría enterrado el marido de Lyra, aunque pronto me di de bruces con la respuesta.

Frente a nosotras, tres tumbas se levantaban impolutas. En el centro, Fénix. A un costado, una más pequeña de mármol blanco, Vega. Al otro, de idénticas proporciones, Syrio. Lyra se agachó y repartió las flores equitativamente.

—¿Son... tus hijos? —Ella asintió—. Creí que solo habías perdido a tu marido.

—No, murieron los tres en un estúpido accidente de coche. Nunca te he hablado de ellos, lo sé. Aún soy incapaz de pronunciar sus nombres en voz alta, necesito algo más de tiempo. Los duelos de los longevos son largos. Puedes entenderlo, ¿verdad?

Asentí con la cabeza, incapaz de encontrar las palabras adecuadas.

—Iban por la carretera de Santander a Somo por el tramo peligroso. Fénix continuó recto cuando debería haber tomado una curva.

Cuando me incliné a leer sus lápidas, con Nagorno y Lyra a mis espaldas, noté que un escalofrío me recorría el cuerpo como un trueno, dejándome inmóvil en el sitio como a un árbol partido. Algo eléctrico y fulminante que cambia la naturaleza de los elementos. En las letras labradas en bronce leí la fecha de sus muertes. Era la misma que la de mi madre: el 9 de diciembre del mismo año.

—¿Qué pasa, Adriana? —me preguntó Lyra—. Te ha cambiado la cara.

—Es solo una casualidad un poco macabra. Mi madre murió exactamente el mismo día que tu familia, mira. —Le señalé el nicho de mi madre, a pocos metros en la siguiente calle. La inscripción se podía leer desde donde estábamos.

Lyra puso cara de extrañeza y luego se acercó para ver mejor la placa. Nagorno y yo también nos acercamos.

—¿Tu madre se llamaba Sofía Almenada? —dijo frunciendo el ceño.

—Sí, ya lo estás viendo. No me digas que la conociste.

—¿Era psicóloga? —insistió.

Yo asentí.

—Es extraño. Tu madre me hizo una llamada el día que murió mi familia. Estaba muy nerviosa y apenas se identificó y empezó a hablar, pero la llamada se cortó. Yo no tenía ni idea de quién era, ni manera tampoco de devolverle la llamada, aunque durante un par de horas me dejó bastante intrigada. Después me llamó la policía contándome lo del accidente de coche de mi familia, y no volví a acordarme de tu madre. Hasta hoy.

—¿Mi madre te hizo una llamada? —La miré incrédula.

«Maldita sea».

Me giré hacia Nagorno, pero había desaparecido en algún momento de nuestra conversación. Exactamente en el momento en el que había atado cabos antes que yo.

101

ADRIANA

1 de noviembre, Día de Todos los Santos

Lyra también se giró extrañada buscando a su hermano, sin entender aún.

—¿Dónde está Nagorno...?

Me apoyé sobre la foto descolorida de mi madre. Ella me miró a través del viejo cristal con el rostro tenso. El crisantemo que Nagorno me dio para ella cayó al suelo.

—Dime, ¿Nagorno tuvo una hija que murió por aquella época?

—Sí, Olbia falleció el año anterior debido a un cáncer.

Le di un cabezazo seco al nicho.

—Pero ¿Nagorno no era estéril? —pregunté con la voz destemplada.

—Sí, pero acudió a una clínica privada de reproducción asistida. Se casó con una de sus muchas candidatas e interpretó el papel de esposo devoto. En aquellos años aún era complicado recurrir a los vientres de alquiler y prescindir del papel de la madre. De todos modos, es la primera y única hija que ha tenido, porque después de perderla ya no intentó tener más. Por eso vino a nosotros, para iniciar la investigación en busca de hijos longevos; no quería volver a pasar por aquella experiencia. Fue demasiado dura para él. ¿A qué viene este interrogatorio?

—¡Vamos! —La cogí del brazo y la obligué a seguirme por las callejuelas del cementerio, esquivando a la gente.

Pero Lyra se negó a continuar y tuve que parar mientras veía cómo Nagorno sorteaba a los visitantes varios metros por delante.

—No, hasta que me cuentes qué está pasando.

Busqué a Nagorno por encima de sus hombros, desesperada.

—Mi madre tenía un paciente, meses antes de su muerte, que acudió porque había perdido a su hija por una leucemia. El paciente tenía ideas delirantes acerca de asesinar a algunos miembros de su familia, y mi madre creía que realmente tenía la intención de hacerlo, aunque la policía no la creyó. Sé que localizó a un familiar, y que tenía pensado llamarlo para advertírselo. Eso ocurrió precisamente el día que murió.

Los rasgos de Lyra se endurecieron y salió corriendo hacia la salida, donde vimos a Nagorno entrando de un salto en el descapotable y perdiéndose carretera adelante.

—¿Adónde va? —le pregunté a Lyra mientras ella montaba en el coche de Iago y yo apretaba el mando del mío.

—¡Irá al laboratorio del MAC! Si ha vuelto por la investigación, intentará robar todo el material que pueda antes de desaparecer, pero no pienso dejar que lo haga —me gritó, dando un portazo y arrancando el motor.

Intenté seguirlos con mi coche, pero después de respetar el primer semáforo, cosa que ninguno de ellos hizo, los perdí. Aun así, me dirigí al museo mientras marcaba el número de Iago.

—¡Nagorno va en dirección al MAC! —dije soltando lo primero que me salió.

—¿Y por qué me llamas para decírmelo? —contestó, con un matiz de inquietud en la voz.

Me di cuenta de que tenía que empezar por el principio.

—¿Recuerdas la llamada que quería hacer mi madre a la familia del paciente deprimido? Fue a Lyra a quien llamó. Nagorno estaba con nosotras en el cementerio, escuchando nuestra conversación, pero ha salido corriendo antes de que pudiéramos preguntarle nada.

Iago tardó un segundo en contestar:

—¡Maldita sea! —soltó para mi sorpresa—, ¡esto no tenía que haber ocurrido así!

—¿Lo sabías? —pregunté con la garganta seca.

—Lo sospechaba. Escucha, Dana —dijo con voz entrecortada—, ya sé que nunca me haces caso cuando te lo pido, pero espera a que yo esté allí, sé cómo acabar con esta situación. Voy a tomar un taxi y voy a llegar ahora mismo al MAC, pero, por favor, no te enfrentes tú sola a Nagorno.

—¿Lo sospechabas? —repetí, reprimiendo el impulso de arrojar el móvil por la ventanilla.

—Te lo contaré todo, te lo juro. Pero ahora no interveng...

—Necesito saber si fue él quien mató a mi madre antes de que vuelva a desaparecer —le interrumpí.

—Lo sé, y hablarás con él, te lo juro. Pero espera a que yo esté contigo.

—No puedo arriesgarme a que se marche.

—Tienes que hacerlo, de lo contrario te vas a jugar la vida. Escucha, si yo no llegase a tiempo, te prometo que lo encontraré. Sé dónde estará, siempre he sabido cómo encontrarlo —me rogó.

—¿Y si es uno de tus faroles? No puedo arriesgarme. Y, por cierto, tú y yo tenemos una conversación pendiente.

Dejó de perder el tiempo en cuanto se dio cuenta de que no iba a convencerme y colgó. Lo único que ocupaba mi mente era llegar antes de que Nagorno huyera, así que acabé también saltándome todas las señales de *stop* que encontré.

Cuando entré en el aparcamiento del MAC, el coche de Nagorno destacaba con su rojo brillante frente al edificio. Lyra había dejado la puerta del todoterreno abierta unos metros más allá, pero no había rastro de ninguno de los dos. La explanada estaba desierta, era día festivo y el museo permanecía cerrado al público.

Corrí hacia la puerta principal del edificio, que estaba entornada también, y me abalancé hacia las escaleras que bajaban al laboratorio.

En el suelo pude distinguir el cuerpo inerte de Lyra.

102

ADRIANA

1 de noviembre, Día de Todos los Santos

Acerqué mi oreja a la boca de Lyra. Por suerte respiraba, tan solo estaba inconsciente. Imaginé la dura pelea que había tenido lugar entre ellos, antes de que yo llegara. Empujé la puerta del laboratorio de restauración y corrí hacia el despacho.

La entrada secreta en la que nadie reparaba estaba abierta. Todo permanecía oscuro y silencioso. Encendí las luces para orientarme y pude ver a Nagorno tecleando furioso en el ordenador. Me fui acercando poco a poco mientras él parecía copiar material en uno de los *pendrives* del MAC.

—Solo quiero una confirmación —le grité, sin acercarme más a él.

Para mi sorpresa, no encontré a un Nagorno soberbio y frío, el asesino al que reprochar su crimen. Encontré a un hombre apesadumbrado, tan impactado como yo.

—Ojalá pudieras comprender mis motivos, todo lo que tuve que hacer para implicar a Lyra. Estaba desesperado por tener hijos, Adriana. ¿Crees que fue fácil asesinar a dos niños de mi sangre y a mi terapeuta? Y ahora resulta que era tu madre... —dijo, sacudiendo la cabeza en un gesto de impotencia—. Te puedo jurar que hasta hoy no sabía que eras su hija. Ha sido una dramática coincidencia. Ahora, y ya para siempre, es tu madre a quien maté, y no sabes lo que me duele. Eso nos distancia definitivamente.

—¡Por supuesto que nos distancia! —le interrumpí—. Deja ya de justificarte, solo eres un asesino.

—Pero ¿estás escuchando lo que te estoy contando? —soltó desesperado—. No... Estás empeñada en que sea el villano de esta historia.

Yo no contesté, creo que el odio me lo impidió.

Y al principio vi dolor, dolor por no ser comprendido.

Pero luego hubo un cambio al ver mi obstinado silencio.

Creo que asumió su rol.

—Bien, así será —susurró—. Quieres ver al Nagorno que han fabricado tus prejuicios, al bárbaro que nació en las estepas. Creí que tú habías llegado a algo más que a rozar la superficie, pero no, ¿cómo podrías? Solo eres una efímera.

—¿Fuiste capaz de matarla cuando descubriste que iba a avisar a Lyra?

Si alguna vez le vi algún gesto humano, había desaparecido del todo.

Ya era él, era Nagorno, con su voz gélida de serpiente.

—Ambos sabemos que esa es una pregunta retórica, aunque te has ganado el derecho a conocer los detalles. ¿Sabes?, la carrera me ha hecho recordar aquel día, cuando subí a su despacho antes de la hora de la consulta, y la sorprendí metiéndose en mis asuntos. Me imagino que tú eras la chiquilla que iba a caballo en la foto de su mesa, ¿no es así? Jamás olvidé aquel detalle.

Asentí con la cabeza, porque no quería que notase cómo me temblaba la voz si hablaba.

—Pues debo agradecerte que me facilitaras tanto las cosas. Al principio tu madre se negó a tomarse el frasco de pastillas. Sabía que guardaba uno en su cajón porque en alguna ocasión la vi tomarse un par de ellas disimuladamente mientras yo llegaba a la consulta. La habría matado de igual manera, pero lo del suicidio me pareció una solución creíble y mucho más limpia para ambos. La tuve que amenazar con que me llevaría el retrato e iría a por ti si no me obedecía. Fue muy digna, debo decir, no suplicó ni se derrumbó. Sabes que siempre he admirado a las mujeres fuertes. Tu madre, allá donde sea que la envié, tiene todos mis respetos.

Me guardé toda la rabia en un sitio bien protegido de mi cabeza al que poder acceder cuando todo pasase.

Iago no llegaba, Lyra estaba fuera de combate y Nagorno acababa de robar la investigación de los telómeros antes de salir huyendo. No quería un mundo con su estirpe podrida correteando por ahí. Tenía que quitarle el *pendrive* sin que él se diese cuenta. Pero ¿cómo acercarme a la araña siendo yo el insecto?

«Primero elimina barreras», me ordené.

—¿Sabes lo que siento ahora? —le dije, todavía sin acercarme—. Sí, ya lo sé. No te interesa lo más mínimo, soy una efímera. Pero concédeme al menos el derecho a desahogarme.

—Como quieras —aceptó.

—Alivio, mucho alivio. No te equivoques, te odio por lo que hiciste, pero me he pasado la mitad de mi vida creyendo que mi madre se suicidó por una estúpida discusión conmigo cuando yo era una adolescente. Ahora el mundo me resulta más ligero.

—No conozco esa sensación —admitió, encogiéndose de hombros, mientras se guardaba el *pendrive* en el bolsillo interior de la americana—. La culpa os pesa demasiado a los efímeros, un longevo no puede permitirse arrastrar esa carga durante milenios.

«¿Y ahora qué?», pensé.

Nagorno tenía que irse y yo estaba en medio, obstaculizándole la salida. Se imponía un cambio de estrategia.

«Busca debilidades: utiliza su ego a tu favor».

—Sé que te vas a ir, y que probablemente no vuelva a verte más en mi vida, así que, ¿por qué no sincerarme? Tú también tienes derecho a saber ciertos detalles.

—¿Qué detalles? —preguntó, acercándose sin prisas hacia mí.

—Desde el principio dudé entre tú y Iago —le dije.

—¡Lo sabía! —susurró mientras se le escapaba un gesto de triunfo.

—Lo peor fue cuando te fuiste con Elisa, los celos que sentí.

Y tú lo liaste todo con tu escenita en el acantilado. De no ser por aquello, me habría ido contigo.

—Habrías hecho bien, con Iago te vas a aburrir toda tu vida.

—Lo sé, sigue siendo tan solo un salvaje.

Estaba ya tan cerca de él que la última frase fue un susurro junto a su rostro sin arrugas. Entonces se produjo un momento ambiguo, en el que pegué mi cuerpo al suyo y en el que podría haber pasado cualquier cosa entre nosotros.

«Objetivo cumplido». El *pendrive* ya era mío.

—Siempre lo fue —continuó él, ajeno a mi último movimiento—. Y como un salvaje gritaba en Escitia cuando lo forzábamos durante las noches que mi madre requería a Héktor. Tu Iago fue una magnífica ayuda para ganarme el respeto de mi gente. —Se dio cuenta de que yo había palidecido—. ¿No te ha contado nada? ¿Para qué crees que usaba su planta milagrosa?, al final le hizo más falta a él que al más viejo de los jinetes de mi pueblo.

Madre mía. Con diez añitos y ya ordenando sodomizar a su hermano/tío de siete mil.

—Serás hijo de mala madre... —le escupí entre dientes.

En un segundo tenía su mano aprisionando mi garganta como la primera vez, salvo que en esta ocasión me levantó del suelo y me lanzó contra la pared por encima de su cabeza.

—Nadie..., ¿has oído? ¡Nadie! ha sobrevivido a ese insulto en tres mil años.

—Eso es cierto —dijo una voz a mi espalda—. Hasta ahora.

Alguien había venido por fin, pero no pude averiguar quién era porque el cráneo me rebotó contra el hormigón y no pude oír nada más.

103

IAGO

Quinto día del mes de Ngetal
1 de noviembre

—Lo que hiciste ese día es indigno incluso para ti —le dije, sin dejar de controlar el cuerpo de Dana, que había caído desmadejado a sus pies.

—Dime, hermano, ¿qué me habrías dicho si os lo hubiera pedido? Llevo veintisiete siglos viendo cómo padre y tú creáis nuevas familias, las despreciáis y abandonáis a vuestros hijos como si fueran bastardos. Yo jamás haría algo así. ¿Cuánto tengo que esperar para tener lo que a ti se te ha dado y desprecias?, ¿la posibilidad, una y otra vez, de no estar solo?

Se me escapó un gesto de sorpresa.

—Nunca dijiste que quisieras eso.

—Nunca preguntaste. Reconócelo, Urko. No habrías accedido a investigar si te lo hubiera pedido como un favor. Tuve que implicar a Lyra para que corrieras a salvarla. Es el único resorte que pones por delante de tus propios intereses.

—Eran tus sobrinos, Nagorno. ¿Cómo pudiste hacerle eso a tu sangre?

—No te atrevas a juzgarme. Syrio y Vega se me aparecen cada noche, y asumo mi condena. Pero Lyra me acabará perdonando. Dentro de varios milenios, cuando sus hijos longevos lleven todo ese tiempo a su lado, ella olvidará a los últimos caídos.

—No los olvidará, ningún hijo se olvida. Y el hueco que dejó tu hija, Olbia, tampoco será llenado nunca, pero aún eres joven para saberlo.

—Deja de acercarte, Urko. Adriana estará a salvo si me dejas huir.

Nagorno estaba a pocos metros de mí, tanteando por dónde escapar, pero yo no tenía intención de ponérselo tan fácil.

—¿Huir con qué, Nagorno? Por eso has vuelto precisamente ahora, ¿verdad? Porque este laboratorio está hasta arriba de micrófonos. —«Y contaba con ellos para atraerte aquí»—. Por cierto, ¿cómo te las has arreglado para entrar?, cambiamos la contraseña.

—Aficionados... —masculló, sacudiendo la cabeza—. No esperaba que me fueseis a contar lo que habéis descubierto.

—Por una vez, te va a tocar investigar por ti mismo.

—Encontraré la manera —me confirmó.

—No lo dudo.

—¿Empezamos ya? —preguntó con impaciencia.

—Sea.

No había acabado de pronunciar la última palabra cuando se lanzó sobre mí con una pierna estirada. Me golpeó la boca y me desestabilizó hasta hacerme caer hacia atrás, aunque tuve el reflejo de agarrarle la pierna durante mi caída e hice que se golpeara con la cara sobre una banqueta.

Empatados.

De momento.

Al entrar, la había dejado sobre la primera bancada con disimulo, así que mi objetivo era acercarme con Nagorno hasta la entrada, aunque eso supusiera varias fracturas de más para mí. Lo asumí. Nagorno se mantenía en forma, con su técnica limpia y coreográfica de combatir. Se despejó antes que yo y saltó sobre mis costillas. Algunas se hundieron bajo el impulso de su peso, aunque no se quebraron. Pero no dejó que recobrara el aliento y me golpeó con la banqueta. Él sabía dónde eran más dolorosos los golpes, más eficaces, más letales.

Estaba probándome. Estaba probando mi inmortalidad. Quería saber si yo era solo un longevo o alguien como él, a quien las heridas mortales no le afectaban. Pero yo seguía centrado en un único pensamiento: llegar con Nagorno a la primera bancada. Dejé que me siguiera golpeando, mientras yo me arrastraba por el suelo. Siempre me había ocurrido lo mismo: cuando el dolor era tan intenso, mi cuerpo y mi mente se disociaban, y comenzaba a pensar en otro plano de la realidad. Esperé pacientemente a que llegara ese momento, golpe tras golpe.

Y llegó.

Dejó de doler.

Había visto a Nagorno matar muchas veces antes. Era silencioso y eficaz, y la mayor parte de los cuerpos no habían aguantado tanto como estaba aguantando el mío. Eso le exasperó, pero yo seguía ganando centímetros con esfuerzo hasta llegar a mi objetivo. Por suerte, los huesos de la mano estaban intactos. Pude agarrarme a la banqueta para ayudarme a ponerme en pie y mis dedos se cerraron alrededor de las patas.

Nagorno, aquel maldito escita que mi padre engendró tres mil años atrás, me dio un respiro, preparándose para su golpe final. Algo contundente y teatral, imaginé. Dejó que me incorporara, aunque no reparó en la jeringuilla que yo había dejado al entrar en el laboratorio. Hice acopio de las fuerzas reservadas y, en un movimiento más rápido que el suyo, agarré el pequeño cilindro de cristal y se lo clavé en el corazón. El impulso de mi cuerpo lo tumbó, y caímos los dos al suelo. Apuré todo el contenido hasta que no quedó nada.

—¿Qué me has hecho? —gritó horrorizado en su lengua original.

«No tengas prisa por averiguarlo, terminarás dándote cuenta», estuve tentado de decirle.

Pero callé. Callé porque parte de su calvario y de mi venganza pasaba por que él no supiera lo que acababa de hacerle.

Tal y como alguna vez afirmé, siempre fui mejor estratega.

Fue necesario engañar a Lyra y hacerle creer que había descubierto mi laboratorio clandestino, cuando lo que hice fue exponerlo en la calle más transitada de toda Santander. Acceder a llevar mis descubrimientos a la guarida de la bestia, donde era previsible que Nagorno continuaría espiándonos.

Todo para atraerlo de nuevo y confirmar lo que sospeché desde el día que Dana abrió su particular caja de Pandora: que mi hermano era el paciente que mató a la familia de Lyra, que de esa forma la implicó en su objetivo de tener hijos longevos, que de un solo movimiento maestro nos involucró a todos. Ese día decidí poner fin, de una vez por todas, a su inmortalidad o su longevidad extrema. El precio, estaba por ver, tal vez iba a resultar demasiado elevado y se iba a llevar por delante la única relación auténtica que había tenido en toda mi vida, la de Dana.

Entretanto, Nagorno se arrancó la jeringuilla con el espanto deformándole el rostro y salió huyendo del laboratorio. Noté entonces el cuerpo tibio de Dana abrazándome, tosiendo, mirándome angustiada como si fuera a morirme. Tuve que mentirle para tranquilizarla.

—No te preocupes, me han dado palizas peores muchas veces; mañana estaré mejor. Deja que Nagorno se vaya, nosotros ya hemos hecho lo que teníamos que hacer.

Se incorporó con dificultad, dando traspiés mientras se dirigía hacia la puerta del laboratorio, y me gritó:

—¡El cuerpo de Lyra no está!

—Ven, ayúdame. Vamos a salir a pedir ayuda.

Por suerte, mi padre acababa de llegar. Lo había puesto al corriente mientras tomaba un taxi que me llevara al museo. Él, acostumbrado a todo, como solo podía estarlo un hombre de su edad, me pasó el brazo sobre su hombro y me ayudó a salir del edificio. Pensábamos que lo peor había pasado ya, pero el verdadero infierno estaba a punto de desplegarse ante nuestros ojos.

104

IAGO

Quinto día del mes de Ngetal
1 de noviembre

Cuando llegamos los tres a la explanada del aparcamiento del MAC vimos cómo Lyra, montada en mi todoterreno, embestía el descapotable de Nagorno, que había dado marcha atrás en un intento de escapar. Lyra arremetió con tal fuerza que el pequeño Porsche rojo dio un elegante salto en el vacío, atravesando el cielo, y se sumergió en el mar, a veinte metros del acantilado.

Pero aquello no fue lo peor.

Lo peor fue que mi coche, con Lyra dentro, se quedó colgado del risco luchando contra la fuerza de la gravedad mientras Lür corría hacia ella, con el propósito de sacarla del vehículo antes de que este se precipitara por la pared rocosa.

Fue demasiado tarde.

Mi padre no llegó a tiempo. El coche cayó, y Lyra con él, dando varias vueltas de campana contra las rocas antes de quedar clavado en la lengua de roca. Mi padre y Dana se descolgaron, gritándome que me quedara arriba y que llamase a una ambulancia. Hice la llamada, pero después los seguí, aunque a duras penas. En realidad el cuerpo no me dolía, estaba entumecido por los golpes. Los miembros no me obedecían del todo, o lo hacían torpemente. Mientras bajaba, pude ver las maniobras desesperadas de mi padre y Dana por auxiliar a Lyra. Su pequeño cuerpo había atravesado la luna delantera y su cabeza quedó durante demasiado tiempo bajo el agua. Miré durante un instante las figuras concéntricas que dibujaba el mar en el lugar donde impactó el coche de Nagorno, pero Nagorno había muerto ya para mí y no sería asunto mío nunca más.

Aunque sí de Lür. Lo vi en su mirada, la silenciosa súplica para que me hiciera cargo de Lyra y él pudiera lanzarse al agua e intentar rescatar a su hijo. No quise darle réplica, dejé que él tomara su propia decisión, y así lo hizo. Se tiró de cabeza y se perdió bajo la superficie del Cantábrico.

Entonces le presté toda mi atención a Lyra, que yacía inerte sobre el suelo de roca. Evalué la situación, pero enseguida me di cuenta de que no respiraba, y aquella evidencia se llevó por delante a Iago del Castillo.

Aún no sé cuál de mis identidades tomó el control.

«Está en parada cardiorrespiratoria. Procedo a reanimación cardiopulmonar. Primero, sigo la línea de las costillas hasta que localizo punto de masaje. Segundo, abro las vías aéreas, hiperextiendo la cabeza con maniobra frente-mentón. Tercero, comienzo el boca a boca: sello nariz con mejilla, lateralizo cara, insuflo aire dos veces. Cuarto, cuento a ritmo rápido mientras comienzo compresiones torácicas. Y uno, y dos, y tres, y cuatro..., y treinta. Dos insuflaciones más.

»Observa.

»Su tórax no se eleva.

»Continúa.

»Dos insuflaciones. Y uno, y dos, y tres, y cuatro..., y treinta. No se eleva. Y uno, y dos, y tres... ¿Dónde está padre? No puede haberse ahogado también, no puedo perderlos a todos en este día aciago. Dos insuflaciones, aún no se mueve. Y uno, y dos, y tres, y cuatro..., y treinta. Dos insuflaciones. Nada ha cambiado. Dana grita algo, no entiendo su extraño idioma. Concéntrate. Dos insuflaciones. Y uno, y dos, y tres, y cuatro... Padre vendrá, no se ha ahogado. Padre vendrá. Lyra vivirá».

Cuando volví a mirar hacia el mar, mi padre volvía a la orilla con el gesto derrotado. No había encontrado a su bastardo. En ese mismo momento, Lyra comenzó a toser aparatosamente, y yo me derrumbé, aliviado.

Estaba viva.

Una vez más, había cumplido la promesa de mantenerla con vida que me hice cuando nació.

Mi padre se la cargó a la espalda y subió con ella por el estrecho camino de la pared de piedras, mientras nosotros lo seguíamos. La ambulancia no tardó mucho en llegar, la estabilizaron, la montaron en la camilla y le pusieron oxígeno.

Luego, ya relajado, me volví hacia Dana.

Nos tocamos las caras como ciegos, nos besamos pese al gusto oxidado de la sangre que resbalaba por mi cara, nos abrazamos fuera del tiempo.

Pero entonces se apagó.

La pantalla de la torre de monitorización cardiaca de Lyra dejó de dibujar una curva sinusal y dio paso a una línea recta y a un pitido que aún oigo.

Su corazón no aguantó.

Y no fue el impacto de la caída. El corazón de Lyra no aguantó la última revelación. La de la familia que asesina a la propia familia. La del hermano psicópata que a veces protege y otras ejecuta. La del padre indolente que lo pasa todo por alto. La del otro hermano que no soluciona nada.

Se acabó.

Tuvo suficiente.

No quiso más.

Y supe también que no habría soportado otra última revelación, traicionera, vergonzosa. La que nunca me atreví a que vislumbrara por miedo a perderla. Esa carga quedaría ya para siempre instalada en mi conciencia.

Mi padre salió de la ambulancia, dejándose caer de rodillas en la tierra, y comenzó a mecerse adelante y atrás, ajeno a todo, como si aquel movimiento lo consolase. Por lo visto, nos olvidamos de los extraños que teníamos alrededor, porque Dana me contó más tarde que Lür llamó a su hija por todos los nombres que ella usó. Lyra, Kyra, Tyra, Dyra, Eyra, Byra, Myra, Cyra... La llamó, en una letanía sin respuesta, salvo la mía. Dice Dana que ambos lloramos en mil lenguas distintas, y me preguntó si tal vez usamos el primero, mi dialecto paterno. Y creo que sí, que lo hicimos. Que algo muy primario emergió de nuestras cabezas y Dana pudo ver al hombre primitivo que estaba amordazado bajo capas y capas de civilización. Por primera vez una arqueóloga del siglo XXI pudo escuchar el lenguaje de un hombre prehistórico.

Taparon el cadáver de aquella diminuta mujer de 2500 años como se guarda un traje que no se va a usar hasta la próxima temporada.

Lyra tenía quien la esperase en el más allá. Deseé que Teutates, el guardián, la llevara al mismo puerto donde años atrás habían recalado su hombre y sus dos niños amados.

Al día siguiente hicimos una misa en la parroquia de su barrio para aplacar la curiosidad del personal del MAC, que acudió en masa buscando saber todos los detalles del cotilleo del año. El entierro que vino después fue íntimo y privado, solo acudimos tres personas para evitar las preguntas realmente incómodas, como por qué la enterrábamos en la misma tumba que un hombre fallecido años atrás, o por qué en la inscripción no había referencia alguna a Kyra del Castro, sino un simple «Lyra».

105

ADRIANA

3 de noviembre

El inspector de policía llamó con los nudillos a la puerta del despacho.

—Pase —dijo Iago, acercándose a la entrada e invitándolo a entrar.

—No sabía que estaba ocupado. Si lo prefiere, puedo esperar fuera —dijo cauteloso, al reparar en mí.

—No se preocupe. Ella estuvo presente en el accidente y ya le tomaron declaración. Puede hablar con total libertad, está al tanto de todo.

—Comprendo. —Se atusó los pelos que intentaban cubrirle la calva, en un gesto de coquetería. Parecía demasiado bonachón como para dedicarse a asuntos tan desagradables—. Veo que se está recuperando de la caída satisfactoriamente —comentó.

—No crea, todavía me duelen algunos órganos que ni sabía que tenía —dijo Iago, fingiendo moverse con cierta dificultad—. Por suerte, los calmantes que me prescribieron son muy efectivos.

—Me alegro mucho. Vengo a decirle que por hoy vamos a concluir la búsqueda del cadáver de su hermano. Los buzos no tienen mucha visibilidad a estas horas de la tarde, así que se han retirado. Han pasado cuarenta y ocho horas desde el accidente, por lo que el cuerpo debería emerger ya. Mañana volveremos y continuaremos. Vamos a dejar la zona acordonada. Entiendo que sea un fastidio para su personal prescindir del aparcamiento...

—No se preocupe —le interrumpió Iago—, usted continúe con su trabajo. Haga lo que deba.

Iago se esforzó en sonreír al inspector. Alguien que no lo conociera bien pensaría que no llevaba del todo mal lo ocurrido el Día de Todos los Santos. Caminaba, hablaba y se movía igual que Iago del Castillo, aunque yo sabía que no era él. Había sido sustituido por un autómata.

Iago decía que los longevos no envejecían, pero no era cierto. Yo lo vi: vi cómo unas horas le sumaban años y aparentaba más edad que el día que lo conocí. Algunas arrugas finas y poco profundas, pero que le endurecían el gesto, se instalaron en su rostro y ya nunca se fueron.

—Hay algo más —dijo el inspector, sentándose después de esperar una invitación que no llegó—. La grúa ha remolcado lo que queda del coche de su hermano. ¿Qué deberíamos hacer con él?

—Enviarlo al desguace.

—Pensé que tal vez la familia prefería conservarlo por motivos sentimentales. Por lo que han dicho los técnicos, es un vehículo bastante antiguo, una pieza única. Quiero decir, que podrían reconstruirlo...

—No nos interesa —le cortó Iago de modo tajante—. Si no es problema para ustedes, les agradecería que lo enviaran al primer desguace que tengan en mente. Si no es el procedimiento habitual, yo mismo me encargaré del trámite.

—Daré la orden enseguida, no se preocupe —dijo lanzando un largo suspiro mientras se encaminaba hacia la puerta—: Mañana a primera hora volverán los buzos.

Iago esperó un par de minutos hasta oír cómo los pasos del policía se perdían escaleras abajo.

—Vamos —me dijo, tendiéndome la mano.

—¿Adónde se supone que vamos? —quise saber.

—A la lengua de roca, quiero ver por mí mismo cómo van las tareas de rescate.

—¿Y tú crees que es buena idea? —dije, sintiendo un pequeño escalofrío al pensar en volver al lugar donde Lyra había fallecido tan solo dos días atrás. Todavía me costaba asimilar que no iba a volver a verla. Los últimos meses se había convertido en una presencia cotidiana en mi vida. Dolía demasiado cada vez que lo pensaba.

—Cuantas más horas pasan, más preocupado estoy con el hecho de que no aparezca el dichoso cadáver de Nagorno.

—¿Tú crees que sobrevivió? —Sabía que aquel era su mayor temor, pero quería que me lo dijera él mismo.

—No lo sé, cualquier persona habría muerto por el impacto con el agua, pero Nagorno no es, ni mucho menos, cualquier persona. De todos modos, aunque hubiera sobrevivido a la colisión, tendría que haber nadado hasta la orilla y haber subido por la roca para escapar, y ninguno de nosotros vio nada, tampoco el personal de la ambulancia, ni la policía cuando llegó.

—Iago, siento ser yo quien te lo diga, pero deberías estar en el hospital o en la cama descansando y recuperándote de la paliza.

El autómata apretó la mandíbula y siguió andando, sin apenas mirarme.

—No lo hagas. Nunca voy a hacerte caso en ese tipo de cuestiones. La mayor parte de mi vida he transitado por épocas en las que una persona era malherida y seguía su camino sin reposar.

—La civilización trae privilegios como este, no los desprecies. Se los llama adelantos en la calidad de vida. Deberías probarlos por una vez.

—Como te he dicho, deberías dejar de insistir —dijo dándome un beso mecánico y cogiéndome la mano—. Vamos.

Lo seguí a regañadientes. Cuando bordeamos el edificio y llegamos al aparcamiento desierto, las furgonetas de la policía ya se habían ido, aunque habían dejado la cinta amarilla acordonando la zona para disuadir a los curiosos de que se acercaran.

Me colé por debajo de la cinta, mientras que Iago pasó por encima de una zancada y bajamos hasta la lengua de roca.

Allí había quedado la huella del impacto del coche de Iago. Pero la marea había subido varias veces desde entonces, y se había llevado los restos de los faros rotos y la sangre de Lyra. Para mi alivio, ya no quedaba nada de la mancha que yo recordaba.

—Con respecto a lo que Nagorno me contó de lo que te hizo en Escitia...

—Prefiero no hablar de eso. Posiblemente tú le des más importancia de la que tuvo —dijo escrutando la línea del horizonte.

—Pero ¿vuestro padre nunca se enteró?

—Mi padre no debe saberlo nunca —me cortó tajante.

—¿Por qué?

—Porque tomé esa decisión desde la primera noche que ocurrió.

—No has contestado mi pregunta.

—Tus preguntas me agotan. Solo intento seguir adelante.

—Sí, pero...

—¡Hay que seguir adelante, Adriana! —me cortó, sin mirarme ni un momento—. Hay que seguir. Simplemente déjalo pasar y sigamos adelante.

Pero no le hice caso.

—No, Iago. No voy a dejarlo pasar. Necesito que me cuentes lo que te hizo Nagorno, necesito entender vuestra relación de una vez por todas. Es una parte importante de quien eres. No quiero que me lo ocultes, es como si yo no te hubiera contado nunca el trauma de la muerte de mi madre. No me habrías conocido del todo, estaríamos juntos, pero yo me estaría guardando mucho de mí. Solo una vez, Iago, cuéntamelo solo una vez y no volvamos a hablar de esto.

Cerró los ojos y se mordió el labio. Ni yo misma sabré nunca el esfuerzo que tuvo que hacer aquel día cuando me lo contó. Me relató con lentitud todos los detalles, lo que quería oír y lo que nunca habría querido escuchar porque esas imágenes no se han ido nunca de mi cabeza. Me ofreció una descripción fría, casi médica, de lo que aquellos tres bestias le hicieron durante años, por orden de su hermano. En varias ocasiones estuve a punto de vomitar y me reprimí, pero el regusto agrio duró todo el día en mi boca.

Ahora creo que Iago jamás me lo habría contado si no hubiera sido porque, tras los acontecimientos del Día de Todos los Santos, los tres que sobrevivimos superamos los primeros días un estado de conciencia diferente. No estábamos muertos, pero tampoco estábamos del todo en este mundo.

Después de su relato vino un espeso silencio, el llanto silencioso de un hombre con el alma destrozada, tal vez el rumor de las olas; no lo sé, no lo recuerdo.

Estábamos a punto de irnos cuando lo vimos.

Primero, algo informe emergiendo. Era el traje que llevaba Nagorno el Día de Todos los Santos. Después, mecido por las olas a varios metros de nosotros, el cuerpo entero de Nagorno salió a la superficie formando un aspa, con la cabeza metida en el agua mirando al fondo del mar. Su cuerpo era como una equis macabra en el plano de un tesoro pirata. Iago se lanzó de cabeza al agua y lo trajo a la orilla de cuatro brazadas. Reprimí el asco al tirar de la manga mojada de la chaqueta para ayudarlo a sacarlo a tierra firme. Toda la piel, que había adquirido un tono entre azul y verde oscuro, estaba hinchada y tirante, deformando sus facciones hasta dejar la cabeza más parecida a un balón que al rostro humano que un día fue. Aun así, reconocí el pelo negro, que por una vez se extendía libre como un manojo de algas. Iago, empapado y extenuado, me pidió el móvil y llamó al inspector, que estuvo con nosotros en veinte minutos, mirándonos severamente como si hubiéramos cometido una falta. Luego recordé que sí lo habíamos hecho, al saltar el cordón policial. Pero tanto a Iago como a mí una mirada de reproche nos traía sin cuidado.

Nagorno, el Inmortal, había muerto. De nuevo había cambiado el plano de la realidad, otro edificio de creencias se había derrumbado y necesitábamos algo de tiempo para asumir el nuevo presente libres de él.

106

ADRIANA

5 de noviembre

Llegamos a primera hora de la mañana al tanatorio del Alisal. Era un edificio pulcro, gris y aséptico, como solo pueden serlo ese tipo de lugares. La sensación desagradable, incluido el vello erizado en la nuca, no me abandonó desde que traspasé el umbral con los dos hermanos Del Castillo que quedaban. Ambos vestían trajes negros ajustados y corbata a juego. Ambos estaban serios y apenas habían cruzado cuatro palabras entre ellos, pero cuando comenzaron a llegar los conocidos con sus condolencias, tanto Lür como Iago se colocaron su máscara de afabilidad y atendieron a todo el que quiso acercarse. Me alegré de volverme invisible y aproveché la situación para salir del edificio a tomar un poco de aire.

El día era frío y oscuro.

A mí me daba igual.

Minutos después de salir, me sobresaltó una melodía conocida, miré la pantalla y vi un nombre que mi móvil casi había olvidado.

—¿Qué tal, Dana? —preguntó la voz de mi primo al otro lado de la línea.

Era complicado resumir cómo estaba. Era complicado decidir en una fracción de segundo lo que podía contarle y lo que no, así que opté por dar una respuesta al uso:

—Estaré bien. Me alegro de que por fin me llames, ¿cómo estás tú?

—¿Que cómo estoy?, pues no sé cómo debería sentirse uno cuando su exmujer está destrozada por la muerte del tipo que ha roto tu matrimonio. No sé, Dana. Estoy preocupado, Elisa tiene un comportamiento muy errático, ¿tú cómo la ves?

—Conmigo no habla desde el día que... que te fue infiel.

—Siento que te haya salpicado de esa manera. Y siento haberte culpado, no debí pagarlo contigo —murmuró con voz grave. ¿Eran ilusiones mías o parecía más maduro?

—Sí, yo también lo siento —dije—. Marcos, voy a tener que colgarte, pero precisamente estoy viendo a tu ex entrando en el tanatorio. Me alegro de que hayas llamado. ¿Nos veremos pronto?

—Sí, claro, nos llamamos. —Me lanzó un beso y colgó.

Vi a Elisa avanzar hacia mí con unas gafas de sol que le quedaban demasiado grandes. Iba vestida con un ceñido traje negro de la cabeza a los pies, como si fuera la viuda de algún capo siciliano. Por suerte, pasó de largo. El funeral de Jairo del Castillo estaba a punto de empezar y la incineración estaba programada para una hora después, pero yo no pensaba quedarme a despedir al asesino de mi madre.

Al velatorio previo había acudido una curiosa mezcla de gente. Por un lado, el personal del MAC en pleno, junto con algunas autoridades de Santander y compañeros del golf de Pedreña. Por otro lado, mujeres de todas las complexiones y tamaños mojaban sus pañuelos compungidas. Era curioso que Elisa perteneciera a las dos categorías, aunque optó por colocarse en el lado de los empleados del MAC.

Por suerte, Iago se acercó, tomándome por la cintura, y lo seguí por los pasillos de mármol hasta un solitario jardín atrapado en el centro del edificio. Era sobrio y minimalista como el resto de aquel microcosmos. Un ciprés ejercía de recordatorio: seguíamos en el territorio de la Muerte.

—Sé que te has esforzado para que no lo notara, pero has estado distante conmigo desde el Día de Todos los Santos. Creo que aún nos queda algo por aclarar.

—¿Estás seguro de que quieres que hablemos precisamente ahora? —lo tanteé.

—Es un momento tan bueno como otro cualquiera. Vamos, Dana, dispárame tus reproches.

«Como quieras...», suspiré.

—¿Sospechaste de Nagorno desde el primer instante?

—Sí —asintió, con las manos en los bolsillos—. El cuaderno estaba repleto de pruebas incriminatorias que arranqué la noche que abriste la caja fuerte.

—¿Por qué me lo ocultaste? Llegué a sospechar de ti.

—Lo sé, pero era un riesgo asumible. Si tus sospechas hubieran ido a más y nuestra relación hubiese peligrado, te lo habría contado.

—No me sirve.

—Sé que preferirías haberlo sabido desde el principio, pero mi plan era atraer a Nagorno en cuanto tuviera la manera de acabar con su longevidad, aunque no sabía cuándo llegaría la ocasión. Sinceramente, no pensé que daría tan pronto con los inhibidores de telomerasa, pero había mucha literatura científica al respecto, solo tuve que adaptar lo que habían descubierto otros laboratorios a mi objetivo.

—Lo que me duele es que solo me contaste que continuabas con tus investigaciones a espaldas de Lyra porque a mí no podrías haberme ocultado las horas que pasaste después en tu laboratorio. Al igual que al resto de tu familia, me sigues guardando secretos y ocultando tus planes. Lo de Londres fue una trampa para atraerlo, ¿verdad?

—Era el primer anzuelo. No sabía lo impaciente que estaría Nagorno por aparecer. Por eso dejé que Lyra supiese que estaba investigando en el paseo Pereda. El riesgo era alto, pero precipitaría las cosas. Aunque podía haberme pasado años lanzándole cebos.

—Años mintiéndome, en realidad.

—¿Y para qué debería habértelo contado?, ¿para que no te permitieras vivir en paz? Lo que hallé en el cuaderno de tu madre eran sospechas, Dana. Sospechas que habrían mediatizado tu vida —estalló—. ¿Qué habrías hecho?, ¿buscar por todo el globo terráqueo o debajo de las piedras? Habrías centrado toda tu existencia en una obsesión: localizar a Nagorno y preguntarle si él la mató. Yo te lo he traído, te lo he puesto en bandeja, con un coste altísimo para mi familia.

Se interpuso entre mi cuerpo y la fea pared de hormigón, encarándose conmigo con aquella voz tan dura que no le pertenecía:

—Dime, Dana, ¿qué más me puedes pedir?, ¿que haga las cosas a tu manera? Aprende de una vez que eso no ocurrirá. Y ahora, decide si quieres seguir a mi lado. Es el momento.

—Dame tiempo.

Sus ojos de hielo me fulminaron.

—El que quieras, tengo de sobra.

Abrió la puerta como si fuera a arrancarla y desapareció.

Genial. Nuestra segunda gran discusión, cuatro días después de morir sus dos hermanos.

«Lo mío es tacto», pensé.

Había intentado retrasar aquella conversación, pero a duras penas había podido disimular mi incomodidad ante Iago. Me faltaban milenios de rodaje.

Me dirigí a la salida del tanatorio y allí me encontré con Salva, que vino a rescatarme haciendo honor a su nombre.

—¿Estás bien? —me dijo, dándome una palmada en la espalda—. Me han dicho que estuviste en el rescate de Kyra. Tuvo que ser una experiencia muy traumática.

—Lo fue, te lo aseguro. ¿Vas a volver ahora al MAC?

—Sí, no me voy a quedar más.

—Yo tampoco, ya he tenido suficiente. ¿Puedo ir en tu coche?, quiero ultimar algunos detalles de la Sala de Interpretación.

Iago tenía las llaves de mi coche, y no me apetecía volver a verlo de momento.

—No sé cómo Héctor y Iago se han empeñado en mantener la fecha de la inauguración, después de lo que han tenido que pasar —comentó mientras nos encaminábamos hacia su coche.

Me encogí de hombros a modo de respuesta y pusimos rumbo al MAC. Necesitaba despejarme un poco de flores, muertos, ataúdes y cadáveres flotantes. Una vez allí, me despedí de Salva y me encerré en la sala. Si me concentraba lo suficiente, podría fingir que era una arqueóloga anodina ejerciendo en un museo de arqueología al uso, y no en un nido de inmortales que morían de dos en dos.

Comencé a trabajar con los maniquíes que nos habían traído a última hora y puse toda mi atención en ellos. Se suponía que eran articulados y que podía cambiarlos de posición a mi antojo, pero empecé a dudarlo después de intentar durante un rato doblarle el codo a uno de los cazadores. No había manera. Aquel codo estaba anquilosado y no cedería por nada del mundo.

Entonces caí en la cuenta.

«Maldita sea».

Me fulminó el recuerdo del cadáver de Nagorno, con los brazos y las piernas extendidos balanceándose con las olas. No podía ser. Aquella imagen no estaba bien. Jamás podría haberse producido.

Me saqué temblando el móvil del bolsillo y marqué el número de Iago.

107

IAGO

Noveno día del mes de Ngetal
5 de noviembre

Todos los que íbamos a estar presentes en la incineración de Nagorno habíamos pasado a una pequeña sala con un ventanal de cristal desde el que se podía ver el ataúd cerrado preparado para entrar en el crematorio.

—El horno alcanzará una temperatura de novecientos grados. La madera del ataúd se volatilizará, y si pudiéramos asomarnos al interior, veríamos que se ha mantenido la silueta del difunto pese a haberse convertido ya en cenizas. Si tocásemos esa silueta con el dedo, perdería la forma y quedaría un pequeño montón de ceniza blanca —había explicado el director del tanatorio.

El grito desgarrador de Elisa a mi espalda me había herido los oídos y la paciencia, pero opté por no fulminarla con la mirada. En ese momento sentí una vibración en el bolsillo de mi camisa.

—¿Qué quieres, Dana? Están a punto de incinerar a Jairo —susurré respondiendo al móvil y haciendo caso omiso del gesto de reproche de mi padre.

—No es él —acertó a decir.

—¿Cómo dices?

—No sé quién es, pero no puede ser él. El cadáver que encontramos tenía los dos brazos extendidos. Con la metralla en el codo, ni siquiera estando muerto podría haber estirado el brazo izquierdo.

Colgué y me volví hacia mi padre:

—¿Llevas tu navaja suiza encima?

—Sí, claro. ¿Qué demonios está pasando?

Me acerqué a él y le susurré al oído:

—Creo que ese cuerpo no es el de Jairo. Hay que parar la incineración.

Cogí la navaja con disimulo y abrí la puerta del horno.

—Necesito que me deje un minuto a solas con mi hermano —le dije al empleado, que me miró horrorizado, como si no se creyese lo que estaba viendo.

—Eso es imposible. El horno está programado para dentro de tres minutos y no se puede desprogramar.

—Pues entonces dese prisa en abandonar esta sala —le ordené.

—Señor, soy consciente de su dolor, pero entienda...

—¡Salga ya! —le grité, al tiempo que lo expulsaba de la habitación.

Por suerte, había una cortinilla en el ventanal de la sala contigua y la corrí, aunque vi que mi padre ya estaba desalojando a todos los presentes. Lo que iba a hacer a continuación no necesitaba testigos.

Abrí el ataúd y arranqué con ayuda de la navaja varios centímetros del putrefacto cuero cabelludo detrás de una oreja, al modo escita. Lo escondí en el bolsillo interior de mi americana y cerré la tapa del ataúd justo a tiempo para que la cinta transportadora comenzase a avanzar hacia la trampilla del horno.

«Adiós, quienquiera que seas», me despedí. En ese mismo momento, el empleado volvió con dos vigilantes de seguridad.

—Está bien —los calmé—. Ya me voy, no quiero dificultar más su trabajo.

Atravesé a buen paso los pasillos de mármol cruzándome con los expulsados del crematorio, que sin duda habían llegado a la conclusión de que se me había ido la cabeza. Arranqué el coche de

Dana en dirección al laboratorio del paseo Pereda con un pensamiento que se había llevado por delante todo lo sufrido los últimos días. Necesitaba comprobar, por encima de cualquier otra cosa en el mundo, si Nagorno estaba vivo o era un cuerpo que ardía en llamas bajo la atenta mirada de media Santander.

108

IAGO

Decimotercer día del mes de Ngetal
9 de noviembre

Quedaban unas horas para saber los resultados de la prueba del ADN de Nagorno, pero había tomado todas las precauciones posibles por si me encontraba ante la peor de las opciones.

La noche anterior, después de que el museo cerrase las puertas al público, Dana y yo habíamos entrado por última vez en el laboratorio de Lyra antes de sellar su entrada. Una parte de él había quedado destrozado por nuestra pelea, aunque el ordenador y casi todo el material seguían intactos.

—Pero ¿cómo es posible que esté vivo? —rumiaba Dana una y otra vez—. Le he dado mil vueltas, y aún no me lo explico.

—Iremos paso a paso. —Le hice un discreto gesto recordándole que todavía no podíamos hablar. Si Nagorno seguía con vida, seguiría teniendo acceso a los micrófonos.

Dana calló y nos pasamos la noche eliminando todos los archivos del ordenador, luego extrajimos el disco duro y lo guardé para destruirlo. Vacié todas las muestras orgánicas de la nevera. No eran seguras, aunque tal vez nunca lo fueron, y si Nagorno hubiese tenido alguna vez la intención de llevárselas, ya lo habría hecho.

—¿Por qué te acercaste tanto a Nagorno en el laboratorio? No lo entiendo, fue un gesto inútil que te puso en peligro —le pregunté en cuanto salimos al aparcamiento.

—Se guardó un *pendrive* con toda la investigación en el bolsillo de su chaqueta. Me acerqué a él para robárselo —contestó, con un gesto serio.

—¿Lo conseguiste?

—Sí, aquella noche lo destruí. Tú no estabas en condiciones de hacerte cargo de nada —dijo, sin llegar a sonreír en ningún momento.

Volvimos a mi casa, sin ganas de hablar, arropados por la oscuridad de una noche de luna menguante. Desperté antes del alba, por suerte sin soñar con nada ni con nadie. Los espíritus del pasado tuvieron la decencia de respetarme. Dana seguía dormida a mi lado y le dejé una nota diciéndole que nos veríamos en el museo.

109

IAGO

Decimocuarto día del mes de Ngetal
10 de noviembre

Aún no había amanecido. Aparqué bastante lejos de la entrada y escalé el muro del cementerio. Saqué la botella del interior de la cazadora de cuero y la coloqué sobre la lápida de Lyra. *Whisky* irlandés. El mismo sabor. El del olvido. Si me sirvió con Gunnarr —más o menos—, ¿por qué no con Lyra?

Sería fácil.

Beberla y olvidar.

Que aquella tortura parase por un momento.

Pero quería que, si yo caía, ella me viese caer.

Me senté sobre una tumba polvorienta y pasé varias horas mirando fijamente la botella, en una batalla muda entre mi debilitada voluntad y un dolor crecido que me estaba ahogando desde el día en que ella murió.

No volvería a pelearme con ella, no volvería a ver en sus ojos azul cobalto los de Bryan, no volvería a preocuparme por sus días grises ni a vaguear tendidos en un sofá de cualquier ciudad del mundo.

110

IAGO

Décimo cuarto día del mes de Ngetal
10 de noviembre

Poco después llegaba a la lengua de roca, cuando los colores deslavados del amanecer anunciaban otro día oscuro de noviembre. El tacto de la piedra estaba frío al bajar, como si me intentase persuadir de no volver a aquel lugar, pero yo no dejaba de pensar que allí, precisamente, tenía que estar la clave de todo.

Volví a recordar las imágenes del Big Bastard cayendo y del cadáver de Nagorno emergiendo frente a mí, o más bien, si mis peores presagios se cumplían, del cadáver de otro. ¿Cómo pudo nadar, volver a tierra, matar a otra persona parecida a él, vestirla con su propia ropa mojada y arrojarla de nuevo donde se suponía que él debería haber muerto? ¿Cómo, si nadie perdió de vista aquel acantilado durante las horas siguientes al accidente? No pudo nadar mar adentro, ¿hacia dónde? Lo habríamos visto desde la altura del aparcamiento del museo. Tuvo que esconderse entre los perfiles irregulares de las rocas, ¿y luego qué? No pudo subir por el estrecho sendero que Dana y yo usábamos. La policía llegó enseguida y acordonaron la zona. Sin embargo, nadie vio nada.

Llevaba un rato sentado devanándome los sesos cuando vi pasar por delante de mis ojos a los animales pintados de la cueva de Lascaux. Pensé que había dormido muy poco aquella noche. Después de restregarme los ojos y comprobar que se trataba de un objeto real, alargué el brazo para hacerme con la camisa del libro que reconocí por las letras doradas: *Prehistoria de Europa Oxford.*

La fotografía mojada de la cubierta se adentró en el mar sin que yo pudiera hacer nada por evitarlo, pero no me importaba: aquel papel había salido de la pequeña cueva que tenía a mis espaldas. Corrí hacia adentro, avanzando hacia una oscuridad casi absoluta, pero pocos metros más adelante pude oler algo. Un matiz distinto al salitre. Unas notas metálicas, como las del hierro oxidado.

Pero cuando me acerqué a ciegas, tanteando la pared con las manos, palpé una superficie lisa de metal, pese a que era muy irregular porque estaba casi corroída por el tiempo y por el agua del mar. Algo inverosímil: una puerta. Una puerta antigua.

Empujé con el hombro y cedió a la primera. Había sido abierta recientemente porque los bordes del óxido estaban rotos. Seguí guiándome con las manos y descubrí una apertura. Palpé las paredes del túnel y me aferré a un peldaño metálico. Cuando pasé por el estrecho orificio que me permitió la puerta oxidada, noté que pisaba algo más blando entre los bloques rotos de cemento que me llegaban por los tobillos. Me agaché y recogí a oscuras un objeto cuadrado. Era el libro que Dana había perdido meses atrás. Así que tomé impulso y subí a ciegas por la escalera vertical.

Llegué al punto más alto del túnel y me apoyé en la rodilla para entrar en un minúsculo cuarto de madera. Pude ver una rendija de luz entre las dos puertas del armario de roble. Pegué el oído y oí las voces de Dana y de Javier, el encargado de los diseños.

—Entonces, ¿Iago no ha llegado todavía? —preguntó él con impaciencia—. En cuanto lo localices, dile por favor que me llame al móvil. Es urgente.

—No te preocupes, estará al llegar —dijo Dana.

—Pues entonces acompáñame tú; el del camión de los expositores está en la puerta, y no tengo muy claro que hayan traído las medidas que pedimos.

—De acuerdo. Te acompaño —dijo, y salieron del despacho.

Abrí el armario y me dejé caer sobre la alfombra. Entonces oí otra vez las voces de Dana y de Javier, y me oculté bajo la pesada mesa de nogal. No es que mi presencia en el despacho de Dana no hubiera estado justificada en caso de encontrarme allí, pero el hecho de estar cubierto de polvo habría sido más difícil de explicar.

—Creo que tengo aquí el pedido original. Espero que el error sea del proveedor, Javier, porque estamos casi fuera de plazo.

—Lo sé, ¿lo has encontrado? —preguntó él desde la puerta del despacho.

Entonces ocurrió algo hermoso. Dana no me vio, pero me olió. Desde mi posición bajo la mesa, pude verla aunque ella no podía verme, pero se quedó rígida por un momento y miró alrededor con disimulo. Alargué un poco la mano y la saludé. Ella se giró y salió de la habitación con Javier.

—Lo tengo, vamos a comprobarlo —dijo mientras cerraba la puerta.

Aún agazapado bajo la mesa, me fijé en la alfombra clara a mis pies. Intuí unas pisadas de barro que no eran las mías. Pasé la mano por el tejido. Estaban casi secas, pero eran recientes. Pertenecían a un par de zapatos planos, con la horma mucho más ancha que la de Dana.

Al cabo de diez minutos, ella entró de nuevo y cerró la puerta del despacho tras de sí.

—Ya me explicarás —dijo desconcertada.

—¿Recuerdas el túnel que salía del armario? No acababa varios metros más abajo, a la altura del laboratorio, como tú y yo creíamos. Rompiendo un falso suelo de cemento, continúa hasta la cueva de la lengua de roca, bajo el acantilado.

Se sentó en la butaca para asimilar lo que le estaba contando.

—Creo que no necesitas esperar al ADN. El marqués de Mouro escapó por mi despacho, ¿verdad?

—Una vez más —asentí—. Hemos resuelto un par de misterios de una sola vez. Creo que tengo una idea de la identidad del cadáver, ¿no has notado ninguna ausencia destacable en el funeral de Nagorno?

—No, creo que estaban toda Cantabria y alrededores.

—Faltaba Patricio. He intentado localizarlo desde la noche del accidente, pero no responde al móvil. De todos modos, es una suposición. La última vez que lo vimos fue antes del exilio de Nagorno, y nada nos prueba que volviera con él ese fin de semana, pese a que, como te dije, creí verlo en el mercado de la Esperanza.

Dana se tapó la boca con la mano, recordando algo.

—Sí que lo viste —dijo convencida—. Sí que volvió a Santander. Cuando estábamos en el cementerio, Nagorno nos invitó a cenar en su casa y dijo que tenían comida de sobra para aquellos días festivos. Dijo «tenemos», en plural. Asumimos que hablaba de Patricio. —Me miró con un interrogante pintado en la cara—: ¿Y ahora qué, Iago?

«Buena pregunta».

—Ahora tengo que confirmar el resultado de las pruebas, y luego voy a tener la conversación más difícil de mi vida.

111

IAGO

Decimocuarto día del mes de Ngetal
10 de noviembre

Lo llamé a primera hora de la mañana. Sabía que estaría despierto, posiblemente distrayéndose con alguna buena novela. Desde el día del accidente, apenas habíamos hablado, como si no nos quedaran fuerzas para disimular nuestra desolación el uno frente al otro. Le pedí que me recogiera con su coche y, una vez que me monté a su lado, le indiqué que se dirigiera hacia la cala de La Arnía. Mi padre me obedeció sin entusiasmo.

—Hoy no tengo humor para paseos por la playa, hijo.

—Yo tampoco, en realidad. Simplemente no quiero arriesgarme a ser escuchado.

—Tú y tus paranoias —murmuró.

Lo observé de reojo, sin contestarle. Había dejado de afeitarse y su aspecto se parecía ya bastante al padre que conocí en mi infancia. Cuando por fin aparcamos, lo invité a bajar hasta la arena y me siguió resignado.

Caminamos en silencio durante un rato, hasta que me obligué a hablar:

—Te he traído a la playa donde todo empezó para mí, porque tal vez esta conversación también sea la que acabe con la familia que queda: contigo y conmigo.

—No estoy para galimatías, Urko. Dime lo que tengas que decirme de una vez. Tienes los resultados del ADN, ¿verdad?

—Sí, padre, los tengo, y el cuerpo no es de Nagorno.

Mi padre dejó de caminar, sin reprimir un gesto de alivio.

—¿De quién es, entonces?

—Tengo una teoría, aunque creo que jamás voy a poder llegar a confirmarla. Creo que mató a Patricio.

Le expliqué la existencia del túnel y mis suposiciones acerca de cómo Nagorno pudo haber escapado. Se tomó su tiempo para digerir la noticia, pero no se me escapó que su ánimo había mejorado mucho.

—¿Qué hay de los telómeros?, ¿se llevó la investigación o no?

—Dana estuvo presente cuando grabó los datos del ordenador de Lyra en un *pendrive*, pero ella se las arregló para acercarse a él y robárselos. Ojalá no lo hubiese hecho, porque no es consciente de lo cerca que estuvo de jugarse la vida por nada. Aunque Nagorno se lo hubiera llevado, el *pendrive* se habría mojado y posiblemente perdido en el mar. Aun así, reconozcámoslo: nunca lo sabremos. Si realmente escapó por el túnel, mató a Patricio, volvió a bajar su cadáver y lo puso en el mar, volvería a escaparse aquella misma noche por el túnel, así que pudo regresar al laboratorio y volver a grabar los datos de la investigación. Tú y yo debimos quemar el maldito laboratorio después de la muerte de Lyra, pero era demasiado pedir que pensáramos en aquello, incluso para dos longevos como nosotros.

Mi padre asintió en silencio, caminando sin prisas por el final de la playa. Estaba esperando a que yo hablase, así que continué:

—De todos modos, aún no te he contado la segunda parte.

—La que crees que nos va a separar, ¿verdad?

«Ya lo verás».

Tomé aire y hablé:

—No solo he comprobado el ADN de Nagorno, también el de Lyra. Tenía mis dudas, pero la prueba lo ha confirmado: Lyra es mi hija.

Lo observé de reojo, pero él no se inmutó y siguió caminando.

—Ya lo sabía, desde el primer momento. Y me alegra que por fin hayas tenido el valor de confesarlo. Ha debido de ser duro para ti callar durante tanto tiempo.

—¿Lo sabías? —exclamé atónito—. ¿Cómo podías estar seguro?, ni siquiera Bryan fue capaz de decirme quién era el padre.

—Nunca quise embarazarla, no quería dejarla con un hijo en una situación tan precaria, inadaptada y alejada de la aldea. Yo tomaba semilla de sauce y otras plantas profilácticas y evitaba dormir con ella cuando su cuerpo era fértil. Precaución que tú no tuviste, desde luego.

—¿Por qué no dijiste nada todo este tiempo?, ¿por qué no le contaste la verdad a Lyra?

—Porque ella me rechazó desde el principio, creyendo que yo era el padre que la había abandonado. En cambio, siempre tuvo afinidad contigo, el hermano que la buscó durante décadas y siempre cuidó de ella. Si le hubiésemos dicho la verdad, ella te habría rechazado a ti también, por ser su verdadero padre, y se habría olvidado de todos nosotros. Lyra ha tenido una vida en familia, que era lo que merecía.

—¿Crees que lo sabía? Tuvo a su alcance nuestro ADN durante cuatro años. —Aquella duda me había mantenido insomne.

—No, creo que ni siquiera lo sospechó. En su mirada siempre hubo rechazo hacia mí y admiración por ti.

—Debería haber sido al revés —murmuré.

—Puede ser, pero esa realidad nunca se invirtió. —Paseó su mirada por el horizonte tomándose su tiempo—. Espero que hoy te sientas más ligero.

—Aún no, padre. Aún no.

La revelación de que mi padre conocía el secreto de Lyra me descolocó, y sentí el peso de la deuda sobre mis espaldas como si cargara con la bola del mundo. No sé si tenía pensado confesárselo, no sé si fui inteligente. Sé que no quería seguir teniendo barreras ni mentiras con la única familia de sangre que me quedaba.

«No más siglos ni milenios de mentiras, que lo sepa, que él decida».

—Le inyecté a Nagorno un inhibidor de telomerasa en el corazón.

Me miró como si hubiera desembarcado en aquella playa con alguna nave de otro mundo.

—¿Que hiciste qué?

—Todavía no estaba perfeccionado —le expliqué—, así que no estoy seguro del resultado, pero si mis cálculos son correctos, su corazón a partir de ahora comenzará a envejecer como el de una persona normal, aunque el resto de su cuerpo conservará la apariencia de un longevo. Lo que trato de decirte es que Nagorno no va a saber que probablemente antes de unos setenta años tendrá algún tipo de accidente coronario y morirá.

—¿Y has hecho eso a mis espaldas?

—Probablemente nunca habrías aceptado.

—Así es.

—Alguien tenía que hacerlo, padre, y tenía claro que no ibas a ser tú.

Se sentó en unas rocas al final de la playa, con una cara que reflejaba toda su impotencia.

—¿Así que esto es lo que he conseguido, después de intentar durante milenios mantener la familia unida? Hijos matándose los unos a los otros.

—No lo he matado, le he quitado el regalo que le diste y que ha probado no merecer.

—¿Y tú y yo lo merecemos? —gritó, fuera de sí por una vez—. ¡Díselo a todos los hijos y mujeres que hemos ido abandonando por el camino!

—Desde luego que no lo merecemos —murmuré.

Se creó un silencio tenso entre nosotros, hasta que por fin estalló con la peor de las decisiones. La que más temía, la que nunca habría querido escuchar de sus labios.

—Debo ir a buscarlo. Debo advertírselo.

—Me temía una reacción así, y pese a ello, he confiado en ti y te lo he dicho. Ve a buscarlo si quieres, pasa junto a él sus últimas décadas, pero te pido que no se lo digas, no debe saber lo que le he inyectado. Si lo sabe, se pasará todo este tiempo investigando, o tiene mil maneras de forzarnos a ti y a mí para que le digamos la verdad. Antes de setenta años conseguirá anular el efecto de la inyección.

Se tapó el rostro con ambas manos, desesperado:

—¿Entiendes en qué tesitura me pones?

—Sí, y entiendo que no vas a ser capaz de ocultárselo, ¿cuánto hace falta para que dejes de justificarlo? ¿Ni siquiera esta vez ha llegado demasiado lejos para ti? Esto no se corrige con un exilio, Lür.

Pero lo miré y solo pude ver, más allá de su obstinado silencio, que había tomado su decisión. Y dolían, dolían las palabras incluso antes de pronunciarlas, pero aun así lo hice:

—Aquí acaba nuestro camino juntos, Lür. Te deseo una larga vida, pero si Nagorno sobrevive porque tú lo has avisado, no volveré a considerarte un padre.

—Sea, pues.

Y allí, en aquella playa donde vi la luz por primera vez, cada uno marchó en una dirección. El cordón umbilical se estiró hasta que noté un tirón persistente y se rompió.

Poco después llegaba al cementerio. Me aseguré de que estaba solo y saqué la botella de un nicho vacío, junto al de Sofía Almenada.

Cambié de calle y la puse de nuevo sobre la lápida, igual que había hecho todas las madrugadas desde que mi hija murió.

Me senté durante horas, mirando la botella.

—¿Lo ves, Lyra? Este deshecho de hombre es tu padre.

Desde el día que la engendré junto al río, yo había sido enteramente culpable de sus dos mil quinientos años de miserable existencia.

Y por fin me decidí.

Le lancé una pedrada a la botella, que rodó lejos de mi hija.

112

ADRIANA

18 de noviembre

Iago y yo nos habíamos pasado la noche anterior hablando. Todavía me costaba asumir que Lyra era su hija y no su hermana, pero cuando me lo contó, por encima de cualquier otra consideración, comprendí su alivio. Había algo más humano en su mirada; ahora no resultaba tan dura, sino más vulnerable. Reconozco que me sentí más a gusto y menos intimidada con el nuevo Iago.

—Dana, esto va a pasar muchas más veces —me había dicho—. He vivido diez mil años de conflictos. Hoy es una hija, mañana los hombres que maté... No he sido un dechado de virtudes, bastante con que he sobrevivido. Habrá momentos en que prefiera no contarte mi pasado.

—Empiezo a entenderlo, sí.

—¿Crees que lo nuestro resistirá?

—No tengo ni idea —le dije.

Tal vez no viviésemos el «felices para siempre». Tal vez. Pero su existencia estaba ya imbricada en mi vida. Después de los últimos acontecimientos, estábamos fundidos, como metales después de una explosión nuclear.

Miré por última vez mi dormitorio vacío. No quería seguir teniendo en casa de mi madre los muebles de su asesino. Así no había manera de que un alma descansase en paz. El resto de mis cosas aguardaban de nuevo en cajas de cartón, esperando a ser trasladadas a la casona que Iago y yo habíamos encontrado a pocos kilómetros del MAC.

Oí unas llaves a mi espalda, y un silbido cuando entró en la habitación.

—¿Y esto? —preguntó.

—Los de la mudanza se los han llevado esta mañana. ¿Adivinas adónde?

—Pues no.

—Al nuevo piso donde Elisa se está mudando tras el divorcio con mi primo. Tenías que ver su cara cuando le he contado mis intenciones, pero no los ha rechazado. Creo que es la única persona que sigue teniendo aprecio a todo lo que tiene que ver con Nagorno.

—No la única —dijo en tono sombrío.

—Entonces, ¿es seguro ya que tu padre se va de Santander?

—Sí, apenas hemos coincidido desde nuestro paseo por la playa, y si lo hemos hecho, ha sido para finiquitar nuestras sociedades y concretar los asuntos prácticos.

—¿Crees que volverá algún día a convivir contigo?

Iago se encogió de hombros.

—Quién sabe, me imagino que sí. Si es capaz de perdonar a Nagorno una y otra vez, no dudo que acabará entendiendo también mis razones. Por mi parte, todo depende de si le cuenta lo que le confié. Si lo hace, a mí me será más difícil perdonarlo.

Se sentó conmigo en el suelo, y nos abrazamos en mitad de la habitación desierta.

—Estoy muy cansado de que nunca se acaben las historias de Nagorno. Es un ciclo sin fin, y esta vez había encontrado la manera de detener la rueda. Pero el precio ha sido demasiado alto, ¿te das cuenta? Ya no hay familia. La TAF ya no existe.

«Tal vez yo pueda hacer algo al respecto», pensé.

—Podrás crear otras nuevas —le dije, desviando la conversación.

—Quisiera que fuera contigo —susurró, apoyando su cabeza en mi hombro—. No sería una familia al uso. ¿Hasta cuándo te importaría?, ¿hasta dónde llegarías?

—¿Te refieres a qué haremos cuando yo envejezca y tú sigas así de joven? Pues depende de los dos. Me imagino, hipotéticamente, que nos tendríamos que mudar en una década.

—O dos, si sabemos fingir que yo también envejezco. Hipotéticamente hablando, claro.

—Claro. Después vendría una etapa incómoda en la que ni aparentas tener edad para ser mi pareja, ni para ser mi hijo. Tendríamos que asumir que la gente murmurase, hasta que pasasen los años y tuvieses que fingir ser mi hijo, o sobrino, lo que cuadre en cada etapa.

—Y los hijos, ¿te lo has planteado? —preguntó.

—Preferiría que supieran en todo momento de tu naturaleza. Quisiera que te acompañaran cuando no esté yo, no tienes por qué renunciar a ellos nunca más.

—Por una vez... —dijo mirando más allá de la ventana—. Por una vez verlos crecer y no abandonarlos.

—Buscaríamos la manera de que todo encajara —concluí.

—¿Te das cuenta de que nuestros planes suponen que no tengamos una residencia fija?

—Tú y yo siempre hemos sido seminómadas. Además, hay un montón de yacimientos por ahí aguardándonos. Espero que, aunque tu padre se vaya por un tiempo, siga en pie eso de montar una empresa de arqueología de urgencia. —Sonreí, mirando el reloj—. Y hablando de trabajo, ya queda poco para el gran día. Voy a acercarme al MAC, quiero repasar todos los detalles antes de la inauguración.

Me levanté del suelo y me despedí de él.

—Nos vemos allí en un par de horas.

En cuanto bajé a la calle, saqué el móvil.

—Lür, soy Adriana. Necesito hablar contigo, dime dónde estás.

—Saliendo de mi casa, iba hacia el museo ahora mismo —respondió, con un matiz de sorpresa en la voz.

—Prefiero que nos veamos en otro sitio. Espérame en el mirador sobre la playa de los Peligros —le dije y colgué, sin darle tiempo a ponerme objeciones.

Lür era demasiado considerado como para no acudir a una cita, así que me monté en mi coche y crucé Castelar. Pocos minutos después, aparqué en el paseo de la Reina Victoria y vislumbré su silueta sentada en el banco. Tenía bolsas bajo los ojos, y se había dejado algo de barba. Me tendió la mano, como el primer día que lo conocí, pero no vi atisbo alguno de sonrisa.

—Me siento incómodo en tu presencia, Adriana. Creo que te he fallado, y comprendo que estés muy molesta conmigo —dijo a modo de saludo.

—¿A qué te refieres?

Me senté a su lado y nos quedamos los dos mirando la bahía de Santander, como si pudiéramos abstraernos de nuestros problemas.

—A mi decisión de marchar tras Nagorno. Es el asesino de tu madre, lo normal es que lo odies a él y me odies a mí porque voy a intentar salvarle la vida.

—He venido a hablar de Nagorno, pero no del asunto de mi madre. Respecto a eso..., me voy a dar tiempo para asumirlo. Han pasado demasiadas cosas que tardaremos tiempo en digerir todos los que estuvimos allí. Lyra está muerta, la conocí poco tiempo, pero ella me acogió en la familia y su pérdida duele demasiado. No quiero ni imaginar lo que supone para vosotros. Será un duelo de milenios, entiendo. Por otro lado, yo no volveré a ver a Nagorno, pero tú te vas a ir a buscarlo... Esto me viene grande, y lo que voy a hacer a continuación puede que también. —Suspiré.

—¿De qué se trata, entonces?

—He venido por Iago, pero él jamás ha de saber de esta conversación. Ni mientras yo viva ni después de que haya muerto. ¿Te sientes mal conmigo por perdonar a Nagorno? Entonces, cumple esta promesa y consideraré que todo está bien entre nosotros, ¿de acuerdo?

Me escrutó durante un buen rato, tratando de calcular los posibles escenarios, y finalmente asintió.

—Sea, pues.

—Hace un tiempo te pedí que me contases lo que ocurrió en Escitia entre Iago y Nagorno, y así lo hiciste; me contaste tu versión. Lo que tú viste, lo que tú sabes, pero hoy voy a contarte algo que ambos te han ocultado durante tres mil años y deberías conocer. Nagorno me lo reveló en el laboratorio de Lyra, imagino que porque esa vez sí que tenía la intención de matarme. También sé que Iago jamás me lo habría contado. Espero que cuando lo sepas, veas a tu hijo Iago de forma diferente. Tal vez entonces entiendas definitivamente la lealtad que te ha guardado, todo lo que ha tenido que pasar por seguir a tu lado, todo lo que ha soportado en silencio.

—Habla de una vez —dijo, impaciente—, ¿qué ocurrió entre ellos que yo no sepa?

—Cuando los propios escitas empezaron a acosar a Nagorno por ser hijo de un esclavo, él encontró el modo de hacerse respetar. Le pidió a su madre que le permitiera mataros, a ti y a Iago, pero ella se lo prohibió. Así que buscó otra manera.

—¿Qué manera?

—¿Recuerdas los tres esclavos que compró y que siempre lo escoltaban?

—Sí, cómo olvidarlos. Eran inmensos. Mi hijo hizo bien en buscar protección, solo así los escitas le dejaron de atormentar. ¿Qué tienen que ver con esta historia?

—¡Qué ciego estuviste, Lür!, ¡qué ciego! —Resoplé. Él me interrogó con la mirada, sin comprender—. Cada noche que Olbia te requería, ellos entraban en la tienda de los esclavos que tú abandonabas y se llevaban a Iago. Luego lo sodomizaban y lo torturaban, bajo las órdenes de Nagorno. Ninguna marca que Olbia o tú pudieseis ver. Lo destrozaron, noche tras noche. Así ocurrió durante diez años. Si te ibas con Olbia, ellos lo forzaban. Si te quedabas en la tienda, lo dejaban en paz. Ese fue el verdadero modo en que se ganó el respeto de los escitas.

Sus ojos me miraron horrorizados, suplicándome en silencio que no fuera cierto lo que acababa de escuchar.

—No puede ser, nunca vi nada. Nunca hubo nada que me hiciera sospechar lo que me estás contando —negó, con voz alterada.

—Lo sé, creo que has menospreciado durante milenios la astucia de Nagorno y la lealtad de Iago. En todos los sentidos, no solo en este caso.

—Y Póntico, ¿por qué calló? Siempre se comportó como un amigo. ¿Por qué ocultarme aquella atrocidad?

—Tal vez su silencio os salvó la vida a ambos. Imagina qué habría pasado si tú te hubieras enterado, ¿no se lo habrías reprochado a Olbia?, ¿no os habríais enfrentado? ¿Habrías podido seguir con ella sabiendo lo que suponía para Iago cada noche de placer entre vosotros? Olbia se habría desentendido de ti también. No creo que hubieseis sobrevivido, ni a Olbia ni a Nagorno. Tu hijo menor colocó a Iago en una situación imposible. Y él aguantó. Por ti, pese a ti.

Aquella verdad tan rotunda le cambió el semblante. Respeté su silencio durante unos minutos, porque necesitaba que mi historia dejara su poso.

—Y ahora viene mi petición. Estoy traicionando a Iago, pero no lo estoy haciendo de manera gratuita. Te pido que no vayas a buscar a Nagorno, te pido que si él te encuentra, no le cuentes que su corazón envejecerá.

Tensó la mandíbula, pero continué hablando:

—No sigas engañándote, Nagorno no va a cambiar. Es un producto de sus circunstancias, de su primera infancia. Iago y tú seguís vivos porque os habéis adaptado a los tiempos. Él no, tu hijo menor sigue anclado en un mundo violento de hace tres mil años, y sus actos ya no tienen cabida en el presente. Es un fósil, Lür. Deja que muera, renuncia a él.

—¿Eres consciente de lo que me estás pidiendo? ¿Sigues sin entender que quiera mantener unida a mi familia, que me niegue a estar solo de nuevo? Nadie puede llegar a comprender lo que significan dieciocho mil años de soledad, buscando en un mundo casi deshabitado gente que no envejeciera como yo.

—¿Cómo fue?

—¿Pasar la glaciación Würm solo?

Asentí.

—Hacía frío. Siempre. Dentro y fuera. Mucho frío.

Pensé en Iago. Me obligué a seguir hablando:

—Te estoy pidiendo justicia. Vosotros, los longevos, estáis al margen de nuestras leyes. Tenéis que estarlo para seguir siendo invisibles, y lo entiendo. No puedo ir a una comisaría a decir que tengo la confesión del asesino de mi madre, ni pretender que vayan a buscarlo y que lo encierren. No tengo pruebas, y aunque las tuviera, ¿qué serían para Nagorno treinta años en la cárcel por homicidio? Siempre le va a compensar asesinar a alguien. Tú eres el único que puede impartir justicia en este caso. Por mi madre, por la familia de Lyra, por Iago. ¿Y qué me dices de Patricio?, ¿su familia no sufrirá?

—Patricio era un niño de las favelas. Nagorno lo recogió y se encargó de él.

«Qué más da», pensé. Estaba harta de las incongruencias de Nagorno.

Me levanté del banco y no me despedí. Creo que ni siquiera se dio cuenta de que me fui.

113

ADRIANA

25 de noviembre

Me desperté en cuanto las primeras luces del día se derramaron sobre la cama de Iago, pero él ya no estaba a mi lado. Tampoco había dejado ninguna nota, así que me dispuse a desayunar sola, imaginando que habría ido, al igual que las semanas anteriores, al cementerio a pasar un rato junto a la tumba de Lyra. Por lo visto, me equivoqué, porque volvió poco después de un humor excelente.

—¿Te apetece pasar el día por ahí? —me preguntó sonriente. Por un momento, creí ver en él un Iago sin preocupaciones.

Lancé una ojeada a la ventana y asentí. Era una mañana tranquila de invierno y un sol tibio abrazaba la bahía, invitando a abandonar la madriguera y salir a la calle. Nos montamos en mi coche y conduje hacia la salida de Santander.

—¿Tenías algún plan en mente? —lo tanteé, aunque no estaba muy segura de que me hubiera escuchado. Miraba distraído por la ventanilla abierta, cerrando los ojos cuando la brisa se ponía demasiado molesta. Pese a ello, no había manera de que quitase esa misteriosa sonrisa de su rostro.

—¿Sabes?, una vez mi padre me dijo que le recordabas a Atalanta —comentó risueño, ignorando mi pregunta.

—¿El mito griego? Lo recuerdo vagamente, de cuando estudié Historia de Grecia en la carrera. Se pasaba la vida huyendo, ¿verdad? —Sonreí.

—Cierto. Recuerdo que cuando la leona te atacó en Cabárceno, pensé que era la diosa Afrodita, que nos enviaba un aviso, igual que en la leyenda original.

—¿De qué debería advertirnos?

—Verás, a lo largo de los siglos las versiones fueron cambiando hasta desvirtuarse totalmente. Pero cuenta la historia primigenia que Afrodita se enfadó con Melanión porque no consumaron su amor en suelo sagrado, por eso los convirtió en leones.

Así que era eso. Qué manía tenían los longevos con eso de divagar...

—¿Suelo sagrado? —lo atajé—, ¿se te ocurre alguna idea?

—Bueno, ¿qué puede ser más sagrado para un cromañón y una arqueóloga que Monte Castillo?

—A Monte Castillo, pues.

Sonreí y di un volantazo.

Conduje varios minutos en silencio, pero después me decidí:

—Tengo que contarte algo, una sospecha que tengo desde el Día de los Difuntos —le dije—. Han sido días muy intensos y no he encontrado el momento hasta ahora.

—¿De qué se trata? —quiso saber.

—Creo que tú y yo nos conocimos antes de que fueras Iago del Castillo.

Iago guardó silencio durante un rato, después preguntó:

—¿Cómo dices?

—Cuando visité con Lyra la tumba de su familia y ella reconoció el nombre de mi madre en su nicho..., entonces me di cuenta de que el paciente de mi madre era Nagorno, pero también recordé el día de ambos entierros, el de tu familia y la mía. Y ese día, un poco alejada de todo el tumulto, tuve una conversación con alguien, unos diez años mayor que yo por entonces. Esa conversación me sacudió el *shock*, porque escuché algo que no olvidaré: «Lo peor de la muerte es a los que deja vivos».

Iago se tapó la boca con la mano.

—Lo recuerdo, aquella chica que parecía tan madura... eras tú. Sí, te recuerdo —murmuró—. Eras tú.

—Le he dado muchas vueltas estos días, y creo que fue por el trauma que viví entonces, pero algunos momentos se borraron del todo de mi memoria, y otras sensaciones quedaron grabadas de manera muy intensa. Estoy intentando explicarte que cuando te conocí el primer día en el museo reconocí tu voz, me llegó como un trallazo y me quedé congelada durante unos segundos.

Iago me miró fijamente.

—Lo noté..., noté que algo pasaba, pero pensé que era yo, no tú.

—¿A qué te refieres?

—A que, después de demasiado tiempo sin sentir nada por nadie, algo me removió por dentro cuando te quedaste clavada frente a mí.

114

ADRIANA

25 de noviembre

Poco después, la montaña cónica hacía acto de presencia frente a nosotros, pero cuando aparcamos y me dirigí a la entrada de la cueva, Iago me retuvo del brazo.

—Vamos por aquí —me indicó.

Lo seguí sin comprender por un pequeño sendero que se abría a la derecha, cubierto de tanta vegetación que disuadía de intentar adentrarse en él.

—Monte Castillo, como bien te contaría tu abuelo, está horadado por galerías y cuevas. Lo que aún no sabes es que existen muchas de ellas que todavía no se han descubierto. Hoy voy a enseñarte una entrada que utilizamos mi padre y yo cuando queremos entrar en nuestra casa sin pedir permiso.

Caminamos durante casi media hora, alejándonos del camino cada vez más, hasta que no fui capaz de orientarme. Iago reparó en mi confusión, porque dejó de avanzar como un raposo entre la maleza y aminoró la marcha. Poco después se paraba frente a una roca vestida de musgo que estaba tapada parcialmente por el tronco retorcido de un tilo.

—Es por aquí —dijo, enseñándome una estrecha grieta por la que creí que no pasaría.

Contra todo pronóstico, nos colamos los dos, y me guio de la mano a través de la penumbra de la galería hasta que varios metros más adelante pude ver la luz vacilante de una lámpara de aceite. Intrigada, seguí a Iago girando por recovecos y deslizándonos por cuestas empinadas, todas jalonadas de pequeñas lámparas como la primera. Finalmente llegamos al fondo de la galería. Para mi sorpresa, no estábamos solos. Allí nos esperaba Lür, más Lür que nunca, con la barba ya idéntica a la del Monumento al Incendio y unas extrañas marcas de ocre en los brazos y en el torso desnudo. Círculos concéntricos alrededor del cuello y líneas paralelas desde los hombros hasta las muñecas. Puro Paleolítico.

Se dirigió a nosotros en la misma lengua que hablaron el día de la muerte de Lyra. Era la segunda vez que la escuchaba, pero sonaba tan diferente que enseguida la reconocí.

—Sed bienvenidos, hijos —me tradujo Iago.

Entonces reparé en que Lür llevaba una caña hueca en una mano y un pequeño cazo con una papilla rojiza en la otra.

—Siempre hemos estado vinculados a la Madre Roca, y ella ha demostrado tener memoria —me explicó Iago, quitándose también la camiseta y mostrando los mismos dibujos que su padre—. El ocre ha quedado tatuado durante milenios y aquí seguirá. Dana, quisiera que nuestra unión quedara sellada en este lugar sagrado. ¿Estás de acuerdo?

Asentí, sin despegarme de sus ojos milenarios.

Extendí la mano hasta posarla sobre la pared. Estaba fría y húmeda, pero aun así me resultó acogedora, como si mi piel encajara con naturalidad. Nunca lo habría pensado.

Iago colocó su mano a la altura de la mía, y Lür sopló sobre ellas tiñendo nuestras palmas de rojo y dejando las siluetas impresas.

—Ahora Madre Roca sabe de vuestro vínculo: sed dignos de ella —recitó Lür, primero en su lengua, después en la mía.

Entonces Iago tomó un poco del ocre y lo pasó por encima de la cicatriz de mi frente.

—Ya eres uno de los nuestros —dijo.

«No del todo», pensé.

Cuando acabó la ceremonia, nos sentamos los tres, felices y relajados. Recuerdo que estuvimos charlando durante horas. Era consciente de que Lür se estaba despidiendo de nosotros. Era consciente también de que Iago y él habían tenido por fin esa conversación pendiente, y de que Lür había renunciado a ir a buscar a Nagorno. Lo notaba en el rostro relajado de Iago. Un hombre, por fin, enteramente feliz.

—Ha llegado la hora. Vosotros tenéis una Sala de Prehistoria que inaugurar y yo debo irme —dijo Lür, mirando de reojo el reloj de Iago—. Tengo la intención de estar ausente durante una buena temporada. Urko, hijo, nos veremos en un futuro solsticio.

Luego se volvió hacia mí.

—Supongo que no volveré a verte, entonces —le dije.

—Oh, yo creo que sí —contestó mirando a Iago, lanzándole una mirada cómplice que no entendí.

Contemplé su silueta perdiéndose en la cueva, como una sombra más, de esas que de niña me hipnotizaban cuando acompañaba a mi abuelo a visitar Monte Castillo.

EPÍLOGO

ADRIANA

18 de noviembre

Miré de reojo el pequeño bifaz que Iago me talló. El ruido que hacía su tintineo contra la luna del coche me recordaba innecesariamente que llegaba tarde al MAC. Tenía una entrevista en quince minutos y era casi seguro que no iba a llegar a tiempo. Una vez allí aparqué como pude, porque mi sitio estaba ocupado por una Harley-Davidson embarrada, y subí las escaleras sin guardar las formas en cuanto me aseguré de que nadie me podía ver.

La asistente me indicó con un gesto que el entrevistado había llegado ya, así que me recompuse el traje de chaqueta y entré. Quería causar buena impresión, aunque fuera yo en esos momentos la responsable de contratar a más personal para el museo. Había pasado un ciclo entero, un año para entendernos, desde que La Vieja Familia se desintegró, y Iago había estado al frente desde entonces. Él también iba a estar presente en la entrevista, aunque una reunión lo mantenía ocupado desde primera hora de la mañana. El candidato era brillante, estaba especializado en la Edad Media, y sus trabajos habían dado la vuelta al pequeño mundo de la arqueología europea en el último año. Pero era bastante escurridizo y nos costó localizarlo para hacerle la entrevista.

Cuando entré en mi despacho, lo primero que pensé fue que había algún tipo de confusión. Sentado de manera demasiado despreocupada en mi sofá, con una pierna sobre el reposabrazos, un joven alto y rubísimo, con el pelo hasta los hombros y los ojos exactos a los de Iago me miraba con una sonrisa descarada, embutido en una chupa de cuero y unas botas desgastadas de motorista.

En aquel instante también entró Iago. Lo oí a mi espalda, aunque no pude ver su expresión cuando el presunto candidato, con un fuerte acento nórdico, le dijo:

—Hola, padre.

BIBLIOGRAFÍA

A continuación, paso a detallar algunos de los libros, artículos y tesis doctorales que consulté durante el periodo de documentación de la novela. Para facilitar su lectura, los he agrupado por temas.

Arqueología

Dado que una parte importante de la novela transcurre en el Museo de Arqueología de Cantabria, era importante ver los acontecimientos desde el punto de vista de un arqueólogo. Los siguientes manuales me ayudaron a entender el día a día de la vida laboral de estos profesionales del pasado:

Domingo, Inés, *Manual de campo del arqueólogo,* Barcelona, Ariel, 2007.

Renfrew, Colin, *Arqueología. Teorías, métodos y práctica*, Madrid, Akal, 1993.

Salazar Bonet, Juan, y otros, *Mundos tribales. Una visión etnoarqueológica*, Museu de Prehistòria de València, 2008.

Gestión de museos

Fueron muy útiles para crear la estructura jerárquica del MAC los siguientes títulos:

Fernández Vega, Pedro Ángel, *Museo de Museos. Museo de Prehistoria y Arqueología de Cantabria*, Punto de Encuentro, Cantabria Infinita.

Lord, Barry, *Manual de gestión de museos*, Barcelona, Ariel, 1998.

Prehistoria

La prehistoria ocupa un lugar muy destacado en la novela, por eso la mayor parte de la documentación está centrada en este periodo. Especialmente útil, incluso dentro de la trama, fue la *Prehistoria de Europa Oxford*, una auténtica biblia que durmió muchas noches en mi mesilla. También fueron importantes algunas tesis y artículos más concretos con los que traté de dar pinceladas de verosimilitud a la historia de los longevos y que paso a detallar:

Cabrera, Victoria, y Bernaldo de Quirós, Federico, *Monte Castillo. 150.000 años de prehistoria*, edición especial «La evolución del hombre. De África a Atapuerca», National Geographic España.

Cunliffe, Barry W., *Prehistoria de Europa Oxford*, Barcelona, Crítica, 1998.

Eiroa, Jorge Juan, *Nociones de tecnología y tipología en Prehistoria*, Barcelona, Ariel, 2007.

Fullola i Pericot, Josep Maria, y petit mendizábal, Maria Ángels (coords.), *Tal y como éramos. Las sociedades prehistóricas de la península ibérica*, Barcelona, Ariel, 2005.

Montes Barquín, Ramón, y otros, *Los «aerógrafos» de la cueva de Altamira,* Miscelánea en homenaje a Emiliano Aguirre, vol. 4,

«Arqueología», Museo de Altamira, 2004, pp. 320-327.
ONTAÑÓN PEREDO, Roberto, *El arte rupestre paleolítico de la cornisa cantábrica. Patrimonio de la Humanidad*, Patrimonio. Cantabria Infinita.
SANCHIDRIÁN TORTI, José Luis, *Manual de arte prehistórico*, Barcelona, Ariel, 2001.

VIDA COTIDIANA EN LA ANTIGÜEDAD

Desde el primer momento me centré en la vida cotidiana del pasado, no en los grandes acontecimientos políticos, sino en el día a día de nuestros abuelos.

ARIÈS, Philippe, y DUBY, Georges (dres.), *Historia de la vida privada*, vol. 1, «Imperio romano y Antigüedad tardía»; vol. 9, «La vida privada en el siglo XX», Madrid, Taurus, 1991.
INGLIS, Brian, *Historia de la medicina*, Barcelona, Grijalbo, 1968.
LELORRAIN, Anne-Marie, *Historia universal Larousse*, vol. 1, «Los orígenes de la civilización hasta 1200 a. C.», Barcelona, RBA, 2005.
LOGAN, Donald F., *Los vikingos en la historia*, Ciudad de México, Fondo de Cultura Económica, 1985.
MCLAREN, Angus, *Historia de los anticonceptivos. De la Antigüedad a nuestros días*, Madrid, Minerva, 1993.
PLINIO SEGUNDO, Cayo, *Historia natural*, Madrid, Visor, 1999.
POLLAK, Kart, *Los discípulos de Hipócrates. Una historia de la medicina*, Barcelona, Plaza y Janés, 1969.
SACO, José Antonio, *Historia de la esclavitud*, Madrid, Júcar, 1974.

CULTURA ESCITA

Descubrí esta cultura fascinante gracias a una exposición del MARQ. Cuando comencé a perfilar los personajes de La Vieja Familia, tuve claro que uno de sus integrantes sería el perfecto escita: combinaría el salvajismo más primitivo con la delicadeza de un orfebre, al igual que su pueblo. Así nació Nagorno, cuyo nombre, al igual que Kelermes, es a su vez un kurgán o túmulo funerario.

HERÓDOTO, *Historia. Libros III-IV*, Madrid, Gredos, 2000.

KILUNOVSKAYA, Marina, *Escitas. Tesoros de Tuvá*, MARQ, 2008.

PIOTROVSKI, Boris B., «Los escitas, nómadas y orfebres de las estepas», *El Correo de la UNESCO*, año XXIX, diciembre de 1976.

CULTURA CELTA

Se ha escrito mucho acerca de la cultura celta, casi siempre desde el punto de vista de la cultura romana. Para mí fue todo un revulsivo estudiar a nuestros antepasados europeos desde una visión menos estereotipada, tal y como propone Terry Jones (por cierto, además de reputado historiador, integrante de los Monty Python).

AGUILERA, Antonio, «Los celtas. Reyes, guerreros y druidas», *Historia. National Geographic*, n.º 64.

CASIO, Dión, *Historia romana*, Madrid, Gredos, 2004.

CÉSAR, Cayo Julio, *Guerra de las Galias*, Valladolid, Santarén, 1943.

JAMES, Simon, *El mundo de los celtas. Nuevo y contrastado estudio sobre la historia y la cultura de los celtas*, Barcelona, Blume, 2005.

JONES, Terry, *Roma y los bárbaros. Una historia alternativa*, Barcelona, Crítica, 2008.

PERCIVALDI, Elena, *Los celtas. Una civilización europea*, Madrid, Tikal-Susaeta, 2011.

TÁCITO, Cayo Cornelio, *Anales*, Madrid, Gredos, 1984-1986.

Mitología

Los mitos de Dana, Atalanta, Teutates, etcétera, aparecen a lo largo de la novela como pequeños guiños. Fue una difícil labor de selección y para ello recurrí a las siguientes enciclopedias:

Cotterell, Arthur, *Enciclopedia de mitología nórdica, clásica y céltica*, Centralibros Hispania, 1998.

Hard, Robin, *El gran libro de la mitología griega*, Madrid, La Esfera de los Libros, 2008.

Terapia psicológica

Para la subtrama de Sofía Almenada, madre de Adriana Alameda, estudié varios casos de amnesia que se presentaban en los siguientes manuales de consulta psicológica:

Belloch, Amparo, *Manual de psicopatología*, Madrid, McGraw-Hill, 2011.

Méndez Carrillo, Francisco Javier, y otros (coords.), *Terapia psicológica. Casos prácticos*, Madrid, Pirámide, 2008.

Olivares Rodríguez, José, *Terapia psicológica: casos prácticos*, Madrid, Pirámide, 2005.

Investigación del envejecimiento

Una de mis prioridades cuando planeé escribir una novela acerca de personas que no envejecían fue el encontrar una teoría plausible a la luz de las últimas investigaciones en el tema del antienvejecimiento. Fue un trabajo duro y denso de documentación genética, y tal vez lo más complicado fue llevar las conclusiones a una novela de ficción sin que el ritmo se resintiera. En todo caso, encontré tanta literatura científica al respecto que las referencias detalladas a continuación son tan solo una pequeña selección:

AUTEXIER, C., y GREIDER, C. W., «Telomerase and cancer. Revisiting the telomere hypothesis», *Trends Biochem Sci*, n.º 21, octubre de 1996, pp. 387-391.

CAMPISI, J., «Cancer, aging and cellular senescence», *In vivo*, n.º 14(1), enero-febrero de 2000, pp. 183-188.

CASTILLO PATERNA, María del Mar, «Modelos de envejecimiento *in vitro* e *in vivo*, estrés oxidativo y protección antioxidante», tesis doctoral de la Universidad de Alicante, 2002.

FUENTE, M. de la, «Effects of antioxidants on immune system ageing», *Eur. J. CLin. Nutr.*, n.º 56, S5-S8, 2002, disponible en doi: 10.1038/sj.ejcn.1601476

JUAN, E. J. de, «*Marcadores de edad biológica en el envejecimiento del ratón. Aplicación farmacológica*», tesis doctoral de la Facultad de Ciencias, Universidad de Alicante, 1994.

LEROI, Armand Marie, *Mutantes. De la variedad genética y el cuerpo humano*, Barcelona, Anagrama, 2007.

MACIP, Salvador, *Inmortales y perfectos. Cómo la medicina cambiará radicalmente nuestras vidas*, Barcelona, Destino, 2008.

SCHOEFTNER S., y BLASCO, M. A., «Developmentally regulated transcription of mammalian telomeres by DNA-dependent RNA polymerase II», *Nat Cell Biol.*, n.º 10(2), febrero de 2008, pp. 228-236, disponible en doi: 10.1038/ncb1685

WALKER, Richard, *Genes y ADN*, Madrid, Edilupa, 2006.

LOS MESES SEGÚN EL CALENDARIO CELTA

Mes	Árbol que se le asocia	Días que comprende
Beth	Abedul	24 diciembre - 20 de enero
Luuis	Serbal	21 enero - 17 febrero
Nion	Fresno	18 febrero - 17 marzo
Feam	Aliso	18 marzo - 14 abril
Saille	Sauce	15 abril - 12 mayo
Vath	Espino / Peral silvestre	13 mayo - 9 junio
Duir	Roble	10 junio - 7 julio
Tinne	Acebo	8 julio - 4 agosto
Coll	Avellano	5 agosto - 1 septiembre
Muin	Viña	2 septiembre - 29 septiembre
Gort	Hiedra	30 septiembre - 27 octubre
Ngetal	Carrizo	28 octubre - 24 noviembre
Ruis	Saúco	25 noviembre - 22 diciembre

Fuente: Robert Graves: *La diosa blanca*, 1948.

Descubre los desafíos a los que se enfrentará
la Vieja Familia en el siguiente libro de la saga.